本书为

黑龙江省哲学社会科学一般规划项目"新月诗派诗学研究"（08B039）
黑龙江省哲学社会科学专项项目"新月诗学生成研究"（11D048）

新月诗学生成论

叶红 著

中国社会科学出版社

图书在版编目（CIP）数据

新月诗学生成论/叶红著.—北京：中国社会科学出版社，2016.6
ISBN 978-7-5161-8833-0

Ⅰ.①新…　Ⅱ.①叶…　Ⅲ.①新月派—研究　Ⅳ.①I206.6

中国版本图书馆CIP数据核字（2016）第205115号

出 版 人	赵剑英
责任编辑	周晓慧
责任校对	无　介
责任印制	戴　宽

出　　版	中国社会科学出版社
社　　址	北京鼓楼西大街甲158号
邮　　编	100720
网　　址	http://www.csspw.cn
发 行 部	010-84083685
门 市 部	010-84029450
经　　销	新华书店及其他书店

印刷装订	三河市君旺印务有限公司
版　　次	2016年6月第1版
印　　次	2016年6月第1次印刷

开　　本	710×1000　1/16
印　　张	16.25
插　　页	2
字　　数	268千字
定　　价	60.00元

凡购买中国社会科学出版社图书，如有质量问题请与本社营销中心联系调换
电话：010-84083683
版权所有　侵权必究

目　录

序 ·· 罗振亚（1）

绪论 ··（1）
  一　新月诗学的生成语境 ··（1）
  二　诗派属性与美学特征 ··（9）
  三　"影响的焦虑"：新诗生成的心理逻辑起点 ·····················（12）
  四　研究现状与研究方法 ···（22）

第一章　与媒体共生："新月"的发生与传播方式 ·····················（25）
  一　"餐厅""客厅"：闺中望"月" ··································（25）
    （一）新月聚餐会、新月社、新月俱乐部、新月诗派 ···········（26）
    （二）新月与文化沙龙 ··（29）
  二　北京、上海——"月"转星移 ····································（30）
    （一）神秘的"黑客厅" ··（31）
    （二）文化沙龙与媒体联姻 ······································（33）
  三　《诗镌》《新月》《诗刊》：三刊映"月" ·····················（35）
    （一）《晨报·副刊·诗镌》——新月诗派的孵化器 ········（36）
    （二）《新月》——新月诗派再聚首 ····························（42）
    （三）《诗刊》——新月诗派再出发 ····························（47）
  四　杂志与流派：相伴相生 ··（50）
    （一）报刊与群体传播 ··（51）
    （二）同人刊物与文学流派 ······································（54）
    （三）编辑方针与流派走向 ······································（56）

（四）《新月诗选》的意义 …………………………………（57）

第二章 新月诗人的"反优先权"策略 ………………………（61）
　一 与"强者诗人"较量 …………………………………………（62）
　　（一）行动元：有预见性的"新人" ………………………（63）
　　（二）行动策略：对"人生派"的误读性修正 ……………（65）
　　（三）行动结果：走出偶像的遮蔽 ………………………（70）
　二 抢占言说空间 ………………………………………………（73）
　　（一）言说的焦虑 …………………………………………（74）
　　（二）《红烛》的出版策略 …………………………………（76）
　三 流派内部对"诗人优先权"的挑战 …………………………（81）
　　（一）求同存异："音组说"与"工整说" …………………（81）
　　（二）形同神异：臧克家的流派归属 ……………………（84）
　　（三）神同形异：新月诗派的"终结者" …………………（87）
　　（四）内部论争：写实与现代的较量 ……………………（99）

第三章 新月诗人群的文化身份 ………………………………（106）
　一 文化身份与流派生成 ………………………………………（106）
　二 新月诗人的文化身份 ………………………………………（109）
　　（一）新月诗人文化身份的同一性 ………………………（109）
　　（二）新月诗人文化身份的杂糅性 ………………………（113）
　　（三）新月派诗人的宗教情结 ……………………………（118）
　三 新月诗人的文化身份类型 …………………………………（128）
　　（一）西方文化积极追随者 ………………………………（128）
　　（二）文化保守主义者 ……………………………………（135）
　　（三）西方文化拒斥者 ……………………………………（144）

第四章 新月诗学：在变化中坚守 ……………………………（150）
　一 古典主义：在退守中前行 …………………………………（150）
　　（一）"学衡派"：新人文主义的传播者 …………………（152）
　　（二）新月古典主义诗学的理论资源 ……………………（154）
　　（三）新月的古典主义诗学观 ……………………………（155）

二　巴那斯主义：镣铐下的舞蹈 …………………………………（166）
　　　　（一）爱情·性灵·奇思 …………………………………（167）
　　　　（二）唯美·绚烂·浓情 …………………………………（172）
　　　　（三）自然·自我·自由 …………………………………（181）
　　三　现代主义：绚烂归于平静 …………………………………（187）
　　　　（一）世纪末果汁 …………………………………………（187）
　　　　（二）走出象牙塔 …………………………………………（188）
　　　　（三）艰难的探索 …………………………………………（197）
　　四　新月诗派的现代叙事诗探索
　　　　——以朱湘为例 …………………………………………（198）

结语 ………………………………………………………………（207）

附录一　新中国成立后中国现代文学史对新月派及其文学观
　　　　　历史定位的流变 ………………………………………（210）

附录二　新中国成立后新月诗派主要研究成果目录汇编 ………（225）

附录三　新中国成立前新月诗派主要研究成果目录汇编 ………（236）

参考文献 …………………………………………………………（239）

后记 ………………………………………………………………（246）

Contents

Preface (Luo Zhenya) .... (1)

INTRODUCTION .... (1)

    Section 1   The Generation Context of the Crescent Moon Poetics .... (1)

    Section 2   Poetry Attribute and Aesthetic Characteristics .... (9)

    Section 3   *Anxiety of Influence*: Psychological Logical Starting Point of the Modern Poetry Generation .... (12)

    Section 4   Current Situation and Research Methods .... (22)

CAPTER 1   *Symbiosis with the Media*: **Crescent Occurrence and Propagation Mode** .... (25)

    Section 1   *Restaurant and Parlor* : Boudoir Gathering for Crescent Moon Poetry .... (25)

    Section 2   *Beijing to Shanghai*: Crescent Moon Poets Moved and the Famous Stars Shift .... (30)

    Section 3   *Poetics, Crescent Moon, Poetry*: The Three Journal on the Crescent Moon Poetry .... (35)

    Section 4   Magazines & Schools: Concomitant .... (50)

CHAPTER 2   **Crescent Poet *Anti Priority* Policy** .... (61)

    Section 1   Contest with the *Strong Poet* .... (62)

    Section 2   To Seize Space for Speech .... (73)

Section 3　Genre Inside to Challenge of *Poet Priority* ……………（81）

CHAPTER 3　Cultural Identity of the Group of Poetry Crescent ……………………………………（106）
Section 1　Cultural Identity and Gentre Generation ……………（106）
Section 2　The Cultural Identity of Crescent Poets ……………（109）
Section 3　The Types of the Crescent Poet Cultural Identity ………（128）

CHAPTER 4　The Crescent Poetics：Hold fast in Changing ……………………………………（150）
Section 1　Classicism：Marching forward in Retreat ……………（150）
Section 2　Barnace Doctrine：The Dance under the Shackles ……………………………………（166）
Section 3　Modernism：Calmness from Gorgeousness ……………（187）
Section 4　Exploration of Modern Narrative Poems—Examples for Zhu Xiang ……………………………………（198）

Concluding Remarks ……………………………………（207）

Appendix 1　The Historical Evolution Position of the Grescent School Poets and Literary Viewpoint in the History of Modern Chinese Literature after PRC ……………（210）

Appendix 2　The Crescent School Poets Main Achievements Compilation after PRC ……………（225）

Appendix 3　The Crescent School Poets Main Achievements Compilation before PRC ……………（236）

References ……………………………………（239）

Postscript ……………………………………（246）

序

罗振亚

尽管直觉的细敏、心理的内倾和感情的易动，决定了女性比男性离诗歌更近，但很长一段时间里我一直十分固执地以为，她们更适合进行诗歌创作，而不宜做诗歌研究，因为女性与哲学、思辨、深邃等因子间有着一种说不清的先在隔膜。受这种成见"近视镜"的遮蔽，不少优秀的女硕士，在我最初招收博士研究生的几年内被拒之门外。

2005年，在黑龙江大学工作数年并且已经受聘为副教授的叶红，提出要随我攻读博士学位，开始我颇为踌躇，还是想以不好直接说出的同样理由劝退。而后，不断有人向我说到她的好，她的优秀，她的诚挚和睿智，她的善良与韧性。时逾半年，她成了我名下的第一位女博士生。及至学位论文选题，我们在彼此深入的思考和交谈中，几乎是不约而同地看好了新月诗派这个与叶红的内在气质相契合的题目。但也意识到新月诗派的研究积淀丰厚，如何避开习见的思维路数，有所超越，在相对传统的视阈中出新，进而推进同类课题的研究水准，对她来说乃是一场不小的考验。几经讨论、调整和打磨，当她携着《生成与走势：新月诗派研究》，在2010年夏天站在东北师范大学的答辩席上，不温不火、应对裕如地侃侃而谈，以优异的成绩毕业时，曾经替她捏了一把汗的我，再一次体会到了什么叫如释重负的感觉，也最终打破了我小觑女性学术研究能力的偏见。

不肖说，叶红的论文写的是不错的，几位评审专家的意见可谓最有力的认定。南开大学李锡龙教授指出："从文学沙龙、报刊出版等角度探讨新月诗派诗学观的流变，颇具有创新意义。"耿传明教授以为："从媒体、心理、文化三方面来研究'新月诗派'聚合及文学观生成的原因和动态发展趋势，方法新颖，结论具有启发性。"武汉大学方长安教授则断言："论文关于反优先权策略及文化身份等探讨，角度合理，提出了不少新观点。"

专家们的意见说明，在论文的写作过程中，叶红没有陈陈相因，面面俱到地论列新月诗派的来龙去脉、个性特质与历史贡献，如果那样，也不过就是在新诗流派研究的数量上多了一篇论文而已，不会有什么太大的价值可言。可贵的是，她以自觉的问题意识，从媒体促发、影响焦虑、文化身份和审美嬗变等维度出发，建立起了关于新月诗派自足的逻辑言说框架，对新月诗派的生成和走势做出了令人信服的阐释。其论文除了上述优长外，还有几个方面也值得圈点。

一是还原历史的企望与功力显豁。叶红清楚，要和新月诗派进行跨时代的精神对话，仅仅凭借对文本的阅读和理论的支持是不够的，它规定着研究者必须老老实实地走回流派发生和成长的时代文化语境当中。所以有三四年的时间她都是在故纸堆中穿行、流连，对于流派滋生的刊物、同人的聚合、诗集的出版、内部的论争等文学内外的因素，都仔细甄别，一一落实，让人捧读现在的论文，仿佛能够触摸到近百年前那一批风流人物的体温和呼吸。这种深细文化考察的资料累积，不止真切立体地恢复了流派的影像，其资料本身就极具学术价值，包孕着历史深处的丰富和复杂。

二是在论点上创新成了论文的个性追求。借助美国学者布鲁姆的"影响的焦虑"理论介入研究对象，在视角和方法方面视野阔达，牵涉历史、文化、哲学、心理学等领域，已有一定的突破性。至于行文具体论述中所包含的新异判断就更多了，如提出新月诗人是通过对诗歌传统和"强者诗人"的有意"误读"与"修正"，摆脱"影响的焦虑"而出场的，新月诗人的英美留学身份对外来文化迷恋和对本土文化眷顾与舍弃的矛盾，从深层影响了诗人的文化选择与文学创作，等等，都是新鲜而有说服力的。这种理想的解读在很大程度上和多元研究方法的启用是相应和的。

三是从论文的整体架构到具体的行文叙述，都表现出一种特有的洁净和唯美色彩。生活中的叶红是有"洁癖"的精致的理想主义者，有时连家里的地板都要擦拭到能够照出人影的程度。在论文语言锤炼上，她就常求一种带有诗歌之美的表达效果，这一点从第一章每节的标题上一望便知："餐厅""客厅"：闺中望"月"；北京、上海——"月"转星移；《诗镌》《新月》《诗刊》：三刊映"月"。这种努力的结果是使论文拥有了准确、畅达、规范之外的可读性。

　　当然，叶红的论文还可以把新月诗派和中外传统间的关系揭示得更为透彻，把新月诗派对后来者的影响发掘得更为深入。但一篇学位论文不能承担太多的东西，只要把主攻的问题研究到位，即是一种莫大的成功了。

　　如今，叶红把中国现当代文学和中国新诗的课程讲授得有声有色，很受学生欢迎，作为老师的我，十分欣慰、自豪。每一次在哈尔滨或者天津相聚，她和她先生所做的一切，总是让人非常感动。记得我在给其他学生出版的学位论文所做的序言中，表达过内心的谢意，上苍对我宽厚，赐予我那么多优秀的学生，他们让我感到，在这个世界上，当一名教师是一件美好的事情。

2016 年 5 月 1 日于天津阳光 100 寓所

绪 论

新月诗派是中国现代诗歌史上重要而独特的诗歌流派。它以"寂寞"的态度出现在文坛，以"不寂寞"的姿态被历史评说。新月诗派与标榜"自由主义"的新月社之间有着千丝万缕的联系，也意味着它从形成之日起，便会卷入各种文化思想和文学思潮的纷争中。因坚持"纯诗"立场，捍卫诗歌的独立品格，新月诗人曾在几十年间作为反面形象被批判，诗派也被打上"资产阶级诗派"的阶级印记。以政治为主要文学评价标准的时代过去后，新月诗派被遮蔽的光芒才得以重新闪耀。对新月诗派的研究也不只停留在文学观、诗歌欣赏、流派特征的层面，而是更注重流派整体研究，对影响流派生成与走势的各种因素加以甄别，还原流派真实面貌，勾勒出其发生、发展、变化及解体的动态过程。

本书立足点不在于对新月诗派作全面完整的扫描，而是提出几个新月诗派研究中应该受到学术关注，但却相对是学术盲点的问题，以大量的历史资料为立论的依据，从媒体与文学流派的生成关系，文化身份与流派品格，"影响的焦虑"等心理因素对诗人成长的干预及对诗人群体聚合的促进与推动作用诸方面，探究新月诗学的生成与走势的深层原因。

一 新月诗学的生成语境

现代文学流派生成方式概括起来有三种：一是由影响力大的文学社团发展成为文学流派，如文学研究会发展为人生派，创造社发展为艺术派（或浪漫派）；二是由密切的人际交往演化而来，其中或因师生关系、同学之谊、朋友之交、同乡之情等，如九叶诗派是以同学、朋友为纽带形成的，新感觉派是以同学、朋友、同乡等多重情感为纽带形成的；三是现代报纸、刊物、书店、文学沙龙为文学理想、文学追求大致相同的人提供了聚合的公共空间和言说平台以形成文学流派。前两种方式也是中国古典文学流派形成的主要因由,第三种方式成为中国现代文学社团或流派发生的最主要因素。现代传媒与现代文学之间构成的不只是简单的载体与文本的关系,现代报纸期刊始终参与现代文学的构建,报刊性质、办刊方针、编辑喜好、受众层次甚至刊物内部编辑人员的变动等各种因素都直接或间接地影响着文学流派的生成、走向与发展,现代文学围绕着现代报刊形成了复杂的"文学场"。近年来,关于"现代文学与现代报刊"的关系研究已经成为一块新的学术领域和学术增长点,拓宽了现代文学研究视野。只局限于作家、文本研究,视域太过狭窄,文学社团、文学流派、文学思潮的发生与发展要涉及很多非文本问题,王晓明先生曾经在论文《一份杂志与一个"社团"——重识"五·四"文学传统》中提出这样的研究思路:"每看见'文学现象'这四个字,我头一个想到的就是'文本',那由具体的作品和评论著作共同构成的文本。但是,这不是唯一的文学现象,在它身前身后,还围着一大群也佩戴'文学'徽章的事物。"[①]"今天重读二十世纪中国文学的历史,就特别要注意那些文本以外的现象。也是重读《新青年》,却不仅读上面发表的那些文章,更要读这份刊物本身,读它的编辑方针,它的编辑部,它那个著名的同人圈子……看清楚这份杂志……是如何出现,又如何发展;它们对文学文本的产生和流传,对整个现代文学的历史进程,究竟又有些什么样的影响。"[②]现代文学研究者在研究中越来越重视那些佩戴着"文学徽章"的,与文学发展息息相关的非文学因素,这些因素给研究者们提供了更加开阔的研究视野,也使原本应该成为文学现象一部分的"文学生成语境"受到更多的关注,使作家、作品、思潮、流派成为不可分割的整体。由于媒体的参与,现代文学已不是只限于文本与作家的"纯文学",它既有精英知识分子的精神特征,还有广泛的平民意识,在文学思潮或流派形成过程中交融了政治、文化、历史诸多成分。本书的研究重点在于新月诗学及其生成语境,这不可避免地要探及那些佩戴着"文学徽章"的非文本事件,寻找或还原新月诗派产生、发展进程、流变

[①] 王晓明:《一份杂志与一个社团》,王晓明主编:《批评空间的开创》,东方出版中心1998年版,第187页。

[②] 同上。

所依赖的历史文化语境。

现代报刊为文学流派、文学思潮的生成和发展提供出版发行的平台。在 20 世纪 20 年代，中国报业呈兴盛之势，办一份报纸或刊物不需要繁琐的手续，严格的审批和大量启动资金，加之新文化运动的到来，思想革命、文化革命、文学革命呈势不可当之势。出版发行新刊物，办报纸副刊成为时代的新风尚。尤其是文艺副刊补充了文学类专刊数量不足的缺口，为新文学提供了更多的公共空间，培植文学新人，培育固定读者群，建立作者与读者间的沟通渠道。很多文学社团与报刊联姻，在大众传媒的打造和推动下，一个个文学流派接踵而生。《小说月报》的改编成为现代报刊与社团联姻的成功范例，文学研究会又在发行量很好的《时事新报》开设文艺副刊——《文学旬刊》（后改为《文学周报》），拥有自己的报刊，便可高密度、高频率地发表社团成员作品，同时配发文学评论，提升知名度，扩大在新文学界的影响力，报刊与文学社团的配合，促进了流派的产生，文学研究会顺理成章地演化成"人生派"，分得新文学界大部分版图。京派的形成与沈从文、萧乾先后主编的《大公报·文艺副刊》，废名、冯至主编的《骆驼草》，朱光潜主编的《文学杂志》，卞之琳、沈从文、李健吾主编的《水星》，四刊合力直接推动了京派文学的兴起。

在众多流派中，最依赖报刊的要数新月诗派。新月诗派开始与结束都是以报刊创刊和终刊为标志的。有《诗镌》的创刊，才有新月诗派形成的物态证明，《新月》《诗刊》停刊后，新月诗派失去了连接诗人的纽带，诗人闻一多、陈梦家、饶孟侃渐次退出诗坛，偶尔写诗也不为公开发表。闻一多研究古代文化与文学，陈梦家成为古文字研究专家，饶孟侃成为翻译家、大学教授，其他新生代诗人也纷纷转向，卞之琳、何其芳转向现代派。《新月》《诗刊》的停刊，终止了新月诗派的群体传播方式，削弱了新月诗歌的影响力，新月诗人不再以群体形态出现在报刊，形不成气候，也就渐渐淡出诗坛。

新月诗派形态的复杂化、非线性、多变性，以及它与其他流派的矛盾，与报刊的同人性质有关。《晨报·副刊》本不是同人性质的报纸，徐志摩接手《晨报·副刊》开出的条件是，允许他拥有绝对自主权，有选择作者及选定文章的权利。"我说办就办，办法可得完全由我，我爱登什么就登什么"，"我自问我决不是一个投机的主笔，迎合群众心理我是不来的，谀附言论界的权威我是不来的，取媚社会的愚暗和偏浅我是不来的；

我来只认识我自己，只知对我自己负责任，我不愿意说的话你逼我求我我都是不说的，我要说的话你逼我求我我都不能不说的：我是个全权的记者"①。徐志摩需要的是自由的全权的话语权，这份报纸在徐志摩掌管时期，顺理成章地成为新月社同人的报纸。而《诗镌》附属于《晨报·副刊》，它势必会与新月社发生了联系，也就间接地与新月社的朋友或"敌人"发生了联系。从新月诗人开始在《晨报·副刊》出现的那天起，就决定了新月诗派在中国现代文学史上的命运起伏。

"五四"新文化运动本身就是借鉴西方文化来对传统文化进行纵向突破的，在中/西、传统/现代、保守/创新、新/旧二元对立的历史视野与中外文化交流的理论语境中，通过中外文学思潮、创作方法等的全面交融、转换而实现空间的扩展。任何一种诗学观的产生都会有适合它的历史语境和文化语境，研究新月诗派须尽量还原到当时历史环境和文化语境中，把流派还原到原来生产它的文化土壤中去，在翻查当年的报纸、杂志、出版物，阅读相关人员的传记、回忆录、日记、文集和细读文本的过程中，清理它的谱系及它与其他相关文学现象的关系。

纵观新月诗派发生发展的起起伏伏，有一个值得注意的现象：新月诗派几乎没真正脱离过新月社的"包围圈"。在《晨报·副刊·诗镌》发生时期，《晨报·副刊》是新月社阵地，《诗镌》是副刊的副刊，《晨报·副刊》和《诗镌》可视为两刊一体，撰稿人之间往来密切，相互影响，观念交集；上海时期的《新月》月刊，开设了"诗"专栏，新月诗派被新月社收容，新月诗派由最初的独立退回到从属于新月社；《诗刊》可视为新月诗派重新独立的标志，但只维持短短几个月。为了能够清楚地说明新月诗人和与其相关的文人群体之间的复杂关系，笔者以新月诗人为圆心，以与新月诗人关系的远近和流派之间往来的疏密度为半径，划分出三个与新月诗派有关的群体，分别是：新月核心诗人圈、亚新月诗人圈、新月诗人对立圈。新月诗派不是由社团演变而来，没有一般社团的成立建制，不是会员制，也就没有一份确定的人员名单。要确认哪些诗人属于新月诗派，一般以三个条件为依据：第一，以发表在《诗镌》《新月》《诗刊》上诗歌的数量和影响力来定；第二，风格相近或诗学观基本一致；第三，以入选《新月诗选》的诗人名单为依据。

---

① 韩石山主编：《徐志摩全集》第 2 卷，天津人民出版社 2005 年版，第 136 页。

新月核心诗人圈。《诗镌》时的主要诗人有：徐志摩、闻一多、朱湘、饶孟侃、杨世恩、孙大雨、刘梦苇、于赓虞、赛先艾、沈从文、朱大枏、程侃声、钟天心、张鸣琦、默深、王希仁、叶梦林、金满成；《新月》的主要诗人有：徐志摩、闻一多、饶孟侃、孙大雨、陈梦家、方玮德、林徽因、孙询侯、沈祖牟、梁镇、俞大纲、臧克家、卞之琳、刘宇、何其芳、曹葆华、李广田、孙毓棠；《诗刊》的撰稿人计有徐志摩、闻一多、饶孟侃、朱湘、孙大雨、陈梦家、方玮德、林徽因、方令孺、邵洵美、宗白华、梁镇、俞大纲、沈祖牟、孙询侯、罗慕华、程鼎鑫、李惟建、卞之琳、曹葆华。同时出现在三份杂志上的名字有：徐志摩、闻一多、饶孟侃。同时出现在两份杂志上的名字有：陈梦家、方玮德、朱湘、孙大雨、林徽因、卞之琳、曹葆华。① 徐志摩、闻一多、饶孟侃是新月诗派的中坚，始终参与三份刊物的筹划、组建、编辑、出版及一些日常事务的首推徐志摩，他是这三份刊物的创建者、经营者、维系者。没有徐志摩的苦心经营就没有这三份刊物，也就没有新月诗派。徐志摩是新月诗人圈中心的中心，是新月诗人间的纽带，是新月诗派的灵魂。

围绕"新月核心诗人圈"的第二层是"亚新月诗人圈"。包括胡适、梁实秋、叶公超、邵洵美、潘光旦、罗隆基等人，大部分是新月社成员，他们中除了叶公超、邵洵美以外，都不属于新月诗人，因为与新月诗派的紧密关系而被称为"不在编的新月诗人"。新月诗人圈和亚新月诗人圈是由三份同人性质的报刊连在一起的。新月诗派与新月社其他成员的密切关系，使它不单单是一个诗歌流派，与政治、文化等非文学论争也常常搅到一起，流派的内涵和外延都进一步向内开掘和向外延伸。同人性质的报刊，主要撰稿人相互熟识，有共同的理想和追求，刊物几乎不发表圈子以外的来稿，不以营利为目的，没有严格的办刊机构，通常聘请一位主管日常事务及报刊发行的人，主编和编务工作由主要成员轮流坐庄。邵洵美、叶公超就是因帮忙编辑《新月》而踏入新月诗人圈的。新月社在思想、政治、文化等方面都有比较鲜明的倾向性。他们亲欧美，热衷于讨论政治，主张人权自由，言论自由，积极推行政治民主制；在文学上主张理性节制情感，追求纯粹艺术观，与左翼文人有着先天的矛盾。他们与其他社团多有往来，也引发过多次论争。从此，新月诗派和新月派

---

① 这份名单参考《诗镌》《新月》《诗刊》原刊，经过整理得出。

纠缠在一起,新月诗派认同新月派文学观。1928年《新月》创刊,发表了徐志摩的《〈新月〉的态度》,提出了文学的"不折辱尊严"和"不妨碍健康"的原则。坚持文学的纯正性,用理性约束不纯正的思想,摆脱政治和商业的干涉,强调文学的独立性,批判的对象直接指向国民党与共产党,招致了创造社和左翼作家的激烈反对与批判,致使胡适、梁实秋、徐志摩以及和他们往来密切的沈从文等新月人,长期在中国现代文学史上得不到公正的评价。

围绕新月中心诗人圈的第三层人员是新月的对立面。新月派的最直接对立面是后期创造社与左翼作家,间接对立面有周氏兄弟。鲁迅与梁实秋之间有过一场著名的旷日持久的论战,争论的焦点是"文学是有阶级性的吗",这次论战非常激烈,在文艺界引起很大反响,也加重了左翼作家与新月派的敌对情绪。"新月"这个标志让与其关系密切的新月诗派备遭诟病,使凡与"新月"二字有点瓜葛的,都被打入文学的冷宫,新月诗人当然也不例外。在新中国成立以后,因为新月文人与鲁迅的这场恶战,徐志摩被定为资产阶级反动诗人,沈从文被驱逐出文学界。

以上是以新月中心诗人圈为圆点,以三份报刊的辐射面为半径,画了两个同心圆,这两个圆中所涵盖的人、事,绘制出新月诗派的生成历史半径。

除了报刊是新月诗派生成的必要物质条件外,决定新月诗学品格和诗学气质的还有诗人的文化身份,它决定了新月的诗学取向。

文化身份和文化构建属于后殖民文化的基本概念。本书并不想把对新月诗派的研究视角确定在后殖民语境中,只是借用"文化身份"与"文化构建"的概念,并取用它们的基本含义。"文化身份"有多种定义,其中最基本的两个含义:一是指它的基本属性,即"本质属性",是指与国家、民族联系在一起的民族文化身份或国家文化身份,这一身份是人人都有的、稳定的;另一个是它的延伸概念,也被称为"文化构建",认为文化身份不是静态不变的,而是处在不断被定位,不断被构建的动态中。当一个民族、国家或个人正处在与外来文化交流活跃期,或被动冲击期时,文化身份的重构就会启动,或是主动吸收,或是被动接受。如果不同文化间存在明显的强弱差异,在文化交流中就会存在冲突和不对称,文化身份问题就会凸显出来。

新月派的文化属性鲜明而特殊,是著名的"英美派",在其青少年时代,中国已处在文化转型期,全力推进西方文化思想。新月诗派的闻一多、梁实秋及"清华四子"在清华留美预备校接受八年的美国式中学教育,然后享受官费或半官费被派往美国留学深造。在留学期间,新月诗派大部分人留学美国,他们的学习、生活、思维、语言完完全全置身于西方文化语境下。这十几年来的中学、大学西式教育,与原有文化产生矛盾、撞击、融汇、重组,被重新构建成一个新的文化身份。这就形成以美国文化中的自由、开放、进取和英国文化中保守、理性、秩序的核心价值观合二为一的"英美"派文化特色。他们对中国传统文化持有知识分子的责任感,不妄自菲薄,不持全盘否定的态度;对待西方文化兼容并包,但不崇洋媚外,中庸、适度、理性是他们在面对多元文化选择时秉持的态度。他们与左派、右派在思想、文化领域形成泛文化对立形态。新月诗人群虽然有欧美文化背景,但他们接纳西方文化的态度并不相同,大致可以分成三种类型:一是主动接受型。他们对西方文化的态度和"五四"时代精神相一致,主张全盘西化,带着崇拜、赞扬、积极接纳的态度欢迎一切来自西方的文明,主动调整原有的稳定的文化身份,重新构建的文化身份有众多的"他者",本地文化空间被挤占,被他者异化,最为典型的代表人物就是徐志摩、叶公超、邵洵美,还有并没有留过学的卞之琳。他们对新诗模式的想象来自于西方诗歌。对徐志摩影响最大的是19世纪英国浪漫主义文学,柯勒律治、华兹华斯、济慈、雪莱、哈代等诗人都给予他巨大启示。华兹华斯给予徐志摩自然意识;雪莱使他获得"美""爱""自由""动"的真谛,并成为徐志摩诗歌的永恒主题;济慈教会了徐志摩调动"视""听""触""味"等各种感官,敏感于外物,创作出奇异想象之精品。徐志摩从哲学层面接受了哈代的悲观主义,哈代引领徐志摩走向现代主义诗学,培育了他忧郁的诗人气质。对叶公超、卞之琳而言,艾略特、魏尔伦、瑞恰慈等后期象征主义诗人是他们文化身份中重要的"他者",西方诗学传统是他诗学思想最重要的来源。叶公超先后留学美国的爱默思特大学、贝兹大学、法国巴黎大学及英国的剑桥大学,他从西方现代诗歌大家那里获得崭新的诗学观。叶公超认为,艺术世界是自足的,强调艺术的独立性,而不是任何其他意识形态的附属品。在艾略特传统文化观的影响下,叶公超形成了与艾略特一致的"传统观":"现代出于传统中";没有绝对"新"的文化形态;创新永远在传统中孕育。叶公超又直接影响了他的学生卞之琳,如果说西方诗学对叶公超的影响是使其汇集成了文学理论成果,那么对卞之琳的影响则更多的是诗歌创作实践，他帮助卞之琳超越了早期新月诗学观，开始追求诗歌的知性思考，节制情感的冷抒情和非个人化的表达方式。新月诗人中的"他者"，丰富了新月诗派的情感表达方式，使中国新诗融入了世界性的介质。二是文化自卫者。在文化身份的构建中，闻一多对待西方文化始终持保守态度，坚持"文化民族主义"立场，他不拒绝接受西方文化，但对外来文化有高度的警惕性。三是拒绝西方文化者，代表人物是朱湘。新月诗人因为各自不同的文化身份，他们的政治文化、伦理文化、宗教文化、审美文化各不相同，给流派本身汇集了丰富的文化信息，差异造就流派的丰富性、复杂性。作为派中之派的"新月诗派"，对待中国传统文化和现代西方文化的态度非常之不同，甚至大相径庭。新月诗派用"格律化"的形式约束新诗体的彻底解放，在规矩和限制下解放诗体，在克制和适度的理性约束下抒发情感，这一诗学观产生的文化语境还是和新月诗人文化身份有关。探求新月诗学观形成的文化成因，就绕不开新月诗派的文化属性这一问题，"英美文化群族"只是对新月派（包括新月诗派）文化属性的粗略概括。这就引出另一个不得不面对的问题，即新月诗派内部诗人中，他们的文化身份一样吗？留学本身就是一个在一段时间内对自己的文化身份重新构建的过程，在这个过程中，由于每个个体认同或排斥西方文化的态度不一样，个体文化构建的结果也就会不同，而这一结果直接影响了这一流派的政治、文化、文学立场。笔者认为，要探究新月诗派诗学观的文化成因，就不得不面对新月诗人的文化身份，文化身份能够决定诗人的文化意识形态，间接影响诗歌流派的文化立场，而文化立场与流派的诗学观之间存在着隐蔽的关联。这才有了恬淡、哀伤、工稳、古典、华丽的朱湘诗；有了愿意为艺术而殉道，认为艺术高于个性的闻一多；有了追求爱、美、自由的徐志摩；有了充满宗教神秘的空灵幻想的陈梦家，他的诗宁静、悠远、恬淡、闲适、静穆；有了情感深厚、笔力雄浑、气魄沧桑、关照严密的孙大雨；有了诗风空灵、超逸、神奇的方玮德；有了平中出奇，倾向小说化、戏剧化、非个人化的另类卞之琳。他们独立的艺术个性，正是文化构建中不同的倾向性选择，促成了审美多样性，但并不影响作家间彼此关联，彼此依存，以各具特色的艺术风格结成文学审美群体。

二 诗派属性与美学特征

新月诗派是派中之派，也被习惯地称为新月派中的诗人群，它与新月派之间的关系复杂而微妙，呈现时而独立成派，时而混杂一起的群体存在形态。所以在对新月诗派进行整体定位时，要从思想史的角度观照新月诗人群的思想归属。中国二三十年代知识分子的信仰可粗略地分为三类：一是激进的社会主义，追求苏俄式的共产主义，代表人物有陈独秀、李大钊、毛泽东等；二是社会民主主义，代表人物有梁启超、张东荪、罗隆基、储安平、潘光旦、萧乾等；三是新自由主义，以胡适、傅斯年为代表的英美派，其主张是调和自由主义与社会主义的矛盾，主张自由的社会主义。新月派绝大部分信仰自由主义，主要是指社会民主主义和新自由主义。他们虽然属于不同的自由主义流派，但处于同一阵营。自由主义思想有四个基本特征：（1）个体主义的；（2）平等主义的；（3）普同主义的；（4）淑世主义的。这四个特征适用于各流派的自由主义思想体系，其中"个体主义"是自由主义的核心价值观。因为胡适是美国实证主义哲学家杜威的学生，杜威提倡功利自由主义，胡适把传播自由主义思想作为自己义不容辞的责任。胡适被称为中国现代自由主义知识分子的精神领袖，新月派的教父，新月派是自由主义思想传播的大本营。新月诗派作为新月派的派中之派，同样出身于"欧美派"，文化身份和文化构建大致相同。自然也是认同自由主义的。新月诗人群是因诗歌聚在一起的，但如果没有最基本的价值观认同，这种聚合不可能长久，新月诗人中也有因不认同自由主义思想而中途退出的。

自由主义主张理性、中正，它既没有社会主义的激进，也没有民族主义的保守，主张社会改造而不是社会革命，提倡与政府合作、对话而不是冲突，强调社会和谐；主张尊重个人自由，个人才能要得到最大限度的发挥，提倡个人参与公共事务和社会福利；对待传统文化思想主张从根本上加以改造，而不主张全面摒弃，全盘西化；在政治上主张民主、自治、人权、平等。自由主义是新月派的信仰和核心价值观，是新月人聚合在一起的根本动力，新月人的一切行动言论都是在自由主义的基本框架下进行的，其中当然也包括文学活动。自由主义思想直接影响了新月诗派诗学观的形成，选择或认同什么样的诗学观，不只是由文学内部规律或审美价值观决定的，最本源的是由这一流派共同认同的思想价值观决定的。

新月诗派的流派性质应属于作家集团性质，这样定位的根据有三个：一是新月诗派很难用一种文学思潮来涵盖它。在新月诗学中，既有浪漫主义文学思潮的表达，也有古典主义诗学观，同时还受到西方现代文学思潮的影响，是多种文学思潮并存于一个流派；二是新月诗派没有成立宣言、组织章程、会员名单，也没有制定过发展计划或设计过未来前景，完全是因诗歌创作或诗歌理论上相互认同，风格接近，审美价值观一致才聚拢在一起的；三是因为前两个原因，新月诗派不能代表特定时代的主流文学形态。这三个特点就使新月诗派与其他诗歌流派在流派形态上有了比较明显的区别。

新月诗派在诗学主张上基本经历了三个阶段：浪漫主义、古典主义、现代主义。三种文学思潮在不同的时间段对新月诗歌的影响各有侧重，在新月诗人各自为战时，虽没聚合在一起，但根据创作时间可以判断出，他们个人的创作基本上呈现出浪漫主义特色。这个时期，我们可以称之为"前《诗镌》期"，徐志摩、闻一多、朱湘都是"五四"式的浪漫诗人。新月诗派的鼎盛期是"《诗镌》、《新月》期"，总体上倾向于古典主义诗学，以新诗格律化主张示人。《诗刊》后，新月诗派向现代主义倾斜，现代主义色彩逐渐浓烈，这就更难确定它的归属了。在现代诗歌流派中，像新月诗学混杂了几种诗歌美学形态的并不多见。

怎样解释这一现象，笔者认为，还要从诗人的个性、原始创作动机、审美倾向、时代潮流等因素上加以综合考虑。如果从诗人的个性、心理来考察，也许能解释为什么有些诗人刚开始创作时，就表现出对某一类型的表达方式的青睐，比如，郭沫若喜欢用直抒胸臆的夸张方式抒情，而戴望舒则倾向于在半隐半现中吞吞吐吐地表现自己。"在类型学上有两种相对的'心神迷乱'和'心神专一'的类型，一种是自发性的，着迷性或预言性的诗人，另一种是'制造者'。制造者主要指受过训练的、有熟练技巧的、有责任心的工艺型作家。这种区别在某种程度上似乎有历史的渊源：原始的诗人、巫师都是心神迷乱型的，浪漫主义诗人、表现主义诗人和超现实主义诗人都属于这一类型。"[1]根据这一分类法，可以按新月诗人的精神类

---

[1] [美]勒内·韦勒克、奥斯丁·沃伦：《文学理论》，江苏教育出版社2005年版，第88页。

型把他们分成"心神迷乱型"和"制造型"两类诗人。徐志摩、闻一多、朱湘、饶孟侃、陈梦家、方玮德等属于"心神迷乱型"诗人,他们开始写歌的初衷都不是为了凑新诗革命的热闹,在新诗革命的最初名单上看不到这些人的名字。他们或本着自发性的内心需要,或迷恋诗歌这种艺术表达形式,就像有人天生就喜欢音乐,有人喜欢画画一样,他们的兴趣是诗歌。徐志摩正式开始写诗是在剑桥读书时,那时他正经历着人生最浪漫最美妙的一段情感,以及初尝剑桥文化带给他的洗涤心灵般的舒畅,情之所至,有感而发。闻一多天生具有诗人气质,自幼喜欢诗词歌赋,视艺术为生命,到美国求学,强烈的思乡之情和爱国之情,加之中西文化强烈对比的刺激,使他吟唱出发自肺腑的《红烛》。时隔近百年,再读《红烛》还能感觉到诗人的热度。朱湘、陈梦家、饶孟侃无不是因为发自内心的喜爱而写诗的。在刚开始创作时,只是随着内在情感的支配选择适合的表达方式,他们最初的创作是本能地、直觉地、无目的地表达,没有从学理上选择该用浪漫的,还是现实的,还是古典的。这些诗人的共同点是他们有敏锐的观察力,外部世界对感官印象和知觉的激发,调动自身的情绪和感觉,通过想象和联想,使情感节奏和外在意象统合起来,而在这样的心理机制下选择浪漫主义的表达方式,是再顺乎自然不过的事了。新月诗派中还有一种诗人属于"制造者"类型,包括梁实秋、孙大雨、饶孟侃、叶公超、卞之琳等。"制造者"类型的诗人迷信理论,主张艺术创作的节制,倡导理性,有责任心,受过基本的训练,新古典主义诗人属于这一类型。在他们眼中,浪漫主义诗人往往行为疯癫,使野性和激情合法化,超赞人类的能量和大自然的狂野,因行为和思想的极端也导致艺术情感的失控,夸大其词、自我膨胀、直抒胸臆是积极浪漫主义者的常见表现。而消极的浪漫主义者则表现出逃避、内向、无病呻吟和懒惰。这两种浪漫主义者都是新古典主义者不认同的。梁实秋虽然不是诗人,但他是新月派的文学理论家,他主张新古典主义文学观。古典主义讲究节制、规范、秩序、理性,主张用普遍的标准衡量文学的好坏;认为"'古典的'即是健康的,因为其意义在保持各个部分的平衡;'浪漫的'即是病态的,因为其要点在偏畸的无限发展"①。在古典主义文学理论的支撑下,新月诗派为了规范当时诗体解放后所带来的过度自由无序、无治的状态,提出新诗的格律化主张,从

---

① 梁实秋:《文学批评论·结论》,《梁实秋文集》,鹭江出版社2002年版,第298页。

格律、诗行、修辞三方面提出规范新诗的标准，提出"在镣铐下跳舞"的创作想象。新诗的格律化理论在创作中可操作性强，不是空洞、宏观的理论阐释，它主张用音节、音尺的有序间隔，运用格律，配合诗人内在的情绪、情感节奏，给诗歌造成音乐的美感；主张诗行、诗型的视觉工整；注意语言和情感的色彩，在这些条件的约束下，诗歌呈现出既不同于胡适的过于直白、简单、缺少意境的诗，也不同于郭沫若的过于激情四溢情感泛滥的诗，而形成精致、有序、理性又不失浪漫的新月风格。古典主义诗学观因为在情感和艺术形式方面都对诗歌创作有理性的节制和约束，带来的直接效果是诗歌形态的稳定性，诗歌气质变得更加权威、尊严、高贵、优雅而因此改变了浪漫主义诗歌中的自我矛盾，人性冲突，强化自我欲求，指责社会不公；在艺术形式方面多样化、自由化、混乱、无序。新月诗人在否定浪漫主义诗学时，也不可避免地采用以古典主义的优点去比较浪漫主义的缺点的策略。古典主义诗学对理性、节制、稳定的强调既成为其最大的优点，也是其最致命的缺点，稳定性、节制对反拨文学的无序可能是有力的武器，但过分强调秩序和普遍性，很快就会使它在文体发展中失去优势。原因很简单。生活千变万化，人性丰富多彩，命运难以预测，事物的不确定性，这一切都需要文学形式的多样化、灵活性甚至非逻辑性，把情感、人生、命运、时代、自我、生命……复杂的文学命题局限在理性和规规矩矩的形式中，那么这种被限定的形式因无法承载更丰富多变的内容而显得力不从心。新月格律诗的路子不是越走越宽，而是越走越窄。

三 "影响的焦虑"：新诗生成的心理逻辑起点

在文学流派中，会有一个或几个领袖型作家、批评家，成为流派灵魂人物、核心人物，是流派的中坚力量，也是流派艺术风格集大成者，代表流派风格的经典作品往往出自这些人之手。鲁迅、茅盾之于人生派，郭沫若、郁达夫之于浪漫派，沈从文之于京派，闻一多、徐志摩之于新月诗派，他们是文坛的"强者"，其名字是流派的光荣，将会永远镌刻在文学史中。"强者"对于流派的意义，就像首领对于部落的意义一样。流派的其他作家会以"强者"为核心，围合成风格相对一致的群体。那么，谁能够成为流派中的"强者"，以怎样的方式成为"强者"，充满着偶然性和不确定性。美国著名的文学批评家、耶鲁大学文学教授哈罗德·布鲁诺在他的成名作《影响的焦虑》(Anxiety of Influence, 1973)里,运用弗洛伊德的家庭罗曼史理论,结合尼采的超人意志论和保罗·德·曼的文本误读说,针对"传统"对现代诗人的压力,提出了"诗的误读"理论,或称"焦虑法则"。它属于实用主义理论范畴,运用这一理论,可以解释文学思潮或流派中的核心人物是如何从心理学的角度,通过对传统的有意误读,从而完成自己对传统的超越,成为某一思潮或流派中的"强者"。布鲁诺的"影响的焦虑"理论是从对西方启蒙主义运动之后的英美主要代表诗人的分析中得出的,运用的是现代心理学"误释"(misprision)和"逆反"(antithetie)等理论。布鲁诺认为,新诗的形成,新的强者诗人的诞生,都是新诗人通过误读"诗的传统"来克服影响的焦虑,从而超越自己的前驱诗人,由"新人"成长为新的"强者诗人",结束一个伟大诗人的时代而开始另一个伟大自我的时代。新人与"强者诗人"之间的关系,犹如俄狄浦斯情结中儿子与父亲的关系,"强者诗人"对于"新人"来说,就如同俄狄浦斯情结中咄咄逼人的父亲形象,他代表着诗歌传统及传统中的伟大诗人。而新人总是在传统和伟大诗人的阴影下被遮蔽着,如何摆脱传统及伟大诗人的影响,展现新人独立的精神世界和高超诗艺,是所有梦想成为强者诗人的"影响的焦虑";在新人的眼中,传统和"强者诗人"是压倒和摧毁"新人"的俄狄浦斯之父,新人成长过程就是反抗"影响的焦虑"的过程。

"影响的焦虑"这一诗学理论,不仅适用于英美诗歌,同样也可以作为研究其他地域诗歌的理论依据。对于中国现代新诗来说,最难摆脱的"影响焦虑"恰恰是古典诗歌传统,中国古典诗歌从《诗经》算起经历了数千年的发展历程,积蕴浩瀚丰厚,历朝历代出现了数不清的优秀诗人,唐诗宋词的极盛为后代诗人竖起了高不可攀的艺术高峰,稳定的审美范式,规范的想象程式,固定的意象意蕴,固化的抒情方式,一切都显得极有秩序。屈原、李白、杜甫、白居易、温庭筠、辛弃疾……数不完的伟大诗人的名字,他们是中华文明的骄傲,是中国文学的自豪,但同时也是新诗人的梦魇,成为新诗迈不过去的高山,看不到山外的风景。

如果按朱自清在《中国新文学大系·诗集·导言》中的划分,新诗的第一个十年分成自由诗派、格律诗派、象征诗派。每一个流派都有自己的诗学传统和强者诗人。因为象征诗派在新诗十年中所产生的影响不大,在这里不与其他流派做比对。把重点放在自由派、格律派、现代派三个诗歌流派之间超越与被超越的历时性链条上，运用"影响的焦虑"诗学理论，从精神分析学角度研究诗人对诗人的影响，阐释诗派的历史形成是一代代诗人误读前驱诗人的结果。

胡适是新诗界最早向强大的诗歌传统宣战的，为了拒绝传统和权威，胡适在1917年1月《新青年》第2卷第5号上发表了《文学改良刍议》，正式向古典诗学下战书，提出白话新诗的"八事"主张："须言之有物，不模仿古人，须讲求文法，不作无病之呻吟，务去滥调套语，不用典，不讲对仗，不避俗字俗语。"①"八事"是针对古诗固定话语体系的最直接反叛。胡适提倡诗歌创作不要拘于遵守套路，讲究典故，工于对仗，他认为，传统诗词"形式上的束缚，使内容不能自由发展，使良好的内容不能充分表现。若想有一种新内容和新精神，不能不先打破那些束缚精神的枷锁"②。新文学想要在古典文学的遮蔽和阴影里突围出来，最彻底的办法就是打破偶像崇拜，"不模仿古人"。进而他又提出"诗体大解放"，用白话文取代文言文，用新诗取代旧诗，主张打破一切束缚自由的枷锁，重新建立新的文学秩序。胡适虽然不是第一个站出来挑战旧文学的人，但却是第一个成功挑战旧文学的人。他敢于向流传了一千多年的旧体诗词格律挑战，并把中国诗歌推向划时代的历史新阶段。胡适意识到，面对传统诗歌如此强大稳定的符号体系，只有用极端的行动，采用新的语言，借用新的语体，实验新的技巧，才会产生贬低和否定传统诗歌的审美价值体系。胡适为新诗争得了合法性。胡适把整个古典诗歌传统作为"影响的焦虑"来抗衡。

胡适的新诗理论从诞生之日起，就引发了旷日持久的争议，受到极端对立的水火两重天的待遇。有人认为，他是新文学的功臣，被标举为白话诗的倡导者和新文学的开创者，是界碑式的人物；也有人认为，胡适割断了新文学和传统文化的联系，甚至把他定位为中国新诗的历史罪人③，对他的责难从来没有停止。胡适有关新诗理论建设的最早记录在他的留学日记中，当文学革命真正开始后，他先后写了《文学改良刍议》《答钱玄同书》《建设的文学革命论》《谈新诗》《〈尝试集〉自序》，这些论文集中写于1916—1919年；在30年代，他的《胡适自述》和《中国新文学大系·建设

---

① 胡适：《谈新诗》，《胡适文存》（一），黄山书社1996年版，第7页。
② 同上书，第123页。
③ 穆木天认为："中国的新诗运动，我以为胡适是最大的罪人。"（《穆木天诗文集》，时代文艺出版社1985年版，第263页）

理论集·导言》从更加宏观的视角集中阐释了新诗理论。胡适新诗理论主要在以下几方面引起了争议：第一，胡适的传统观。"一概否定传统"，"抹杀唐诗宋词的审美价值"，"视祖传文化精华如粪土"，这些都是对胡适传统观的一些代表性评价。第二，提倡废文言兴白话的语言革命。胡适在《文学改良刍议》《文学革命论》中把"文言"称作"半死的文言""死了的文言"，提出中国文学要想新生，必须废除"死了的文言"。第三，提出"作诗如作文"的新诗实践策略。"诗体的大解放，就是把从前一切束缚自由的枷锁镣铐，一切打破；有什么话说什么；话怎么说，就怎么说。"①"不拘格律，不拘平仄，不拘长短。"②以上这三点，是胡适诗学观中招致非议最多的。胡适对传统诗学来了一次大反动，大清算。他所面对的不是某一个诗人、一个社团或某一个流派，也不是某种文学思潮，而是中国古典诗学传统，是所有参与"五四"文学革命的新诗人所面对的"传统"和"强者诗人"。胡适在他的战斗檄文《文学改良刍议》中虽然用了"改良""刍议"的字眼，看似对传统文学带着一种谦恭的态度，但实际上他的"改良"理论不是在旧有传统的基础上的，针对具体问题提出的不伤筋动骨的改良，不只是像先前黄遵宪、梁启超提出的诗界革命，主张诗歌依然用旧语言、旧形式，但在内容上加入新名词、新事物、新观念，他选择的推翻和重建，胡适认为，只有与古典诗词传统彻底割裂，不留余地，背水一战，切断与传统和强者诗人的血缘联系，粉碎旧的套话，创造崭新话语体系，走一条"不重复"前人，"不连续"传统的创新之路，才是中国文学的涅槃之路。但胡适也承认，传统话语有着超强的同化作用和稳定性，稳定性与遮蔽性成正比，古典诗歌修养越深厚，旧式话语的遮蔽性就越强烈。胡适对古诗传统的稳定性有充分的估计，他认为自己创作的所谓新诗，只不过是洗刷过的旧体诗，像旧式小脚女人被解放了的脚，沾染着畸形的血腥气，永远恢复不了天足。胡适的这个"小脚与新诗"的比喻很著名，这一比喻形象地指出文学革命的先锋们对所取得的成绩有清醒的认识，同时也表现出他对摆脱传统和强者诗人的信心不足。

20世纪20年代初，"胡适"几乎成了新诗的代名词，新诗取代旧诗已经成为事实。胡适新诗理论和诗歌实践很快就陷入困境，对胡适诗学观充

---

① 胡适：《尝试集自序》，《胡适文存》（一），黄山书社1996年版，第148页。
② 同上。

满争议。文体的每一次变化往往基于自身局限的需求，当条件具备后，文体会顺应时代的要求发生变化。传统诗歌僵化的形式已经不适合现代社会发展的需求，改变是必然的，但在诗歌自身没有做好彻底变革的准备时，外力强加的改变可能会带来这样或那样的问题。胡适们在把诗歌从传统诗学体系中生拉强拽地抽离出来时，并没有做好建设的准备。诗歌与传统彻底割裂的同时没有建立起一套新的诗歌话语体系，因为新诗"在理论上选择了拒绝任何依傍的道路，只能导致低水平的爬行，这又为五四新诗人自己所不满。结果就不能不导致理论与实践直接冲突，要么就是大白话的现象罗列，要么就是在中西古人的格调里打圈子，甚至把翻译西方诗歌和创作混为一谈"①。诗人们对新诗的未来盲目乐观，他们可能不曾预料到，粉碎权威的艺术话语和艺术形式，并不能真正地从传统模式和强者诗人的影响下走出来，新诗建设道路的艰难崎岖、时间的长久是古诗破坏者所不曾预料到的。诗人很快就无法忍受新诗低水平爬行的存在状态，要改变现状须先从清理新诗队伍入手，又一场对"影响的焦虑"的清理开始了。

　　创造社成员对新诗革命中刚刚获取胜利的强者诗人开战了。创造社于1921年在日本成立，在五四运动时这几位创造社大员正在日本留学，这使他们成了新文化运动的缺席者。随着国内新文化运动和文学革命的迅速发展，文学社团如雨后春笋般地出现，新的文学格局正在形成，一些较有影响的社团或流派已经占据新文化的媒介资源，重要的报刊分属于不同的知识分子群体。如果创造社不能在中国最重要的文化转型和文学革命期占有一席之地，那将被逐出历史舞台。"我们若不急挽狂澜，将不仅那些老顽固和观望形势的人要嚣张起来，就是一班新进亦将自己怀疑起来了。"（成仿吾给郭沫若的信）成仿吾在《序诗》中表达了不能立即融入时代大潮中的焦虑："我生如一颗流星/不知要流往何处/我只不住地狂奔/拽着一时显现的微明/人从不知我心中/焦灼如许"。成仿吾、郭沫若不甘心落后于时代，在日本就积极联络同人，筹办新文学杂志，寻找出版机构等。创造社回国后，要抢占文化空间，建立自己的根据地，郭沫若、郁达夫、成仿吾被称为创造社的"三大支柱"或"三驾马车"，创造社的诗学观主要是通过郭沫若和成仿吾传达的，郁达夫更多地关注小说创作。成仿吾、郭沫若在新文学队伍中是最善作战的斗士，他们把矛头先指向新诗界。向刚刚

---

① 孙绍振：《论新诗第一个十年》，《文艺争鸣》2008年第1期。

建立起新诗秩序的胡适和在新诗坛得到认可的小有名气的新诗人，做无一漏网地批判。胡适、徐玉诺、宗白华、冰心、康白情、俞平伯等都在批判的黑名单上，在创造社诗人眼里，无论诗学主张还是诗歌创作，都全无可取之处。创造社成员通过"有意误读"的策略，利用人们对新诗的不满，煽动反对新诗平庸化者的情绪，破坏胡适和"人生派"建立起的新诗坛格局，他们对以胡适为代表的新诗人的批判是毫不留情的，甚至用带有人身攻击性的语言，对新诗坛做了全面的清算。创作社之所以会这样决绝，有一个前提条件，他们没有参与过新文化运动，与《新青年》那一群思想启蒙家陈独秀、胡适、钱玄同、刘半农、周作人等没有师生或朋友关系，批判起来无所顾念，这群性格狂放不羁的青年人，以其独立不倚的精神和凌厉风发的意气，本着对新文学阵营清算的态度，和"新偶像"对立，和胡适、文学研究会、语丝等对立。

　　成仿吾因其坦率的个性，直露的笔锋，喜欢辩驳批评的逆向思维，泾渭分明的宗派色彩，招来了"黑旋风"的绰号，曾被鲁迅戏称为"抡板斧"的文学批评家。成仿吾有一篇非常具有"创造社"色彩的文章，是创造社误读方式的代表作——《诗之防御战》，写于 1923 年。在文中，他绝对自信地对前期白话诗表示了不满和抗议，把古典诗歌形容成一座腐败的王宫，认为重新建立的新诗王宫里里外外一片荒芜，杂草丛生。批评新诗艺术水平低下，想象力贫弱，缺少音乐性。并把批判的矛头直指胡适，认为胡适代表作《人力车夫》是一首表达了浅薄的人道主义的诗作，犹如有钱人怀抱妓女讨论如何拯救世界一样不可信，犀利辛辣地批判了胡适的《尝试集》、康白情的《草儿》、俞平伯的《冬夜》、周作人的《雪朝》。成仿吾的文学批评很能代表创造社的意图，他们为了强调自己的文学价值观，全面否定其他文学社团和流派的文学观，甚至不惜自降身份地进行人身攻击，出语恶毒，以引起别人的注意，大有炒作之嫌。这是创造社为确立自己的文坛霸主地位而采取的行动策略。

　　郭沫若认为："中国文坛大半是由日本留学生建筑成的。"[①]他们不承认中国新文学是以《新青年》为阵地开始向旧文学发难，也不认为文学研究会、新月诗派、现代评论派为新文学建设做出了有益的贡献。相反认为，恰恰是他们把新文学引入了歧途。全面否定了"五四"时期新文学的

---

① 郭沫若：《桌子的跳舞》，《郭沫若全集·文学编》第 16 卷，人民文学出版社 1989 年版。

繁荣局面和取得的成就。"中国的所谓文学革命——资产阶级的一个表征——其急先锋陈独秀,一开始就转换到无产者的阵营不计外,前卫者的一群如周作人、刘半农、钱玄同辈,却胶固在他们的小资产阶级的趣味里,退回封建的贵族的城垒;以文学革命的正统自任的胡适,和拥戴他或者接近他的文学团体,在前的文学研究会,新出的新月书店的公子派,以及现代评论社中一部分的文学的好事家,在那儿挣扎。然而文学革命以来已经十余年,你看他们到底产生出了一些甚么划时代的作品?这一大团人的文学的努力方向刚好和整个的中国资产阶级的努力一样,是一种畸形儿。一方面向近代主义 Inodernism 迎合,一方面向封建趣味阿谀,而同时猛烈地向无产者的阵营进攻。"①这是郭沫若在后期创造社向无产阶级文学转型时对新文学的总结,全盘否定一切非无产阶级的文学成就。为确立无产阶级文学观,再一次像他们初登文坛时那样,对以往的一切与其不同的文学观进行打压,其策略如出一辙。"创造社成员为自己选定的论争对象大都是'值得'挑战的——有影响的大刊物与文坛成功人士,对真正的'落后'者(如鸳鸯蝴蝶派)反倒并不多于纠缠(只有成仿吾《歧路》是个例外,载《创造季刊》1卷2期)。"②创造社为什么要选择文坛的大刊物和成功人士为自己的论争对象,这当然也是一种争当文坛霸主的策略,只有有影响的大刊物和文坛的成功人士才是阻挡创造社成为文坛霸主的障碍物,构成对创造社的"影响的焦虑"所在。对创造社来说,文学研究会、新月派、现代评论派等都属于新文学传统,而他们否定的文坛成功人士包括鲁迅、胡适、周作人、茅盾、徐志摩、梁实秋等,这些人确实都是新文学中的佼佼者,确属"强者"之列。找到"影响的焦虑"之所在,找准文学的"强者",对他们进行有意"误读",以确立自己的文学地位。

创造社"误读"策略运作得非常成功。他们把刚刚建立的新文学传统和文坛有影响力的作家及各大重要报刊,确定为对他们产生"影响的焦虑"之对象,以非常主观化的方式和激烈的言辞批判他们,以主动出击和下战书的行动策略向文坛中的异己者发难,其结果是赢得了新文学的一席之地,平衡了新文学各种势力的分配格局,他们鲜明的浪漫主义风格为中国文学增添了极其绚烂的色彩。一时间,以郭沫若《女神》为代表的浪漫

---

① 郭沫若:《文学革命之回顾》,《郭沫若全集·文学编》第16卷,第94页。
② 李怡:《论创造社之于五四新文学传统的意义》,《文学评论》2009年第1期。

主义诗潮成为中国新诗的主流，它的光彩使胡适等尝试期新诗黯然失色。按照文学内部发展规律，没有永远的强者诗人，尤其在新文体初建不成熟的探索期，被取代被置换的事情时有发生，间隔时间也相对短暂。

当创造社走向成功，成为新诗的"强者"，成为新诗的传统时，被误读的宿命已在前方等待着。它将成为谁的下一个"被误读者"？它会成为谁的"焦虑"之所在？它的崇拜者、模仿者，想成为"他们"的新诗人，因为被耀眼的光环遮蔽着，蛰伏在他们的阴影里，积蓄力量，试图寻找着突破，酝酿着更大的反叛和暴动。一群头顶"新月"的年轻诗人，徘徊在缪斯"女神"的周围。

笔者试图在新月诗派研究中，借助"影响的焦虑"这一理论，来分析为什么会是闻一多、徐志摩成为新月诗派的"强者诗人"？他们是如何解构"影响的焦虑"而跻身于新诗强者诗人行列？在新月诗派内部，他们的强者地位受到过怎样的挑战？作为"强者诗人"的他们给中国新诗带来了哪些改变？有着怎样的意义？这些挑战对于新月诗派的诗学观带来什么变化？这些变化是否能影响新月诗派的艺术风格？是否会动摇新月诗派的内部格局？这一系列的问题通过"影响的焦虑"这一理论，以流派形成的最小单位——个体诗人的心理机制为切入点，由诗人个体推及诗人群体，由群体再到流派。新月诗派是个流动不居、进出自由的群体。他们当中有些因生计问题而不得不退出，闻一多为了工作就暂时离开过北京的"新月"；因性格不合而离开"新月"，朱湘因性情古怪孤僻与闻一多、徐志摩之间起摩擦而离开；孙大雨因留学海外而暂时离开；臧克家因与新月诗派精神气质不合而离开。在流失的同时新月诗人群又不断有新人加入，他们常常是同人及同人的朋友的朋友带来的，南京的方玮德带来了他的姑姑方令孺，方令孺又带来了她的表弟，已是教授的宗白华。闻一多带来了臧克家，臧克家又带来了卞之琳，新月诗人群就像一个越滚越大的雪球，不断有新雪沾上，也会有陈雪掉下。但无论人员如何变动，其中两个人的"强者诗人"的地位从未被动摇过——闻一多、徐志摩。

胡适时代的焦虑来自传统文化、古代圣贤诗人。反对文言文，提倡白话文，推翻旧诗体制，建立白话诗歌的话语体系是胡适成为强者的历史功绩。而创造社则把新诗的倡导者胡适、鲁迅、茅盾、周作人、徐志摩、梁实秋等作为焦虑的来源，把他们设定为被误读的对象。到了新月诗人那里，他们先对诗坛上很有影响的两位"新潮"派诗人俞平伯、康白情的诗歌进行批判性误读，然后很理性地重新审视崇拜者郭沫若及他所代表的创造社主情主义诗学观，并把人生派和浪漫派都想象成"影响的焦虑"，把胡适、俞平伯、康白情、郭沫若选作"误读"对象，把否定他们作为自己进军诗坛的第一步。在拥有了自己的媒体空间《晨报·副刊·诗镌》后，迅速提出他们的新主张——新诗格律化。这一理论提出的背景是：新诗没有出现人们幻想中的繁荣，与旧诗相比，新诗显得粗陋、平淡、缺少蕴藉，它刚刚起步，就走向诗歌的末路穷途。而郭沫若的《女神》无疑是最伟大的时代之歌，它点燃了"五四"一代人的青春激情，但创造社汪洋恣肆的直抒胸臆的抒情方式，以及它的主情主义诗学观，又使新诗走向了情感的泛滥。闻一多、徐志摩、梁实秋对人生派和浪漫派诗学观提出质疑，新诗格律化主张针对创造社的情感泛滥的泥淖，强调理性节制情感；针对胡适"作诗的如作文"的诗学观，主张用格律制造出诗歌的音乐性。这看似向后倒退的主张，实际上是以退为进，更加尊重诗歌艺术的本体特征，突出诗歌文体的音乐性、修辞性。新月诗人对前两者的否定，在策略上更趋理性，只作学理上的否定，而不像创造社在否定时还夹杂着人身攻击。

  新月诗人内部也因诗学观的分歧而不断分化，尤其在新月后期分化越发明显。新月内部分化的主要原因不是来自外界干扰，而是来自流派内部的"强者诗人"和"新诗人"的矛盾。在同一流派内"强者诗人"对新诗人也会产生"影响的焦虑"，这种焦虑恰恰来自于"新诗人"对流派传统或强者诗人强烈的认同感。在同一流派内，"强者诗人"与"新诗人"生活中的真实关系往往是师生关系，学生因为崇拜自己的老师而处处模仿他，学生的才华往往被老师的光影所遮蔽，但当学生不断获得外界信息刺激后，他可能已具备了超越老师的条件，作为"新诗人"的焦虑也随之而来，"新诗人"常常把"强者诗人"创作中不突出的特点加以发挥，变成"新诗人"的独创性特点，成为新诗人超越"强者诗人"最突出的标志，这就是"创造性修正"这一策略的行动结果。新月诗派在这一点上非常典型。"新月"中资格最老的诗人要数徐志摩、闻一多，"清华四子"是闻一多的学弟，陈梦家、臧克家、李广田、卞之琳、方玮德等都是闻一多或徐志摩的学生。在学生中，臧克家、卞之琳对来自强者诗人"影响的焦虑"的反抗是最彻底的。臧克家、卞之琳都曾经是新月诗学最忠实的实践者，随着自身羽翼的丰满，不满足只是重复强者诗人的风格，对强者诗人在诗歌创作中忽视的特点加以放大，把"强者诗人"忽视的变成"新诗人"重视的，并把它强化成自己的特点。从心理学角度讲，这是有意的"误读"行为，这种修正方式会逐渐把"新诗人"的风格特点比照出来。如臧克家不满足于只对新月诗歌艺术形式上的认同和创作追随，他发挥了闻一多和徐志摩诗中关注现实的特点。闻一多有许多关注现实的诗篇，但他更迷恋对诗歌形式的追求；徐志摩诗中也有许多关注现实的诗篇，但毕竟不是他主流的内容。而臧克家把关注现实人生的题材放大，并变成自己最主要的追求目标，最终脱离"新月"，转向现实主义流派。卞之琳把徐志摩、闻一多诗中尝试过的，但并不作为主要创作方法的诗歌戏剧化、小说话、非个人化的创作模式发挥到极致，最终转向现代诗派。新月诗派内部的分化，使新月诗派呈现出多元、立体的诗歌美学格局。

在30年代的现代派诗人中有一些来自新月诗派。诗人戴望舒成为连接象征派与新月诗派的纽带，使中国新诗终于迎来了一个不复再现的黄金时代。现代诗派与新月诗派的一致性是对"纯诗"立场的坚持。在现代派诗人刚刚步入诗坛时，以新月诗歌模仿为对象，视闻一多、徐志摩为强者诗人，创作中追求格律，刻意营造出节奏美。但他们很快就发现，新诗的格律并没有比古诗词更精美，更讲究，与其追求新诗的格律，还不如索性去吟诵古诗词。对新诗格律主张的反叛，也并不意味着他们赞同郭沫若《女神》式的绝对自由的抒情，现代诗派把那种抒情方式称为"狂叫""直说"。诗人杜衡在《望舒草·序》中就发表过这样的看法："当时通行一种自我表现的说法，作诗通行狂叫，通行直说，以坦白奔放为标榜。我们对于这种倾向私心里反叛着。"如果说现代诗人初期还是以学生心理向"新月"强者诗人闻一多、徐志摩等学习，模仿他们的风格，追求新诗的格律形式，赞同节制的抒情策略，但当他们掌握了这种技巧后，发现如果没有突破和创新，他们永远也不能比闻一多、徐志摩更有名气，得到强者诗人的位置，他们要开拓出一条不同于新月的路，那就是摒弃格律对诗歌的束缚，不以辞害意，倡导自由体诗歌。但中国当时最成功的自由体诗《女神》及其作者郭沫若的风格是他们从未欣赏和接受过的，现代诗派的年轻人都排斥《女神》式的直抒胸臆的抒情方式。所以对现代派诗人来说，创造社诗歌对他们不能构成"影响的焦虑"，而让他们意识到的焦虑影响来自新月，施蛰存在给戴望舒的信中谈到过这一点。施蛰存认为，戴望舒无论才情还是表现力都不逊于徐志摩，但徐志摩在新诗坛上有相当稳定的强者诗人地位，可徐志摩也不是完美的，他缺少系统的诗学理论，这一点连徐志摩本人都承认。现代诗人利用这一短处来超越徐志摩，那就意味着他们会以自己的风格和诗歌理念，在新诗坛上竖起自己的一面诗学旗帜，彻底摆脱"新月"的遮蔽。在诗歌理论建设方面，施蛰存认为，戴望舒比徐志摩更有理论深度，他鼓励戴望舒"你须写点文艺论文，我以为这是必要的。你可以达到徐志摩的地位，但你必须有诗的论文出来，我期待着"①。这个策略的实施非常成功，正如施蛰存所预见的那样，当戴望舒出版了《诗论零札》十七条后，才彻底摆脱"新诗格律诗化"的束缚，亮出自己不同于甚至可以说是超越于"新诗格律化"的诗学主张，施蛰存认为，正是《诗论零札》的发表，标志着新月诗派的终结，并确立了现代诗派在新诗史上的地位。

　　从新诗十年的发展看，新诗人在不断自我反思、自我超越、自我蜕变中成长。十年中，诗坛不断变换诗歌理念，诗歌流派、诗学理论、争论内容的变化要比旧诗几百年的演变更加复杂，更加令人感到扑朔迷离，难以厘清。但有一条心理轨迹一直潜藏在纷繁的诗歌事件背后，那就是新诗人有强烈的成功愿望，而每一位渴望成功的新诗人都必须面对业已形成的稳定的诗歌传统，都必须面对站在自己面前的难以超越的"强者诗人"，渴望成功的心理会把这些视为"影响的焦虑"，要想摘掉"新诗人"青涩、不成熟、没分量的标志，就要想办法走出"强者诗人"的光环，摆脱"影响的焦虑"。他们大都采取误读"强者诗人"的行动策略，上述的胡适、郭沫若、闻一多、戴望舒都是采取"误读"加批判的行动模式，由"新诗人"成功晋级为"强者诗人"，推出自己的诗学观。但也并不是所有"新诗人"都能跻身于"强者诗人"的行列，他们必须具备先锋性和强烈渴望成功的心理要求。但"先锋思潮又是短暂的，它会在一个短时期集中巨大能量发起进攻，产生影响，也会迅速消散在常态文学中，它推动文学发展的同时也会迅速消解自己，也可能被更新的先锋文学所否定"②。

四　研究现状与研究方法

　　社会上从未间断过对"新月"的关注，从学术界、文化界到影视、媒

---

① 孔另境编：《现代作家书简》，花城出版社1982年版，第77页。
② 陈思和：《从"少年情怀"到"中年危机"》，《探索与争鸣》（沪）2009年第11期。

体都找到了自己的热点问题。其中不乏由于历史原因而造成的历史误读，对胡适学术思想的重新评价；对"新月"中一批赴台作家在政治、文化、文学甚至大陆文学史中评价的再认识再评价；对新月派文学成就对现代文学的历史贡献及意义的重新认知；对新月派文化身份问题的研究；甚至影视和媒体关注的新月名人的爱情故事或绯闻，等等，"新月"从它诞生之日起，外界就从未停止过对它的研究、议论、评说。这对一个文学流派来说应该是一件好事，无论褒贬都在文学史上留下了重重的一笔。新月研究可以涉及的领域有政治学、伦理学、文学、比较文学、史学等，研究成果非常喜人。近年来，有几位博士毕业论文也选择了与"新月"有关的题目，他们的加入，使新月研究提高到一个新的高度和水平，研究视野和研究思路都越来越开阔、深入。本书涉及的新月研究主要集中在新月诗学发生的文化语境及其发展走势上。

《新月诗学生成论》的研究对象被规范在20世纪二三十年代新月社中的诗歌流派研究上，其目的是对新月诗派做一个在现代文化语境下的阐释。本书将以丰富的材料和全面的论证对新月诗派的组织方式、成员构成、诗学观念及其产生原因、诗人个体研究和文本细读做一个较为全面的阐释。力求通过较为详尽的材料占有和文本细读还原生成一个生动的、活跃的、有瑕疵的、真实的新月诗派，对他们在中国新诗史中做出的贡献和存在的价值进行较为深入的研究并做出较为全面和客观公允的评价。

在现代文学流派研究中有两个方面一直涉猎较少：一是对文学社团和流派的聚合生成与现代文化语境的关系未能作进一步的梳理；二是对共时性的不同文学流派的异同性及特殊性的研究不够。因为文学流派是一个动态的丰富的文学形态，它的形成和社会、文化、成员的知识构成、精神信仰、欲望追求、学识修养、兴趣爱好、成员之间的关系、报纸刊物等都有着密切的联系，所以本书将在现代文化语境中挖掘其内在构成、诗学渊源及其历史价值。

本书主要探究新月诗学的生成原因，如新古典主义哲学与新诗格律化的生成关系及其在个体诗人的文本中有着哪些相同或相异的表现；中国古典诗学与新月诗派的关系；新月诗派又是如何融入西方现代诗学的新质的；新月诗派在中国新诗现代化进程中究竟占有怎样的位置，等等。本书以新古典主义思想为理论背景，在这一大的前提下讨论新月诗派的文学信仰与情绪意气、文学话语与团体宗派、文学阵地与文化体制、文学观念与文学作品等。

　　新月诗学生成原因的探究是本书的难点，它的头绪繁杂，背景多元，涉及理论问题较多，如梁实秋与新古典主义对新月诗学思想产生的影响程度；新月诗人个性相异，志趣虽有相同之处但不同多于相同；如何对诗人进行层层深入的辨析和剥离；如何找到触摸历史的感觉和对诗人做出理性的判断；如何确认新月诗人的多重文化身份，他们的文化身份对新月诗学理论的生成产生了什么作用。理清这些相互缠绕的问题，将是本书最大的创新点。

　　本书的研究路径是从创作现象出发，经逻辑分析，作出归纳。大量阅读作家笔记、日记、传记、诗歌作品及其他文学作品，在参考中西诗学、心理学、文化学等成果的基础上，寻找到合适的切入点。注重文本分析与理论视点的融合。

　　本书研究的重点不在于新月诗派的诗学主张，而在于其诗学思想生成的原因。其中，用"影响的焦虑"这一诗学批评理论解读其中的部分原因是本书的创新之处。

第一章

与媒体共生："新月"的发生与传播方式

现代文学流派与古代文学流派生成机制上的根本区别，在于聚合方式的不同。古代的文学流派往往以个人交情为纽带，或朋友，或师生，或亲友因文学志趣相投聚合而成。现代文学流派往往和报刊的关系更大，报刊所设置的栏目、办刊方针和文学审美倾向，都可以促成一个文学流派的生成，影响流派的文学观。在报刊这一大众舆论空间里，现代知识分子找到了自己的发声平台，文学志趣相同但并未谋面的小说家、诗人、散文家、批评家、文学爱好者、读者等，都可以因为认同某份报刊的办刊宗旨和文学倾向性，不约而同地聚集在这一公共空间里。既然是公共舆论空间，就带有平等、民主、自由的性质，具备快速复制、迅速播散、影响广泛的特点，这些都为文学流派的形成、文学思潮的酝酿与传播、作家名气的迅速提升、文学作品的广泛传播与复制、作家与读者的、作家与批评家的交流，提供强大的物质支持和舆论支持，为文学流派的形成创造条件。现代报刊成就的文学流派不胜枚举，新月诗派就是非常典型的流派与报刊共生的文学现象，报刊成为孕育流派的孵化器。

一 "餐厅""客厅"：闺中望"月"

文学社团是以文化载体的形式存在的，它不是孤立的"社"或"派"，蕴含着丰富的文化内涵，所以想完整地阐释它的全部，客观地还原其本来面目，几无可能。新月诗派与新月社、新月派在中国新文学的历史语境中，充满着诱惑、矛盾、纠缠和传奇色彩。这是三个各不相同又相互交叉的群落，同中有异、异中有同。尽管侧重领域不同,但因为"新月"二字未变,更因为其灵魂人物徐志摩是各个群体的核心,他在与"新月"有关的不同群体中,都可以称得上是组织者,也是把它们联系起来的黏合剂。

(一) 新月聚餐会、新月社、新月俱乐部、新月诗派

说起新月社,其中有两个群体不能不说,即新月聚餐会和新月俱乐部。关于新月聚餐会有两种说法。一是徐志摩的父亲许申如和银行家黄子美共同出资,为在北京的亲戚朋友聚会提供场所而准备的,后来演变成新月同人的聚餐会。二是梁启超领导下的推进新文化的机构——"共学社"的聚餐会,它设在北京石达子庙欧美同学会内,同学会每两周搞一次聚餐,同时收集政治、经济、军事、文艺方面的多种书稿,交给商务印书馆出版。聚餐会的人员比较复杂,社会各行都有,但基本上都是留学欧美归来者。这其中的一些成员成为后来新月社的组成部分。

聚餐会的形式在20世纪20年代北京的高级知识分子间比较流行。中国现代的聚餐会大概始于1910年前后,是最早的欧美同学会的聚会方式,但那时由于留学欧美的中国留学生人数很少,聚餐会的规模较小。直至20年代后,随着留学欧美的留学生人数的增加,这种聚餐会在北京高级知识分子阶层才活跃起来。如果仅限于吃喝,聚会的影响力不会很大,欧美同学会聚餐会,实际上是曾经留学欧美的中国留学生,把西方的交际方式输入中国的一种文化渗透方式。他们在定期聚会时,经常请美国或中国的各界知名人士作演讲,或就一个话题展开讨论,聚餐会不仅联系感情,更重要的是把认同西方文化价值观的留美群体聚合起来,形成一个有别于其他文化背景的"思想场","聚餐会"成为特殊阶层的身份标志,也使这些人得到文化归属感的满足。

徐志摩热衷于这样的聚会,又对西方生活方式推崇有加,回国后徐志摩想做一番事业,他深知单凭自己一个人是做不成大事的,需要志同道合者的共同努力,他的日记中有这样一段记载:"我一向信心,是在'合群'。按中国情形,我们留学生,都是将来的先锋领袖。但是最后的成功,是在通力合作。"徐志摩坚信"合群大成",这是他回国多年一直坚持热心组织和参与各种群体活动,成为各群体核心人物的主要动因。关于这一点,他的中学同学郁达夫有一段生动记载:"我忽而在石虎胡同的松坡图书馆里遇见了志摩。……他的那种轻快磊落的态度,还

是和孩时一样,不过因为历尽了欧美的游程之故,无形中已经锻炼成了一个长于社交的人了。"①"从这年后,和他就时时往来,差不多每礼拜要见好几次面。他的善于座谈,敏于交际,长于吟诗的种种美德,自然而然地使他成了一个社交的中心。当时的文人学者、达官丽妹,以及中学时候的倒霉同学,不论长幼,不分贵贱,都在他的客座上可以看得到。不管你是如何心神不快的时候,只要经他用了他那种浊中带清的洪亮的声音,'喂,老×,今天怎么样?什么什么怎么样了×'的一问,你就自然会把一切的心事×开,被他的那种快乐的光耀同化了过去。"②徐志摩对被邀请参加聚餐会的人没有身份要求,参加新月聚餐会的人形形色色,各行各业,有政治家、学者、诗人,还有银行家、政客、交际花,等等,由于行业跨度大,难以展开讨论,很快徐志摩就不满意于这种只聚餐不做事的聚会,他觉得这实在浪费时间和生命,这也就有了之后的新月社和新月俱乐部。

新月社大约在1925年1月成立。是因为印度大诗人泰戈尔要来华讲学,请徐志摩任翻译并安排泰戈尔的生活起居。徐志摩十分崇拜泰戈尔,喜欢《新月集》,新月社因此而得名。新月社成立之初并没有什么宗旨,一方面要给聚餐会的形式一个更好听更有意义的名分,一方面也有追赶时尚之嫌,因为在当时成立各种社团是一种社会潮流。"组织是有形的,理想是看不见的,新月起初时只是少数人共同的一个愿望,那时的新月社也只是个口头的名称,与现在松树胡同七号那个新月社俱乐部可以说并没有怎样密切的血统关系。"③新月社成立的直接动机是:"我们当初想往的是什么呢?当然只是书呆子们的梦想!我们想做戏,我们想集合几个人的力量,自编戏自演。"新月聚餐会和新月俱乐部对爱好文学的徐志摩来说总有些差强人意,由于俱乐部和聚餐会成员更热衷于政治文化讨论,不能实现徐志摩心中的文学梦,所以他另起炉灶,想把几个怀揣文学梦的"书呆子"组织起来,一起实现他们的"戏剧梦",这是新月社成立的主观原因。"同时新月社的俱乐部,多谢黄子美先生的能干与劳力,居然有了着落,

---

① 郁达夫:《志摩在回忆里》,《郁达夫全集》第3卷,浙江大学出版社2007年版,第152页。
② 同上。
③ 徐志摩:《给新月》,韩石山主编:《徐志摩全集》第2卷,天津人民出版社2005年版,第59页。

房子不错，布置不坏，厨子合适，什么都好。"①新月俱乐部是在新月社成立后很快组织起来的，时间大致也在 1925 年初。俱乐部的成员是由前面提到的梁启超领导的研究系成员，和一些留学欧美的社会精英知识分子组成，如梁启超、林长民、张君劢、蒋百里、胡适、徐志摩、陈博生、陈西滢、丁西林、林语堂、黄子美等。由黄子美负责日常事务。从徐志摩《给新月》中的记载可以判断，新月俱乐部和新月社同时存在，新月俱乐部的成员人数更多，职业身份更复杂，而新月社成员最初是由爱好戏剧的人组成的一个十分松散的社团，也是一时起兴的行为，以此实现表演戏剧的愿望，新月社的成员基本上是俱乐部的成员。

新月诗派由于也带有"新月"二字，给许多不了解背景的读者造成一种误解，以为和当年新月社是一个团体，或有密切的关联。其实新月诗派和新月社基本上没有血缘关系，"新月诗派"也不是诗人们自己的命名，因为有徐志摩的关系，1931 年在陈梦家结集出版《新月诗选》以后，这个"新月诗派"名字才叫响。"新月诗派"不曾像"湖畔诗社""七月诗派"那样有过正式的成立形式和相应的会员吸纳条件、流派宗旨说明等。"新月诗派"这个命名是文学史的追认。

新月诗派形成的时间，大部分文学史以 1926 年 4 月 1 日《晨报副刊·诗镌》第一期出刊为准。"我们几个朋友想借副刊的地位，每星期发一次诗刊，专载创作的新诗与关于诗或诗学的批评及研究文章。""我们的大话是：要把创格的新诗当作一件认真事情做。"②徐志摩说的这几个朋友其实就是闻一多和清华四子（朱湘、饶孟侃、杨世恩、孙大雨），还有一些新诗爱好者如刘梦苇、蹇先艾、朱大枏等。其实，在徐志摩接手办《晨报·副刊》时并没有计划借此阵地搞一个诗歌运动，组织一个流派，徐志摩加入新诗格律化运动中，并成为新月诗派的中坚力量，纯属偶然。闻一多与清华文学社一行人早就有办刊愿望，但苦于没有资金和丰厚的人脉资源，又是一群无名小卒，没有丝毫知名度。当他们听说徐志摩任《晨报·副刊》副主任的消息后，认为这是一个可以利用的好机会。一则因为徐志摩在当时已经是大名鼎鼎的诗人；二则因为闻一多和徐志摩还相互欣赏。当

---

① 徐志摩：《给新月》，韩石山主编：《徐志摩全集》第 2 卷，天津人民出版社 2005 年版，第 59 页。

② 徐志摩：《诗刊弁言》，韩石山主编：《徐志摩全集》第 2 卷，天津人民出版社 2005 年版，第 414 页。

闻一多向徐志摩提起这件事时，徐志摩很爽快地就答应了。一次偶然的提议，一次偶然的相逢，成就了几个诗人的梦想，也成就了中国新诗史上的一段荣光，它改写了中国新诗的发展方向。

可见，新月聚餐会、新月社、新月俱乐部、新月诗派这几个在中国现代文学史上让人充满好奇和想象的名字，其中的渊源和瓜葛都是由一个人而起——徐志摩。也许，由于他崇敬和喜欢伟大诗人泰戈尔，对"新月"不离不弃，"新月"成为徐志摩的标志。尽管这几个群体之间或联系紧密或没什么联系，但它们之间内在精神是一脉相通的，比如说对人权的尊重、对自由的追求、对理性精神的张扬等，这些将在后文作深入探讨。

(二) 新月与文化沙龙

"新月"后冠上"聚餐会""俱乐部"，在性质上和其他文学社团就有了显著的区别。新月同人群体多数是留学欧美出身的，"聚餐会"和"俱乐部"显然带有西方贵族社会的文化沙龙性质。无论是聚餐会还是俱乐部都由徐志摩充当组织者，他深谙西方绅士之道，青睐西方人际交往模式，在徐志摩的热心经营下，无论俱乐部还是聚餐会或者新月社，都带有浓重的西方文化沙龙气息。徐志摩在美国和英国留学期间，就常参加当地文化名流组织的文化沙龙，在那里广结名流，受益匪浅。"沙龙"是法语 Salon 一词的译音，原指法国上流社会住宅中的豪华会客厅，具有贵族化的先天品格。最早因王宫贵族的太太小姐因不能到外面抛头露面而在自家客厅或餐厅举办上流社会的聚会，话题多围绕文艺、诗歌。参加沙龙聚会也有一定的礼仪规定，如讲究服饰礼仪、言谈举止，目的在于追求高雅的生活情致和显示自己的特权地位。慢慢地，一种优美典雅的贵族语言便在他们的圈内形成，这种发生在客厅和餐厅的以文艺为主要话题的聚会被称为"文化沙龙"。豪华优雅的场所、幽默思辨的交谈、人与人交流中碰撞出来的智慧火花，吸引了绅士名媛的加入。注重消遣、娱乐也是沙龙文化的特点。除此之外，沙龙还具有交际性和礼仪性的文化特征，人们参加沙龙活动的目的在于交流思想，实现人际间的交往。由于是上流社会的交往，讲究礼仪，注重仪表风度和语言表达是它必然的特征。俱乐部（Club）从某种意义上可以看作是私人间的活动，没有多少规定和限制。虽然也有章程，但是更多的是个人意思的表达，随意性较大。从俱乐部的功能看，它主要有社交功能、娱乐功能、心理功能、力量功能。许多人参加俱乐部是希望与志趣相投的人建立起亲密无间的情谊及希望获得精神归属感和身份认同感，它有良好的社交功能。俱乐部活动的主要目的就是在社交中给参与的人带来精神上的愉悦，一个人一旦成为某一俱乐部的成员，就可能树立起更强的信心，感到集体力量的强大，能够起到满足安全、地位、社交这三种需求的作用。

新月群体在文学研究会和创造社不能获得认同感，也缺少归属感。当时已经很有影响的文学研究会和创造社的文学观，与徐志摩一行人不太一致。文学研究会组成人员大多以文化启蒙和思想启蒙为己任，坚持世界文学大同的文学理想，主要致力于新文学的创造，主张人道主义。徐志摩、闻一多、梁实秋曾经在精神上一度很靠近创造社，崇拜郭沫若，与创造社成员有过短暂的交往。后因为徐志摩在《杂记·坏诗，假诗，形似诗》一文中，不点名地批评郭沫若的诗有时难免感情泛滥，招致了创造社在报上公开发表断交信，痛骂徐志摩是表里不一的伪君子，表面上与创造社示好，背地里捅刀子。这是一场误会，后来在胡适和徐志摩的努力下和创造社重修旧好，但徐志摩已没有加入其中的兴趣了。闻一多、梁实秋由于不赞同创造社无节制的浪漫，也越来越疏远创造社。"新月"一行人需要自己的独立交往空间和舆论空间，这也促使徐志摩组织起新月社，拥有一个属于自己的志趣相同的群体。

相同背景和志趣的人以松散的方式联系起来，想来就来，想走就走，想说就说，这是新月聚餐会、新月俱乐部、新月社的基本存在方式。由于这个群体中聚集了太多的名人，受人关注，遭人评说也是必然的。这样一种带有娱乐性、社交性的群体与文学研究会和创造社的组织形式和存在方式比起来，显得不太严肃，不那么一本正经，随意性较强。它们没有正式成立的仪式，没有起草过纲领性文件，没有自己的机关刊物，直到新月社转移到上海后，有了《新月》刊物和新月书店，才算有了自己的报刊和阵地。

二 北京、上海——"月"转星移

新月社分别以北京和上海这两个城市为中心，分成前后两个时期。前期新月指以北京为活动中心时期，后期新月指以上海为活动中心时期。新月诗派也可以北京和上海这两个城市分为前后两期，前期以北京的《晨报·副刊·诗镌》为核心，历时两个月，后期以《新月》《诗刊》为核心，直至徐志摩去世，刊物停刊，新月诗派也正式宣布结束。

中国现代文学在不同的历史时期曾拥有不同的地域中心。在20世纪二三十年代，新文学的中心分别在北京和上海。新文化运动始于北京，新文学第一个十年的主要发展空间在北京。20年代末的北京，各派政治势力的矛盾越来越激烈，新文学与政治关系密切，北京越来越高压的政治环境，知识分子言论自由受到威胁和镇压，各种进步报刊相继被控制、查抄，甚至连人身安全也时常受到威胁。在这种情况下，文化中心的转移已经成为必然。上海经济发达，政治环境相对宽松，同时又集中了各国租界，这就使上海的环境非常特殊，文化环境相对宽松，在北京经常受到言论自由困扰的知识分子如胡适、傅斯年、罗家伦等甚至愤激地提出过要"把北大迁到上海租界去，不受政府控制"。北京和上海在新文学发展的时空里，各领风骚十年整。至抗日战争爆发，大批文化人撤出上海，中国现代文学的中心才辗转迁移到武汉、重庆等后方城市。

（一）神秘的"黑客厅"

其实，新月诗派的诗歌观念，是在闻一多的"黑客厅"里酝酿出来的。1926年1月，闻一多在北京京西畿道三十四号租了一套四合院，把妻儿接来同住，从此一家团圆。闻一多在美国学的是美术，在自己家里亲手设计了一间风格现代的书房，也是朋友闲聊的客厅。这间小小的书房兼客厅，在北京诗人圈小有名气，成为一个小小的文化沙龙。一些热爱诗歌的年轻人常常聚集在这里，朗诵诗歌，讨论诗歌理论。书房的四壁贴的无光黑纸，仿照汉代的浮壁石雕，用细笔勾勒出车马、人物、梁武祠画像。黑色墙壁的四周镶上金边，营造出神秘的氛围。在屋子朝外壁挖一个神龛，供着维纳斯的雕像。徐志摩第一次造访时，被这间客厅大胆而又极具神秘气息的装饰震慑了，他曾经在文章中描述了当时的惊讶："这是一多手造的'阿房'，确是一个别有气象的所在，不比我们单知道买花洋纸糊墙，买花席子铺地，买洋式木器填屋子的乡愚。有意识的安排，不论是一间屋，一身衣，一瓶花，就有一种激发想象的暗示，就有一种特具的引力。难怪一多家里见天有那些诗人去团聚——我羡慕他。"[①]徐志摩把这间特殊

[①] 方仁念选编：《新月派评论资料选》，华东师范大学出版社1993年版，第278页。

的书房称作"新诗人的乐窝"。"他们常常会面,彼此互相批评作品,讨论学理"①。常到闻一多客厅里谈诗的有朱湘、刘梦苇、孙大雨、饶孟侃、杨子惠、蹇先艾、朱大枏等。他们讨论诗歌,互相批评作品,当时他们对改建新诗形式问题讨论得最多,后来这些年轻人不满足于这样的空谈,急于有一份自己的刊物来发表对新诗改良的意见,引起诗界更多人的关注,从而形成一股文学潮流,引领中国新诗的发展方向。最早提议办一份诗刊的是刘梦苇,但他们苦于没有资金,加之当时北洋政府对于办刊控制得很严,他们感到困难重重。但这并没有阻断他们对新诗创格的热情,正是这群对理想很执着的年轻诗人们,在闻一多这间神秘的客厅里,酝酿出新月诗派的诗学主张。"我写那几间屋子因为他们不仅是一多自己习艺的背景,它们也就是我们这诗刊的背景。"②从此,徐志摩加入了这个诗人小集团,在新月社的圈子里,纯粹写诗的人很少,徐志摩在新月社缺少论诗的朋友,而他在这里才感到真正找到了写诗、爱诗的知音,所以他慨叹道:"我这生转向文学的路径是极突兀的一件事;我的出发是单独的,我的旅程是寂寞的,我的前途是蒙昧的。直到最近我才发现在这条道上摸索的,不止我一个;只是彼此不曾有机会携手。这发现在我是一种不可言喻的快乐,欣慰。"③徐志摩从心底里抒发了自己单枪匹马的孤独,和找到同行者的快乐和欣慰。可见,一个流派或文学思潮的形成,只靠个人的单打独斗是很难形成规模和影响的。

  现代知识分子由于受到西方思想的影响,自觉地担负起思想革命和文学革命的启蒙使命,渴望实现民主与科学的国家理想。工业化的发展,使报刊大量复制成为可能,刊物和报纸不再是奢侈的、少数特权阶级的阅读,知识分子可以借助报刊建立起发表意见的"公共空间"。新月诗派由客厅里的清谈,扩展报纸的副刊,将他们的诗歌和诗学观传递给广大的受众,而且在其他现代知识分子和流派中较快较广地产生着影响。从客厅沙龙到报纸副刊,使新月沙龙的诗歌不只在同人间相互酬唱,新诗创作阵营的不断壮大,拓展了交流的公共空间,这样,自觉追求新诗艺术的诗人就越来越多,形成了以闻一多和徐志摩为中坚的新格律诗创作群体——新月

---

① 方仁念选编:《新月派评论资料选》,华东师范大学出版社1993年版,第278页。
② 同上。
③ 同上。

诗派。梁实秋把新月同人以前的沙龙式聚会称为"群居终日言不及义",认为"不如大家拼拼凑凑来办一个刊物"①。1926年9月,当《剧刊》出完了第15期,即最后一期时,新月社沙龙的活动便告结束。

(二)文化沙龙与媒体联姻

1927—1928两年间大批文化人迁往上海,造成了中国现代历史上一次重大的文学文化乃至思想迁移。新月人也把沙龙文化由北京带到上海。

胡适从北京迁居上海,是新月社开始南迁的一个信号。1926年7月,胡适因参加庚子赔款会议而离开北京,1927年春回国。在这半年时间里,中国政坛发生了重要的转折,时局动荡,言论极不自由。"现在北京一般人的口已封闭了,什么话都不能说,每天的日报、晚报甚而至于周报,都是充满了空白的地位。"②他的好友纷纷写信劝他慎回北京,即便回北京也不能谈论政治。在这种情况下,胡适选择回上海,住进上海租界,胡适的离开对新月南迁起到了决定性的作用。这是新月核心人物第一个离开北京前往上海,从此,新月的人纷纷因为时局紧张而迁离北京,投奔上海。那时已在《晨报·副刊·诗镌》中成为主要撰稿人的闻一多,由于艺术专科的学潮问题与校长意见不合而辞职,但只是作为撰稿人的收入是难以养家糊口的,闻一多为了生计不得不在1926年7月举家南迁,这距离《诗镌》创刊只有短短四个月的时间,这是闻一多诗歌创作最辉煌的时期,诗歌创作产量高,影响大,对新诗理论有独到见解。闻一多这么轻易地放弃这块阵地,这和他当初梦想有自己的刊物的强烈愿望有所出入,看他当初的办刊热情,似乎感觉他遇到怎样的挫折都不会放弃。闻一多的离开,让新月诗派的主要刊物《诗镌》损失很大,徐志摩的办刊热情受到毁灭性打击,徐志摩曾万分感慨地在《剧刊终期》一文中感叹:"旧日的荣华已呈衰象,新的生机,即使有,也还在西风的背后。这不是悲观;这是写实。……我们的'诗刊'看来也绝少复活的希冀,在本副刊上,或是在别的地方。闻一多与饶孟侃此时正困处在锋镝丛中,不知下落。孙子潜已经出国。我自己虽还在北京,但与诗久已绝缘,这整四月来竟是一行无著,或醒时或在

---

① 梁实秋:《文学的纪律》,《梁实秋文集》,鹭江出版社2002年版,第132页。
② 《胡适来往书信选》(上)第377号,中华书局1979年版。

梦中。诗刊是完了。"①素来朝气蓬勃的徐志摩,也难以支撑人去楼空的惨象。这期间新月诗派中的刘梦苇和杨子惠相继离世,给这些朝夕相处的诗人们在精神和情感上带来重创,也削弱了新月诗派的力量。出国的孙大雨和不知去向的闻一多、饶孟侃,留守下来的徐志摩也由于自己的婚事而心不在焉,没有心思写诗。于是徐志摩在1926年10月11日,携新婚妻子陆小曼一起回老家硖石度蜜月,期间遇到战乱,返回上海。而此时已经返乡的闻一多也因家乡战乱,难以找到工作,不得不别妇弃子,只身到上海谋生。"新月"这一干人马,因为各种各样的原因离开北京,又因各种各样的理由聚到了上海。他们很快相互投奔,聚集起来,渐渐不安于沉默,加之各派文化阵营都在争夺文学领域、思想领域的话语权利,新月诗人审时度势地进行了新的文化抉择,把创办刊物作为从事文学活动的首选,于是便有了《新月》月刊。

后期"新月"开始还是以聚餐会的形式在上海活动。据梁实秋回忆:"每次聚餐会都在胡适家里,由胡太太做菜,偶尔也在徐志摩家里,吃完饭大家随便聊天,夜深了就回家。胡适又提议说这样聚餐浪费时间,最好每次有个题目,找一个人主讲比较有意义。胡适定了总题《中国往哪里去》,分派每人从经济、政治、社会、文化、道德各方面来讲,我被分讲道德,这题目很难,我还是讲了,每次都讲到十一二点才散去。讲了一段时间,大家又提议要办一份刊物,名称就叫《新月》。"②《新月》刊物酝酿的过程,是新月同人由北京转移到上海后,先以带有文化沙龙的聚餐会形式自然而然应运而生的,后来他们不满足于这帮人只是聚餐和清谈,还要把他们的思想借助媒体的力量转播得更远,讨论得更深入,影响到更多群众,并抗衡制约左派文化思想渐渐称雄的趋势。叶公超就说:"渐渐的,由于苏联文学势力的进入中国,南方上海的左派力量扩大,新月同人需要加以抵制,因此计划开书店,办杂志,设茶馆(供大家谈问题)。""新月"要设茶馆的想法显而易见不是为了赚钱,而是给知识分子提供一个可以畅谈国家大事的公共空间,它还是延续了新月聚餐会、新月俱乐部、闻一多的"黑客厅"的文化沙龙性质。但后期"新月"的茶馆没开起来,设在新月书店楼上,安置了茶几、椅子供客人聊天、清谈,以此替代开茶馆的设

---

① 方仁念选编:《新月派评论资料选》,华东师范大学出版社1993年版,第292页。
② 梁实秋:《揭开历史的新月》,《中国时报》1980年7月24、25日。

想。新月书店成了新月同人聚会的最常去场所。

沙龙文化最开始具有贵族身份,能参加的人基本上是上流社会的精英,但由于它最基本的宗旨是建立人与人之间的交际平台和文学艺术交流的公共空间,所以它没有很高的入门门槛。它的民主性和平民性特征随着时代的进步和开放就更加凸显出来。自由、平等、民主、群聚、交流、随意等是沙龙文化的特点。在这种沙龙文化中,虽然人们的想法各不相同,甚至政治倾向也不相同,但在文学艺术的某一方面沙龙里的人会较快达成共识。某个人的创意会在沙龙的讨论中获得充实和丰富,最终壮大起来。个人的价值观念在沙龙中得到认可的概率较其他人群大,会使人产生小群体的认同感和同一性,也会让很多人找到属于"同类人"的归属感。沙龙文化一旦得到媒体的支持,那么它的影响力就会迅速扩展,形成流派的可能性大大增强,有很多流派都是先有文化沙龙后才形成的。这样的例子很多,除了新月派外,还有"京派"就是这样形成的。京派中有两个在北京文化圈中很知名的"客厅",林徽因和凌淑华太太的客厅。

"新月"经历了聚餐会、俱乐部、闻一多的"黑客厅"、新月书店沙龙等不同阶段沙龙文化的发展。最初的欧美留学生小群体聚餐、俱乐部,都是对欧美留学生特殊身份的认同,从而找到了"同类人"的归属感、安全感,甚至是优越感。但如果得不到媒体的支持,文化沙龙的影响力是有限的。可一旦它插上媒体的翅膀,文化沙龙的影响力将会成千上万倍地增长,否则的话,即使当时影响力较大,但对后世的影响可能微乎其微,甚至被淡忘。新月同人在北京经过近十年的新文化洗礼,对媒体的重要性和强大的传播功能有着切身的感受,"新月"的许多人穿梭在不同的刊物之间,甚至不同的文学社团和流派之间。闻一多和徐志摩曾经都是创造社的主要撰稿人,徐志摩和现代评论派也有难以梳理清楚的密切关系,并且是《现代评论》的常客,很多文章都在此发表。

新月派、前期新月诗派、后期新月诗派都是从沙龙文化的形式酝酿出来的,但有一个必要的条件是,必须借助媒体才能从文化沙龙的小圈子中脱颖而出,产生意想不到的影响力。

三 《诗镌》《新月》《诗刊》:三刊映"月"

"整个二十世纪中国文学的发展都是在书报出版规定的文化空间

中生存和发展,除此之外,大概再也找不出可与之相比拟的新的文化空间了。"①的确,新月诗派的生成与发展和三份刊物《晨报·副刊·诗镌》和《新月》《诗刊》有着相互依存的关系,这三份刊物的生存状况直接决定了新月诗派的发生、发展和结束。《晨报·副刊·诗镌》和《新月》《诗刊》为新月诗派提供了发表作品,展示才华的平台,联谊同辈诗人,建立作者与读者的联系,报纸和撰稿人的互动关系等动态活动,也为研究者提供了有价值的研究视角。

(一)《晨报·副刊·诗镌》——新月诗派的孵化器

《晨报》的前身是《晨钟报》,是由以梁启超、汤化龙为首的"研究系"人所办。后因涉及政治,于1918年9月被迫停刊,同年12月复刊。《晨报》从一开始就设有副刊性质的第七版,专载小说、诗歌、小品及学术演讲录。从1919年2月7日起,倾向马克思主义的李大钊参加编辑工作,增设了"自由论坛""译丛""剧谈",使第七版变成了积极宣传新文化运动和社会主义的园地。1920年,孙伏园接手《晨报·副刊》后,把原来的第七版扩充为四开四版的独立报纸副刊。这时《晨报·副刊》的办刊方针着重于传播新文化,每天出版四开四版的单张,随报附送。由于孙伏园是北大学生,深受北大"兼容并包"思想的影响,在编辑方针上也采取兼容并包的态度,既介绍新思潮也不排斥传统学术研究。这时的《晨报·副刊》突破了副刊的老框架,成为讨论各种重要问题的杂志型副刊。梁实秋在1927年6月4日的《时事新报·学灯》上,发表了一篇署名叫"徐丹甫"的文章——《北京文艺界之分门别户》,其中有这样的记载:北京这个新文化运动中心最开始是以《新青年》《新潮》为主要阵地的"北大派",当时的杰出人才有胡适、康白情、俞平伯、傅斯年、罗家伦。继"北大派"之后,当属周氏兄弟,"周氏兄弟之所以能为文坛盟主,一大半由于《晨报·副刊》,而《晨报·副刊》之所以成为文坛之要塞,则孙伏园先生之力为多。"②但由于孙伏园在《晨报·副刊》上大力推介"爱美剧"倡导者陈大悲,此事成为北京文坛分门别户的导火索,因此造成矛盾,孙伏园辞去《晨

---

① 杨杨:《社会文化结构的改变与作家生存方式的变化——近代书报出版业对作家及其创作的影响》,《文学的年轮》,花山文艺出版社2002年版,第248页。

② 《梁实秋文集》第6卷,鹭江出版社2002年版,第354页。

报·副刊》笔政一职,"晨报社改聘了徐志摩先生为副刊编辑。文艺界的门户之争,从此开始。"①"孙伏园为了拥护陈大悲,离了《晨报·副刊》,周氏兄弟为了拥护孙伏园,不满于西滢,并附带着牵涉到徐志摩。"②"自志摩主办副刊以后,副刊面目为之一新,同时西滢先生又于《现代评论》大作其'闲话',志摩先生亦隶'现代'旗帜之下,创造社在京之郁达夫先生亦实行加入,遂成功一种新兴势力,号'现代派'。"③后来由于孙伏园和代总编辑刘勉己的矛盾,孙伏园辞去《晨报·副刊》之职,由刘勉己代任,刘勉己与徐志摩相熟,多次邀请徐志摩加盟副刊。一来盛情难却,二来当时徐志摩对新月社有些失望,办一份自己心仪的刊物是徐志摩的一个梦想,所以也就答应接手了。徐志摩在接编后,对副刊进行了大力改革。于是这份《晨报·副刊》就几乎成为新月派的阵地。

徐志摩有强烈的思想独立和舆论自由意识。思想独立和言论自由是徐志摩接编副刊的一个重要条件和办刊的基本宗旨。在徐志摩的朋友圈中,有些人对副刊持不屑的鄙夷态度,因为当时大多数副刊都较为娱乐化和大众化,以此来吸引读者。徐志摩的朋友认为,如果他接编副刊会有失水准,降低格调。陈西滢是最不赞成徐志摩办副刊的,但为了要副刊尽快灭绝,扑灭这种流行病,所以后来他又同意徐志摩接编,目的是第一步先逼死别家的副刊,第二步再掐死自己的副刊,从此人类便可免去副刊这种灾祸。但陈西滢想借徐志摩之手掐死副刊的希望落空了,徐志摩不但没有成为副刊的终结者,反而把《晨报·副刊》办得风生水起,有声有色,不仅为《晨报·副刊》的历史绘出最华彩的一笔,也为副刊提高了品位和档次,还为自己的人生奏出华丽却短暂的乐章。

1925年10月1日,徐志摩在《晨报·副刊》发表《我为什么来办我想怎么办》,这是一篇类似发刊词或办报宗旨的文章,他详尽阐释了接手副刊的原因,重点强调的是办报的思想自由:"我说办就办,办法可得完全由我,我爱登什么就登什么。""我自问我决不是一个投机的主笔,迎合群众心理我是不来的,谀附言论界的权威我是不来的,取媚社会的愚暗和偏浅我是不来的;我来只认识我自己,只知对我自己负责任,我不愿意说的

---

① 《梁实秋文集》第6卷,鹭江出版社2002年版,第354页。
② 同上。
③ 同上。

话你逼我求我我都是不说的，我要说的话你逼我求我我都不能不说的：我是个全权的记者。"①可见，独立思想，自由表达，不迎合大众，不屈从权威，对自己负责，对社会负责，是徐志摩的办刊思想。徐志摩开篇就特别强调自由表达的重要性，其实，他更在意通过自由表达来保证个体自我的实现。在接手《晨报·副刊》后的第一则广告中，他就把副刊定位于"副刊的提高及革新"。徐志摩既然成了《晨报·副刊》的主编，自然要网罗一批志同道合者，在《我为什么来办我想怎么办》中，他就列出了他的约稿人名单：赵元任、梁启超、张奚若、金龙荪、傅孟真、罗志希、姚茫父、余越元、刘海粟、钱稻孙、邓以蛰、余上沅、赵太侔、闻一多、翁文灏、任叔永、萧友梅、李济之、郭沫若、吴德生、张东荪、郁达夫、杨金甫、陈衡哲、丁西林、陈西滢、胡适之、张歆海、陶孟和、江绍原、沈性仁、凌叔华、沈从文、焦菊隐、于成泽、钟天心、陈鋑、鲍廷蔚、宗白华、江西谢。涉及文字学、国学、新文学、音乐、绘画、美术等多个领域，这里既有各个领域中的精英知识分子，也有崭露头角的新人，还有正在欧洲留学的留学生。《晨报·副刊》成为作家与作家的中介，它使知识分子互相联结，交流思想，传播文化，围绕报刊这一公共空间实现他们的共同理想。

　　徐志摩强调主编的话语权，他事先声明他会多说话，不会像以前的副刊主人们那样很少开口。的确，徐志摩在接手《晨报·副刊》后，每刊都会说话，有时是一篇独立的文章或诗歌，没有独立的文章，就会在其他文章前加些编者的话（即"附识"），很多次"编者的话"都比作者写得多，写得精彩，写得热闹，如果"附识"太长，就爽性颠倒位置，把自己的"附识"安在文章前作"幌子"用。"志摩附识"完全是率性之笔，最能传达志摩旨意。难怪张奚若说他是"仅留副刊之名，别具一副精神去办出一份'疯子说疯话'的志摩报"②。徐志摩主编的《晨报·副刊》完全体现出志摩的风格——自由、浪漫、率性、潇洒、真诚。徐志摩编报最特殊的地方就是，他不仅让人知道他是怎么编的，还让人知道他是如何想的。他常常把稿子怎么来的、作者的写作过程都附在主要文章的后面，读者喜欢这种不拘的风格，这样的率性透明的风格给读者耳目一新的感觉，看到了别的报纸不愿透露的幕后故事，满足了读者的好奇心和猎奇心。撰稿人对读者来

---

① 韩石山主编：《徐志摩全集》第2卷，天津人民出版社2005年版，第136页。
② 张奚若：《副刊殃》，《晨报·副刊》1925年10月5日。

说，不再是神秘而遥不可及，而是活生生的，读者能感知到他们的热度，拉近了读者与作者、报纸间的距离，《晨报·副刊》也越办越有趣。

保持健康的分歧和必要的共识。基于民主和自由的办刊宗旨，徐志摩在办报期间秉持着保持健康分歧和必要共识的原则，以构成作者和读者之间、编者和作者之间、作者和作者之间的适应性和稳定性，也能够让所有的成员参与和决策。如1926年10月关于"对俄问题讨论专号"、关于"党化教育"问题的讨论、"闲话事件"，在这些论争中，徐志摩从不因日常的友谊而忽略公平和自由原则，胡适和徐志摩平日私交甚笃，但这并不影响他们在报纸上发表不同意见和看法，甚至可以针锋相对。也正是因为如此，《晨报·副刊》才销量大增。

报纸副刊往往是形成文学流派的主要载体，因为围绕着报刊的众多风格相同、相近的作家自然就形成了文学流派，这也是副刊对流派形成的重要贡献。

以报刊传媒为中心的知识分子群体，借助报刊媒介，集合同道，共同发言，初露集体文化形式的端倪，形成了现代文学史上独特的景观，新月派的文化核心是追求自由、个性，新月同人的思想并不相同，趋同恰恰是他们所鄙夷和批判的。梁实秋在30年后忆"新月"时还在强调这一点："不过办这杂志的一伙人好像是有什么共同主张，其实这不是事实……胡适之先生曾不止一次的述说：'狮子老虎永远是独来独往的，只有狐狸和狗才成群结伙'。"[1]"新月一伙人，除了共同愿意办一个刊物之外，并没有多少相同的地方，相反的，各有各的思想路数，各有各的研究范围，各有各的生活方式，各有各的生活技能。彼此不需标榜，更没有依赖，办刊物不为谋利，更没有别的用心，只是一时兴之所至。"[2]梁实秋30年后还在强调这一点，其实，其中有暗讽"左翼"的意思，但也不乏描述出当时的创刊初衷和平常状态。由此可见，徐志摩接编《晨报·副刊》以后，形成一个相对固定的作者群，借助报刊迅速传播的优势，使他们的主张有了传播的阵地和交流的平台，逐渐形成一个传播空间，而传播空间的形成，就构成无形的意义场。无形的意义场指由思潮、作者的主观诉求和读者的阅读期待所决定的思想空间，意义场

---

[1] 方仁念选编：《新月派评论资料选》，华东师范大学出版社1993年版，第11页。
[2] 同上书，第14页。

虽然是无形的，但一旦它与有形的传播空间融为一体，它的影响力会数倍地增长。上面梁实秋的描述就证明了报刊的影响力是巨大的，由于徐志摩接编了《晨报·副刊》，主编的更迭直接带来了办刊思想的变化，带来了作者群和读者群的变化，变化的结果是围绕《晨报·副刊》形成一个相对稳定的公共领域。以《晨报·副刊》为传播空间的新月派，以《现代评论》为传播空间的现代评论派，以《语丝》为传播空间的语丝派，都是在这样的情形下诞生的。在徐志摩掌管《晨报·副刊》这段时间里，新月派同人借助这份影响力很大的文艺副刊，充分表达了他们渴望资产阶级民主政治的诉求，彰显了个人思想自由和行为自由的人生理想，反对以任何革命或暴力的形式实现社会发展的社会发展观。在文学方面，他们宣传绅士化、贵族化的文学价值观，大胆提倡新诗格律化主张。逐渐打造成体现"新月"特色的浓郁的文化氛围和传播空间。尽管徐志摩接管《晨报·副刊》的时间很短，但徐志摩本人的人格魅力和言论民主、自由的办报主张，使《晨报·副刊》人气大增。可惜好景不长，随着时局的变换，新月派同人纷纷离开北京，南下上海谋求生存。1926年7月，闻一多携家眷南下，返鄂，但湖北时局动荡，闻一多不得不只身返回上海。闻一多的离去直接导致《诗镌》的停刊，接着《剧刊》也因为同人的相继离开而难以为继，1926年10月11日，徐志摩携新婚妻子陆小曼返回故里硖石，后到上海，新月同人的《晨报·副刊》之旅彻底结束，但他们因为尝到了办报的甜头，虽不能在北京办报了，但办刊的信念却非常坚定，所以1927年元旦，徐志摩就筹划起办《新月》杂志的事宜。

尽管《诗镌》存在的时间只有短短的两个月零十天，但它聚集了一批志同道合的作者，已经形成了新月诗人圈，在新诗理论方面达成了共识。这个创作群体，并没有因为《诗镌》的解体而解体，而是一直延续到了《新月》《诗刊》杂志上。

现代报刊重要的媒介功能之一，就是使知识分子互相联结，能够在报刊的旗帜下共同完成他们的理想。1925年5月，闻一多从留学三年的美国回到故乡，6月就来到北京，8月9号正式加入新月社，两天以后在新月社讨论建设剧院的茶会上第一次见到徐志摩，大有一见如故之感，并且意识到将来徐志摩会成为他实现文学理想的帮手。在给堂弟闻家驷的信中写道："徐志摩顷自欧洲归来，相见如故，且于戏剧深有兴趣，将来之大帮手也。"①令闻一多没有想到的是他们的合作不到一年就实现了,而且共同成就了中国新诗史上的一件大事。

徐志摩早在自己没有接手时,就介绍闻一多去编《晨报·副刊》,但由于报纸方面不同意而没有如愿,后推荐他去艺专做了教务长。转年,闻一多和"清华四子"等爱好新诗的同人,又希望通过徐志摩的关系,在《晨报·副刊》上辟出一块版面办《诗镌》,徐志摩非常爽快地答应了,于是1926年4月1日,《晨报·副刊·诗镌》正式创刊。闻一多负责组稿,徐志摩负责编辑,合作还是愉快的。《诗镌》的刊出标志着新月诗派的形成。它只存在两个月,发行11期(一说13期),但在中国新诗坛上所产生的影响却是巨大的。基本上奠定了新月诗派的地位,完成了新诗创格的使命。

报纸副刊往往是形成文学流派的主要载体,因为围绕报刊的众多风格相同、相近的作家自然就形成了文学流派,这也是副刊对流派形成的重要贡献。职业作家和大众媒体既互相影响又互相制约的形态构成了作家生存状态的集团性。这种集团性在文学史上被称为社团或流派。决定社团流派性质的是作家们的思想观念,而显示社团流派性质的却是大众媒体。

新文学每一份期刊创刊时几乎都有一份创刊宣言,以阐明办刊态度,定位刊物层次,介绍办刊宗旨。有些刊物存在时间也不长,存在稍长的期刊,主编也不断变换;主编每变换一次,都带来一批作家的移动。这种状况说明新文学作家间的论争非常激烈,社团和流派的兴衰此起彼伏,作家流动也非常迅速。文学研究会接手改革《小说月报》是最成功的案例,《小说月报》的办刊宗旨由原来的为广大市民阶层服务,转向为广大青年学生、小资产阶级知识分子服务;在内容上由原来的以才子佳人故事为主,转向新文学,表现普通人的生活情感。发表新诗、戏剧、文学评论,介绍和翻译外国文学作品等,进行了颠覆性的改革。但像《小说月报》维持那么久的刊物并不多,新文学刊物来得快,去得也快,有些刊物存在的时间很短。《诗镌》存在的时间只有两个月零十天,但它在新文学领域里闹出的动静很大,震动了新诗坛。在有限的时间内,借助《诗镌》发表了系列新格律诗的理论文章和大量新格律诗,这不仅引起同行间的讨论,还带动了新诗爱好者的写诗读诗热情。《诗镌》的特点是存在时间短,作品质量

---

① 闻一多:《闻一多全集》第12卷,湖南人民出版社1993年版,第226页。

高，艺术性强，影响力大，在新诗坛引起了不小的轰动，培植了一批新诗人，确立了新月诗派的文学史地位。"使诗的内容及形式双方表现出美的力量，成为一种完美的艺术"，这是新月诗派追求的目标，而这一目标在短短几个月之内基本上实现了。《诗镌》初出时，闻一多就预言："《诗刊》同人之音节已渐上轨道，实独异于凡子，此不可讳言者也。余预料《诗刊》之刊行已为新诗辟第二纪元，其重要当与《新青年》《新潮》并视，实秋得毋谓我夸乎？"①闻一多把《诗镌》与《新青年》相提并论，这难免高估了《诗镌》的贡献和影响，但它给中国新诗界带来的震动，的确不可小视。杨义先生尤其强调报刊对作家创作心态及文学风格流派之形成所产生的影响："我们过去一直讲，现代作家的成名有三级跳，第一级跳就是在报纸的副刊上发表豆腐干大小的文字，年轻人在报上题名，当然很高兴了，这就刺激了他的写作欲望，慢慢地他能够在大型的刊物上（比如在《小说月报》上，在《文学》杂志上）发表比较长的作品，逐渐就成名了，这是第二级跳；第三级跳就跳到郑振铎、巴金他们主编的文学丛书上，有的就逐渐成为名作家了。这个三级跳中非常关键的问题就是报刊。"②新月诗派的很多人都是借助报刊成名的，如"清华四子"，他们在那之前很少发表自己的作品，但他们的作品变成铅字后，他们的写作热情被激发出来。所以说，《诗镌》成就了前期新月诗派，新月诗派的辉煌也同样照耀了《诗镌》；《诗镌》给新月诗人们提供了展示才华的舞台，而诗人们华丽的诗句也同样使小小的《诗镌》永世散发着无穷的魅力。

（二）《新月》——新月诗派再聚首

《新月》的出版发行和《诗镌》的路径基本一致，都属于同人报刊，从客厅或餐厅的沙龙文化中孕育出来。新文学发展逐渐成熟，作家越来越重视发展自己的审美个性、个人创作空间，以报刊而不是社团来维系流派的方式，获得更为普遍的认可。因为这种以报刊聚集同人的方式，比社团更为自由、松散，这有利于发展作家的创作个性，作家不必为遵守社团的主张而收敛自己的创作个性。他们产生了运用报刊传媒的自觉意识，对创办

---

① 闻一多：《致梁实秋信》，《闻一多全集》第12卷，湖南人民出版社1993年版，第233页。

② 杨义：《从文学插图谈到京派、海派——2000年1月26日在日本名古屋大学的学术讲演》，《重绘中国文学地图——杨义学术讲演集》，中国社会科学出版社2003年版，第276页。

一份自家刊物的重要性有了更清醒的认识和更强烈的渴望。《新月》杂志办起来时，新月人已经过了北京十年的历练，对办报有了较成熟的思考和丰富的经验，对媒体的重要性和强大的传播功能有着切身的感受。他们没有了《晨报·副刊》这块阵地，许多新月人游走在不同的刊物和不同的文学社团与流派之间。如何打造自由的"话语空间"，如何在读者、作者和社会之间架起一道桥梁，编辑问题、出版发行问题对他们来说都不再陌生，甚至对有些人来说已经驾轻就熟，如胡适、闻一多、徐志摩、梁实秋等都是办刊老手。《新月》从沙龙文化到具体的文学实践、政治实践，从私人性质的清谈到形成一种文化形态和文化思潮，《新月》为新月同人提供了交流批评的巨大平台。

关于《新月》是如何办起来的，梁实秋有一篇很著名的文章《忆新月》，这篇文章写于1963年1月1日，原载台北刊物《文星》第11卷第3期。它被看作研究新月的重要资料。梁实秋在事隔30多年后说起"新月"，态度淡漠，从字里行间可感受到他对左派的怨恨，30余年的时光也没有化解掉他与左翼文人的积怨。他的态度暂且不说，在这篇文章中，梁实秋详细说明了他南下上海的原因及办《新月》的前前后后。"两个人办不了一个杂志，于是徐志摩四出访友，约集了潘光旦、闻一多、饶子离、刘士英和我。那时候杂志还没有名称。热心奔走此事的是志摩和上沅，一个负责编辑，一个负责经理。此外我们几个人对于此事并无成见，以潘光旦寓所为中心，我们经常聚首，与其群居终日言不及义，倒不如大家拼拼凑凑来办一个刊物，所以我们同意了参加这个刊物的编辑。"①这段话和他先前说《新月》办起来的原因有些出入，梁实秋说过，胡适在聚餐会上提议，以后聚餐不要只是吃喝闲聊，谈话没有中心，浪费时间，胡适出了"中国往哪里去"的中心话题，每次聚会大家轮流发言，后来大家还是觉得需要一份杂志，把他们的思想传播出去。但不管如何描述，"新月"是由闲谈聚餐的文化沙龙而起，是沙龙文化的延续。

报刊的编辑方针、编辑部、同人圈子、创刊人的动机、同人对刊物的价值取向，这些因素的合力，都会制约和规范着刊物的基本面貌。围绕着报刊的众多风格相同、相近的作家自然就形成了文学流派，报刊是联系作家和维系流派的纽带和枢纽。

---

① 方仁念选编：《新月派评论资料选》，华东师范大学出版社1993年版，第12页。

《新月》创办时中国时局很混乱，这才促使"新月"一行人纷纷逃离北京，南下上海。《新月》可以在上海立足而不能在北京生存，是因为当时上海比北京的言论环境相对宽松、自由。北洋政府在文化界上演了一出现代版"焚书坑儒"的惨剧。禁售新文学作品，胡适的《胡适文存》、陈独秀的《陈独秀文存》都在禁书之列；除此之外还焚书；禁演新剧；"老虎总长"章士钊鼓吹复古，批判白话文学。1926年4月26日，《京报》总编邵飘萍被枪杀，1927年4月6日，李大钊被害，这一桩桩骇人听闻的政治血案，让文化界的知名人士如履薄冰。报纸被开天窗是常事，胡适的朋友在给他的信中谈到当时北京的情况：现在北京一般人的口都已封闭了，什么话都不能说，每天的日报、晚报甚而至于周报，都充满了空白的地方，这期的《现代评论》也被删去了两篇论文，这种现象是中国报纸历史上第一次看见……同时一切书信与电报都受到严格的审查。文人学者的经济生活也陷入困境。政府拖欠教师薪水，梁实秋曾写下那时他和朋友们的生活窘况：这时节北方还在所谓"军阀"的统治之下，北平的国立八校经常闹索薪风潮，教员的薪俸积欠经年，在请愿、坐索、呼吁之下每个月也只能领到三几成薪水，一般人生活得非常狼狈，学校的情形也不正常，有些人开始逃荒，其中一部分逃到上海。徐志摩、丁西林、叶公超、闻一多、饶子离等都在这时候先后到了上海。胡适之先生也是在这时候到了上海居住。同时有一批批的留学生自海外归来。那时候留学生在海外受几年洋罪之后很少有不回来的，很少有人在外国长久居留作学术研究，也很少人耽于物质享受而流连忘返。如潘光旦、刘英士、张禹九等都在这时候卜居沪滨。当时在北京的闻一多好友李璜也曾说，当时他的薪水是每月280大洋，只拿过两个月，而到了后来，至多每月只领到56元，就只够个人的食住了。

这样的状况，使为生计、为自由而逃离北京移师上海的自由知识分子，把言论自由、国家民主、民生视为眼下中国文化突围的节点。自然，他们在办《新月》时，还要延续文化沙龙中讨论的"中国往哪里去"的话题。办刊的功利动机决定了这份刊物的基本面貌：这已经不是一份纯文艺的刊物，从第2卷第2期开始，政治评论的分量明显加大，主要撰稿人在思想上坚持自由主义立场，要求思想言论出版自由，在政治上鼓吹民主政治，反对政治独裁和专制，反对用武力取得政权，主张政治改良。在文化上赞同"新人文主义"的主张，理性节制情感，反对用激进的态度对待文化革命和文学革命,主张文化上的保守主义。刊物的出版方针确定了发表文章的侧重点应该放在思想和学术方面。

《新月》的办刊方针,应该是得到新月同人中大多数人认可的,但新月人最怕被人说他们拉帮结伙,或者被命名为"流派"或"社团",梁实秋的一段话很能反映他们的心态:"新月一伙人,除了共同办一个刊物之外,并没有多少相同的地方,相反的,各有各的思想路数,各有各的研究范围,各有各的生活方式,各有各的职业技能。彼此不需标榜,更没有依赖,办刊物不为谋利,更没有别的用心,只是一时兴之所致。"①这是梁实秋有针对性的暗示,他们不会像左翼文人那样有强烈的功利目的。但无论承认与否,新月诗人群、新月自由知识分子群体的存在不容否认。

也正如梁实秋所说,新月人的确各有各的思想路数,编辑部的同人间也会有分歧。对政治不感兴趣的闻一多,在《新月》上找不到当年在《诗镌》时那种志同道合的乐趣,与新月一行人渐行渐远。于是闻一多在《新月》第2卷第2号撤出。《新月》从那一期开始,重组了编辑部成员,由梁实秋、潘光旦、叶公超、饶孟侃、徐志摩组成,政治性的评论成为主流,文学开始退到边缘地位。《新月》也正是从这一期开始,展开了"怎样解决中国问题"的大讨论,涉及政治、经济、教育等领域,这次讨论使"新月"的影响力越来越大,上海《民报》就把中国思想分成三个界块:(1)共产;(2)《新月》派;(3)三民主义。可见,《新月》在当时已经变成一股不可小觑的思想力量。这也使《新月》和文学的关系越离越远。

新月诗派在《新月》杂志中扮演着什么角色呢?关于新月诗派的划分,学术界较为一致的看法是以1928年《新月》创刊为标志,后期新月诗人除徐志摩、闻一多、饶孟侃、林徽因是《诗镌》时的诗人外,主要有南京青年诗人群,包括陈梦家、方玮德等南京中央大学学生,北方青年诗人群,包括卞之琳、李广田等北大、清华大学生。构成人员已经发生了较大的改变,闻一多离开《新月》后,专心研究古典文学,诗歌创作也越来越少。徐志摩后来也因为《新月》越来越热衷于政治,感到有些偏离了当时把《新月》作为纯文艺刊物创办的初衷,也提不起写诗的兴趣了。《新月》上专门开辟了一个栏目——"诗",每期大概有四五首诗,其中,一般有一首是翻译诗,刚开始时闻一多和徐志摩几乎每期都有诗作。闻一多退出编辑部

---

① 方仁念选编:《新月派评论资料选》,华东师范大学出版社1993年版,第14页。

后，很久没有投稿，徐志摩还能坚持创作，投稿数较多的是饶孟侃、李惟建等，林徽因也常常在此发表作品。值得注意的一个现象是，《新月》无论怎样扩展政论文章的版面，但诗歌始终都有一席之地。其实，在《新月》的编辑里，只有徐志摩、饶孟侃两位诗人，其他也不过是偶尔客串一下，可见，其他新月人对徐志摩还是有所顾忌的，如果《新月》里没有徐志摩，"诗"栏目也许早被政论文章挤掉了。《新月》时期，新诗的理论建设相对匮乏，诗歌观念始终延续了《诗镌》时的新格律诗风格。在文学观念上，他们针对左翼提出的文学有阶级性和文学为政治服务的观点，以及海派文学商业化的现象，在《新月》创刊号上发表了著名的《"新月"的态度》一文，提出了"不妨碍健康的原则"和"不折损尊严的原则"，这是新月同人致力于文学创作时坚守的信条，是对左翼文学的功利性和文学的商业化、低俗化的公开挑战。徐志摩代表新月同人，表达了强烈捍卫文学纯洁性的觉醒和使命感。在这篇文章中，徐志摩提出要反对文学中所表现出的唯美与颓废；不赞许在文学作品中宣泄没有节制的伤感和狂热；不崇拜任何偏激；不归附任何功利；不叫卖任何口号和主义；用文学捍卫人生的尊严是作家的责任和义务。"我们不能归附功利，因为我们不信任任何价格可以混淆价值，物质可以替代精神，在这一切商业化恶浊化的急坡上我们要留住我们倾覆的脚步。"[1]像徐志摩这样最惧怕平庸人生的人，居然提出："我们只求平庸，不出奇。"[2]梁实秋发表《文学的纪律》一文，坚持反对文学的浪漫主义倾向，主张以理性节制情感，提出文学要开掘的是人性的普遍力量和光辉，而不是像浪漫主义文学那样夸大个人的力量和特殊性，强调文学的普遍性和道德力量。

在《新月》时期，新月诗派进一步讨论了新诗格律化问题，徐志摩的《新月的态度》和梁实秋的《文学的纪律》都强调纯文学观，强调理性，节制情感，较前期"新月"的文学观的浪漫主义和唯美主义显得更加成熟，虽然"不违背健康的原则"和"不折损尊严的原则"只像是空洞的口号，但对纯文学的追求更加坚定，这体现在具体的诗歌创作中也有一种纯诗化倾向，诗歌的艺术水准更高，更注重诗歌形式、技巧的探索。有人评价认为："不妨碍健康的原则"和"不折损尊严的原则"不具有可操作性，笼统

---

[1] 方仁念选编：《新月派评论资料选》，华东师范大学出版社1993年版，第298页。
[2] 同上书，第299页。

而含混，但与具有可操作性的闻一多的"三美"主张相比，它更强调的是对文学所要坚持的信念和态度。这是对新诗格律化主张的超越，所以在这一点上，新月诗派从更高远的境界坚守着它的艺术追求。

（三）《诗刊》——新月诗派再出发

《新月》杂志虽然能够每期继续发表诗作，但由于《新月》越来越倾向于政治讨论，诗人的创作热情受到伤害。闻一多退出后，《诗镌》诗人对新诗的创作热情受到打击，徐志摩由于没有了闻一多的陪伴而略显孤单，他觉得自己诗思枯竭，诗也写得越来越干瘦，没有生气。1929年7月21日，徐志摩在给学生李祁的信里流露出"'新月'诸公皆热心政治，似不屑治文艺，我亦不便强作主张""颇想另组几个朋友出一纯文艺期刊"，他也觉得越干越没劲，于是在7月辞去了《新月》月刊编辑职务，到上海光华大学任英文教授。后来应舒新城之聘，到中华书局编辑"新文艺丛书"，他担任南京中央大学的教授，认识了颇具才情的青年诗人陈梦家、方玮德，又通过他们认识了方玮德的姑母方令孺，及方令孺的外甥，时任南京中央大学哲学系教授的宗白华。陈梦家、方玮德、方令孺、宗白华等人都非常爱好写诗，他们常凑在一起交流写诗心得，自称"小文会"。这次相遇颇似当年在闻一多家的"黑客厅"偶遇"清华四子"那一幕，没有"清华四子"，便没有"新月诗派"，也不会有《诗镌》。同样，没有"小文会"，也不会有"新月诗派"的后半程，它"拯救"了徐志摩，也"拯救"了闻一多，更"拯救"了新月诗派。1930年秋天，陈梦家到上海找徐志摩，提及"小文会"成员的一个想法，他们想要办一本像《诗镌》那样的《诗刊》，这像给徐志摩打了一针强心剂。"乐极了，马上发信去四处收稿"，徐志摩这样描述自己当时的心情："要不是去年在中大认识了梦家和玮德两个年青的诗人，他们对于诗的热情在无形中又鼓动了我奄奄的诗心，第二次又印《诗刊》，我对于诗的兴味，我信，竟可以销沉到几乎完全没有。今年在六个月内在上海与北京间来回奔波了八次，遭了母丧，又有别的不少烦心的事，人是疲乏极了的，但继续的行动与北京的风光却又在无意中摇活了我久蛰的性灵。抬起头居然又看到天了。眼睛睁开了心也跟着开始了跳动。……有声色与有情感的世界重复为我存在；这仿佛是为了要挽救一个曾经有单纯信仰的流人怀疑的颓废，那在帷幕中隐藏着的神通又在那里栩栩的生动：显示它的博大与精微，要他认清方向，再别走错了路。我希望这是我的一个真的复活的机会。"①本来是陈梦家等人求助于徐志摩的帮助，反而让徐志摩非常感谢他们，他在自己最消沉、最寂寥时，用诗歌挽救了自己。徐志摩把《诗刊》时期叫做"自己的第二春"，可见，《诗刊》对徐志摩的意义可能从某个方面讲，比对新月诗派的意义更重要。徐志摩通过筹备《诗刊》的各项工作，重新燃起了对诗歌的热爱，重新找到自己的信仰，重新扬起生命之帆，他借此机会"复活"了自己。

徐志摩最先想找到的一个人当然是当年的最佳搭档——闻一多。那时闻一多在青岛大学专心研究古典文化和古诗词，已经很久不写诗了。徐志摩请梁实秋给闻一多写信，请他重新出山，支持《诗刊》。闻一多沉伏的诗情再次被击打出浪花，他拿出"语不惊人死不休"魄力，写出长诗《奇迹》，这是他三年来唯一的诗作，也是他最后一篇长诗。

在徐志摩的积极筹备下，1931 年 1 月 20 日，《诗刊》季刊创刊号在上海问世，创刊号系由陈梦家、徐志摩、邵洵美组稿，孙大雨、邵洵美、徐志摩负责编选。是年 9 月，徐志摩编完第 3 期后，即将编辑工作移交陈梦家、邵洵美负责。在徐志摩去世 9 个多月之后，即 1932 年 7 月 30 日，《诗刊》季刊勉力出版了第 4 期即终刊号，由陈梦家编辑并撰写了序语。《诗刊》共出版四期，和《诗镌》一样短命。但由它的诞生而产生的力量，对于诗人、对于新月诗派来说，要远远大于刊物本身的意义。它是新月诗人时隔 5 年后的再聚首，不只搅活了沉寂的诗坛，更搅活了诗人闻一多、徐志摩死寂的诗心，也盘活了新月诗派本已恹恹的不起色的状态。

《诗刊》的人员构成有这样的特点，人员构成关系基本以师生关系为主。徐志摩辞去《新月》的编务职务后，专心教书，为了生计而奔走于上海、南京、北京三个城市之间，在南京他结识了南京中央大学的"小文会"成员，陈梦家、方玮德及其姑母方令孺和方令孺的侄子宗白华。在北京他鼓励后进，把卞之琳、臧克家、沈从文等新诗人推荐给《新月》《诗刊》等刊物，这对这些新人都是不小的鼓励。这些人成为后期新月诗派的主要撰稿人。这些人中有的也是闻一多的学生，如陈梦家、方玮德、臧克家，闻一多甚至在自己的书桌上摆放着陈梦家和方玮德的照片。这种师生关系，模仿和师从的痕迹就会较其他关系更明显，学生对自己的老师由敬

---

① 韩石山编：《〈猛虎集〉序》，《徐志摩全集》第 3 卷，天津人民出版社 2005 年版，第 394 页。

仰而模仿，所以先期的作品一般都会带有比较浓重的模仿老师的痕迹，这也会使流派的风格在一定的时间内保持基本一致。在经过一定的历练成熟后，学生也许会突破老师的风格，如卞之琳遇到叶公超以后才走向了与前期新月截然不同的现代主义新诗之路，而臧克家的诗则越来越倾向于现实主义风格。

《诗刊》的撰稿人有徐志摩、闻一多、饶孟侃、朱湘、孙大雨、陈梦家、方玮德、林徽因、方令孺、邵洵美、宗白华、梁镇、俞大纲、沈祖牟、孙询侯、罗慕华、程鼎鑫、李惟建、卞之琳、曹葆华、甘雨纹、虞帕云、安农、雷白韦、胡丑囗（按：原刊此字不清）。梁实秋、梁宗岱、胡适则发表了三封给徐志摩的论诗信函。这里面有一部分人是《诗镌》时期的新月诗派成员，胡适、梁实秋在徐志摩的鼓动下再次谈起新诗的发展问题。

《诗刊》是《诗镌》的继续，对徐志摩来说，这只是新朋老友聚会的形式，是一次他喜欢的游戏。《诗刊》没有制定刊物的编辑方针，在相当于发刊词的《诗刊》第一期"序语"中，徐志摩由衷地表达了这种欣喜，"前五年载在北京《晨报副镌》上的十一期诗刊。那刊物，我们得认是现在这份的前身"。"现在我们这少数朋友，隔了这五六年，重复感到'以诗会友'的兴趣，想再来一次集合的研求"。"因此我们这少数天生爱好，与希望认识诗的朋友，想斗胆在功利气息浓重的地处与时日，结起一个小小的诗坛……希冀早晚可以放露一点小小的光。小，但一直的向上；小，但不是狂暴的风所能吹熄。""我们欣幸，我们五年前的旧侣，重复在此聚首。""我们更欣幸的是我们又多了新来的伙伴，他们的英爽的朝气给了我们不少的鼓舞。"

以诗会友，排除功利性的干扰，坚持"纯诗"艺术，是《诗刊》最简单的初衷和干净的目的，这也成为他们日后组稿的一个原则。在《诗刊》仅仅四期的容量里，出现了新月诗派许多最具经典性的诗篇。闻一多三年磨一剑的《奇迹》，一发表就引起诗坛的轰动，好评如潮，被徐志摩称为"三年不鸣，一鸣惊人"；孙大雨在《诗镌》时就是新月诗派成员，经耶鲁留学回国后，在《诗刊》上发表了代表他写作最高成绩的《自己的写照》，这首诗也是新月诗派在音节探索方面，标志着一个新纪元性质的作品；方玮德的《悔与回》，是一首在《诗刊》第1期发表的与陈梦家的同题唱和之作。这首诗作获得闻一多的高度评价，甚至自谦地说自比不如："自己决写不出那样惊心动魄的诗来,即使有了你们那哀艳凄馨的材料。"1930年冬,与陈梦家的同题长诗出版单行本,闻一多称该诗集的出版"自然是本年诗坛最可纪念的一件事",对两位年轻没有资历的小诗人而言,获得著名诗人这样高的评价是难得的殊荣和巨大的鼓励。方玮德在《新月》《诗刊》上发表诗文达22篇,并著有《玮德诗文集》(1936年3月上海时代图书公司出版)等,他和陈梦家被称为"新月派后期的双星或双璧"。徐志摩也在诗思枯竭的苦闷期,写成了长达403行的叙事诗——《爱的灵感——奉适之》。《诗刊》的出版是中国新诗获得的一次意外的丰收。在事隔80年后的今天,他们的诗歌经受住时间的淘洗,仍在诗歌的历史长河中熠熠闪光。

四 杂志与流派:相伴相生

现代社会文学流派形成的因素多种多样,但最常见的要素大概有以下五个:风格要素;师友要素;交往行为要素;同人刊物和报纸专栏要素;社团要素。在流派发生、发展的时段里,它呈现出的是实时动态的结构,它的构成要素也随着人员的加入或退出实时地发生着变动。流派中的成员在交往中,也随时可以有意或无意地发展他的朋友,成为流派中的新成员,而新成员的加入可能会对流派的结构、文学主张造成改变。同人刊物或报纸专栏其实也只是为流派成员的交往提供一个平台,但以报刊或报纸集体亮相的形式,散发出去的信息以及回收的反馈信息,多数时候是刊物报纸无法控制和掌握的。当然,反响越强烈,报刊的知名度就越大,报刊的知名度越大,流派的影响力就越大;反之,如果知名度是因为反面效果引起的,那会对流派的发展起到解构的作用,流派可能会因此而迅速瓦解。一个流派形成和存在时的状态,要比写进文学史或教科书里的现象或概念复杂得多。在一个流派的形成过程中,也许这五个要素都是它的形成因素之一,因为情况复杂,也很难分清谁主谁次,这就使流派的研究陷入一种艰难境地,需要占有大量的事实资料才能说清楚这个流派的来龙去脉,这使得很多研究者都选择绕开这个费力费时的苦差事。

新月诗派的形成因素头绪繁多,但报刊在它的形成过程中唱主角,应该说是一个不争的事实。其他因素如风格要素、师友要素、交往行为要素、社团要素等也起着不同程度的作用。有时一些偶然事件也会成为流派形成的必然因素，这就让流派的形成原因披上了一层神秘面纱，甚至有了宿命色彩。

《晨报·副刊·诗镌》《新月》月刊、《诗刊》季刊这三份杂志在新月诗派产生、发展、结束的整个过程里，都与其办刊方针、编辑成员、刊物个性等有着不可分的密切关系。《诗镌》《诗刊》就是为新月诗派而存在的，它们和诗派是唇齿相依的关系。《诗镌》的创刊是新月诗派诞生的标志，它的结束也宣告了诗派活动的暂停。《诗刊》的诞生再一次标志着新月诗派的重启，风格也由原来的新古典主义诗学向现代派诗学转变。《新月》中的"诗"专栏一直给新月诗人提供发表作品的空间和平台，但对推动新月诗学思想的发展，贡献较前两者小。这三份杂志在新月诗派的形成过程中起到以下几个作用。

（一）报刊与群体传播

报纸和刊物给"新格律诗"的群体传播提供了可能。诗歌的群体传播是指一些诗人，由于人生态度、审美趣味的相近以及其他方面的原因而主动结为一体，或因作品的共性而被人并称，形成诗歌传播中缤纷多彩、引人注目的群体传播景象。这种诗歌的群体传播就是所说的以社团或流派的方式传播，而非个人的单打独斗。"如果拥有刊物或报纸副刊来联络、培植和发现意气相投的一群作者，沿着大体相近的文学方向和审美情趣进行探讨和开拓，那么文学流派的形成已经是可以指望的事情了。"①以此作为传达其思想倾向、美学追求、创作风格、文学主旨等文化信息的媒体，或作为联络感情、增进友谊、共创文学事业的纽带。在现代社会，诗歌的群体传播方式是很多诗人的共同选择，只有这样，才能将一个个散在的诗人，凝结为一个更有力量的整体。按照传播学原理，群体的能力大于参与群体的单纯个人能力的简单相加，群体也能够使成员个人的能力得到增强，这种能力使得他能够实现作为个人所实现不了的目标。当诗人作为一个个体存在时，他的声音会很快被淹没；当他聚集为一个群体，既保持着个性风格，又具有流派风格的诗人群时，他可以借助群体的力量壮大自己，借助群体的声音传达自己的声音，这是现代诗人常会选择的一种传播方式。《诗镌》《新月》《诗刊》就是以群体诗歌传播的方式打造新月诗派

---

① 杨义：《重绘中国文学地图》，中国社会科学出版社2005年版，第189页。

的。在形成新月诗派之前，闻一多与"清华四子"就常聚集在自家的客厅讨论"新诗格律化"的可行性理论，但他们不是刚走出校门的就是还在学校读书的学生，只有闻一多出版了《红烛》，但名气也不大。他们对新诗的出路问题有自己的想法，但因个体的力量太微弱，急于寻找更强更有影响力的诗人与他们联合，壮大自己的力量，并寻找一个可以传达诗学思想和发表诗作的刊物，徐志摩及其主编的《晨报·副刊》在偶然中与他们联合起来。这样，这些对诗歌有着强烈的热爱，对中国新诗建设有着强烈参与意识的一群人走到一起，经过相互寻找与发现，遥相呼应并契合，最后才彼此认同，有利于在传播中扩大某种诗风的影响，推动诗歌流派的形成。1926 年 4 月 1 日，《诗镌》正式出版发行，以《诗镌》为中心，聚集起越来越多与新月诗派风格相同的诗人，他们的新诗格律化的理论大受欢迎和吹捧，因为这种诗歌群体传播的速度快，传播范围广，影响力大，业余诗歌爱好者也纷纷模仿，一时间新月诗人群名声大噪，闻一多也借助《诗镌》推出了诗歌的格律化主张，成为继郭沫若之后的又一个引领新诗思潮的弄潮儿。由于闻一多的声名鹊起，他的诗集《红烛》《死水》也借机被更多的人知道。可见，群体诗歌传播可以帮助个体诗人最大限度地实现自己的价值和追求。

《新月》是新月同人离开北京移师上海后新创办的刊物，它不再是专门的诗刊，而是综合文艺刊物，开辟了一个"诗"专栏，第一卷刊出的诗歌作品数量较多，从第 2 卷第 2 期开始，刊物的重心转移到政治讨论方面，但它仍然保留了每期都刊登新诗的"诗"专栏，这时新月诗人由于个人的种种原因而四散开去。新月诗派除了徐志摩和饶孟侃还经常在《新月》上发表诗歌外，其他人只是偶有诗稿，闻一多自从离开《新月》后，基本上不再写诗，已经不再有像《诗镌》时的群体诗歌传播的辉煌，但新月诗歌的这个脉络，还因《新月》的存在而虚弱地存在着。直至《诗刊》的创刊，新月诗人群"群体诗歌传播"的现象又像《诗镌》一样重新登上中国新诗舞台。《诗刊》和《新月》成为 30 年代新月诗人群发表诗歌的主要阵地。由于那时《新月》针对左翼文学的"文学为政治服务"和"文学是有阶级性的"观点，以及海派的文学商业化的低俗，提出文学创作要坚持"不损害健康的原则"和"不折损尊严的原则"，引来"中国诗歌会"的强烈抨击，言辞最激烈的是诗人蒲风对新月诗人的逐一批判。他从阶级论的角度站在无产阶级的立场上，对新月诗派进行定位，把新月诗人称作资产阶级诗人，对《诗刊》《新月》《新月诗选》无一遗漏地加以批判。"穷奢极乐""偶发慈悲""沉醉于酒肉脂粉""恋爱多半是商品化的玩弄""心肠是像资本家一样的冰冷""'虚无'倒是他们的通病",这些对新月诗派的描述性语言,很具有攻击性、片面性、偏激性。对新月诗派追求诗歌形式的格律主张的批评,不是从诗歌艺术形式的角度进行探讨,而是偷换了概念,认为只有有闲的资产阶级诗人,才有闲情逸致去摆弄"形式"这些不实用的东西,现在诗歌的当务之急不是对形式的苛求,而是要用诗歌这种艺术形式,传达无产阶级思想,启发民众,达到宣传政治的目的。

"这本《新月诗选》可说就是他们的唯一的代表产物。"……"讲究格律呀,提倡唯美主义啦,极力表示他们的穷奢极乐了。偶然他们也发点慈悲,来一些人道主义的呐喊;但在他们这只是一种附带的玩意儿。"表面上,他们说"主张以字音节的谐和,句的均齐,和节的匀称,为诗的节奏所必须注意而内容同样不容轻忽的"(陈梦家:《新月诗选序言》),好像极以内容为主的样子;其实,事实上是他们在重音节了,常以一定的格律去填上他们的推逸有闲的内容哩!……

在《新月诗选》里,他们也表示了对现实的不满意,但……新兴的中国资本主义,在以前是不妥协的乐观地向上爬,有的只是狂飙的突飞猛进。可是,"五四"以后,在整个资本主义世界都遭到崩溃的同一命运,而中国封建势力又是矛盾的存在者时,他们的一线希望也就会动摇,同时带点悲观色彩,委身于运命,唱"睁大了眼,什么事都看分明,但自己又何尝能支使运命?"[1]

这时候,由于他们的阶级根性使然,事实上他们是以尽量沉醉于酒肉脂粉里来得迫切的……所谓恋爱多半是商品化的玩弄……心肠是像资本家一样的冰冷。……至若一部分的他们,像沈祖牟仍有出世思想,朱大枬,刘梦苇有颇悲哀的伤感,那也许另有经济条件所支配。但"虚无"倒是他们的通病。因为这是时代和他们所属的经济背景所赐予他们的。……

在这个时候,新月派可以说业已两分的,象上述朱维基、邵洵美

---

[1] 徐志摩:《火车禽住轨》。

一派，我们叫做香艳派。另一派，是格律派，以陈梦家、朱湘（1904—1933）为代表。①

当然，对新月诗派的批判不止蒲风一个人，只是他的批评风格很能代表当时左翼文人的态度和思维方式。新月诗人当然也不会不说话，他们都借助媒体的平台，站在自己的利益角度，表达自己的文学价值观。其实，任何一次文学观念的碰撞，最终都是因为文学价值观的不同造成的。

从传播学的角度看，批判得越猛烈，观点分歧越大，传播的效果就越好，知名度就越高。

（二）同人刊物与文学流派

新月诗派有一个别的流派不具有的特点，那就是它时断时续的存在方式，1926年4—6月，《诗镌》创刊，标志着它的正式形成，是它的发生期，也被称为"前期新月诗派"；中间时隔两年半，1928年10月《新月》创刊，开辟"诗"栏目，新月诗派又继续以诗人群的形式存在，但影响不大；1930年《诗刊》创刊，标志着新老"新月诗人"的再聚首，新月诗派开始重新进入一个诗歌新时代，这段时间被称为"后期新月诗派"。从对这段时间的描述中就可以看出，新月诗派的发生、存在、停止、重启、结束，这些环节无一不是和刊物的创办、终止有关，甚至就是由刊物的存在与否决定着流派的生死存亡。为什么新月诗派的存在方式会这样完全依赖报刊？报刊存在，它就存在，报刊改制或停办，它就消亡？抛开种种繁杂的事件和现象的干扰，找出这种存在方式的根源在于：新月诗派所依附的三份报刊都是同人性质的报刊。

对于同人性质的报刊，施蛰存曾经这样概括道："'五四'以后，所有的新文化阵营刊物，差不多都是同人刊物，一个人为中心，号召一些志同道合的合作者，组织一个学会，或办一个杂志。每一个杂志所表现的政治倾向，文艺观点，大概都是一致的。当时一群人思想观点发生了分歧之后，这个杂志就办不下去了。"②同人性质的报刊往往不以营利为目的，而是由于有着共同的理想或在创作上风格相近等因素才走在一起的，他们大

---

① 方仁念选编：《新月派评论资料选》，第31—33页。
② 施蛰存：《沙上的脚迹》，辽宁教育出版社1995年版，第26—33页。

多是编辑和作者同位一体，既是编辑也是作者，约稿也基本上是熟人、朋友，这样的出版方式就决定了只要是这个团体成员的来稿，几乎都能刊登。现代文学初期的刊物大多是这种出版运营方式，《语丝》《现代评论》《新月》等都是这样。这种出版运营方式非常脆弱，一旦其中的主要编辑离开或编辑方针发生变化，刊物往往就难以维系。所以那个时候，一个刊物只存活几个月的很多。《新青年》在胡适和陈独秀的共同主持下，由于陈独秀努力想把《新青年》编成政治性的刊物，而胡适则更倾向于学术性，不断对陈独秀的编辑立场提出批评，提议将《新青年》搬回北京，并声明不谈政治，这遭到陈独秀的拒绝，于是，胡适离开《新青年》，创办《努力周报》。《晨报·副刊》在孙伏园的主持下，发表文章的人基本上集中在后来的语丝同人身上。孙伏园的离开，让常在那里发表作品的稳定作者群也失去了发表作品的平台。这才有了后来孙伏园、鲁迅等人创办的《语丝》。

徐志摩接管《晨报·副刊》后，《晨报·副刊》几乎变成了新月社同人的报纸，"谁掌握了媒介，谁就能传播信息"，在这之前，新月社并没有自己的刊物，而"文学研究会""创造社"都有自己的专门刊物，在徐志摩主持工作的时间里，《晨报·副刊》已经不再是以文学艺术为主的"副刊"特色了，它俨然成了新月社同人们宣传他们文化政治思想的，带有"新月"标志的"正刊"。《诗镌》对新月诗派的意义不言自明，没有《诗镌》何谈新月诗派？《诗镌》显然是同人性质的专门的诗歌刊物，编辑和投稿人两位一体，发表的诗歌多集中在那几个人身上。《诗镌》在编辑方面最初采取轮流主编制度。参加的人每人编两期。第一、二期由徐志摩主编；第三、四期由闻一多主编；饶孟侃编第五期，从第六期以后均交徐志摩主编，轮流主编制取消。据统计，《诗镌》的主要撰稿人有徐志摩、闻一多和"清华四子"——朱湘、饶孟侃、杨世恩、孙大雨、刘梦苇、赛先艾、于赓虞、朱大枏、沈从文、钟天心、张鸣琦、程侃声、王希仁、默深、金满成、叶梦林等，大部分是由同人介绍而来的，外来稿极少。徐志摩是《诗镌》的主要负责人、编辑，但闻一多才是《诗镌》的灵魂，他利用《诗镌》完成了自己的理想，把新诗格律化的主张，从沙龙这样有限的小空间，推向更广阔的无限的大空间。

《新月》刚开始创刊时，因为有徐志摩、闻一多的主持，它基本上以文学艺术为主，新月诗歌有再起之势，但刊物越来越热衷于讨论政治，这让闻一多觉得志不同，道不合，在第2卷第2期就离开了《新月》，闻一多的离开让徐志摩失去了诗歌方面的知音，也觉得讨论时政不是自己的追求，所以在《新月》期间，新月诗歌的发展缓慢，这也与闻一多的离开有关联。

《诗刊》的创刊过程简直就是当年《诗镌》创刊的翻版，似乎是历史重新上演一般，给徐志摩、闻一多带来了极大的兴奋与鼓舞，但徐志摩的不幸遇难使这份同人刊物因为失去了核心人物而难以维系，最后一期是在陈梦家的勉力维持下，在9个月后才出版，标志着新月诗派的结束。新月诗人从此再没有像《诗镌》《新月》《诗刊》时期的密集聚合，"派"也就不复存在了。

同人刊物开始创刊时，往往是朋友间为实现共同的理想而一拍即合的产物，大有领袖人物振臂一挥，应者云集的壮观，但也正因如此，它的这种同人性质相互的依赖很强，一个人的去留就能决定刊物的前途和命运，一个人观念的转变也可能直接影响到办刊思想的彻底转变。在《诗镌》《新月》《诗刊》与新月诗派之间的起起伏伏中，更让后人感到，一个流派的形成不像文学史中描述的那么缺少情感，也不全都是面目清晰、轮廓鲜明、风格统一，而是许多飘忽不定的因素就能决定一件文学史上的大事。试想，闻一多当年是多么渴望有一份自己能说了算的刊物，这几乎成为他在美国留学时最常与国内朋友讨论的话题，以那时闻一多对有一份自己刊物的执着追求和渴念，很难理解他在有了《诗镌》后的迅速撤离，《诗镌》仅仅维持了两个多月。他再一次离开《新月》也很快，仅参与《新月》几期的编辑。也许，除了诗之外，闻一多始终都不能与新月社的人在精神上有深层的认同感，尽管表面上他们都有欧美留学生的身份，实质上则缺少深层的文化身份的认同感。

（三）编辑方针与流派走向

在《新月》前几卷中，诗歌理论部分的文章主要以梁实秋为主，讨论的内容还是新人文主义思想在文学理论上的运用，强调以理性节制情感。在第3卷第6期还专门开辟了专栏"新月论诗"，强调指出："我们都信仰思想自由，我们都喜欢合乎理性的学说。"新月诗派这时在诗歌理论上还是主张"格律化"的，以白璧德的新人文主义思想为其理论基础。但这期间《新月》也陆续刊登、介绍了波特莱尔、魏尔伦等人的诗歌或象征主义的诗歌理论，如徐志摩的《波特莱尔的散文诗》（第2卷第10期），梁镇译的魏尔伦的诗《往日的女人》(第2卷第9期),卞之琳译的《魏尔伦与象征主义》(第4卷第4期)。特别是徐志摩把梁宗岱写给他的谈法国象征主义诗歌的信,刊登在《新月》上,引起了对象征主义诗歌的讨论,加快了《新月》诗歌理论向现代诗歌转变的脚步。真正对新月诗派理论起到扭转性导向作用的是叶公超。叶公超留学美国,后转到英国剑桥大学攻读英国文学硕士学位,直接接触了美国的意象主义诗歌和英国的象征主义诗歌理论。在20年代,他本人在英国与艾略特有过交往,非常崇拜他,回国后,他写过《艾略特的诗》等文章,对艾略特的理解非常独到。1932年9月,叶公超接编《新月》,对《新月》"诗"栏目来了个大换血。先是组织了一批译介西方现代诗歌理论的稿子,集中发表,形成推动之势,如卞之琳的《恶之花拾零》、梁镇译的魏尔伦的诗《诉》(第4卷第2期),卞之琳译的《魏尔伦与象征主义》等,叶公超的《美国〈诗刊〉之呼吁》(第4卷第5期),荪波(常风)的《英诗之新评衡》(第4卷第6期)等译介文章。《新月》杂志如此集中地介绍西方现代诗歌理论和现代派的诗作,以前是没有的。叶公超接编新月后,他把对西方诗歌的喜好,对艾略特、瓦雷里、魏尔伦的崇敬和热爱,通过编辑《新月》完全表现出来。新月诗派后期那些新加入的青年诗人,在叶公超的影响下,诗风大转。对后期新月诗人在审美观念及创作倾向产生了深刻的影响,最典型的是卞之琳的转变。"写《荒原》以及前短作的托·斯·艾略特对于我前期中间阶段的写法不无关系。""我自己思想感情上的成长较慢,最初读到二十年代'现代主义'文学,还好像一见如故,有所写作,不无共鸣,直到1937年抗战起来才在诗创作上结束了前一时期。"卞之琳的转变是年轻诗人里变化最大的。从此,后期新月的诗歌创作,逐步向西方现代诗歌靠近(本书对此将有专章讨论)。

可见,一个刊物如果主要编辑改换了,那么刊物的面貌和倾向性也会发生转变,每一个编辑都会在刊物中贯彻自己的审美追求、个性喜好。换一个编辑可能是一个偶然事件,但也许就是这个偶然,可能会改写原来的发展轨迹。如果没有叶公超接编《新月》,新月诗歌也会发生变化,但一定不会有这样快速和明显的改观,甚至重新划分了诗歌图谱,促使一部分新月诗人最终加入30年代中国现代派诗人群。

(四)《新月诗选》的意义

新月诗派的形成标志是1926年《诗镌》的创刊,但新月诗派被命名确实是由于《新月诗选》的出版。新月诗人以"集体"形式留给中国新诗史和后世读者的，只有这一本《新月诗选》，这是新月诗派唯一一本代表作。

《新月诗选》在未出版前已经登出了广告，这则广告登在1931年《新月》第3卷第10期的广告栏里，广告词这样写道："《新月诗选》是这少数人以友谊并同一趣向相缔结的人以醇正态度谨严格律所写的抒情诗这里八十多首虽各人有各人的作风但也有他们一致的方向这诗选从北京晨报诗稿到新月月刊并这诗刊挑选——徐志摩、闻一多、饶孟侃、孙大雨、朱湘、邵洵美、方令孺、林徽因、陈梦家、方玮德、梁镇、卞之琳、俞大纲、沈祖牟、沈从文、杨子惠、朱大枏、刘梦苇等人的诗是一册最精美最纯粹的诗选"①(标点按原文)。

入选的共18人，诗歌80首。它的出处除了广告中提到的三个刊物外，还选自重要诗人的诗集，《死水》(闻一多)、《志摩的诗》《翡冷翠的一夜》《猛虎集》(徐志摩)、《草莽集》(朱湘)、《梦家诗选》(陈梦家)，其他从别处选来的也有，但很少。诗集除了朱湘的《草莽集》是开明书店出版的外，其他由新月出版。这是一次比较纯粹的对新月诗人作品的集中展示，也成为后人研究新月诗歌的重要参考。韩石山在《徐志摩传》中评价《新月诗选》的意义时写道："使新月的阵容完整的展现在世人面前。这种几乎同时的认定，为后来的新月诗派的确立省去了许多麻烦，也抹去许多负面的影响。"②

1931年9月，陈梦家应徐志摩邀请编选《新月诗选》，陈梦家用一个多月的时间就编选好这本诗选，并做了6000多字的序。这篇序对新月诗派是一个回顾和总结，阐释了新月诗人对新诗的创作态度，他们把新诗建设看作是中国新文学中一件值得奋斗一生的有意义的事。他们不想做盲目而不持久的努力，不要像火山爆发似的，力量强大，火焰凶猛，但来得快去得也快；新月人宁愿做一条默默但永久流淌的清澈溪水，尽管道路曲折，尽管障碍重重，但会一直向前，永不止步。陈梦家的比喻十分贴切，新月诗派的发展的确是时现时隐，时急时缓，时而一路欢歌笑语，时而一路恶语相伴，但新月人从没放弃过对诗歌审美艺术的追求。对于中国传统诗歌的精髓，新月人从不曾忘记，也不曾遗弃，而是执着地守候着，但也

---

① 《新月》第3卷第10期，《新出版》栏目。
② 韩石山：《徐志摩传》，北京十月文艺出版社2004年版，第313页。

并不因此拒绝外国诗歌的影响。在新月诗人的眼中，不会因为是旧的就丢开，也不会因为是新的而狂喜；在新月诗人的眼中，只有美的，才是好的，无论新旧，无论中外。

在《新月诗选》的序里，阐释了五六年来诗人创作时一直坚持的方向——"本质的醇正，技巧的周密和格律的严谨"[1]。向那些攻击他们的人表达了他们的创作态度，即因为喜爱而写诗，而不是因需要而写诗；写诗要倾听心的呼唤，而不为特定的意义而写；拒绝"惑人的新奇，夸张的梦，和刺激的引诱"[2]，而要本着严正认真的态度写诗。

在这篇序里，陈梦家进一步阐释了新月诗人对理性、规范的认识。"限制或约束，反而常常给我们情绪伸张的方便"，"'紧凑'造就的利益，是有限中想见到无限"。这里阐释的新月诗歌主张，主要还是以新人文主义为思想基础的理性和节制原则，闻一多在此基础上提出了新诗的格律化主张，而对后期新月诗人转向现代主义的倾向没有提及。

在绪论的最后一部分论及了这本诗集选诗的出处和审美标准，选文主要出自《诗镌》《新月》《诗刊》中发表过的诗作，还有就是从已出版过的诗集中选诗，从诗歌的艺术风格来看，基本上选择的都是抒情诗，这是新月诗歌的主流。尽管新月诗人也有些政治抒情诗或叙事诗或其他题材的诗，新月诗派的成就还是集中在抒情诗上，所以抒情诗是《新月诗选》的主体。陈梦家对一些诗人做出中肯的评价，但可能由于陈梦家的年轻，又是新月诗派中的晚辈诗人，批评态度十分谦恭，对不满意的诗人少作评价，但绝不质疑、批评。尽管如此，这也被看作是新月诗派对自己的一次总结。

《新月诗选》的出版是新月诗派的一次成功的集体亮相。对于每一个有作品入选的诗人而言，也许正如序中所提到的，是为了留念同人的友谊，是一本记录青春、理想、爱情、友情的纪念册，是那些追梦人留下的最真实的足迹，是他们对自己的一个交代、一份作业，了却的一桩心愿，仅此而已。但对于中国新诗发展史，它的意义不仅仅是新月诗派的成果昭示，它印证了那一代人为新诗的发展曾是多么热情、自信、执着、坚守。它的出版，也是给当年对新月诗歌、诗人的种种质疑、批判的一个回答，再一次以诗的形式给出了新月诗人对新诗的诠释，也给热爱新月诗歌的读

---

[1] 方仁念选编：《新月派评论资料选》，第25页。
[2] 同上书，第26页。

者提供了一份完整的收藏。对于新诗研究史来说，它提供了最生动最真实的研究资料，对流派的界定提供了非常宝贵的依据。有了这本诗选，复杂的新月诗派便明朗清晰起来。

　　当然，这本诗选，作为一个流派的选本还是太单薄了，远远没有涵盖新月诗歌的成就，也远远没有反映出新月诗歌发展的丰富性和复杂性。

第二章

新月诗人的"反优先权"策略

在中国这一古老而璀璨的诗的国度里,诗已是民族的神祇,后来者习惯带着膜拜的心理去品读。古代圣贤及他们的华美诗句仿佛也无时不在对后辈诗人施法念咒"要像我","而又不要装得太像我",后来者对先贤诗人的崇拜和依赖,使诗越来越满足于安稳的模式,诗人也越来越缺少创造性想象。新月诗人无论拥有怎样丰富的知识,但如果不回避前驱诗人已创造出的诗的模式,他将永远被湮灭。在泱泱诗歌大国里能指点诗坛江山,无疑是每一位诗人的梦想抑或奢望。璀璨的诗歌遗产让后辈诗人高山仰止、望而却步。每一位后来诗人都要面对传统诗歌的挑战和强者诗人的强势。权威的古典诗歌审美传统具有超强的稳定性和保守性,后来者们在享受宝贵诗歌资源和财富的同时,也被一张无形的大网笼罩着。如何能加入不朽诗人的行列,让诗作也能流芳千古,这恐怕是每一位后来诗人的夙愿。一代代诗人的成长都须经历这样的过程,学习、模仿、超越,如果只是学习和模仿,终究会被淹没。只有跻身于强者诗人的行列,才能获取诗人的话语优先权。拥有优先权不仅对当下诗学形态能起到导向作用,还能在诗歌领域占据主要地盘,拥有一批相对稳定的读者群和发表作品的出版物。他们用自己的诗歌魅力和人格魅力引导读者对诗歌审美兴趣的转移,同时可能成为后辈诗人的模仿对象和精神导师。

中国现代新诗 30 年是一个"风云突变"的诗歌历史拐点,每一位强者诗人盘踞诗坛的时间都十分短暂,大有你方唱罢我登场的架势。先是第一个"吃螃蟹"的白话诗歌倡导者胡适,他以无畏的精神向古典诗歌开战,他的敌人是几千年诗歌史和超稳固的诗歌审美传统,可谓强者如林,历史久远,璀璨耀眼。这本是一场没有胜利的战争,但历史的变化给了他胜利的契机,白话诗取代古诗,轻易取胜;在胡适还未完全品尝到"尝试"所带来的喜悦时，狂飙突进的郭沫若就迅速夺取了胡适的强者诗人的位置，大开大阖的自由"女神"，秉持"绝对自由"的诗论，一举成为中国新诗坛的霸主。视形式为地狱，"绝端的自由，绝端的自主"是新诗应追求的境界。这些主张和"五四"追求自由和民主的时代氛围相契合，所以很快以郭沫若为代表的浪漫主义诗风就成为中国新诗坛的主流。闻一多和徐志摩都曾经对郭沫若顶礼膜拜，视其为中国新诗坛的领袖，他们都曾以能与郭沫若交游为幸事，在自己的诗歌创作初期都模仿过他。闻一多的《红烛》，徐志摩的《志摩的诗》里许多诗篇和《女神》有神似之处。但闻一多是一个有雄心的诗人，他不甘心只做强者诗人的拥戴者、追随者和模仿者。

一 与"强者诗人"较量

我们已经惯从诗歌自身发展和社会外力的推动中寻找诗歌变化的发生语境，常常忽略诗歌传统和强者诗人对新诗人的成长在心理上的影响，新诗人要想确立自己在诗坛上的强者地位，第一个需要克服的往往是来自心理上对传统和强者诗人的畏惧和不自信。美国耶鲁大学文学教授、文学批评家哈罗德·布鲁姆在他的著作《影响的焦虑》中，通过对传统影响焦虑感的阐发，提出了著名的"诗的误读"理论，这一理论主要反映了诗人对传统影响扼杀新人独创空间的焦虑情结，显示出敢于同传统决裂、一搏前人的气概。它的理论基础来源于现代心理学。本章拟运用这一理论中的某些概念，来阐释新月诗人对强者诗人、诗歌传统的超越，进而实现他们建立自己诗学观的理想。"强者诗人"（strong poet）、诗歌传统是"后来诗人"也称"新人"（ephebe）必须面对的榜样，同时也是要跨越的高峰。后来诗人的处境是尴尬的，他总是处于既要继承传统又要超越传统的两难境地中，处于既要师承强者诗人又要摆脱强者诗人过紧束缚的矛盾中，怎样摆脱这种尴尬，使自己跻身于强者诗人的行列，布鲁姆的理论是"消解性修正"。强者诗人和诗歌传统"企图压倒和毁灭新人，阻止其树立起自己的'强者诗人'的地位。而新人则试图用各种有意和无意的对前人诗作的'误读'，达到贬低和否定传统价值的目的"[①]。本章借助"强者诗人"和"后来

---

① [美]哈罗德·布鲁姆：《影响的焦虑》，江苏教育出版社2006年版，第3页。

诗人"的概念，阐述新月诗人中几个比较有代表性的案例，以分析后来诗人怎样从名不见经传的"新人"，成长为"强者诗人"的。这里涉及的"强者诗人"，主要指在新诗中有名望有影响的诗人。

（一）行动元：有预见性的"新人"

"具有预见性是每一个强者诗人不可或缺的条件。缺了这一点，他就会沦为一名渺小的迟来者。"①预见性意味着能敏感地捕捉到"现有强者"存在的弱点和局限，并有能力突破局限，创造性地丰富、改写未来诗歌方向。但只有预见而没有行动力、影响力的诗人还不能成为强者诗人。强者诗人需要有强烈的成功意愿，有敢于挑战"当下强者诗人"的勇气，有对未来诗歌发展趋势的捕捉和预测能力，有反动"当下强者诗人"的主张和行动，具备了这些条件才能被誉为有预见性的诗人，具备成为强者诗人的潜力。

在新月诗派的诗人中，只有闻一多对强者诗人身份有强烈拥有欲和超越的动力。在清华学习期间，闻一多就高度关注新诗的发展，敏感地把握新诗走向，积极努力地为日后的崛起做准备。闻一多具备成为强者诗人的心理条件，具有强烈的成功意愿，并且有行动力和影响力。所以闻一多出道是迟早的事，只是需要等待机遇的降临，水到渠成而厚积薄发。相比之下，徐志摩没有成为强者诗人的强烈意愿。

闻一多是文学社团的积极组织者。20年代的清华文坛可分为三期，闻一多参与了第一和第二期的组建与完善改良社团工作。1921年，闻一多组织了清华留美预备校的第一个文学社团"清华文学社"。他在这项工作中投入较多的时间和精力。洪深、吴宓、闻一多是清华文坛第一期代表人物，闻一多主持专栏《二月庐漫纪》，其内容多为历史、杂文和诗话。第二期以闻一多、梁实秋、顾毓琇、谢文炳为主力。"五四"以后，清华文坛从内容到形式，皆发生了全面而深刻的变化。首先是出版形式和写作文体上的变革。改封面，改栏目，提倡白话文，主张用标点，采用横写法……自此以后，《清华周刊》便以白话文为主体，其次在《清华周刊》上大力推进白话新诗和白话散文。闻一多、梁实秋等是当时《清华周刊》主笔，从闻一多的日记、通信中可见，他在这时除了正常上课学习以外，大

---

① ［美］哈罗德·布鲁姆：《影响的焦虑》，江苏教育出版社2006年版，第9页。

部分课余时间都用于对新文学的关注上。他关注的重点是新诗，对其他文体如小说、散文、文学理论、戏剧等不太注意。他自己编录过一本手抄本的新诗集《真我集》，收录了1920—1921年写的新诗。

闻一多在新诗建设初期就表现出超人的预见性。尽管闻一多在接受西方诗歌影响时表现出一定的保守性，但他预见到新诗一定会取代旧诗的正统位置，成为未来诗坛的主流话语，诗歌话语权将来一定掌握在新诗人手中，从旧诗的窠臼中拯救出自己，才是当务之急。1920年秋，清华学校开设了"美术文"课程，这门课以欣赏中国古诗词为主。闻一多凭着他对未来诗歌的预见性判断，敏感性地意识到这门课程的开设表明，清华还没有对新诗时代的到来有充分预见性，没有引起重视，显得有些跟不上时代的节奏。闻一多在《清华周刊》第211期，以"风叶"署名，写了一篇《敬告落伍的诗家》一文，指出清华学人关起门来哼唱古韵，对正在轰轰烈烈进行的诗体解放运动置之不顾，简直是身在桃花源，不知魏晋。"我诚诚恳恳地奉劝那些落伍的诗家，你们要玩儿，便罢，若要真作诗，只有新诗这条道走，赶快醒来，急起直追，还不算晚呢。"闻一多此举并没有得到先生的肯定，1920年冬天，老师布置作文"赏雪"，闻一多以此为题写了一首新诗，尽管老师的圈点不少，但批语里说："生本风骚中后起之秀，似不必趋赴潮流。"当年，在清华园里，写新诗被看成是趋附潮流的"附庸风雅"之举，似有浅薄之嫌。闻一多在清华学校相对闭塞的文学环境里，还是能凸显出对新诗这一新生事物的特有敏感的。1921年11月，清华成立文学社，闻一多自然成为社内的活跃分子，这个文学社实际上更偏重于诗歌，此后闻一多的兴趣更是转向新诗创作和诗歌理论研究。1922年12月，闻一多在文学社作《诗的音节的研究》报告，为将来成为新格律诗理论的主要创建者进行最初的理论准备。

闻一多和清华文学社的几个志同道合者，有成为强者诗人的强烈愿望，并一直为成为强者诗人而做着积极准备。1922年7月，闻一多先于梁实秋等人赴美留学，在美国，他没有中断与清华文学社的联系。在他的信件中，和文学社同人的通信不少于他和家人及新婚妻子的通信数量，闻一多也担心自己离开祖国而隔膜了当下文坛，所以在当时邮路不甚发达之时，他还坚持让自己的弟弟闻家驷或文学社的梁实秋等人，给他往美国邮寄国内的主要文学刊物，其中多是创造社的《创造》。在与清华文学社成员的通信中，一直商讨关于新诗的未来发展趋势、诗坛状况、存在问题的讨论。

(二)行动策略:对"人生派"的误读性修正

闻一多和"清华四子"把进军新诗坛,把自己武装成为强者诗人,确定为自己的奋斗目标。首先对新诗主将及其诗学观和所属诗歌流派进行误读性修正。误读性修正是新诗人确立自己诗坛地位常常采用的行动策略。"当涉及两位强者诗人、两位真正的诗人时——总是以对前一位诗人的误读而进行的。这种误读是一种创造性的校正,实际上也必然是一种误释。"①这里的"误读"和"修正",有"重新审视""否定""推翻"的含义。通过误读性修正来抹杀强者诗人的学术观念或文学观的独立性,或打碎自己与强者诗人保持一致的连续性。强者诗人对"误读性修正"的方式方法会因人而异,因环境而异,没有一定之规,有时也可能是几种方式同时进行。

在炮轰诗坛主将之前,闻一多先在清华文坛内部小试牛刀。他的第一篇新诗评论《评本学年〈周刊〉里的新诗》,发表于1921年6月的《清华周刊》上,评论对象是清华学生发表在《清华周刊》上的新诗作品,这篇评论大部分是感悟式的体会,对新诗也有了自己的初步认知。从这篇论文中可见,闻一多对新诗的形式、规范更感兴趣,对新诗内容的变化几乎没做评论。闻一多认为,形式大于内容,美的灵魂若不附丽于美的形体,便失去了它的美。

这篇诗评在清华虽初现锋芒,但毕竟在清华文坛的诗人中还是一位名不见经传的新诗业余爱好者。他们在新诗坛上没有丝毫影响力,修正他们的诗作不能引起诗坛的关注,也不能改变新诗坛被强者诗人把持的局面。要想引人注目还要向强者诗人发起进攻,创造性地误读他们的作品及诗学思想。在误读的同时修正它们,以这样的行为先引起诗坛的关注,接下来阐发自己的诗学观,这是有预见性诗人要跻身于强者诗人行列所经常采取的行动策略。

闻一多把对强者诗人的挑战对象,选定为文学研究会诗人俞平伯。俞平伯在当时新诗坛上,属于较有影响力的强者诗人,但他的名气较胡适、郭沫若要小一些。《冬夜》是俞平伯在1922年3月出版的诗集,也是在新诗界继《尝试集》《女神》之后的第三本诗集。他的诗歌在内容上大多注重

---

① [美]哈罗德·布鲁姆:《影响的焦虑》,江苏教育出版社2006年版,第31页。

反映人生，反映现实生活，忠实地践行研究会"'为人生'而文学"的现实主义创作主张。

1923年11月闻一多发表《〈冬夜〉评论》。"评的是《冬夜》，实亦可三隅反。"闻一多认为，《冬夜》中存在的问题也正是当下诗坛存在的问题，评《冬夜》可以一石击三鸟，在这篇万言长文里，闻一多列举了俞平伯的"七宗罪"，归纳如下：

1. 俞平伯的诗无论在形式上还是内容上，都很大众化、庸俗化，这会引领中国新诗走向迷途，即畸形滥觞的民众艺术。

2. 俞君对新诗的贡献在于音节的凝练、绵密、婉细。并借此批评胡适在《尝试集·序》中提出的纯粹的"自由诗"理论是荒唐和可笑的。

3. 不重意境。因为意境粗糙，所以浅薄。

4. 弱于想象。

5. 结构破碎，语言啰嗦、重复，构思没有整体观念。

6. 情感浅薄，乏至情至性的人类之情。

> 《冬夜》里所含的情感的素质，十之八九是第二流的情感。一两首有热情的根据的作品，又因幻想缺乏，不能超越真实性，以至流为劣等的作品；所以若是诗的价值是以其情感的素质定的，那么《冬夜》的价值也就可想而知了。①

7. 俞平伯的诗因陷于平凡琐碎的俗境而缺乏精神上的超越。

闻一多对俞平伯的诗歌在内容、情感、想象力、抒情性、修辞等方面予以全盘否定。当时已经获得很高评价的诗集《冬夜》，竟然被闻一多归纳出"七宗罪"。从以上的七条中就可以看出闻一多对《冬夜》的评价极低，从内容到形式几乎一笔抹杀了《冬夜》的成就。其中还对胡适的自由诗倡导，朱自清对俞平伯的肯定和推崇，周作人的"平民文学"观，做出了毫不客气的间接批评，对郭沫若的诗作还是赞赏有加的。当时，闻一多还是一名在读学生，在新诗界没有知名度，尽管这些批评很尖锐，但也不能从根本上动摇俞平伯的强者诗人地位。闻一多这篇评论的意义，不在于引起关注，而在于他已经开始对俞平伯所代表的新潮诗

---

① 闻一多：《〈冬夜〉评论》，《闻一多全集》第2卷，湖北人民出版社1993年版，第63页。

派的诗学观念进行创造性的校正，对新潮诗人的现实主义平民诗学观加以修正。尤其在文中也对给予俞平伯诗歌高度评价的胡适、朱自清、周作人提出了相反的看法。闻一多对俞平伯的批评到底是不是"误读"，是不是"创造性的校正"，我们还要回到20年代白话新诗草创期的语境下加以评价。

俞平伯的诗学观主要在几篇比较著名的诗论中表达的，如《诗底进化的还原论》《社会上对于新诗的各种心理观》《诗底方便》《做诗的一点经验》《〈冬夜〉自序》等。俞平伯诗学观的核心内容可以归纳为：第一，诗歌是对现实人生的反映。诗本是基于人生而产生的，为了达到"促进"、完善人生的目的，诗人在作诗时必须做到两点，即要真实地描写现实人生，真实地抒写人的情感。"诗是人生底表现，并且还是人生向善的表现"，这与文学研究会的"文学是为人生的艺术"相一致。第二，诗歌应走大众化路线。为实现诗歌表现人生这一主张，为了使原本脱离于百姓的贵族性十足的诗歌更加靠近大众，俞平伯认为，诗歌应该降低姿态，以平民的情感接近大众，把诗歌彻底从象牙塔里拉到十字街头，从"阳春白雪"自降为"下里巴人"。俞平伯认为，一旦诗歌的贵族色彩太浓厚，势必影响诗歌的普及性。"平民性是诗主要质素，贵族的色彩是后来加上去的，太浓厚了有碍于诗底普遍性。"所谓"平民性"就是指诗歌反映"平民"的生活与情感，能为一般"平民"所理解与欣赏的特性。诗歌要成为"人生底表现，并且还是人生向善的表现"，就得实现诗歌"质素"进化的还原，即改变诗歌的贵族性，恢复诗歌的"平民性"，实现"诗的还原"，使之成为"民众文学"。第三，摆脱格律的束缚，强调形式自由。在诗体形式方面，俞平伯认为，只有自由才能真实，"因为真实便不能不自由了，惟其自由才能够有真正的真实"，白话自由体才能彻底显示诗歌的"平民性"。文学研究会诗人把诗歌当作"表现人生"的一种工具，诗歌创作更强调现实性、客观性、平民性。在描写和意象中表达理性的思考，以免使诗歌走向空洞的抽象说理。揭露社会黑暗、表现血与泪的人生，追求光明和希望，是文学研究会诗歌的重要主题。无论在艺术追求还是在思想内容上，文学研究会诗人的诗学观，都是"五四"时期"人的文学""平民文学"精神在文学实践中的具体体现。

闻一多对《冬夜》的评价，忽略掉俞平伯对新诗草创期所要完成的白话化、自由化、平民化的语境，提出与"人生派"相反的唯艺术论观点。

《冬夜》并不是一本一无是处的诗集，它所体现的文学价值和艺术价值，闻一多在万言长文中几乎没有提及，反而所有笔墨都集中到《冬夜》的批判上。闻一多之所以选择其为批判对象，是因为俞平伯是中国第一本新诗刊物《诗》的发起人之一，是文学研究会的重要成员之一，就如他所说："先评《冬夜》虽是偶然拣定，但以《冬夜》代表现时底作风，也不算冤枉他。评的是《冬夜》，实亦可三隅反。"①由此可见，闻一多写这篇诗评的主要目的，一是批评俞平伯的诗学观，但更是批评以俞平伯为代表的"人生派"和文学研究会的文学观，继而批评"五四"时期主宰新文学理论话语的周作人等提出的"人的文学""平民的文学"的现实主义文学观。闻一多最终得出的结论就是：新诗之所以会有如此多的缺陷，一切都源于平民文学和写实文学的文学观，"但追究其根本错误，还是那'诗底进化的还原论'"。闻一多认为，俞平伯不是因为没有才华、学问，也不是因为不精通西方文学，而是由于"他那谬误的主义"，而这"谬误的主义"，恰恰是俞平伯和"人生派"文学家所坚守的理论核心。闻一多以惋惜的口吻奉劝俞平伯："所以，俞君！不作诗则已，要作诗，决不能还死死的贴在平凡琐俗的境域里！"②闻一多的《〈冬夜〉评论》是对"为人生派诗歌美学"的一次创造性的误读，他完全撇开"五四"文坛为何要出现为人生派的历史背景，不谈"人的解放"和"文体解放"的制约关系，直接否定"平民文学"观，针对文学平民化的问题大做文章，忽略其时代意义和文学价值，以凸显自己独到的认识。

梁实秋和闻一多是清华文学社上下级的同学，两人商定好一个写《〈冬夜〉评论》，一个写《〈草儿〉评论》。梁实秋在文章开篇就说明了自己的目的，"要领导艺术鉴赏家上正当的轨道"，他把俞平伯的《冬夜》和康白情的《草儿》当作是传染病的传染源，因为这两本诗集在新诗坛被看作是"新诗坛之先驱"，"几无一人心目中无《草儿》、《冬夜》，后起之作家受其暗示与传染者至剧"，"所以追本探源，把始作俑的《草儿》来评一过，实在又是擒贼擒王的最经济的方法了"。这和闻一多做《〈冬夜〉评论》的目的一致。在这篇文章中，梁实秋只承认53首中的一半是诗，另一半不是诗，梁实秋为《草儿》集列出五宗罪：

---

① 闻一多：《〈冬夜〉评论》，《闻一多全集》第2卷，第63页。
② 同上书，第93页。

1. 演说词、小说、纪实文不是诗。
2. 情感太薄弱,感情太肤浅。
3. 没有神秘感,缺乏音乐性。
4. 拙的创造不及巧的模仿。
5. 诗人足迹不广阔,所以胸襟也不够开阔。

日后,新月派的文学理论家梁实秋在《读〈诗底进化的还原论〉》中,对俞平伯提出的"平民文学"论作了不无尖刻和讽刺的反驳。这篇文章可以看成是对当时新诗坛的清算。梁实秋说:"我这篇文并非是专与俞君相辩难,实是与现在一般主张'人生的艺术'和'平民的文学'的人做一个问题的讨论。"而"人生的艺术"是文学研究会的核心文学思想,也因此使新文学具有了异于旧文学的社会价值,俞平伯、康白情并不是"平民文学"的首创者,"平民的文学"是周作人最先提出的新文学理论,成为"五四"新文学最重要的文学理论之一,梁实秋带着初生牛犊不怕虎的锐气,直捣人生派的核心。这篇文章的发表,直接触动了周作人所构建的新文学理论框架的核心,周作人在《晨报》随即发表了《丑的字句》等文章,对梁实秋的"文学是为艺术而存在的""诗是贵族的,要排斥那些丑的"等主张进行反驳。一来二去,在《晨报》上周作人和梁实秋有了几个回合的较量,在业内也引起了一阵波澜,且不说孰胜孰负,梁实秋作为一名无名小卒,能和大名鼎鼎的周作人过招,已经达到了他们的目的。闻一多和梁实秋把新诗坛的两个强者诗人批得体无完肤。无论诗歌的思想性还是诗歌艺术性都给予全盘否定。尽管这两篇文章都带有青年才俊恃才傲物的张狂,但他们不畏惧强者诗人的威名,敏感地把握到新诗走向的偏离,预见到这样的新诗继续下去的严重后果。在学生时代,尽管他们在新诗坛上还只是默默无闻的学生,但却显示了独立思考的精神和挑战权威的勇气,正是这敢于挑战强者诗人的勇气,使他们渐入同人视野,为今后的崛起积累了知名度,为日后同强者诗人分割天下积攒力量。闻一多、梁实秋的好友、清华文学社社员吴景超就曾证明他们选择《冬夜》《草儿》作诗评的目的:"《〈冬夜〉〈草儿〉评论》的功用就在能指示给大众什么是诗,什么不是诗。现在诗坛中的坏现象,虽不能归咎于康、俞二君,但他们在诗坛中留下恶影响,是显然的事实。闻、梁二君于诗集中,独先评《草儿》、《冬夜》,便是'擒贼先擒王'的手段。他们把首领的劣点,一一宣布出来,然后那些随在后面的,自然知道换路了。我不必特来褒奖此书,看过此书的人,都知道他那廓清新诗坛中积弊的力量,是不小的。"①

闻一多和梁实秋关于《冬夜》和《草儿》的评论文章发表在《清华周刊》上,而这只是一份校内交流的内部刊物,所以社会反响并不强烈。他们曾经投稿给某个刊物,犹如石沉大海,没有回音。一气之下,于1922年11月由梁实秋的父亲出资,以"《冬夜》《草儿》评论"为题,以单行本的形式出版。这本诗评的出版,是闻一多、梁实秋第一次联手亮相文坛,虽未引起高度关注,但因为是向文学研究会开炮,获得郭沫若的认可,并与他们建立了联系。他们从此也可以在创造社的杂志上发表文章了。仅在1923年的5月和6月,闻一多就在《创造季刊》上发表了《莪默伽谟之绝句》《〈女神〉之时代精神》《〈女神〉之地方色彩》,这些诗论都是和郭沫若诗歌有关的,是为《女神》做宣传。

(三)行动结果:**走出偶像的遮蔽**

炮轰文学研究会,还只是他们修正性误读强者诗人的开始。除了对文学研究会"为人生"的写实诗学观不能认同外,另一个更强大的诗界强者——郭沫若,才是他们真正难以逾越的高山。新月诗人并不是一开始就反对郭沫若的"女神"式的新诗,他们对郭沫若的态度和评价有一个逐渐转变的过程。在他们还徘徊在新诗坛的大门外时,郭沫若是他们崇拜的对象,学习的榜样,模仿的样本。闻一多就曾经为自己的诗有点《女神》味道而欣喜:"我近来的作风有些变更……现在渐趋雄浑沉劲,有些象沫若,你将来读《园内》时便可见出。"②"若讲新诗,郭沫若君底诗才配叫诗呢。……《女神》真不愧为时代的一个肖子。"③

徐志摩刚回国时,最想结识的也是创造社诸君,1923年3月21日在给成仿吾的信中道:"贵社诸贤向往已久,在海外每厌新著浅陋,及见沫若诗,使惊华族潜灵,斐然竟露。今识君等,益喜同志有人,敢不竭驽薄相随,共辟新土。"④在这封信里,徐志摩透露出他以结交创造社为荣,并且有"早已心向往之"之意,贬其他新文学著作,独夸创造社。其实,其

---

① 吴景超:《读〈冬夜〉〈草儿〉评论》,《清华周刊》第264期所附文艺增刊第2期,1922年12月22日。
② 闻一多:《给闻家驷》,1923年3月25日,据手稿。
③ 闻一多:《〈女神〉之时代精神》,《闻一多全集》第2卷,第110页。
④ 韩石山主编:《徐志摩全集》第6卷,第37页。

他新著的作者大部分属于人生派，因为当时新文坛也不外乎是文学研究会和创造社的天下，厚此薄彼之意显见。徐志摩更拿出他夸人的本事，盛赞郭沫若为"潜藏着的精灵"，虽然那时徐志摩在国内已骁勇得很了，但他愿自降身份"驽骀相随"，可见，徐志摩对创造社敬仰已久。梁实秋已经加入创造社，和创造社成员有交往。闻一多、梁实秋能被创造社接受和欣赏的直接原因，就是他们在《〈冬夜〉〈草儿〉评论》中直接否定了"人生派"的诗学观，尤其是闻一多在文章中还直接点名批评了胡适、朱自清，这都让以文学研究会为劲敌的创造社高兴，并引为同道。

闻一多、梁实秋与创造社分道扬镳的主要原因是诗学观的不同。闻一多在《〈女神〉之地方色彩》中就指出郭诗存在的问题：一是过分地欧化；二是郭沫若的"诗不是做出来的，而是从心底流出来"的观点，闻一多并不认同，他认为，"自然的并不都是美的，美不是现成的"，美的事物需要选择和加工；三是忽略本土文化，置中华几千年的灿烂文明于不顾。

对郭沫若的敬仰和模仿维系的时间并不久，私下里，闻一多也对郭沫若的为人和诗学思想有些微词。"迩来复读《三叶集》，而知郭沫若与吾人之眼光终有分别，谓彼为主张极端唯美论者终不妥也。"[①]"实秋已被邀入创造社。我意此时我辈不宜加入何派以自示褊狭也。沫若等天才与精神固多可佩服，然其攻击文学研究会至于体无完肤，殊蹈文人相轻之恶习，此我最不满意于彼辈也。"[②]徐志摩倒不是因为与郭沫若的诗学观不同而与创造社分道扬镳的，而是因为徐志摩在1923年5月6日在胡适主编的《努力周报》上发表了一篇名为《坏诗，假诗，形似诗》。在这篇文章中，不点名地批评了郭沫若的诗《重过旧居》其中的一句："我和你离别了百日有余，又来在你的门前来往；我禁不住泪浪滔滔，我禁不住我的情感激涨。"徐志摩针对"泪浪滔滔"大发感慨："固然做诗的人，多少不免感情作用，诗人的眼泪比女人的眼泪更不值钱，但每次流泪至少总得有个相当的缘由。踹死了一个蚂蚁，也不失为一个伤心的理由。现在我们这位诗人回到他三个月前的故居寓，这三个月也不曾经过重大的变迁，他就使感情强烈，就

---

① 闻一多：《致闻家驷》，《闻一多全集》第2卷，第188页。
② 同上。

使眼泪'富裕',也何至于像海浪一样的滔滔而来!"①因为这件事,郭沫若大怒,成仿吾写了几篇言辞激烈的文章攻击徐志摩,徐志摩和郭沫若的交情至此完结。

如果说闻一多对创造社由认可到否定是从作品到作品,从风格到风格的一种对话,那么梁实秋对创造社由欣赏到背道而驰则是由理论到理论。梁实秋本来在 1924 年以前是信奉浪漫主义文艺理论的,就在 1924 年 1 月,还应郭沫若之邀作《拜伦与浪漫主义》,这篇文章集中反映了梁实秋浪漫主义时期的文学思想,推崇浪漫主义,崇尚拜伦。但当他到美国从师新人文主义大师白璧德以后,就由浪漫主义转向新人文主义。自此以后,对郭沫若所持的诗学观都是批评有余而赞赏不足。他在《王尔德的唯美主义》(1925 年)、《现代中国文学之浪漫趋势》(1926 年)、《文学的纪律》(1928 年)中,信奉新人文主义,提倡古典主义,批判浪漫主义,对"五四"以来的新文学运动做出颠覆性的整体否定,称其为"一场浪漫的混乱"。自此以后,梁实秋作为新人文主义文学批评家,带着他的异质性思想和被主流话语排挤的边缘性批评话语,形成独特文学批评的一维,他的文艺理论自成一体,成为新月派最重要的文艺理论家。

诗人朱湘在《诗镌》开始连续发表了三篇诗评,对极有代表性的胡适、康白情、郭沫若三位诗人的新诗理论和创作,进行了全面的否定性批评。他选择这三位诗人作为自己的批评对象是有很强的针对性的。胡适是白话诗运动的始作俑者,提出了"诗体大解放"和"作诗如作文"的新诗理论主张,对于追求新诗形式唯美主义的朱湘来说是不能容忍的,他愤然道:"胡适君虽然为了求新文学能在旧辈的人当中引起同情的缘故,而牺牲了自己,是一班新文学的人所当刻骨记着的,但他在《尝试集》再版的时候,决没有仍将它们存在的理由。"②朱湘的话很是有些刻薄,他认为,胡适写新诗完全是一种不顾及自己面子的牺牲行为,以此来赢得诗歌革命的胜利,对一个"革命者"来说这种牺牲是值得的,所以不必追究他艺术水平的低下,但当新诗蓬勃兴起以后,胡适就没有必要把"内容粗浅,艺术幼稚"的《尝试集》一版再版了。接着,他在 1926 年 4 月 15 日《新诗评(三):〈草儿〉》中又把康白情的《草儿》一笔抹杀,认为那是完全失败之作,康白情代表的是文学研究

---

① 韩石山主编:《徐志摩全集》第 1 卷,第 265 页。
② 朱湘:《新诗评(一):〈尝试集〉》,《诗镌》第 1 号,1926 年 4 月 1 日。

会的"文学为人生"的新文学观，康白情的诗学强调的是诗歌内容情感的"真"和"善"，在形式上主张"真实的描写"，这些主张都和朱湘的唯形式论相抵触。接着，又对被当时文坛一致推举的浪漫主义自由诗人郭沫若的诗学思想和诗歌创作进行了否定，指出郭诗的主要问题是艺术形式的简单和想象的空泛。

新月派诗人从炮轰"人生派"诗人开始，到背弃创造社的浪漫主义诗学观，其最终的目的是建立迥异于这两者的新诗学观，扭转当时新文坛由文学研究会和创造社两分天下的局面。闻一多对自己的文学主张很有信心："我很相信我的诗在胡适、俞平伯、康白情三人之上，郭沫若（《女神》底作者）则颇视为劲敌。""我相信我在美学同诗底理论上，懂的并不比别人少；若要做点文章，也不致全无价值。"①"人生派"诗人和创造社诗人，对于还没有成名的闻一多、梁实秋、朱湘来说，都是阻挡他们前行的强者。要想拥有自己的言说空间，要想跻身于强者诗人行列中，就要先引起同行的注意。首先对他们的文艺思想进行批判，进而建立自己的理论体系和开辟自己的言说空间。他们为自己设计并实践着走向成功之路。应该说，他们向强者诗人的主动出击是成功的，引起了圈子内的关注，得到了强者诗人的提携，结交了名人，但他们还缺少像文学研究会和创造社那样的社团和属于自己的刊物。所以下一步就是建立自己的社团组织和拥有自己的刊物或出版物。

二　抢占言说空间

文学上的竞争是有条件的，要想在文学史的坐标中占据一个属于自己的坐标点，首要条件之一是开拓出独立的言说空间，而不是游走在其他文学流派的专门刊物之间，那将不能摆脱"后来者"的"次等性"身份，并且在别的流派的刊物上发表作品容易丧失自我的坚持，而不得不附和他人的论调。闻一多和梁实秋也正是因为意识到这一点，他们想拥有自己言说空间的欲求非常强烈，在新月诗人群中，最为积极也最为焦虑地争取独立创刊的是闻一多，相对而言，梁实秋和徐志摩虽然也向往拥有自己的刊物，但都不曾表现出如闻一多那么强烈的渴望。

---

① 闻一多：《致闻家驷》，《闻一多全集》第2卷，第33页。

(一)言说的焦虑

"'五四'以后,所有的新文化刊物,差不多都是同人刊物,一个人为中心,号召一些志同道合的合作者,组织一个学会、或社办一个杂志。每一个杂志所表现的政治倾向,文艺观点,大概都是一致的。当时一群人思想观点发生了分歧之后,这个杂志就办不下去了。"①

在大众传媒时代,报刊的影响力是不可小觑的。为争取自己的话语阵地,建构现代知识分子言说空间,集合同人力量创办自己的刊物,这是每一个文学社团首先要做的一件大事。文学研究会有《小说月报》《文学旬刊》《诗》,创造社有《创造》《创造周报》《洪水》等。经过了西方现代文明的熏陶,"言论自由"在知识分子的信念中早已根深蒂固。拥有一个自己的言说平台,几乎等于可以昭示知识分子独立品格的确立。比如,当年孙伏园辞去《晨报·副刊》编辑一职后,常在《晨报·副刊》发表文章的一些人就失去了自由言说的平台。据章川岛在《说说〈语丝〉》一文中讲道:"在孙伏园辞去晨报副刊的编辑以后,有几个常向副刊投稿的人,为便于发表自己的意见不受控制,以为不如自己来办一个刊物,想说啥就说啥。于是由伏园和几个熟朋友联系……一个星期以后,《语丝》便出世了。"②不在言论上受制于某集团,重视言论自由这是典型的"五四"知识分子心态。那么,对于以引领中国新文学潮流为理想的闻一多等人,要想张扬自己的文学主张,希望拥有一份自己的刊物也是理所当然的想法。这个理想虽然在清华学校时就萌生了,但真正拥有自己的刊物,独立发表自己的文学主张,还是在1926年4月1日《诗镌》诞生后才真正实现的。这个追梦的时间,相较于文学研究会、创造社、语丝社等来说都显得太长了。

闻一多在清华读书时就认识到,以个人的能力想在文坛成就一番大事很难,实现这一理想还要依赖于集体的智慧和力量,那时,正是文学研究会和创造社刚刚兴起并且威震文坛之时,作为文学爱好者,当然也想有志同道合的同人团体,有自由发表自己主张的刊物。1921年11月,闻一多等三人发起一个研究文学、音乐及各种具形艺术的团体,这个团体名称为"美司斯",是英文muses的音译。它的宗旨是研究艺术及其与人生的关系。主

---

① 施蛰存:《〈现代〉杂忆》,《沙上的脚迹》,辽宁教育出版社1995年版,第26页。
② 章川岛:《和鲁迅相处的日子》,四川人民出版社1979年版。

要活动是演讲和研究会轮流举行,开了几期后,由于资金和请人演讲都很困难,这个文学社团没有坚持下来。1921年,清华文学社成立,闻一多是主要的发起人之一。这个文学社聚集了清华爱好文学的积极分子,主要以新诗创作和文艺理论为主。闻一多最早写的很多新诗,都在这里发表。1922年7月,闻一多留学美国,他仍然对文学社非常挂念和关心,在留美途中的船上,还时时挂念着清华文学社的发展,写给文学社朋友的信中,他劝勉同人"制造一个'文学的清华'!诸君进文学社,应视为义务,不当视为权利。诸新进社的社友务希四友善为诱掖奖劝。养成一个专门或乐于研究文学的人真乃'胜造九级浮屠'!"[①]"我希望诸位能时时将中国文学界底现状告诉我,以keep up我的文学兴趣。我恐怕将来开学后终日与绘画周旋,会将文学忘掉了呢,啊!"[②]可见,闻一多希求有统一的文学社团的面貌,形成集团气势,彰显群体力量,以期待这样的文学社团可以和有影响的社团相抗衡,对现存的文学格局形成制约。文学社团是新文学活动和生产的基本单位,一种文学思潮的出现,创作倾向的形成,文坛论争的爆发,几乎都与文学社团有关。影响力大、成规模的社团不但会主导文学潮流的方向,还会因为它的文化魅力而吸引更多的同道者,成就大事业,实现大理想。由此可见,闻一多对清华文学社倾尽自己的热情和激情,就是为了日后实现自己的大愿望。他最终能成为格律诗运动的领袖,也是在清华文学社同人的支持下实现的。

闻一多、梁实秋等人在清华学校时以《清华周刊》为自己的言说平台,他们最初的诗作和文学评论都是在那里发表的。一份小小的《清华周刊》聚集了一批爱好新文学的学子,他们受清华特有的严谨理性甚至有些保守的治学理念的影响,从一开始就形成了与新文学以自由和文体解放为审美追求相左的文学观,他们更重视在文学创作中理性的约束力,古典文化的传承和创新等。正是《清华周刊》这样一份校园内的刊物,燃起了这群清华学子的文学飞天梦,从此他们的一生都与文学结缘。闻一多甚至寄希望于这小小的社团和刊物,通过它们培养出一批中国新文学的领导者。这个在那时看似有些张狂的理想,多年以后真的实现了。

但是,随着1922年7月闻一多离校去美国留学以后,一年后梁实秋

[①] 闻一多:《致闻家驷》,《闻一多全集》第2卷,第53页。
[②] 同上。

等人也相继毕业去美国深造,他们四散开去,一直也没有机会实现拥有一份自己刊物的梦想。这简直成为缠绕闻一多的梦魇,甚至成为他深度焦虑的一个原因。闻一多深知,没有自己的言说空间,想成为强者诗人的理想很难实现。"我的宗旨不仅与国内文坛交换意见,径直要领袖一种之文学潮流或派别。请申其说。我们皆知我们对于文学批评的意见颇有独立价值。""若有专一之出版物以发表之,则易受群众之注意——收效速而且普遍。例如我之《评冬夜》因与一般之意见多所出入,遂感依归无所之苦。《小说月报》与《诗》必不欢迎也;《创造》颇有希望,但迩来复读《三叶集》,而知郭沫若与吾人之眼光终有分别,谓彼为主张极端唯美论者终不妥也。吾人若自有机关以供发表,则困难解决矣。吾冀实秋之新著《草儿评论》定有同情之感。又吾人之创作亦有特别色彩。寄人篱下,朝秦暮楚,则此种色彩定归湮没。色彩即作者个性之表现,此而不存,作品之价值何在?再者批评的论文与创作并列则有 concentrition, concentrition 者事半功倍之途也。余对于中国文学抱有使命,故急欲借杂志以实行之。"①

从闻一多给清华文学社好友及他弟弟闻家驷的密集通信中可看出,闻一多在美国最焦虑的问题,是他们没有自己的报刊,没有专属自己的言说空间。闻一多认为,他们这些人有致力于创造中国新文学的热情,不缺乏对文学现象的判断力和文学批评的鉴赏能力,不缺少热情也不缺少才情,缺少的是展现自己的、可以自我掌控的媒体。而获得这样独立的言说空间,是这些"后来诗人"最想实现的一个理想。但对于一个没有影响力的团队来说,拥有一份成熟的、有影响力的刊物,既缺少资金,又缺少名人效应,是非常难的一件事。

(二)《红烛》的出版策略

在新诗草创期,当诗人们潜心为诗歌的创作提供更为广阔的舞台和宏大框架时,闻一多也一直在探索建立格律体现代诗的写作模式,并为其在诗坛上争得一席之地而苦心经营。《红烛》的出版,是诗人投入极大的热情和心血,放飞自己心中的诗神,也是他为实现自己的创作理想,进行"包装"和"造势"的成功之作。《红烛》无论是在发行方式、作品数目还是封面装帧上,都仿照郭沫若的《女神》的标准,可见,闻一多也非常希望《红烛》能

---

① 闻一多:《致闻家驷》,《闻一多全集》第2卷,第81页。

像《女神》那样一炮走红,引起广泛关注。在他精心策划和努力之下,《红烛》在1923年问世。

尽管后来闻一多把自己的第一部诗集《红烛》称为"不成器的儿子",否定了自己前期诗作的感伤浓重、情感放纵的浪漫主义诗风。但当时《红烛》能否出版对闻一多来说不仅关乎他能否跻身于当时最受瞩目、最热闹,也最容易出名的"新诗人"行列,也关乎他日后的一系列人生计划能否如期实施。翻阅闻一多在留美期间的书信,查看他当年的日记,会发现闻一多当年渴望跻身于"名诗人"行列的愿望非常强烈。他在美国留学选择的专业是西方美术,但他从未把成为第一流中国油画家作为自己的职业理想,而是把自幼爱好的文学作为终身的追求。"我决定回国后在文学界做生活,就必须早早作出个名声来","我要立刻将《红烛》送出去,不然我以后的著作恐怕不容易叫响","我的宗旨不仅与国内文坛交换意见,径直要领袖一种文学潮流或派别"。

胡适、周作人、朱自清、俞平伯、康白情、郭沫若等新诗的创始者,他们代表的是强者诗人,尤其是胡适,在当时意味着新诗的正统地位。"胡适登高一呼,四远响应,新诗在文学上的正统以立。"强者诗人的新诗观念代表着正统、权威、影响力。而闻一多那时在新诗坛上,还是一个没有留下任何痕迹的无名小卒。如何跻身于新诗阵营中的"强者诗人"之列,如何超越具有新诗优先权的强者诗人,闻一多既希望被强者诗人认同,又渴望超越他们,这一焦虑折磨着他。"我很相信我的诗在胡适、俞平伯、康白情三人之上,郭沫若(《女神》底作者)则颇视为劲敌。"[①]尽管在中国新诗的浪漫主义时代,诗歌凸显抒情主体的个人意识成为一种主流,并且在尝试期的新诗中,诗人们由于肩负着启蒙的重任,诗歌中的说理倾向也很鲜明,但这些恰恰又是闻一多最为反感的。闻一多从一开始就带着摆脱"影响的焦虑"雄心,披挂上阵了。闻一多在认同的焦虑、超越的焦虑、影响的焦虑的困扰之下,终于理清思路,"小心假设,大胆求证",设计出自己走向中国文坛的路径。

第一步,通过"修正""误读""强者诗人",确立自身的地位。如果想要《红烛》在出版后马上产生影响,引人注目,就必须先让人知道闻一多是谁,干什么的。在致闻家驷的信中,他说:"我前已告诉你我想将我的

---

① 闻一多:《致闻家驷》,《闻一多全集》第2卷,第33页。

《红烛》付印了。但后来我想想很不好,因为从前我太没准备。什么杂志报章上从未见过我的名字,忽然出这一本诗,不见得有许多人注意。""《荷花池畔》千呼万唤还不肯出来,我也没有法子。但《红烛》恐怕要叹着'唇亡齿寒'之苦罢!讲到在《红烛》序里宣布我们的信条,我看现在可以不必。恐怕开衅以后,地势悬隔,不利行军,反以示弱。若是可能,请劳驾收回序稿,或修改或取消均可。千万千万。"①

闻一多担心在诗坛上既没有名声也没有地位的"新诗人",即使出版了《红烛》,也不会引起关注。作为一个无名的"新诗人",想要引起关注,尤其是引起关注新诗的人,包括诗人、诗评家、读者的注意,最有效的方式就是向强者诗人挑战。对已经在中国新诗坛上确立了牢固地位的诗歌观念进行修正,打碎与强者诗人在诗学观念上的连续性,为自己在诗坛上分得一份发展的空间。于是,闻一多改变了先出诗集的计划,决定先出版诗论,赞成或反对某些已有影响的诗人,以引起关注,到那时再出版诗集就是水到渠成的事了。"我现在又在起手作一本书名《新诗丛论》。这本书上半本讲我对于艺术同新诗的意见,下半本批评《尝试集》《女神》《冬夜》《草儿》及其它诗人的作品。"他作《新诗丛论》的目的是要对当下的新诗成果发言,提出他一贯主张的"纯诗化",使诗"回到了它的老家"(朱自清语),除此之外的另一个目的就是为《红烛》的出版先声造势。"我还觉得能先有一本著作出去,把我的主张给人家知道了,然后拿诗出来,要更好多了。"闻一多留美期间正是美国"意象派"诗歌的滥觞期,而意象派领袖庞德非常推崇中国古典诗歌,庞德认为,中国古典诗歌是对浪漫主义诗歌的滥情主义和过度自由的反拨。闻一多本来就对中国古典诗歌情有独钟,再加上庞德对中国古诗的推崇,使闻一多更加坚定了自己的"纯诗"观念。对于胡适尝试时期的白话新诗存在的大白话、无韵、没有回味和余香,以及郭沫若等追求内容与形式的绝对自由与绝对自主,闻一多在新诗评论《〈冬夜〉评论》《律诗的研究》《女神之地方色彩》论文中作了理性的批评,认为一些诗歌抒情不节制,任其发泄,与中国的"哀而不伤"的美学原则相悖。就连对他当时非常崇拜的郭沫若的《女神》,也不客气地提出了自己的批评意见:因"负于西方的激动的精神",而对于"东方的恬静的美当然不大能领略"。他认为,郭沫若的诗歌不仅失去了中国古典诗歌特有的

---

① 闻一多:《致闻家驷》,《闻一多全集》第2卷,第177页。

韵味，也影响了新诗的艺术价值和美学价值。虽然闻一多在当时还没有形成自己的新诗美学观念，但他"修正"强者诗人的行为，确实引起了诗坛的注意。"我埋伏了许久，从来在校外的杂志上姓名没有见过一回，忽然就要独立的印出单行本来，这实在是有点离奇，也太大胆一点。但是幸而我的把握当真拿稳了，书印出来，虽不受普通一般人的欢迎，然而鉴赏我们的人……总之，目下我在文坛只求打出一条道来就好了，更大的希望留待以后再实现吧。"《红烛》按照闻一多的设计如约出版，正如他所说："我的把握当真拿稳了。"作为一名新出道者，"红烛"尚未点燃，星光已然闪烁夜空。"《冬夜草儿评论》除了结识了创造社一般人才外，可说是个失败。我埋伏了许久，从来在校外的杂志上姓名没有见过一回，忽然就要独立的印出单行本来，这实在是有点离奇，也太大胆一点。"①"总之，目下我在文坛上只求打出一条道来就好了，更大的希望留待以后再实现吧。"②"文学二字在我的观念里是个信仰，是个 vision，是个理想——非仅仅发泄我的情绪的一个工具。"③

第二步，通过"替代"，超越强者诗人。

对诗歌发展的预见性来自于诗人丰厚生活的积淀和敏锐活跃的洞察力。闻一多在清华预备校读书时就对诗歌创作和评论孜孜以求，他一直坚信自己对诗歌的审美感知力应在众人之上，那时，新诗坛虽然是一片热火朝天的热闹景象，但闻一多从不盲从地人云亦云，他预见到中国新诗的未来决不是粗暴地否定旧诗，也不是简单地追求自由，他在胡适、郭沫若等人的基础上，升级了新诗的初始模式，即只满足于形式和情感解放的原始快乐，而追求更为精致的形式和复杂情感的表达。正是闻一多敏锐的预见性，使他在古典形式与现代诗形解放之间找到了一条折中的道路，丰富并创建了一种新的诗歌理论——新诗格律化，体味着在"镣铐"中跳舞，在束缚中腾飞的曼妙。而这一切必须借助报刊传播的速度与力度，闻一多是深谙其道的。

闻一多因《红烛》的出版达到了引起"圈中人"注意的目的，那么就应趁热打铁，创建刊物，扩大影响，实现更大的梦想。在留美期间写给梁实

---

① 闻一多：《致家人》，《闻一多全集》第 2 卷，第 157 页。
② 同上。
③ 同上书，第 158 页。

秋、吴景超的信中说："（办刊）虽有这些困难，办出刊物还是极有兴味的一件事。我的宗旨是不仅与国内文坛交换意见，径直要领袖一种之文学潮流或派别。请申其说。我们皆知我们对于文学批评的意见颇有独立价值；若有专一之出版物以发表，则易受群众之注意——收效速而且普遍。"①闻一多想要实现领导一种文学潮流的理想，只有借助大众传媒工具，才能迅速而广泛地引起更多人的关注。闻一多并不满足于仅仅在报刊上发表文章和作品，他更希望有一份属于自己的出版物。没有自己的出版物，就意味着自由表达的话语权被削弱，在别人的刊物上发表文章，须投人所好，并且不能自己主宰表达的自由与意趣。闻一多急于在诗坛上建立与别人相区分的边界，占领读者份额，他甚至策划了迅速出名的策略——"非挑衅不可"，先给人下马威，引起足够的关注。尽管那时闻一多有着强烈的出版热情，但由于种种原因，他和同道者的办刊理想一直没有实现，他还是于1926年4月1日在徐志摩主编的《晨报·诗镌》创刊后，才成为《诗镌》的主要编辑者，并实践了他"非挑衅不可的策略"，在诗坛上掀起了新诗走格律化之路的轩然大波。

说闻一多是新月诗派中最懂得出版策略的人也不为过。他比较早地认识到出版诗集和发行自己的刊物，对于一个想成功的诗人意味着什么。诗集是进入诗坛的许可证，它不仅可以展示诗人的才情，更是通往诗歌神圣殿堂的敲门砖；而刊物则是实现梦想，引领潮流的大舞台，有了它，就犹如有了可以一拼天下的战场，"我的地盘我做主"。

闻一多、梁实秋、朱湘、饶孟侃等人作为新诗人出现在强者诗人的面前时，他们往往先是本能地崇拜偶像，转而又解构掉前驱偶像的"崇高"。这是因为新诗人在自己的成长过程中，会不断发现前驱诗人的凡人性，在丰富自己的同时发现强者诗人的相对虚弱性。为了让自己也跻身于强者诗人行列，往往会对强者诗人进行"魔鬼化"的过度阐释，也是一个"逆崇高"过程，其功能就是暗示"前驱的相对虚弱"，于是强者诗人在被"逆崇高"的过程中则必然被凡人化了，一个新诗人传统就在把强者诗人妖魔化的"逆崇高"过程中诞生了。

闻一多在给臧克家的《烙印》写序时，曾经以苏轼对孟郊的贬低为例，借以说明后来诗人对强者诗人优先权的挑战态度："既然他们是站在对立

---

① 闻一多：《致闻家驷》，《闻一多全集》第2卷，第81页。

而且不两立的地位,那么,苏轼可以拿他的标准抹杀孟郊,我们何尝不可以拿孟郊的标准否认苏轼呢?即令苏轼和苏轼的传统有优先权占用'诗字',好了,让苏轼去他的,带着他的诗去!"①的确,闻一多在自己的批评实践中,或许是无意把强者诗人放在"逆崇高"的解构中,但无论哪一个文学思潮的产生,几乎都会把寻找前一个思潮的不合理性作为突破口。以闻一多为领袖的新月人,看到了中国新诗在草创期的粗糙和自由期的直白与宣泄,所以,追求形式的精致,情感的节制,表现的细腻,来替代前一个时期新诗的不足,也就顺合了诗歌自身发展规律的要求。

三　流派内部对"诗人优先权"的挑战

在新月诗派内部,也不是所有诗人的诗学思想都能保持一致的。新月诗派经历了《诗镌》《新月》《诗刊》三个阶段。每一个阶段的诗人组成、创作个性、创作风格、诗歌观念、表达习惯都不尽相同,即使在同一阶段,其基本属性也不是很明晰的。如新月诗歌初期,更注重抒情性,在形式上因为恪守格律化主张的"三美",所以每个诗人都非常在意形式的工整,音节的和谐,辞藻的色彩。时隔两年,新月诗人移师上海,以《新月》为大本营,诗人群发生了变化,诗风也有所改变,如十四行诗、象征主义修辞手法的运用,以抒情为主的流派特征有所改变。后来在叶公超接编后,《新月》曾连续几期大力译介艾略特和波特莱尔的象征主义诗学观,翻译他们的诗歌,展开对《荒原》和《恶之花》的讨论,这直接影响了后期新月诗歌的风格,从浪漫主义、古典主义逐渐向现代派诗歌方向转变。在新月诗人中,有几位诗人与新月诗派的主流诗学观分歧较大,如孙大雨对闻一多提出的"音节说"的质疑;臧克家虽然认同"新月"提出的格律化主张,但却不认同"新月精神";卞之琳虽然认同"新月精神",却不认同新月诗学观。本节就以这三位为例,分析并阐述新月诗派如何由于内部诗学的分歧而导致流派诗学观变化的。

(一) 求同存异:"音组说"与"工整说"

闻一多被公认为是新诗格律化的理论奠基人,其实,还有一个新月诗

---

① 闻一多:《致家人》,《闻一多全集》第 2 卷,第 176 页。

人孙大雨,在新诗格律化理论主张上和闻一多有很大分歧,其翻译理论与梁实秋意见相左,因他的名气又没有闻一多、梁实秋大,孙大雨对新诗格律化做出的贡献一直被忽略和甚至被闻一多理论所遮蔽。

在"清华文学社"里,孙大雨(子潜)与朱湘(子沅)、饶孟侃(子离)、杨世恩(子惠)并称"清华四子"。在西单梯子胡同孙大雨及闻一多的寓所,他们对"五四"白话诗的"绝对自由"说提出批评,为新诗的发展寻找出路。孙大雨在1989年回忆时还认为:"自从1917年有些富于新思想的高级知识分子开始写白话文的新诗,我在二十年代中期总觉得新诗的意境太淡漠空泛,粗疏平淡,声腔节奏跟白话散文怎么那样差不多,可说并无显著或微妙的区别。胡适所提倡的散文里的明白清楚,为了使读者理解学问的实际情况,固然有它的必要,但诗歌若仅仅止于理解现实的细关末节,没有想象与玄思的微妙、光焰、气氛、超脱、深沉、广大与隆重,那它跟散文还有什么多大的区别?"[①]孙大雨要解决的是新诗的本体性问题,解决新诗作为一种新的文学体式没有独特审美性的困窘。孙大雨借鉴西方十四行诗的"音组"说,提出了新诗的格律化主张,即以两个或三个汉字为常数,变化出各种不同的"音组"组合,以形成节奏、韵律,而不是靠押韵形成音乐美。孙大雨新诗格律理论的核心是"音组"说。但当时孙大雨还没有给这节奏单元命名,按孙大雨自己的回忆,到1930年,在徐志摩所编的新月《诗刊》第2期上发表莎译《黎琊王》一节译文的说明里,他就把这种节奏单元称为"音组"。但按罗念生的回忆,孙大雨提出"音组"的名称是在1934年,开始叫"音节小组",经与罗念生磋商,更名为"音组"。最早关于"音组"的系统论述始见于1935年底,《黎琊王》译竣之后,孙大雨又作了两次修改。同时,20年代中期探索的"音组"理论,经过新诗创作实践及在莎译中的运用,孙大雨渐渐从理论上把握了"音组说"在汉语诗歌中该如何运用。他想写一篇导言,详细对"音组"原理加以申论,不料一动笔便不能停止,结果写出一部十余万字的专书《论音组》,1940年得以排版,但在战乱中《论音组》一书原稿被烧,一直未能发表。《论音组》在1996年收入《孙大雨诗文集》之前一直未能面世。写于1954年,在1956年、1957年分两期发表于《复旦学报》上的《诗的格律》是孙大雨"音组"理论最早公开发表的部分。孙大雨提出的"音组"概念和闻一多的"音节的整

[①] 孙大雨:《我与诗》,(广州)《新民晚报》1989年2月21日。

齐"的区别在于：孙大雨认为，可以不限制诗句的字数，不求每节诗字数的相等，而是要求每行诗的音组相等。这样，诗歌就可以通过大致相等的音节，有秩序地进行，以达到诗歌音乐美的境界。虽然强调每句中音组数要相等，但并不要求每句中字数也相等，他对闻一多的"建筑美"提出批评，更反对"豆腐干"或"骨牌阵"式的排列。孙大雨作为新月诗派中的晚辈和新生力量，其影响力和知名度远没有闻一多大。对于孙大雨来说，闻一多就是一位具有优先权的强者诗人。孙大雨首先反对以胡适为代表的"作诗如作文"的"胡适体"白话诗，其次反对极端自由的"女神体"诗，最后也反对他的同盟者闻一多的"格律体"，与闻一多的格律理论相比照，孙大雨认为："除了各行音节数应当整齐的这一点和我的意见一致外，其他各点我当时都不能同意。"可见，他并不反对新诗的格律化主张，而是反对死板地运用格律化，过于严格地遵守"句的整齐"和"节的匀称"，势必会导致豆腐干式的结局。

孙大雨认为，只有格律诗才是诗歌的正宗和本源。自由诗和散文诗只是诗歌的一种延展。他为了使这个立论更加有说服力，举了这样一个例子来说明："正如海洋有接近陆地的海滨，陆地有接近海洋的岸滩；或者像夜晚接近白昼时乃是破晓，白昼接近夜晚时便是傍晚。但我们不能把自由韵文和散文诗当作跟正常的诗势均力敌、平分诗国秋色的一种类型，正如我们不能把海滨和滩头跟海洋等量齐观，不能把破晓和垂暮当作跟夜晚同样地位的景象。"

"孙大雨的新诗格律理论为中国新诗提供了一种既符合诗歌普遍的格律原则，同时又适应现代汉语自身特性的格律设计方案。这是孙大雨对中国新诗建设的一个重大贡献。"[①]孙大雨对权威的挑战还体现在他与梁实秋翻译莎士比亚的不同观点上。孙大雨认为，莎剧 90% 采用了素体韵文（Blankverse），即不押韵而有轻重格律的五音步诗，所以莎剧是戏剧诗（dramatic poetry）或叫做诗剧（poetic drama）。而当时用白话散文进行翻译，或者认为莎剧中的素体韵文用中文无法翻译，也被译为散文。梁实秋是莎士比亚戏剧的翻译者，他所翻译的莎剧就是把莎士比亚的诗剧直接翻译为散文体的，孙大雨不同意这个译法，他尝试着运用"音组"法来翻译莎剧，最大限度地保存了莎剧中的诗剧风格。

---

① 西渡：《孙大雨新诗格律理论探析》，《江汉大学学报》2008 年第 6 期。

（二）形同神异：臧克家的流派归属

臧克家的名字一度在《新月》中出现，闻一多、徐志摩、陈梦家也多次在一些公开发表的文章里提到过这个年轻诗人的名字，因此也就有了臧克家是后期新月诗人，属于新月诗派之说。由于臧克家师从闻一多，他本人在《新月》上也发表过诗歌（3首，《难民》《失眠》《像粒砂》），与新月诗人陈梦家又是好友，和"新月"交往密切。蓝棣之选编的《新月诗选》的序言中有这样一段话："事实上除卞之琳外，何其芳、李广田、臧克家等都是从《新月》上走上诗坛的。"① 臧克家本人对把他归入新月诗派的看法不是很赞同："我的思想，我的经历是完全不同的。"臧克家的流派归属问题也就成了研究界一个各持己见、争论不休、还没有定论的问题。主张把臧克家归入新月诗派的，有三个理由：首先，因他的诗歌形式和审美追求与新月派基本相近；其次，他与新月诗派的领袖人物闻一多、徐志摩、陈梦家等交往很密切，与闻一多、徐志摩是师生关系，与陈梦家一起被称为闻一多的学生；最后，也是比较主要的一点，他在《新月》上发表过诗歌。也有一些研究者认为，臧克家虽然在诗歌的形式上接近新月诗派，但在内容上他的诗歌更关注现实人生，尤其是他的中后期创作，以现实生活为主要内容，这和新月诗派的贵族立场不一致。这样一来，臧克家的流派归属问题，就成为现代诗歌流派研究中有争议的问题。

有几篇比较有代表性的论文专门研究臧克家的流派归属问题，如李旦初《论臧克家的流派归属》（载《山西师范大学学报》1991年第2期）；台湾学者陈敬之著《"新"及其重要作家》（台湾成文出版社1980年版），都把臧克家列入新月诗派。而研究者骆兰在其文章《从"思潮""社团"角度论臧克家的流派属性》（《西南师范大学学报》（哲学社会科学版）1997年第2期）中认为，臧克家不应归于新月诗派的原因是，作为其好友的陈梦家在编选《新月诗选》时，并未编选臧克家的诗作，这说明陈梦家并没有把好友臧克家看做新月诗人。最重要的是臧克家自己并不承认他是新月诗人。笔者认为，这是最有说服力的根据。笔者在这里讨论的重点，不是臧克家是否属于新月诗派（笔者也认为，臧克家不属于新月诗派），而是臧克家本应

---

① 蓝棣之：《新月派诗选·序》，《新月派诗选》，人民文学出版社2002年版，第55页。

顺理成章地属于新月诗派,是什么原因让他最终离开了"新月"?

臧克家与"新月"结缘起于闻一多。闻一多在任青岛大学中文系主任时,臧克家考入了青岛大学外文系,因自觉没有学外语的天分,要求转到中文系。闻一多因赏识臧克家的文采,允许他留在了中文系。臧克家从此成为闻一多最得意的学生,那时的闻一多已经是赫赫有名的诗人,臧克家对他的崇拜之情自不必说。闻一多对臧克家诗歌创作的影响很大。他曾经对自己第一次读《死水》时所受到的震撼有过描述:一见倾心,十分佩服;认为《死水》有"半夜桃花潭底的黑",深远隽永,好似看名山的奇峰,云雾消尽,它的悦目赏心的容颜便显现在眼前,而且越看越美,永远在心中保持着它动人的青颜了。本来臧克家最欣赏的新诗人是郭沫若,但读过闻一多的诗后,在心中郭沫若也要让位于闻一多了。通过闻一多,他又结识了徐志摩和陈梦家。其实,在这之前他也读过徐志摩的诗,但通过闻一多的介绍,似乎对徐志摩不那么有距离感了,再读徐志摩的诗时,一经入目,就一往情深地喜欢上了。那时的陈梦家正在青岛大学给闻一多做助教,两个年龄相仿的青年人,都喜欢写诗,惺惺相惜,便很快成为好友、诗友。这样,臧克家和新月诗人也就越发熟悉,走动密切,也就给人造成了他是新月派诗人的错觉。他经常把自己写的诗拿给闻一多看,请闻一多提意见。在闻一多的指导下,臧克家的诗歌创作水平有了飞快的进步。那时,闻一多已转向古典文学研究,几乎不再写诗,他非常欣赏年轻诗人陈梦家和臧克家的才华,常说自己有"二家"已足矣,深有"青出于蓝而胜于蓝"之感,很为有臧克家这样的学生而骄傲。在闻一多的推荐下,臧克家开始在《新月》月刊发表作品,当时《新月》的影响非常大,也因此在诗坛崭露头角。闻一多为臧克家的诗集《烙印》做序,由"新月"代表诗人大力推荐,自然会使很多人认为臧克家属于新月诗派。

臧克家和"新月"的联系也仅限于在他早期创作中,艺术上贴近新月诗派,自觉接受了新诗格律化的"三美"主张,强调诗歌艺术形神合一,变中求奇,讲求格律,诗句工整,注重造字炼句。但对生活的认识则大不一样,臧克家自己也明显地感到了他们之间的这种本质差异。在臧克家看来,新月诗人眼里的人生、宇宙和自己距离太远。学生时代的臧克家在校园里生活,他写的诗多是浪漫的抒情诗,当他步入社会后,始终表现出强烈的社会意识和自觉的写实意向。在《自己的写照》中,他写道:"一千句谎言盖不住一个事实,黑暗磨亮了我的眼睛。"他诗歌的审美视野不断扩大，诗中出现越来越多像苍凉的大地，苦难的人们，萧条的小城市和乡村这样的意象。诗中也越来越多地关注灾难深重的民族，多灾多难的祖国等主题，诗中充满忧患意识，散发着冷峻的调子。臧克家越来越钟情于"苦难"，但这一苦难不是个人小我的痛苦，总关乎民族、国家、人民。"饥荒像一匹暴烈的雨点/打得人心抬不起头来。"《难民》《忧患》《罪恶的黑手》这些诗歌都与新月诗派在灵魂中透露着不一样。

　　臧克家"本来就喜欢古典诗歌和民歌，喜欢格律化的作品"，再加之对闻一多的崇拜，产生强烈的认同感也在情理之中。作为新生代诗人的臧克家，模仿、追随与自己诗歌观念相近的强者诗人的风格，是成长者的必经之路。当臧克家自费出版了自己的诗集《烙印》后，随着诗艺的日渐成熟，他越发清醒地认识到，自己只是在诗歌外在形式的追求上，和新月诗人有着相似的观念，在诗歌所表现的内容上，却几乎找不到共同的趣味。新月诗歌内容的空灵、贵族气息，对爱、美、自由的追求，对生命内宇宙的探求，都和臧克家包含民族主义的社会理想、人道主义的道德理想和博大宏阔的审美理想有着很大的差距。臧克家在诗歌中表现时代精神，关注人民苦难，表现忧郁和悲痛，但这忧郁和悲痛不是来自于诗人内心的小我，而是来自于理想与现实的矛盾，来自于无力拯救劳苦大众的痛苦，他的诗中虽然有痛苦，但从来没有消沉和怀疑。"我忧郁，我痛苦。我扬弃，我追求，我向往，我前进"，这才是他真实的内心写照。臧克家认为，中国的作家是全世界最英勇，也最可怜的一群，无视身边穷苦的诗人是可怜的，站在民族国家的高度表现时代的诗人才是最英勇的。在臧克家的眼中，新月诗人中多数都是可怜的诗人。

　　对于臧克家来说，"新月"中的强者诗人对他产生的影响焦虑是短暂的，大概只经过了模仿阶段。由于精神追求不同，臧克家没有过多留恋这个群星闪烁的群体，而是与左翼杂志《文学》走得更近，他的大部分作品都发表于此。臧克家自己是这样描述他与陈梦家的不同的："他信宗教，而我呢，却是重视现实，向往革命。""你的心在天上，我的心在地下。"[①]作为他的朋友的新月诗人陈梦家，也会觉出他们不属于同一类人，才没有

[①] 臧克家：《诗与生活》，《臧克家回忆录》，中国工人出版社 2004 年版，第 121 页。

把和闻一多关系很亲近，也在《新月》上发表诗歌的臧克家的诗作选入《新月诗选》，可见，《新月诗选》选诗的标准不只看外在诗型，内在精神的相似也是标准之一。因此，在大学权威教材《中国现代文学三十年》（修订本）里，是把臧克家列入"中国诗歌会诗人群"一节，而不是"新月诗派"那一节里进行论述的。

（三）神同形异：新月诗派的"终结者"

在后期新月的新生代诗人中，卞之琳是存在最多争议的诗人。卞之琳最初因亲近"新月"而走上诗坛，后来因不认同新月诗学观而转向现代。卞之琳是《诗刊》的主要投稿人之一，在《诗刊》上发表诗歌12首，其中译诗3首；他还同时在《新月》上发表诗作4首：《酸梅汤》《小别》《工作底笑》《三天》，论文两篇《魏尔伦与象征主义》《恶之花拾零》；有四首诗入选《新月诗选》。卞之琳是一个比较全面的诗人，写诗、论诗、译诗，从他在《新月》《诗刊》发表诗歌的数量上可以判断出，卞之琳是后期新月诗派的主要新生力量。卞之琳在刚刚步入诗坛时，他的诗歌在诗型上与新月风格很接近，追求工整、格律、白话。随着他对西方象征主义诗歌理论的深入接触，又翻译了很多象征主义诗歌，也曾经在自己的创作中引入象征主义的表现手法，但不成体系，也没有进一步深入的理论探究，他的创作更倾向于西方象征主义。作为新月诗派后期的重要诗人，卞之琳的转型加速了新月后期诗歌向现代派诗歌转化的速度。其实，闻一多、徐志摩都探索过象征主义的诗歌，也写过那种类型的诗歌，但并没有形成规模和体系，卞之琳向现代派转型，成为后期新月向现代主义转型的推动力。

对卞之琳的流派归属，说法不一，有人把他归入新月派，有人把他视为玄学派，有人将其归入象征派，也有人将其视为现代派。香港大学现代文学研究者张曼仪认为，卞之琳是两栖的，既是新月派又是现代派，或者说是"出于'新月'而入于'现代'"，并进一步指出卞氏不局限于哪一派，他"能融会古今中外而加以创新，在创作实践上自成一格"①。如《魔鬼的Serenade》等几首诗是模仿"新月"风格的作品。卞之琳认为，自己从"新月派"那里学得了谨严的诗法，格律的观念，用"说话的调子""口语"写"干净利落，圆顺、洗练"的诗行。在诗歌技巧方面，卞之琳更多地受益于闻

---

① 张曼仪：《卞之琳著译研究》，香港大学中文学系，1989年，第72页。

一多:"从我国诗人学来的一部分当中,最多的就是《死水》。"然而,诚如唐弢所言,他虽在"新月"写诗,却"能够跳出同济的圈子,保持了个人特点"①。的确,可以说,他曾经属于某一流派,但最终却不属于某一流派。但他的诗学观不断融合其他诗学观,从而使他能够上承"新月",中出"现代",下启"九叶"。据九叶诗派诗人唐湜回忆,"而卞之琳在三人(指卞之琳、何其芳、李广田,笔者加)中不算最年长,写诗也不是最早,一九三〇年才开始,可三一年陈梦家编的《新月诗选》中就有他的诗,他该是'新月'与'汉园'之间的桥梁。何其芳早年也受过'新月'的影响,可他一出现,那种光艳就叫新月相对黯然了。卞之琳也一样大大超越了新月的诗艺水平,虽说双方在纯诗艺的追求上还是前后一贯的。"②卞之琳归属新月诗派的时间并不长,但坚持纯诗立场却始终与"新月"保持一致。

卞之琳是在徐志摩的大力提携下走上诗坛的。他是徐志摩在北大英文系教书时的学生,徐志摩看过卞之琳的诗作后,没有通知他就选用三首登在了《新月》上。卞之琳回忆说:"上大学一年后,到 1930 年秋冬之际,忽然不安心认真读书,百无聊赖中,发了一阵诗兴,试写了一些新诗,大都随写随弃,偶用笔名给当地报纸副刊投稿发表了一两首,次年初把一部分给新来教我们英诗课的徐志摩老师拿去上海,和当时并不相识的沈从文先生一起看了,代署上真姓名,分给刊物发表了,从此往往是刊物找我要诗稿了。"③他在其诗集《十年诗草》的《初版题记》中还表示,这本诗集是为感谢徐志摩而作的,"作为纪念徐志摩先生而初版",卞之琳认为,徐志摩不仅以自己的诗歌创作为中国新诗发展做出很大贡献,而且在提携新人,推进诗歌新技术等方面,都做出了不该让历史和后人遗忘的努力。"为了他对于中国新诗的贡献——提倡热情和推进技术的于一个成熟的新阶段以及为表现方法开了不少新门径的功绩。"④卞之琳对徐志摩的知遇之恩终生感谢,肯定了徐志摩在新诗技术推进方面的贡献。后来,臧克家委托卞之琳帮忙印刷《烙印》,因为《烙印》的序已经约请闻一多写了,那时,闻一多已经离开青岛大学在清华任教,卞之琳因为代臧克家索要《烙印》序,去过几次闻一多家,借此机会也向闻一多请教有关诗歌问题,和闻一

---

① 唐弢:《臧克家的诗》,《晦庵书话》,三联书店 1980 年版,第 32 页。
② 唐湜:《六十载遨游在诗的王国——说说卞之琳和他的诗》,《读书》1990 年第 1 期。
③ 卞之琳:《卞之琳文集》中卷,安徽教育出版社 2002 年版,第 409 页。
④ 同上书,第 9 页。

多也渐渐熟了起来。他在1979年3月纪念闻一多诞辰80周年之际,写文章回忆闻一多对他的影响,认为自己写诗所走的中西结合的路,是受闻一多诗学理论的影响。如果说徐志摩是发现卞之琳的"伯乐",闻一多是他的启蒙者,那么叶公超就是他的知音。"是叶师(叶公超)第一个使我重开了新眼界,开始初识英国30年代左倾诗人奥顿之流以及已属现代主义范畴的叶芝晚期诗。""这些不仅多少影响我自己在30年代的诗风,而且大致对40年代一部分较能禁得起时间考验的新诗篇产生过一定的作用。"①"我在大学听了一年级英诗课,上了一年级第二外国语法文课之后就已经接触了英国二三十年代的可称为现代主义诗和法国的象征主义以及后期象征主义诗。"②"我前期最早阶段写北平街头灰色景物,显然指得出波德莱尔写巴黎街头的穷人、老人以及盲人的启发。写《荒原》以及其短作的托·斯·艾略特对于我前期中间阶段的写作不无关系,同样情况也是在我前期第三阶段,还有叶芝、里尔克(R. M. Riiq)、瓦雷里(Paul Valery)的后期短作之类。"③叶公超在接编《新月》月刊以后,集中发表了有关艾略特、魏尔伦等象征主义诗人诗作和相关理论文章,如《恶之花拾零》(译诗10首)、《魏尔伦与象征主义》,遵照叶公超的嘱咐,卞之琳还翻译了艾略特的论文《传统与个人的才能》,这些对卞之琳诗歌观念的形成所产生的影响力,要大于徐志摩、闻一多。

　　卞之琳在初登诗坛时,深受徐志摩、闻一多的影响,但诗风还是有显著差异的。对于这一点,蓝棣之教授分析说:"与闻一多不同,他不要炸开自己,或创造一种艺术规范,他写诗是在寂寞的生涯中,表现生之迷惘,与感慨命运,是要写带哲理意味的沧桑感与历史感,写大时代里的生命体验,和在爱情中的感情体验。他写诗与译诗并不明显同步,他也不太知道诗坛的风向。与徐志摩不同,卞之琳的诗与生活距离很远,他常常是身在幽谷,而心在峰巅。他的情诗并不是写给对方看的(只有二三首特例),而是沉思、纪念与表达感情体验。"④每一个从事艺术创作的人,开始设定的创作目的和目标都不一样,对于卞之琳来说,徐志摩、闻一多都是给了他重要影响的强者诗人,深受徐志摩的提携和栽培,又从闻一多那

---

① 卞之琳:《卞之琳文集》中卷,安徽教育出版社2002年版,第187—188页。
② 卞之琳译:《英国诗选·序》,《英国诗选》,湖南人民出版社1993年版。
③ 卞之琳:《雕虫纪历·自序》,《雕虫纪历》,人民文学出版社1979年版。
④ 蓝棣之:《论卞之琳诗的脉络与潜在趋向》,《文学评论》1990年第1期。

里得到很多关于"诗歌形式"的启发,尤其认同闻一多的格律说,但他并没有在"新月"创建的这个趋于稳定、完整的秩序中停滞不前。卞之琳受徐志摩、闻一多在诗中加入戏剧化、小说化手法的启发,并把这个对于新月诗人并不是很重要的流派特征,不断地扩展成为他的诗歌标志,最终形成与新月诗歌迥异的非个人化、戏剧化、小说化的审美风格。

毕业之后,卞之琳没有找工作,基本上以翻译为主,在《文学季刊》《大公报》副刊、《文学杂志》《水星》《新诗》等重要文学杂志上发表译作和诗歌。与"新月"其他诗人的关系也慢慢建立起来,成为"新月"新生代北京诗人群的主要代表。随着名气越来越大,卞之琳常常出入北京高级知识分子沙龙,他是林徽因"太太的客厅"和朱光潜家文学沙龙里的常客,在那里接触了很多文化界名人。根据后来卞之琳自己的回顾,他在刚刚大学毕业时,已经建立起自己的文学活动范围,有固定的社交圈子。徐志摩、闻一多、朱光潜、叶公超、梁宗岱、林徽因、沈从文、邵洵美、戴望舒、何其芳、李广田、孙毓棠、吴兴华等不是他的老师,就是同辈诗人,看看这些人名就可以知道,卞之琳活跃于新月诗人群和后来的京派及 30 年代现代派诗人中。这为他后来参与创办《学文》杂志积累了厚实的人脉。

卞之琳具有先锋诗人的精神品格,不满足于、不停留于现在,质疑当下,否定自我,总能比别人先一步跨出去,实现自我超越。他不囿于某一规则或范式,也不情愿固定风格、一成不变。从卞之琳的诗歌看,他不是一个长于抒情的诗人,但卞之琳本人似乎对这个看法并不买账,他认为自己诗歌的最根本属性还是抒情性,只不过经过技术处理后,不再成为诗歌最显性的标志。这些技术操作不外乎这样几个常用的手法:知性、非个人化、戏剧化、小说化等。

在现代诗学理论中,"知性"这一术语的英文是 intellect;拉丁文是 intellectus;同时也是英文 intelligent(智慧、睿智)的词源。Intellect 可译为理解力、领悟力、智力、思维能力等。它是英美现代主义诗的特质之一。在现代诗歌中,知性是在"想象"这一大的范围内探讨的话题,它要与"感情"相对照,形成比照关系;同时它又要区别于思想、智力、说教,但还有一定的关联,这其间就有一个把握的"度",否则就会偏于一隅。知性与理性、节制紧密相连,是一种反对诗歌过度抒情的修辞手法。在诗歌创作中,如果能合理运用"知性",就会把对立的因素平衡起来,产生和谐之美。诗歌创作对"知性"修辞的恰当运用,会产生这样的效果:第一,为适应越来越复杂的世界和人类,在诗歌创作中也会出现繁杂的、不和谐的意象,而"知性"可以使突兀的、不和谐的意象在同一首诗里变得和谐起来,形成有机的意象群,也会使诗歌的表现力更丰富,情感的表达方式更复杂。在阅读时,诗人、读者、诗三者之间,因为"知性"的作用而使相互之间形成张力。第二,"知性"是现代诗人思考世界的方式。"知性"存在的前提是不和谐、不平衡、冲突、矛盾的世界,诗人运用他的智慧使之变得和谐、平衡,这就要求诗人既能身在其中,又能置身事外,所以"知性"诗歌中的抒情主人公,是冷静的客观描述者,往往带有自省意识,有精神分析的能力和协调冲突的能力,采取的应该是冷眼旁观的静观态度。所以,知性诗歌较浪漫抒情诗歌而言,诗人的情感热度很低。第三,"知性"诗歌的主题一般具有多义性,由于意象之间的不和谐、冲突,诗人运用"知性"的表述方法使之和谐、平衡。但对读者而言,每一个读者面对不具有稳定文化含义的意象,往往会按自己的解释来理解诗歌的内涵,多义的、复调的主题成为知性诗歌的特点之一。第四,"知性"诗歌采用的意象具有多义性、复杂性、不确定性和朦胧性的特点,这使诗歌的美学效果会随之朦胧、晦涩,读诗如猜谜也是常有的事,这可能既是它的缺点又是它的魅力。卞之琳曾总结作诗的心得:"诗的语言必须极其精炼,少用连接词,意象丰富而紧密,色泽层叠而浓淡入微,重暗示忌说明,言有尽而意无穷。"①

以《春城》为例:

北京城:垃圾堆上放风筝,
描一只花蝴蝶,
描一只鹞鹰
在马德里蔚蓝的天心,
天如海,可惜也望不见你哪
京都!——……
"好家伙!真吓坏了我,倒不是
一枚炸弹——哈哈哈哈!"

---

① 卞之琳:《今日新诗面临的艺术问题》,《雕虫纪历》,人民文学出版社1979年版,第6页。

>   "真舒服,春梦做的够香了不是?
>   拉不到人就在车蹬上歇午觉,
>   幸亏瓦片儿倒还有眼睛。"

写春天里北京下层人等不来活计,闲待着无聊的无奈,没有通常咏春诗的草长莺飞、莺歌燕舞、欣欣向荣的景象,在生活无着、社会动荡、战争连绵的年代里,普通的百姓哪还有欣赏风筝的闲情逸致,他们心里想:是风筝最好,可别是常常光顾城市上空的带炸弹的飞机。这首诗中,北京城、新德里、风筝、战斗机、车夫、春梦等不相干的意象,组合在一起,看起来好像不搭、混乱、冲突,可谓意象丰富,层次迭出。这里有一根看不见的情感之线,把它们穿成一个有机的整体,跨越时空,那就是普通人对安定生活的渴望和过不上安稳生活的无奈。诗人在这里几乎没有流露出自己的情感倾向,冷静、理性、节制,但诗人埋伏了反战争的情感之线,把冲突的意象调和在春光明媚的一个中午,小人物无力改变任何事情,只能忍受等待和期盼。

非个人化的"冷抒情"。在抒情形态方面,新月前期诗歌基本上以浪漫抒情诗为主,但卞之琳的诗歌抒情形态与新月前期诗歌截然不同,他的抒情策略是非个人化的"冷抒情"。"非个人化"源于艾略特的《传统与个人才能》"非个人化"理论(Impersonal Theory),有时也翻译为"非人格化""非个性化"。"诗不是放纵感情,而是逃避感情;不是表现个性,而是逃避个性。"[1]"非个人化"理论强调诗人在诗歌创作中自我克制,诗人走出个体的局限,将自我经验升华为人类社会的共性经验,以此扩展诗歌的表现空间。想在诗歌中回避自我抒情,就要寻找能替代自我抒情方式的替代物,不再像浪漫主义诗歌那样直抒胸臆,这个替代物就是"客观对应物",在情感和意象之间,通过想象建立关联,这样就会产生"涵容性、暗示性和间接性"节制的抒情效果。隐匿个性、逃逸自我,拒绝情感的直接抒发和肤浅泛滥,追求冷静的风格和客观的表现,是艾略特诗歌美学的主要特点。他说:"我写诗,而且一直是写的抒情诗,也总在不能自己的时候,

---

[1] 艾略特著,王恩衷编译:《传统与个人才能·艾略特诗学文集》,国际文化出版公司1989年版,第8页。

却总倾向于克制，仿佛故意要做'冷血动物'。"①他总是在诗里把自己"隐身"，几乎找不到抒情主人公的身影，把个人情感转移到客观对应物上，让读者通过意象与意象的组合与连接，去揣摩作者的心思，发现诗歌的意义。放逐感情，追求客观而理性的观照。

卞之琳的这种抒情方式，除了艾略特象征主义诗学理论的引导外，还和他羞涩、安静的个性有关，生活中的卞之琳不喜欢抛头露面，他愿意躲在人群中观察别人。"我写诗总想不为人知"，"我总怕出头露面，安于在人群里默默无闻，更怕公开我的私人感情"。"我一向怕写自己的私生活；而正如我面对重大的历史事件不会用语言表达自己的激情，我在私生活中越是触及内心的痛痒处，越是不想写诗来抒发。"②他没有徐志摩的洒脱，也缺少闻一多的激情，所以在面对重大历史事件时，常常是内心激情澎湃，但笔下冷静含蓄，"面对历史事件、时代风云，我总不知要表达或如何表达自己的悲喜反应。这时候写诗，总象是身在幽谷，虽然是心在峰巅"③。卞之琳的自我评价是"大处茫然，小处敏感"，这也让很多评论者得出：他的诗格局很小，只关注小事件、小人物、小情调，而忽略大事件、大时代、大人物，或者只关注诗形，过于卖弄技巧，缺少热情。其实，卞之琳自己说得好"身在幽谷，心在巅峰"，这种内冷外热的写法生发出张力的美。

从卞之琳的《几个人》中，很能看出他如何用"零度情感"来"冷抒情"的。

> 叫卖的喊一声"冰糖葫芦"，
> 吃一口灰像满不在乎；
> 提鸟笼的望着天上的白鸽，
> 自在的脚步踩过了沙河，
> 当一个年轻人在荒街上沉思。
> 卖萝卜的空挥着磨亮的小刀，
> 一担红萝卜在夕阳里傻笑，

---

① 卞之琳：《今日新诗面临的艺术问题》，《雕虫纪历》，人民文学出版社1979年版，第6页。
② 同上书，第3页。
③ 同上。

当一个年轻人在荒街上沉思。
矮叫化子痴看着自己的长影子,
当一个年轻人在荒街上沉思。
有些人捧着一碗饭叹气,
有些人半夜里听别人的梦话,
有些人白发上戴一朵红花,
像雪野的边缘上托一轮落日……①

这是一幅人生百态图。卖冰糖葫芦的,提鸟笼闲着没事的,卖萝卜的,叫花子;有愁的,有喜的,有静的,有动的;有人生活态度简单,卖冰糖葫芦的不怕满嘴吃沙子,只要吆喝能卖出糖葫芦;遛鸟人自在地踩着碎步,享受着蓝天白云;卖萝卜的兴致勃勃地挥着闪亮的小刀;也有人毫无意义地消耗着时间打发日子;所有这些人只不过是一个人的陪衬,那就是反复出现的身影——荒街上沉思的年轻人,这些人与沉思的年轻人产生强烈对比,他们活得简单而轻松,年轻人显得迷茫而沉重。年轻人在荒街上沉思什么,诗人并没有说出,但透过那些陪衬的人物可以看到,年轻人思考的或许是,人生是什么?该如何度过?透过年轻人的冷眼旁观,看到这是一个热闹的世界,但人们有时各自过着孤独的各不相干的日子,猜不透彼此的心思,年轻人更加迷茫。小人物就该如此平凡?抑或庸碌?抑或简单?沉思的年轻人心潮起伏,但诗人却没着一字写他的迷茫、痛苦、彷徨。

戏剧性、小说化甚至戏拟的手法。新诗对于戏剧化手法的主张,闻一多、徐志摩都谈到过,提倡过,实践过。他们选择这一方法的初衷,也是要扭转新诗抒情的直白、赤裸,甚至说教或流于伤感。徐志摩在美国和英国求学期间,直接吸收维多利亚时代著名诗人罗伯特·勃朗宁的诗歌营养。西方诗歌由浪漫主义向象征主义的转变,是从英国维多利亚时代开始的。著名诗人勃朗宁放弃了早期诗中浪漫主观的抒情方式,而采取客观描写和心理分析方法,逐渐向沉静的思考和内省的心理深度方面发展,创造了戏剧独白体诗,对诸多现当代英美诗人产生了很大的影响。在世界诗歌史上,出现了一种与抒情诗和叙事诗都不相同的新型诗体形式。闻一多在

---

① 卞之琳:《几个人》,《雕虫纪历》,人民文学出版社1979年版,第21页。

美国留学期间，曾经选修了丁尼生和勃朗宁诗歌研究课，诗集《死水》已转变了他在《红烛》中的浪漫抒情风格。作为他们的学生卞之琳，把这种戏剧性独白的方法充分运用到自己的诗中，成为卞氏诗歌最显著的标志，也表明了新月诗派的正式转型。

诗歌中的戏剧化或小说化手法，可以看成是诗人反映世界的一种方式和态度，在诗歌创作过程中，化用小说和戏剧常用的基本方式，从语言层面理解，可以看作是一种修辞手段。这种诗歌在诗中融入戏剧、小说的叙事手法和语言表达方式，并在此基础上营造整体戏剧意境。卞之琳常将"小说化""戏剧性处境"和"戏剧性对白或对话"三种修辞方式一起运用到同一首诗中，在此就把这三种方式并置在一起讨论。

"小说化"主要指诗歌语言的表达方式是以小说的叙事语言为主，淡化诗歌抒情性的语言。"戏剧情境"是指促使人物产生特有动作的客观环境，包括具体环境和特定人物关系。剧作家为了讲述故事，首先要设置特定的戏剧情境、戏剧冲突，人物是在设置好的戏剧情境中完成人物塑造的。因为诗只是借用戏剧的这种特殊形态，所以它构建的戏剧情境远没有真正的戏剧复杂，往往只是构置一个小环境，一个简单的情节，有三两个人物，简单的几句对白，具有戏剧构成条件，但不具有真正戏剧的规模。

小说化或戏剧化都需要通过人物对话和人物动作来完成。"对话"有对话和独白两种形式。"独白式"诗歌，指诗人有意只写一个人物在说话，另一个或几个人物没有语言，但通过"独白"，读者能感受到独白对象的存在，这种诗歌也被称为"戏剧独白体诗"。"这种诗体是在特定的戏剧情境中通过虚构人物自己的语言独白，对于人物的行为动机进行深入细致的剖析，从而揭示出人物自身的错综复杂的性格特征。其要质为二：一是戏剧独白诗是由其他人而非作者本人在特定情形中独白的，其中诗人不作任何提示或解释。"[①]

《海韵》和《天安门》分别是徐志摩、闻一多典型的戏剧化诗歌。通过对这两首诗的分析，比照与卞之琳诗歌戏剧化的不同之处。《海韵》全诗共分五节，每节九行，节与节的外部结构相同，前三节都由一问一答构

---

① 许霆：《中国戏剧独白体新诗的范例——解读闻一多〈天安门〉和卞之琳〈酸梅汤〉》，《吴中学刊》1997年第11卷第1期（总第39期）。

成。这是诗中的第三节：

> "女郎，大胆的女郎！
> 那天边扯起了黑幕，
> 这顷刻间有恶风波，
> 女郎；回家吧，女郎！"
> "啊不，你看我凌空舞，
> 学一个海鸥没海波："——
> 在夜色里，在沙滩上，
> 急旋着一个苗条的身影——
> 婆娑，婆娑。

这首诗的戏剧情境是：问者身份不明（也许是诗人，也许是爱恋女郎的人），他声声呼唤女郎回家，但无论呼唤得多么急切，多么真诚也不能打动女郎，使其归家，追求自由的女郎执意留在海边。这是一首预先设置了戏剧情境的诗，但诗歌还是带有强烈的抒情性，戏剧情境是为抒情而设置的。对比闻一多的戏剧性诗歌《天安门》，就可见《天安门》中已经不带有抒情色彩。这首诗的背景是1926年北京"三一八"惨案后，一个人力车夫路过天安门时惊魂未定：诗人的悲愤及对青年学生的同情，通过车夫不动声色的"独白"表现出来。

> 好家伙！今天可吓坏了我！
> 两条腿到这会儿还哆嗦。
> 瞧着，瞧着，都要追上来了，
> 要不，我为什么要那么跑？
> 先生，让我喘口气，那东西，
> 你没有瞧见那黑漆漆的，
> 没脑袋的，蹩脚的，我可怕，
> 还摇晃着白旗儿说着话……
>
> 还开会啦，还不老实点儿！
> 你瞧，都是谁家的小孩儿，

不才十来岁吗？干吗的！
脑袋瓜上是使枪扎的？

车夫的对话者始终没说话，但通过车夫的独语，暗示乘车人的存在，这首诗的戏剧情境：天安门广场上的"三一八"惨案；人物：车夫和"不在场"的乘车人；情节：车夫不理解小小年纪的人为什么会生死无畏；主题：作者通过车夫的不理解深化"三一八"的惨痛。在这里，诗人完全借车夫之口描述天安门前的惨剧，车夫越是恐惧、害怕、不理解，越能反衬青年学生的悲惨遭遇令人同情和对当局的怨恨之情。诗中那"满城都是鬼""天安门那黑漆漆的夜""天安门""北京城"就是那沟绝望的死水。闻一多这首诗同样也具有小说化的叙事语言，戏剧化的情境设置，但已经没有了徐志摩在《海韵》中所表达的浓烈的抒情。再看卞之琳的《苦雨》：

茶馆老王懒得没开门，
小周躲在屋檐下等候。
隔了空洋车一排檐溜，
一把伞拖来一个老人。
"早啊，今天还想卖烧饼？"
"卖不了什么也得走走。"

这首诗写雨中人们没有生意可做，但卖烧饼的老人明知没生意可做，也还是要出去走走，碰碰运气。整首诗的情节是通过对话传达出来的。茶馆、屋檐下、空洋车，讨生活的在避雨，因为下雨没生意，老王索性连茶馆门也没开，拉洋车的小周也因为没有客人而在屋檐下躲雨，这时出来一个打着伞的卖烧饼的老人，于是就有了这样的对话："早啊，今天还想卖烧饼？"/"卖不了什么也得走走。"在诗中，有人物，有对话，有动作，有心理描写，还有一个不能忽视的"因果关系"，因果关系是构成小说、戏剧情节的必要条件。因为下雨了，所以没生意；因为生活所迫，所以虽然下雨，老人还是要出去卖烧饼，碰运气。在诗中，诗人没露面，读者感觉不到诗人的存在，但题目却把诗人的情感一语道破——"苦雨"，这个"苦"字，就是涌动在诗人心头的情。

卞之琳和新月诗派的诗风在后期到底有哪些不同，哪些地方他们仍然保持一致？卞之琳和"新月"浪漫、古典、唯美的诗风非常好区分，但他们诗歌的艺术立场是一致的——坚定地秉承着新月前辈诗人所坚持的"纯诗"诗学观，坚持诗歌的贵族性，坚守诗歌独立的艺术品格。这是他们相互欣赏、相互认同的前提。

卞之琳与新月诗风最显著的区别就是，卞之琳放弃诗歌是张扬个性、表现自我的诗学观，在诗中刻意规避自我，放逐自我，采用戏剧化、小说化的手法实现诗歌的非个人化目的。戏剧化、小说化是卞之琳为了实现诗歌的"非个人化"而采用的写作策略，戏剧化和小说化的运用，拓宽了以主观抒情为主的诗歌表现路径，诗人可以隐藏起自己的身影，在设置的戏剧情境中融入更多的抒情人物。卞之琳诗歌中有各种面孔的人，有的是小人物，小角色，车夫、理发的、卖冰糖葫芦的、卖酸梅汤的、拾荒者；也有一些迷茫的小知识分子，如《几个人》中的"沉思的年轻人"，《尺八》中的怀乡者、寻梦者。"我在大学听了一年级英诗课，上了一年级第二外国语法文课之后就已经接触了英国二、三十年代的可称为现代主义诗和法国的象征主义以及后期象征主义诗。"[①]"我前期最早阶段写北平街头灰色景物，显然指得出波德莱尔写巴黎街头的穷人、老人以及盲人的启发。写《荒原》以及其短作的托·斯·艾略特对于我前期中间阶段的写作不无关系，同样情况也是在我前期第三阶段，还有叶芝、里尔克（R. M. Riiq）、瓦雷里（Paul Valery）的后期短作之类。"[②]而新月诗派前期诗人多数还是以自我抒情为主体，抒情主人公大部分就是诗人自己，诗歌情感的抒情节奏主要是配合诗人的情感起伏。

其次，在卞之琳的诗歌里，出现了远比新月诗歌中多很多的小人物，他会写这些小人物平常而心酸的生活，而新月诗歌里虽然也有一些写小人物的诗，但与卞之琳比起来，还是显得少之又少，卞之琳的诗歌大部分是以小人物的平凡人生为抒情对象的。

再次，相较于新月诗歌，卞之琳诗歌无论内容、思想、形式、语言都追求"朴素"，而很少有人评价新月诗歌是"朴素"的。选择"朴素"，可能因为卞之琳低调的人生态度与尚朴的审美倾向有关，在审美价值观方面，徐志摩、闻一多的审美追求并不一致，但有一点很相同，从来都是"高

[①] 卞之琳：《英国诗选·序》，湖南人民出版社1993年版。
[②] 卞之琳：《雕虫纪历》，人民文学出版社1979年版，第16页。

调"表达主题和情感。新月的早期诗歌追求华丽、繁复、秾丽、柔美、缠绵、婉约的风格，但唯有"朴素"，是他们诗中较缺少的。而卞之琳却喜欢"朴素"的风格，沈从文称卞之琳早期诗是"朴素的诗"，善于"运用平常的文字，写出平常的人情"，文字"单纯简略"，"风格朴质而且诚实"①。

最后，新月诗派前期的多数诗歌结构是完整的，但卞之琳的诗看起来往往无头无尾，诗句间很多是由一句句片段组合而成，节与节、句与句之间，想象的跳跃性非常大，造成阅读的陌生化效果。对于读者来说，读前期新月诗歌，带来的是抒情性的美感，或喜或悲，或忧或愁，读者可以从那些诗中明确地感受到诗人所表达的情感类型，容易产生感情上的共鸣。但卞之琳的诗大都是"知性"诗，常融今入古，化西为中，想象与现实、科学与艺术并置在一首诗中，再加之他的诗很多都是由片段构成的，现代体验的混乱性和破碎性，诗人眼中的现代世界充满了纠纷扰攘、社会的脱节，所以读他的诗很难一目了然。有时犹如猜谜，"通过知性上的探险、冷隽的非个人化抒情、淘气的智慧挥发等一系列现代诗学策略选择，背离了传统诗学的内质，步入了新诗现代化的前沿，形成了貌似清水实为深潭的冷凝幽秘诗风。"②

卞之琳上承"新月"，中出"现代"，下启"九叶"。徐志摩的提携和闻一多的肯定，使才华横溢的卞之琳很快在诗坛崭露头角，《新月》《诗刊》为他提供了能够发表作品的媒体平台，围绕《新月》《诗刊》卞之琳又结交了一批志同道合的朋友，自然，他被纳入新月诗派也是顺理成章的事。但卞之琳在叶公超的引领下，接触到后期象征主义的诗学理论，它启发了卞之琳对世界和人类的哲学思考，仿佛找到了洞察世界的方法，哲思、诗思、情思遇合，卞之琳改变了表达情感和看待世界的方法，以"知性"为想象特征，以"非个人化"为表达策略，渐渐改变了新月诗风的印记，卞之琳由新月向现代的转向，标志着后期新月与前期新月的不同，卞之琳结束了新月的浪漫时代。

（四）内部论争：写实与现代的较量

新月诗派由浪漫主义、新古典主义到现代主义转变的过程，符合艺

---

① 沈从文：《群雅集附记》，《创作月刊》1931 年 5 月第 1 卷第 1 期。
② 罗振亚：《"反传统"的歌唱——卞之琳诗歌的艺术新质》，《文学评论》2000 年第 2 期。

自身发展的规律。任何一种艺术形式无论发展得多么成熟，也都会存在局限性，艺术本身随着不断的发展也会自我调节，不断扬弃，不断超越。新月诗学观在发展过程中，不仅遭遇其诗歌流派的质疑，诗派内部也有过激烈的争论，甚至还会遭遇来自内部诗人的反叛。前期新月在诗学观上不存在根本分歧，但由古典主义诗学向现代主义诗学转变过程中，新月派内部对现代主义诗学的认知出现较大的分歧。在新月诗派后期，由于诗风逐渐转向象征主义，诗学观的见解体现出思想或哲学思考的转变，这场论争主要是胡适、梁实秋不满意新月诗人向现代派的转向，而引发了一场关于诗歌应不应该朦胧的论争，实际上是写实主义与现代派的较量。

新月后期诗作越来越朦胧、晦涩，诗歌情绪也越来越颓废、消极，胡适和梁实秋对新月诗歌的这种发展趋势表示担忧和不满。胡适在新月群体中身份特别，是新月群体的精神领袖。胡适在文学革命之初，引领了中国诗歌著名的白话诗运动。胡适与徐志摩、梁实秋等人私交甚密，他虽然不是新月诗派的人，但无论是在《晨报·副刊》期间，还是在《新月》《诗刊》期间，胡适始终关注着新月诗歌的发展，对新月前期诗歌他还是非常肯定和支持的，尽管新月诗人提出的格律化主张，在很大程度上是针对他的诗学观提出的，闻一多则更直接地批评过胡适。据叶公超回忆，他与胡适第一次见面，就谈到过"艾略特与象征主义诗歌"的问题，胡适当时就与叶公超说，他最反对在诗里引经据典，还希望叶公超能把艾略特诗中的典故标出来，让他看看。[①] 可见，从一开始，胡适就不喜欢人人都崇拜的艾略特及其诗歌理论。十年过去了，胡适仍然坚持自己所提出的"诗体大解放""作诗如作文"，诗的意境要平实，语言应朴实晓畅、平白如话等新诗理论，对新月后期出现的象征主义诗歌中的神秘、朦胧、晦涩的诗歌语言，和诗中所传达的颓废、消沉的世纪末情绪都十分反感。一直到胡适去世时，他都不曾改变他对诗歌的见解。就在事隔几十年后，梁实秋请胡适到台湾师范大学作讲演时，他还斥律诗为下流，这话出自胡适之口着实令人有些瞠目。

梁实秋属于"亚新月诗人圈"，他的文学活动主要集中在文艺理论研究、文学评论、翻译三方面。梁实秋直接参与了新月诗学的理论建设，他所主张的新人文主义文学观是构成新月诗学的理论资源和学理支

[①] 叶公超：《新月怀旧——叶公超文艺杂谈》，学林出版社1997年版，第153页。

撑。梁实秋和闻一多、徐志摩的关系都十分密切,在日常生活中也常常在一起喝茶、聊天,"新月"的许多大事都是他们共同完成的。"新月"早期提出的新诗格律化主张的理论基础,就是梁实秋倡导的新人文主义学说在文学创作中的应用,所以,梁实秋在新月诗派中实际上充当的是理论家的角色。新月内部的诗学论争,起于梁宗岱与梁实秋的一次诗学之争。梁宗岱本不属于新月诗人圈,梁实秋和梁宗岱的论争牵扯到胡适,因为梁宗岱在他的那封《论诗》函中,也批评了胡适的诗学主张。后来,新月后期诗人邵洵美又在《诗二十五首·自序》里,针对梁实秋、胡适对象征主义诗歌的批评发表了不同意见,胡适和梁实秋主要是不满于现代主义诗歌的晦涩难懂,他们把卞之琳的诗歌作为反面例子,这又牵扯到卞之琳,论争涉及的人都是"亚新月诗人圈"的外围人物,由于参与论争的人与新月诗派都沾亲带故,这场论证还掺杂了非学术的复杂情感,这就使正常论争变得不单纯是关于诗学观念不同的学术论争,还和复杂微妙的人际关系有关。

这场论争的直接缘起,是由并不属于"新月"的梁宗岱和梁实秋引发的。徐志摩曾经邀请对象征主义诗歌颇有研究的梁宗岱给《新月》投稿,但一直没有回音,直到1931年3月梁宗岱给徐志摩写了一封长信,主要谈象征主义诗歌,这让徐志摩大喜过望,就把这封信加了标题《论诗》,登在了1931年4月第2期《诗刊》上。在信中,梁宗岱直言不讳地谈了他读《诗刊》后的感受:"《诗刊》的作者心灵生活不太丰富",年轻诗人缺少生活经验的积累,多数诗歌情感单纯,对生活的开掘只限于浮光掠影的表面现象。对梁实秋在《诗刊》创刊号上发表的《新诗的格调及其他》作了毫不留情的点名批评:"全信只有几句老生常谈的中肯语,其余不是肤浅就是隔靴搔痒,而'写自由诗的人如今都找到更自由的工作了,小诗作家如今也不能再写更小的诗了……'几句简直是废话。"[①]他认为,梁实秋的批评失之武断,"无的放矢""只令人生浅薄无聊的反感而已"。面对这样直接而不留情面的批评,一向心高气傲的梁实秋非常愤怒,梁实秋在《新月》第3卷第10期写了《什么是"诗人的生活"》《论诗的大小长短》,抓住梁宗岱嘲笑小诗太短,自由诗太简单的论点予以反击。梁实秋认为,诗人的生活是否丰富,要看他是否用心观察和体味生活,无须到客观世界里生

---

① 梁宗岱:《论诗》,《诗刊》1931年第2期。

活和到"自己的灵魂里"去寻求，而且因为人的脾气秉性、性格天赋都有差异，不能以诗人生活的丰富与否来评价其诗艺的高低。诗人过的也不过就是平常人的生活，谈什么诗的经验，诗人的灵魂永恒，是"弄玄虚，捣鬼"而已。《新月》《诗刊》成了二梁争论的媒体平台，但很快《新月》和《诗刊》因种种原因停刊了，"二梁之争"并未休止，而且后来牵扯进来的人越来越多，已经不是单纯的"二梁之争"，又加入了胡适、邵洵美、卞之琳等人，论争的问题有"胡适之体""看不懂的文艺"等，这场论争持续时间较长，从1931年一直到抗战开始才告一段落，也没有分出高低胜负。这次争论的问题，和几十年后关于朦胧诗的论争原因和过程都很相像。

关于"胡适之体"的论争发生在邵洵美与胡适、梁实秋之间。本来这场论争已经结束了，但因一个偶然的事件又重燃战火。1936年，新月诗人邵洵美从自己的诗作中精选出25首，出版《诗二十五首》并自己作序。在《诗二十五首·序》里，他提到了目前新诗存在的一些问题，比如，有些人抱怨现在的诗越来越看不懂，就连胡适和梁实秋也在抱怨这个问题（胡适、梁实秋不赞成"新月"向象征主义转向），邵洵美认为："但胡适之与梁实秋所给的，只能作为暂时的药石，而不能作为永久的单方。"本来胡适和梁实秋就反对新月诗向晦涩的现代主义诗歌转向，主张诗歌要明白、平实。邵洵美还在序里对孙大雨、卞之琳、戴望舒的诗歌大加赞赏。而这三位年轻的诗人，正是胡适、梁实秋他们所反对的。邵洵美在自己诗集序言里，一面批评着胡适、梁实秋，一面称赞胡适、梁实秋所反感的"看不懂的诗"，而且还不无揶揄地说："总之，我们懂不懂是一件事，但是我们不能因为不懂而说这是诗人的荒荡（唐）。"言外之意，胡适和梁实秋根本就不懂现代主义，也就别胡乱评说了。邵洵美在这篇自序里显然得罪了梁实秋，梁实秋会寻找合适的时机报复的，在气度上胡适更加大度和宽容，没有多说什么。

到了1937年5月1号《文学杂志》创刊，在创刊号上同时发表了一首胡适的诗，两首戴望舒的诗和四首卞之琳的诗。在发刊词里，主编朱光潜还很用心地评价了这几首诗，并说明了把这几首诗放在一起发表的目的："胡适的《月亮的诗》是给《文学杂志》创刊号的意见宝贵的贺礼。""它和戴望舒和卞之琳两先生的几首近作恰好做一个有趣的对称。读者在无意中常欢迎诗人走熟路，所以新技巧与新风格的尝试难免是向最大抵抗力去冲撞，胡先生曾经勇敢地去冲撞过，戴、卞两先生也还是在勇敢地冲撞。这两种冲撞的意义虽不同，却各有各的意义和价值。"①朱光潜的这段话本无可厚非，在这里，他先是称赞了作为新诗中的前辈诗人——胡适，当年向古典诗歌宣战的勇气，后又勉励现今正在诗坛引领风骚的新崛起诗人——戴望舒、卞之琳，这段话看来既给了前辈诗人面子，又勉励后进，面面俱到，皆大欢喜。但对于胡适、梁实秋来说可能心里不是滋味，1937年6月初出版的《独立评论》第238号，发表了梁实秋化名为"絮如"的读者来信，才导致后来胡、梁上演的一出双簧戏。

这是一封写给胡适的公开信，题目叫《看不懂的新文艺》，在这封信中，"絮如"以中文教师的身份请求胡适先生救救中学生，原因是现在有一部分作家走入"魔道"，写一些大部分人看不懂的诗和散文，这种文风的流行，对很爱模仿的中学生会产生非常不好的社会影响。而"做教师的如果为他改正，他便说这是'象征派'，这是某大作家的体裁"。梁实秋还以卞之琳的小诗《第一盏灯》和李广田的散文《扇上的烟云》为例，指出像这样的诗文就是看不懂的诗文，不点名地讽刺了邵洵美、梁宗岱、卞之琳等人。

胡适在本期的编辑后记里提出两条意见：第一，"絮如"先生反映的问题应引起重视。这些作者之所以写出这种看不懂的诗文，是因为他们的能力太差，才写不出来能让人看懂的诗文。第二，"絮如"先生举的三个看不懂的例子中，《第一盏灯》是可以看懂的，其余两个例子有说服力。最后胡适还特别说明，这是一封用笔名发表的信，刊物的编辑知道作者的真实姓名和地址。

这封信和这段编者后记在文人圈里引起了不小的反响。废名亲自找胡适为卞之琳、李广田鸣不平，为年轻人探索精神和挑战的勇气鼓励打气。周作人也在《独立评论》第214号发表了《关于看不懂》（通讯一），在这篇文章中，周作人批评这位文学教员的无能，因为教员知识浅陋，无能指导自己的学生，才会向社会求救。"盖纠正学生的看不懂的文章教员自有权衡，不必顾虑文艺与批评界的是非，看不懂的新文艺即使公认为杰作亦非中学生所当仿作，翻过来说，中学生随不合写看不懂的文章而批评家也未能据此以定那种新文艺之无价值也。""我想最好的是教育家与文艺家各自诚意地走自己的路，不要互相顾虑，不要互相拉扯。我们最怕的还是中国

---

① 朱光潜：《文学杂志·发刊词》，《文学杂志》1937年5月1日。

教国文的人自己醉心文艺，无论是写看不懂的诗文，或是口号标语的正宗文章，无形有形的都给学生以不健全的影响。"①周作人知道这位化名教员"絮如"就是梁实秋，素来周氏兄弟就与梁实秋恩怨不断，周作人这次也含沙射影地讽刺了梁实秋评价诗歌的标准过于简单，同时也顺便批评了"以标语口号为正宗"的左翼文学，周作人通过这篇文章表达了他对新诗现代化的支持，同时也报复一下梁实秋。

在同一期里还发表了沈从文的《关于看不懂》。沈从文把批评的矛头直指胡、梁二人："适之先生，如今对当前一部分散文作品倾向表示怀疑的，是一个中学国文教员，表示怜悯的，是一个文学革命的老前辈，这正可说明一件事，中国新文学二十年来的活动，它发展得太快了一点，老前辈对它已渐渐疏忽隔膜，中学教员因为职务上的关系，虽不能十分疏忽，但限于兴趣认识，对它也不免隔膜了。"②沈从文认为，中国新文坛会出现所谓"看不懂"的青年作家，说明这些年轻作家在文学创作上具有创造力，他们孕育了进步的种子，开拓了写作的范围，如果文坛的批评者们能更加宽容，对这些年轻作家的成长和中国新文学的发展都是件好事。据当事人之一卞之琳说，这次论争并不像有些人认为的是出于私心而制气，恰恰相反，是出于文学观念的分歧而争论，但在争论中牵出新怨旧恨，言辞过激，有泄私愤之嫌。

这一段小插曲最早出现在新月派内部，因诗学观不同而产生，后来论争扩展到局外人。虽然沈从文批评胡适、梁实秋思想落后，视野狭窄，在当时未免有些负气之意，但细琢磨也很有道理。胡适在文学革命之初，敢冒天下之大不韪，扛起文学革命的大旗，但20年过去了，他的诗学观没有进一步丰富和发展，只用一个标准衡量本该丰富多彩的文学形态，这本身就不符合文学发展的自身规律。梁实秋是新人文主义文学观的积极传播者和推进者，主张在文学创作中应理智节制情感，文学应该反映普遍的人性，他没有系统的关于中国新诗理论构建，但他也不断发表一些关于诗歌理论的文章，时刻关注新诗发展的走向，为中国新诗发展，尤其是新月前期诗歌发展做出了理论贡献。但在后期新月诗歌逐渐向现代诗歌形态的转变中，梁实秋和新月诗人的分歧越来越大，直到后来和胡适一起，以象征

---

① 周作人：《关于看不懂》，《现代评论》1937年第214号。
② 沈从文：《关于看不懂》，《现代评论》1937年第214号。

主义诗歌"看不懂"为理由，引发了一场诗学论争。其实，在梁实秋早期的诗学观中，最反对的就是胡适提出的"诗体大解放""作诗如作文"等主张，虽然他和胡适站在一起反对象征主义诗学观的举动，抛开出于私交的原因（因为是胡适把梁实秋从青岛大学调入北京大学外文系的），更重要的还是他不认同象征主义诗学观。这个分歧的根本，在于新人文主义的文学观与象征主义文学观的冲撞，不只是诗学观不同，更是哲学思想不同。新人文主义文学观相对于象征主义文学观来说相对保守，遵循秩序，节制情感。

以梁宗岱的《论诗》在《诗刊》上发表而引起的这场关于象征主义诗歌的讨论，让新月诗派前、后期诗学观的分野更加清晰和明朗。就像"新月"前期诗人超越他们那时所面对的强者诗人胡适、郭沫若、俞平伯、康白情等人一样，"新月"的新生代要想超越名望极高的流派内部的强者诗人，建立自己诗学观和诗歌表现形态，不可避免地就要否定甚至超越新月内部的强者诗人及摆脱流派内部的影响焦虑。"新月"新生代诗人中的卞之琳、孙大雨（虽然前期也参加"新月"诗歌活动，但很快就出国留学，回来后成为新生代诗人的重要代表）、邵洵美、叶公超等在诗学观上更亲近西方象征主义诗学观，对新月前期介于浪漫主义和古典主义之间的诗学观逐渐扬弃，直到这场论争的爆发，使后期新月诗派内部诗学观的差异越来越大，最终彻底分离出一部分诗人，成为中国30年代现代派诗人的领军人物，如戴望舒、卞之琳、何其芳等。从新月诗派的浪漫主义、古典主义、唯美主义诗学观到现代派象征主义诗学观这一变化，是中国现代新诗的进步。它让中国现代诗歌的形态越来越丰富，表现手法越来越多样化，任何一种诗学观都没有完全被取代而从此消亡，浪漫主义、现实主义到现在也还是诗歌中重要的表现形态之一，即便是后期新月的诗歌逐渐向象征主义转变，也还有一部分诗人坚守着浪漫主义和古典主义诗学观，形成浪漫主义、古典主义、象征主义多元并存的格局，甚至在一个诗人笔下，会出现这三种形态并存的事情，如闻一多、徐志摩、陈梦家、饶孟侃等。

第三章

新月诗人群的文化身份

影响文学流派形成的因素很多,其中有三个必备的基本条件:首先,要有一个或几个文学成就非常突出、有影响力和感召力的作家,其作品显示出独创的艺术风格,与同时代的其他作家相比,风格独特,成就突出,影响很大,引人追逐,形成以其为核心的创作群;其次,具有相似的政治理想、文化倾向、艺术趣味和共同的理想追求;最后,有以社团为中心或某一报刊为聚集地,有组织、有纲领、有创作实践和发表作品的阵地。

"五四"时期是现代文学流派最集中出现的一个时期。这与当时社会矛盾激化、思想大解放和文化大转型的时代背景密切相关。"五四"时期正是整个社会的政治、经济、文化以及价值观念大激荡、大变革时期,社会思想空前活跃。时代的先觉者认识到,通过文学作品表达政治见解或文化主张虽然比较迂回,但却是有效并安全的方式。一些学者、思想家、文学家想通过文学表达,实现更深层次的文化思考。常言所谓的"物以类聚,人以群分",一部分有相近文学理想的人聚拢在一起,形成文学社团或流派。纵观"五四"的文学社团和文学流派,文化身份认同和文化构建过程中主观选择的相似性,也成为"五四"文学社团和文学流派形成的一个重要参考值。

一 文化身份与流派生成

按照福柯(M. Foucault)的说法,身份是被社会权力以及其知识规约化的自我性。作为身份主要内容的文化身份有多重定义。文化身份(cultural identity)又可译作文化认同,最基本的含义是指文学和文化研究中的民族本质特征和带有民族印记的文化本质特征。对于文化身份的理解,有两种基本意见：一种是本质主义的，追求"本真性"，一般和民族、国家等概念联系在一起的民族文化身份，认为文化身份一旦确立，就不容易变更，是个人、群体、民族在与他人、他群体、他民族比较之下所认识到的自我形象；一种是非本质主义的，认为文化身份是一个动态过程，时刻处在"拿来""借鉴""吸收""被塑造"的流动中，是处于一种不断建构着的未完成状态，更具有包容性或者多元文化色彩。哈马斯（J. Hamers）认为："复杂文化结构整合进入个体人格，并与之相结合就构成个体的文化身份。"[1]他强调指出，个体文化身份是人类个体社会化的结果，是人在社会化过程中从儿童期开始逐步形成和发展的一种动态机制，并会受到社会和心理时间的影响而不断改进。英国文化理论家霍尔认为，文化身份并非固有属性，而是在环境作用下不断定位的结果："文化身份既是自在的，也是自为的。它属于过去，也属于将来。它来自某处，有其历史，但它同任何历史性事物一样，经历着不断的变革。文化身份远非被永久地固定在一个本质化的过去，而是受制于历史、文化和权利的持续作用力。"[2]本书采用第二种对文化身份的界定标准，从动态的、不断构建的文化身份，考察新月诗派诗人由于文化身份处于不断构建的动态过程里，自身的文化归属和文化认同也随之变化。新月诗人群大概一致的欧美文化身份，影响到新月诗学观的形成，并成为新月诗派表征独特性的深层文化依据。

从文化身份他者角度看，包括自我认同的文化身份和外部认同的文化身份。这两种身份共同作用，才能构成某个群体的文化身份。个体自我认同的文化身份在其动态机制形成过程中起主要作用，这就预示个体文化身份的发展变化性以及建构性，使文化身份具有了多元性的特点。个体对于自身以及他人文化身份的认知与生俱来，并受到个体所属以及周边文化群体普遍价值观念的影响。

文化身份包括文化认同与文化建构双层含义。文化身份不是一成不变的，而是随着个体经历不断丰富，处于不断构建的动态状态。文化认同主要是对传统文化核心价值的认同；文化建构也只有在不脱离文化核心价值的前提下，才可以被称为本民族的文化建构。本书借用文化身份和文化构

---

[1] Hamers, Josiane & Michael Blanc, *Binguality and Bilingualism*（Cambridge: Cambridge University Press, 1989）, p. 116.

[2] Lowe, Lisa, Immigrant Acts—On Asian American Cultural Politics（Durham and London: Duke University Press, 1996）, p. 64.

建这两个概念，从文化层面挖掘新月诗派生成的文化原因，文学流派一旦形成，它的内在复杂性往往会被整体文学风格和统一的文学主张所遮盖，人们看到的是文学流派集体的、外在的面貌，而本书从文化的角度着重探讨文学流派生成的原因，因为新月诗派属于同人性质的文学流派，相似的文化选择是流派形成的基础，而文化身份、文化认同是最基本的文化符号。文化身份的第一重含义是它的本质属性，即"某一特定的文化所特有的、同时也是某一具体的民族与生俱来的一系列特征"，对于新月诗人来说，不存在本质属性的不一致性。他们同根同族，使用汉民族语言，接受汉民族文化，本质属性是一致的。文化身份的另一重含义是"文化构建"，是在文化认同基础上的一种新的文化结构过程，它是变化的、动态的、关联的，相互影响、相互制约。本书从这一角度探讨新月诗人相似又各不相同的文化身份，不同的文化因素是如何构建他们的文化身份，并彼此认同，形成新月诗派的。

一个社团流派从它酝酿、产生、发展到结束，一定是诸多文化因素遇合后，相互作用，相互渗透，相互影响，形成蕴含着复杂文化因素的群体，社会、政治或文学单极层面不足以解释某一流派的复杂性。新月诗人群有着相同的本质性文化身份，由于各种因素的相互作用，他们在自身文化构建中，尽管是相互独立的个体，但在面对文化转型的特殊时代，他们形成了相对一致的文化价值认同。对待中国传统文化的态度同文学研究会和创造社比起来，有相对的保守性，也正是这样的保守性，才使他们在很长一段时间里，选择了倾向于古典主义的诗学主张。同时，由于新月诗人大多数是由留学英美派和亲美式教育的清华学校学生组成，在接受外来文化影响的文化构建中，形成了相似的文化价值观，这是他们独特诗学思想的基础。如果一个人在群体中能够获得认同感和归属感，就会和群体中的其他成员形成共有的价值心理和价值观念，文学观念的形成和选择同样也如此。

新月诗派是由新月社衍生出来的诗歌流派，新月社和新月诗人之间有着一脉相承的承继性。考察新月诗人群文化身份，就要把新月派文化思想作为其研究背景。新月社是以自由民主为核心思想的松散流派，其中有一些成员热爱文学，如胡适、徐志摩、梁实秋、陈西滢、林徽因、凌淑华，他们的文学审美价值和文学社会价值取向基本趋同，追求纯文学性和对个人性情的抒写，注重不同文体的形式感，如格律诗主张的提出等，但没有形成系统的文学理论。

二 新月诗人的文化身份

(一)新月诗人文化身份的同一性

从流派特点看,新月诗人大多属于"欧美留学帮",与文学研究会、创造社、语丝社相比,他们受西方文化的影响更直接也更深入。因此也常常使人产生一种错觉:与其他流派相比,新月诗派西化得比较彻底,经过对个体诗人文化身份和整体诗派的文化构建的深入分析,会得到一个相反的结论:比较文学研究会和创造社诗学观的西化程度,新月诗歌在形式上对西方的借鉴相对保守,精神上更亲近西方。他们的诗学观是建立在完全西化的基础之上的。"文化及其产生的美感并不因外来的'模子'而消失,许多时候,作者们在表面上是接受了外来的形式、题材、思想,但下意识中的美感范畴仍然左右着他对于外来'模子'的取舍。"①传统文化是个稳定系统,对于每一个独立的个体来说,本土文化是与生俱来的民族记忆,就像人的潜意识,它已经成为直接的思维方式,新月诗派在传统本土文化继承这方面,同样有相同的民族文化记忆。

从知识结构角度看,"五四"文学家的知识结构不同于任何时代,他们是承受西方文化冲击和接受西式教育的第一代,也是受到中国传统国学教育最完整最系统的一代人,因此这一时代出现了很多学贯中西融古汇今的文学大家。新月诗人的知识结构与其基本相同,有深厚的国学功底,多数人出生在诗书传家的书香世家,家庭的耳濡目染和严格的私塾教育,为他们打下了难以消磨掉的传统文化记忆。扎实的国学教育,使他们中的许多人在古典诗文方面积淀丰厚。

徐志摩出生在一个家境殷实的富商之家。据陈从周编的《徐志摩年谱》记载:"徐氏从周朝直到现在,代有名人。汉讳稚,晋讳广,唐讳陵,五代讳崇嗣,南唐讳铉,讳锴,均世居汴梁。宋南渡时迁江南,至六世孙讳彦明为嘉禾令,由姚江迁海盐的丰山里,是谓武原徐氏。彦明弟彦英,迁平湖的大易乡,是谓当湖徐氏。彦明六世孙讳显迁黄道湖,是谓黄道湖徐氏,花巷里徐氏是其中的一支,再分衍出来而为硖石的徐氏。"徐志摩

---

① 叶维廉:《寻找跨中西文化的共同文学规律》,北京大学出版社1986年版,第17页。

的上辈，与海盐县蒋家、查家都有亲戚关系。著名军事家蒋百里是他的表叔，著名作家金庸（查良镛）是他的表弟。徐父徐申如可以被称作是既有经济头脑又有文化的开明儒商，他对独子的期望甚高，在徐志摩四岁时就在自家私塾请先生开蒙。徐志摩聪慧过人，曾被誉为"神童"。待到徐志摩长大成人，其父又出重金让徐志摩拜梁启超为师，使儿子年纪轻轻就能够进入中国最高层次最核心的知识分子圈，广结名人，积累人脉，为今后的发展拓出广阔的空间，奠定了他在文化界的地位。显赫的家族背景，传统的教育模式，开放的思想等为徐志摩最终成名创造了得天独厚的条件。

新月诗人中最迷恋中国文化的是闻一多。他出生在屈原的故乡湖北浠水县巴河镇的一个乡下。浠水是古之楚地，屈原在那里受到神一样的尊敬和爱戴，闻一多从小在这方人文精神的浸润下，极为崇拜屈原，屈原的爱国思想深深地影响着他，他不仅在诗歌创作上深受屈原浪漫主义诗风的影响，中年以后，他还选择屈原作为他的研究对象，可见，他对屈原和中国传统诗学文化的热爱，有着很深的地域文化渊源。

闻一多的家世在浠水县也是名门望族，书香门第，历史上出过不少文人，其中最值得闻家骄傲的人物就是文天祥。关于闻家有这样的传说：宋代抗击倭寇的大英雄文天祥被奸人所害，将要被满门抄斩，在大难降临后，为保住文家的后代，文家就有人改姓"闻"，从此在江西隐藏下来，后又有人迁徙到湖南浠水，闻家就是文天祥的后代。这个传说虽无法考证是否属实，但闻一多相信这是真的，而且文天祥的"自古人生谁无死，留取丹心照汗青"的爱国思想和无畏精神，深深地影响着闻一多。

闻一多的父亲闻固臣和徐志摩的父亲徐申如一样是个开明乡绅，他接受梁启超的改良思想，赞同变法维新，拥护民主和自由。这样一个开明的家庭，闻一多一面从5岁开始就接受传统的启蒙教育，一面接受算数和外语这些新知识，这对一个生长在乡野的孩子来说，非常难得，他的视野要比同龄的孩子宽阔很多，为他后来考取清华学校做了准备。闻一多在清华学校读中学时，就表现出对中国古典文化的偏爱，尽管那时正值"五四"时期，中国古典传统文化被激进的新文化革命者看作是中国思想革命的绊脚石，必须加以彻底批判并被推翻。但闻一多坚持自己的看法，积极学习并在同学中推广中国古典文化，为此还成立了"课余补课会"。闻一多曾任校报《清华周刊》的编辑，开辟"二月庐"专栏，在他的文章里，可以看到16岁的闻一多读书广博，史书、诗集、诗话、笔记都有。在古代文化典籍中，闻一多偏爱中国古典诗词，尤其对古诗词构思和独创性方面特别注意。他在清华时常有旧诗发表，最著名的是那首《提灯会》。闻一多不仅读诗写诗，他还对中国古代典籍有着自己独立的思考，绝不人云亦云。闻一多在清华学校的所作所为，不是学校的课业安排，而完全是出于自己的兴趣爱好。加之他有扎实的国学功底，浓厚的研究古文化的兴趣，这为他日后文学思想的形成，文学审美价值和社会价值观的建立，打下了坚实的基础。

诗人朱湘，是著名理学家朱熹第35代传人。朱湘的五世祖，在弥陀寺做郎中，既开药铺，又治病疗伤，悬壶济世，家境富庶。朱湘之父朱延熙，是清代光绪丙戌（1886）年的翰林，钦赐进士，后历任江西学台、湖北盐运使、湖南按察使等职。朱湘出生在书香世家，从小聪明伶俐，饱读诗书，从他日后的诗作中可见，他骨子里有强烈的古代传统文人气质。朱湘自称是嫡生的中国诗人，确实，他的思想、审美情趣、创作原则都是纯中国化的，中国几千年的文化传统造就了诗人朱湘。正如女作家苏雪林评论的那样，朱湘"善于融化旧诗词，旧诗词的文词、格调、意思他都能够随意取用而且安排得非常之好"[①]。

前期新月的重要诗人，在他们的童年和少年阶段，尽管有各自不同的家庭背景、生长环境、知识背景、兴趣爱好，但有着大致相同的教育模式和文化习得的知识来源。首先就是他们的家庭背景有相同的地方。几位主要诗人都出生在书香门第，家境殷实，这让他们在很小的时候就能在家里享受私塾教育。当时的私塾教育虽然没有统一的标准，也不像现在有统一的教学大纲，但每个私塾所讲内容并无多大差别，无非就是《百家姓》《千字文》《诗三百》、四书五经等，这些刻板机械的教育虽然不尽科学，填鸭式的教育，强行给受教育者灌输了超稳定的文化符号，和相对一致的思维方式。这些文化符号代表着一个民族的原始文化印记，它对诗人们后来的影响可能是间接的、隐蔽的，但在合适的时候就会变成一股强势，影响诗人的文化审美价值选择。

其次，开明民主的家庭教育观念。这些诗人在青少年成长时期，父母教育的开明和民主，使他们比同龄人有更多的机会接触新鲜事物，接受更先进更超前的教育观念，培养了他们开放的胸襟。徐志摩的父亲是位开明

---

① 苏雪林：《论朱湘的诗》，《青年界》1934年2月第5卷第2号。

乡绅，不仅自己能积极接受新鲜事物，还对子女的教育很有远见，总是未雨绸缪。他费尽周折让徐志摩拜梁启超为师，送儿子出国留学，这些举动不能不说是有远见的父亲所为。闻一多的父亲虽然住在偏远的浠水，但思想开明，积极接受梁启超的改良思想，并在私塾中加开算术和英语，在孩子很小时鼓励他们出国留学，从遥远的湖南浠水送儿子到可以留美的清华学校读书，这些举措足见作为父亲的远见。梁实秋的父亲也是如此，能送他到留美清华学校读书，并为实现孩子的愿望自费为他出版《〈冬夜〉〈草儿〉评论集》。这几人的家庭都是既传统又开放的家庭，相对于大多数传统中国家庭而言，父亲的开明、开放以及民主思想，对孩子成长的影响极大，日后在他们对待传统与现代的关系的处理上，不会很激进和极端，他们为人处世的方式往往比较中庸。因为他们自幼都受到非常扎实的传统的中国式教育，但又不囿于其中固步自封，他们也会以开放的态度迎接新的文化，但一般不过度，不激进，往往能在新与旧之间找到一个平衡点。

最后，家学渊源深远，诗书传家的文化背景。他们以这样的家世背景为自豪，更使后辈不会轻易抛弃固有的优良传统。闻一多家族以文天祥为傲，朱湘家有朱熹先贤的荣光，徐志摩家族虽谈不上名人辈出，也是世代儒商。儒家的中庸思想和"达则兼济天下，穷则独善其身"的入世和出世思想，已经深入他们的骨髓。儒家传统文化是身心性命之学，也是中国知识分子的生存方式。闻一多在对新诗体制建立的过程中，始终没有表现出如胡适和郭沫若那样的热情，他对全面割舍中国传统诗歌文化，一开始就表现出怀疑和小心。他没有轻易切断传统诗歌文化的流脉，而是尝试性地在自己的诗作中融入新诗因子，他诗中使用的主要意象大多还是十分传统的中国意象。这在下文中将有详细阐释，在此不复赘言。这些对新诗体制建设中表现出来的怀疑和后来新诗格律化的提出，看似和他们的家学渊源离得较远，扯不上什么关系，但从发生学的角度挖掘，这就有着必然的内容联系了。

文化身份除了本民族所特有的文化标记外，文化身份的构建是个不断变化的动态过程。文化个体除了接受本民族的文化教育之外，在主动接受知识的过程中，对知识的种类、民族、国别有选择权，尤其在面对多元文化形态时，文化主体的选择一部分来自身处的文化环境，如在国外留学或在教会学校读书，其中对异国文化的接受一部分是被动的，不得不为之的行为。还有一部分是文化主体根据自己的兴趣和需求，选择除本民族文化以外的外来文化，构成文化身份建构的另一组成部分。

从文化接受类型看，有学者把现代文学流派对外来文化的接受分为三大文化圈①：欧美文化、东亚文化、苏俄文化。从文化历史的接受角度看，新青年社、新潮社、学衡派、弥洒社、新月派、现代评论派、论语派、象征诗派、现代诗派、九叶诗派等可属于欧美文化文学社群。新月诗人徐志摩、闻一多，理论家梁实秋都在美国取得硕士或博士学位，在留美期间他们不但接受了西方社会的民主、科学精神，同时还吸收了西方的浪漫主义、新人文主义的文学观，在生活方式上他们接受了西方的绅士文化，这些外来文化与他们自身所拥有的本土文化和传统文化，在他们的诗学思想形成过程中相撞击、分解、融合，从而形成自己的新诗文化符号体系，在如何对待传统诗歌文化和范式，如何创建新诗诗学体制的思考中，新月诗派试图寻找到一条中西诗学融合的新途径。

（二）新月诗人文化身份的杂糅性

徐志摩、陈梦家、饶孟侃、孙大雨等人的文化身份更多地展现出中西文化冲突、交融后所呈现出的文化身份的"杂糅"一面。他们没有像闻一多、朱湘那样对西方文化、美国文化表现出敏感的警惕性，大部分是积极主动地欣然接受。他们思考问题的方式、思维习惯越来越西方化。尤其是徐志摩，对待西方文化、思潮、文学，对美国的政治制度、民主制度几乎完全认同，甚至有时让人感到他的盲目崇拜。这也是他后来一直被左翼文学排斥的一个重要原因。我们从徐志摩的诗文、日记、信件、论文等文献中，很难看到像朱湘一样仇视西方文化的记录，他无论在美国还是在英国，都能很快结交当地文化名人、知名学者教授、著名作家等，出入于他们的书房或客厅，并享受到异域文化的新鲜，特别是给他带来的巨大快乐。在给父母的家信中，他表达过这样的喜悦："更有一事为大人所乐闻者，即儿自到伦敦以来，顿觉性灵益发开展，求学兴味益深，庶几有成，其在此乎？儿尤喜与英国名士交接，得益倍蓰，真所谓学不完的聪明。儿过一年始觉一年之过法不妥，以前初到美国，回首从前教育如腐朽，到纽约后，回首第一年如虚度，今复悔去年之未算用，大概下半年又是一种进

---

① 杨洪承：《文学社群与多元文化——现代中国文学社群文化类型初探》，《山东师范大学学报》1998年第2期。

步之表现，要可喜也。"这在上文中已有详尽论述。尤其值得注意的是，徐志摩对在剑桥大学的幸福时光回忆的那段著名描述，它被很多人反复引用以证实徐志摩对西方文化的高度认可："我不敢说康桥给了我多少学问或是教会了我什么。我不敢说受了康桥的洗礼，一个人就会变气息，脱凡胎。我敢说的只是——就我个人说，我的眼是康桥教我睁的，我的求知欲是康桥给我拨动的，我的自我的意识是康桥给我胚胎的。"①"我的眼"是指认识世界的方式和方法，是人生观和价值观；"我的求知欲"是指探索世界，探索人类，认识自己的好奇心、探索欲；"我的自我意识"是指重新审视自我，对自我需求的确认，对人生意义、价值的确定等。徐志摩完全肯定了西方教育思想教育体制。不仅如此，徐志摩在生活方式上也迷恋西方的绅士生活，他天分极高的艺术造诣，对生命真谛的执着追求，潇洒而友善的为人处世的方式，既有旧学的功底更有新派风采的文人形象，学贯中西，不失雅致的逸闻奇事，这些让徐志摩无论在美国还是在英国的社交界都很受欢迎，结交很多外国文化名人，有的成为终生挚友。徐志摩的文化身份有着斑驳的色彩，具有多种文化的杂糅性，在不同的时期，他身上所体现出的文化身份的主要倾向性也会有所差异。

从本土视角看，文化身份既有主流的文化身份，又有非主流的亚文化身份。本土文化身份主要包括国家身份、民族身份、地域身份和语言身份。在留学期间徐志摩的本土文化身份是：他是一名来自中国的留学生。使用的母语是汉语，拥有扎实的汉文化旧学功底，留学期间他的第二语言是英语，主要以西方政治学、经济学为主业。在留学时期徐志摩的文化意识中，"汉文化"已经不是"此时此地"的他的主要文化形态，而是屈居亚文化形态。徐志摩所学专业是政治学，他的文章很多都涉及政治、经济、文化等方面，在中西文化比较中徐志摩更倾向于西方的民主政治，他使用英语和英语思维，主要精力投放在对美国政治、西方政治文化的学习与接纳中，在学习过程中他也会不断在中美、中西之间的文化和政治制度、经济制度、妇女地位等各方面进行比较。他对美国和西方文化的认同感要远远高于闻一多、朱湘等人。在这个问题上，徐志摩和闻一多、朱湘最大的区别在于，闻一多和朱湘在接受美国教育时，没有把美国文化和西方文化

---

① 韩石山编：《吸烟与文化》，《徐志摩全集》第 7 卷，天津人民出版社 2005 年版，第 331 页。

作为自己的主要文化意识形态，在骨子里他们是拒斥的。闻一多甚至不把他所学的美术专业，当作是以后回国将要从事的事业来对待。他在美国的大部分课余时间都用于对中国古典文学，尤其是对唐代诗人的研究中。在求学期间参加大江会的民族文化性质的社团活动，更进一步说明他对待西方文化的复杂心态。闻一多和朱湘在留美期间虽然也使用英语，英语成为他们的主要语言身份，但在文化形态方面他们不像徐志摩转换得那么快，从以本土文化为主要文化形态，很快就转换为以西方文化为主流文化形态。闻一多、朱湘还是以传统中国文化为主流文化形态，这是他俩与徐志摩在对待中西文化方面的根本差异。

　　回国后的徐志摩已经形成相对稳定的文化意识，在政治上主张民主政治、议会制，强调人权和言论自由；在个人价值实现方面追求尊重自我要求、尊重生命需求、不干预他人自由，张扬个性；把对美、自由、爱的追求作为生命的终极理想；在生活方式上更倾心于西方化，住洋房，吃西餐，喝咖啡，广交朋友，不定期举办文化沙龙，等等。无论从精神生活还是到物质生活基本上是西方化的，但在中国本土生活工作又使他的文化身份中的主流文化转换成本土文化形态，汉语母语成为他的语言身份。撇开他的诗歌创作暂且不谈，他面对的社会问题都是中国的社会问题，对于这些问题的看法和主张虽然和他形成的西方价值观不可分割，但毕竟是中国本土问题，所以回国后徐志摩的文化身份比较难以界定和阐释得清楚，甚至是不可能说清楚的事。中西文化的杂糅给他的文化身份抹上了驳杂的色彩，所以才会有徐志摩反对无产阶级文学，反对文学的阶级性，但他还是积极主张把空想社会主义的构想在现实生活中加以小范围的实现，在言论上支持苏联布尔什维克政权的建立，他也不理解为什么泰戈尔访华会遭到激进大学生的强烈反对，西方民主自由的价值观遭遇中国复杂国情时，徐志摩的政治理想变得难以实现，可这也没有影响徐志摩对这一价值观坚持的决心。

　　以上从新月诗派诗人个体情况的角度，考察了其中具有代表性的诗人徐志摩、闻一多、朱湘的文化身份，显示出每一位诗人由于家庭出身、教育背景、兴趣爱好、天分个性等因素的影响，呈现出多姿多彩的绚烂姿态。但文学流派是群体性的社会结构，虽然每一个流派的形成多数不是先命名后有流派的，它的形成特点常常带有非理性和非自觉性的特点。郁达夫在《中国新文学大系·散文二集·导言》中说："文学上的派别，是事过之后，旁人（文学批评家们）替加上去的名目，并不是先有了派，以后大家去参加，当派员，领薪水，做文章，像当职员么么的。"这种说法虽然不能概括所有文学流派的形成，却也说明了文学流派的形成多数是属于非自觉的、无理性的。但群体一旦聚拢，成员之间的文学观念会相互制约，趋于自觉和理性。因为文学流派呈现的态势相对松散，成员的文化身份会受到很多文化信息的制约，文化信息包括哲学文化、政治文化、伦理文化、宗教文化、艺术文化、审美文化、区域文化诸多信息，每一个成员的文化信息构成也是不同的，所以尽管他们共同归属于某一个文学群体或文学流派，但他们的文化身份还是会呈现出差异性、多层性、错综性、多元性、变动性和逆反性。也正因为如此，在同一流派中才会有不同风格的文学作品出现。因为每一个成员在面对多层次的审美需求和强大的思想诱惑面前，在文学观念和表现风格的选择上有先后之分、层次之分、取舍之别。徐志摩是"五四"知识分子中被西方化的典型，闻一多和朱湘则更认同中国文化传统，陈梦家早期受西方基督教影响较大。尽管他们有不同的文化选择，然而在新诗格律化的诗学观念和实践方面的认识则是趋同的。

　　作家个体文化身份尽管各不相同，他却一定和主流文化形态有一致性。他与主流意识或集团意识有着千丝万缕的联系，"他的整个意识都是与他所属的那个集团相联系的。因此，每个个体都是一个混合体，一个与其集团内其他成员相联系的一种不同建构过程的源头"[①]。既然流派中的每一个人都是一个文化混合体，他们在文化认识层面就存在交叉部分，而这部分交叉，就是这个群体或流派所共有的特征。对于新月诗派的诗人来说，文化身份中除去"中国人"这一共有的文化身份固定不变外，他们还有一个共同的文化身份——"亲欧美派"。其主要人员大都有留学欧美的经历，没有留学欧美的人也是在清华留美预备校接受美式教育，对欧美文化的认同感较强。提倡"人权""自由"，注重个性自主，强调人有理性能力去改变人类的环境，在政治上既反对国民党的专制统治，又反对共产党的武装革命，注重以学理启蒙而达到改良社会的目的。他们在一段时间里形成了一股政治力量。1931年5月3日上海《民报》刊登的一篇文章认为：中国目前三种思想鼎足而立，一是共产党；二是"新月"；三是三民主义。"自由主义"是"新月派"共同的思想基础。

---

① ［法］吕西安·戈德曼：《文学社会学方法论》，工人出版社1989年版，第62页。

在价值取向上，坚持独立的知识分子人格，以自由者的身份参与政治，追求独立、公正、客观。在文化上，他们主张摆脱传统的思维模式以适应世界的变迁，理性处理中国传统文化与以西方为代表的现代文化的平衡关系，从而建立一种新的中国文化。新月诗人中虽不全都热衷政治，但他们中的灵魂人物徐志摩和闻一多的文化主张、政治见解在很多方面都十分一致。

新月诗人们的文化身份是在中西文化撞击下杂糅的文化身份，这个群体的稳定文化身份是本民族的汉语文化身份，具有"同一性"和"质的规定性"，那就是民族本质特征和带有民族印迹的文化本质特征。正如本章开头部分所论述的那样，他们接受几乎相同的中国旧式传统教育，有深厚的"国学"基础，其家庭都重视教育，这些因素可以使他们具有文化身份的"同一性"和"质的规定性"。但文化身份又是不断解构原有文化和构建新的文化模式的动态过程。新月诗派的诗人们正处在中国文化转型的大背景之下，西方文化以强劲的姿态涌入中国，冲击着中国僵化的传统文化，求新求变的改革思想和拯救民族的责任感让中国的年轻人对西方文化有积极的认同态度，他们在接受西方文化的过程中也不断调整着自己，对待西方文化也都经历了一个盲目崇拜，全盘接受到审慎反思、有选择的接受、有警觉的抵制等过程。

民族文化中总有超稳定的坚不可摧的部分。新月诗人们在接受西方文化、文学、诗歌影响之前，他们已经具备了相当坚实的汉民族文化基础，构建起了稳定的汉民族文化身份。在接受外来文化影响后，他们同"五四"时代的知识精英一样认同只有接受西方文化才能改变。正是先有认同才有了后来的主动接受、引进、传播。可以说，他们是带着惊喜，主动积极地迎合西方文化和技术手段的，但在植入本土诗歌的过程中遭遇了本土诗歌从文化到语言的异化、挪用、扭曲、差异的抵抗。尽管诗人们对摆脱传统审美境界和语言模式的束缚有着强烈诉求，把西方诗学作为反拨传统流弊的工具，但新月诗歌却是所有新诗流派中保存传统因素最多的一个流派。他们还是无法克制地把中国传统诗学作为其核心基础，如诗行工整，韵律和谐、物我和一、天人合一、情景交融等。为什么摆脱不掉旧诗的束缚？其实，任何一种新的文化观念的移植都不是绝对纯正的，接受外来文化的过程是一个"模拟"过程，"模拟"的结果不是创造了一个绝对全新、绝对纯粹的概念或理论，而是"伪装"；它不是本质的改变，而是技术操作。用拉康的话解释就是,"它不是一个背景相协调的问题,而是一个针对杂色斑驳的背景——把自己也涂上斑驳的颜色的问题——正像在人类战争作用的伪装的技术"。新月诗人们提出的"新诗格律化"这一诗歌理论,其理论背景是白璧德的"新人文主义",最显著的是继承了这一理论中的"理性""秩序"主张,对格律的要求也受启发于英美现代格律诗。尽管从理论根据上都得益于西方的理论和技术,可读者在阅读新月诗人们的诗作后所获得的第一感觉仍旧是,它们"很中国""很传统",新格律诗理论主张中所强调的"理性""秩序""音组"还是用中国画的方式传达出来的。模拟的最终结果不过是个"伪装品",即西方化的中国新格律诗在其西方化的面具之后并非是纯粹的中国式的诗歌形式了,它是被改写和挪用的西方化的中国现代新格律诗。可见,无论新格律诗文论接受了何种程度的西化影响,它还是存在着中国传统诗歌超稳定的成分。

(三)新月派诗人的宗教情结

新月诗歌中有一部分内容是反映基督教文化的。这部分诗歌虽不是新月诗歌的主体部分,但因为在新月骨干诗人闻一多、徐志摩、陈梦家等人的诗中都多次出现过,尤其是在陈梦家的诗中,基督教文化的色彩更浓重,这引起了研究者的注意。基督教是西方政治文化的根基,在西方文学艺术中蕴含着大量的基督教精神,不了解基督教文化,很难真正理解西方文化。所以很多人都认为《圣经》是理解西方文化和艺术的密码,既是了解西方文化的前提,也是认识西方社会的背景。基督教对西方艺术家的心理性格、创作素材选取、艺术形式的表现、语言风格的形成、艺术手法的运用诸多方面都产生了深刻的影响。西方文学中的许多经典之作,无论是诗歌、小说、戏剧、散文都和《圣经》密不可分,且不说和《圣经》故事相关的文化背景,就是大量《圣经》中的引句和典故,读者若没有一些关于《圣经》的知识,也不能彻底理解那些作品。"五四"知识分子在接受、吸纳西方文化的同时,必然要触及基督教。陈独秀主张中国的知识分子"直接去敲耶稣自己的门,要求他崇高的、伟大的人格和热烈的、深厚的情感与我合一"[1]。基督教对"五四"那一代知识分子都产生过或多或少的影响。

---

[1] 陈独秀:《基督教与中国人》,《陈独秀学术文化随笔》,中国青年出版社1999年版,第180—181页。

在现代文学诸作家中，与基督教有着直接或间接联系的作家有很多："许地山(燕京大学)、冰心(北京贝满女中、燕京大学)、庐隐(北京女子慕贞学校)、张资平(广东广益中西学堂)、郁达夫(杭州之江大学预科、惠兰中学)、徐志摩(上海浸信会学院——沪江大学前身)、林语堂(福建龙溪铭新小学、厦门寻源书院、上海圣约翰大学)、周作人(日本立教大学—三一学校)、赵景深(安徽芜湖圣雅各小学)、陈梦家(燕京大学)、萧乾(北京崇实学校、燕京大学)、施蛰存(杭州之江大学)、胡也频(福州基督教会中学)、余上沅(武昌文华书院)、熊佛西(汉口圣保罗中学)等。通过《圣经》等途径接受基督教影响的作家有：胡适、鲁迅、郭沫若、徐志摩、茅盾、冯文炳、曹禺、艾青等。有直接出生在牧师家庭的：林语堂、陈梦家等；皈依过基督教的：冰心、许地山、老舍、陆志韦、苏雪林、庐隐；有通过自学或研究《圣经》获得的：胡适、鲁迅、郭沫若、茅盾、徐志摩、曹禺、冯文炳、艾青。"①基督教文化成为他们在写作与言论中汲取西方文化的重要思想资源，但真正笃信基督教或理解基督教教义的却为数甚少。在"五四"时期的文学作品中，出现大量或表现基督教教义，或取材基督徒生活，或表现基督教精神，或运用《圣经》典故的作品。在作品中上帝、耶稣、圣母、基督、天国、炼狱、忏悔、祈祷、天使、撒旦、洗礼、福音、十字架、伊甸园、原罪、耶路撒冷、圣地、替罪羊、宁馨儿等基督教用语常常出现。诗人们尤其喜欢使用基督教教义中的故事或人物作为诗歌的常用意象。周作人比较早地发现《圣经》文学与新文学之间的关系："我记得从前有人反对新文学，说这些文章并不能算新，因为都是从《马太福音》出来的；当时，觉得这话很是可笑，现在想起来反要佩服他的先觉，《马太福音》确是中国最早的欧化的文学的国语，我预计它与中国新文学的前途有极大极深的关系。"②周作人意识到新文学与基督教有关，主要关注的是基督教文学与新文学之间的关系，许多的作家对基督教教义本身并没有更深入的研究和领会。在新月诗派诗人中与基督教有较为密切的联系，并对诗人的思想情感或审美表达产生重要影响的诗人有：直接出身于宗教家庭的陈梦家(浙江上虞牧师家庭)；接受过教会学校教育的徐志摩(上海浸信会学院——沪江大学前身)；曾经皈依过基督教的闻一多、陆

---

① 许正林：《基督教与中国现代文学》，中国知网，博士论文数据库。
② 周作人：《圣书与中国文学》，《小说月报》1921年第21卷第1号。

志韦。基督教思想从不同侧面给诗人以不同的影响,这在诗人的作品及他们的日常生活中都留下了印记。

1. 陈梦家与基督教

新月新生代诗人陈梦家以其过人的才情,深得闻一多和徐志摩的赏识。他是新月派后期最活跃最重要的诗人,写诗仅7年时间,出版了三本诗集:《梦家诗集》《铁马集》《梦家存诗》,共收101首诗。陈梦家1911年生于南京一个牧师家庭,作为一个牧师的儿子,虽然没有直接皈依基督教,成为一名基督徒,但因为从小生长在这样的家庭,宗教的浸染和熏陶是不可避免的。1932年大学毕业后,他又在燕京大学教师刘延方的引荐下,到燕京大学神学院进修,使陈梦家从哲学、伦理学、文化学等方面更深刻地认识了宗教。对基督教虔诚的信仰内化成修养,使他从中获得智慧去思索、感悟生命的真谛。

陈梦家的诗歌安静、质朴、率真。基督教精神弥散在诗歌中,成为一种精神的指向和修行向往,成为不可企及但决不放弃的境界。他的好友方玮德对陈梦家诗歌中的宗教精神有非常明确的表述,他在《铁马集》序言中说道:"我知道梦家的先人以及他的外家都是有名的景教牧师,这是对于他极其有影响的。他自己并不皈依基督教,然而在他的诗里,处处可以透出这方面潜伏的气息,因这气息便觉得他的诗有说不出的完美,有无上内涵的聪慧。一方面给我们看出作者的人格是如何真朴,一方面便从这诗里,我们得到无穷安慰,无穷的愉快,在这样的成就上,梦家是为他同时代人所不可及了。"[①]"(陈诗)对于宗教有不可言语的信仰,那里是天真的无知对自然的喜悦。你看这首诗不就是属彼得唱的歌?他并不皈依任何一派宗教下的信徒,他自有他自己的信仰——那也就是他自己的宗教,对于一切他信仰,他有喜悦,他便有无穷前进的爱。像一只活泼泼的心,永久在跳跃,在飞扬,在向光明微笑,这纯粹代表梦家少年时代的心情,一直到最近,他似乎还是这样,不过不全是欢悦的了。"[②]"更享有他自己的人格的缩影,那便是对于宗教的虔诚,这一点是在徐、闻诗集中所少有的。"[③]沉潜在陈梦家诗中的宗教情感,成为他在新月诗人中的独特标志。

---

① 陈梦家:《铁马集·序》,开明书店1934年版,第2页。
② 同上。
③ 同上。

陈梦家既然没有皈依宗教，不是形式上的基督徒，基督教对他的影响不是从个人救赎的修行体验里去感受《圣经》的教义，而是要从《圣经》的教义中获得认知自我和认知世界的智慧。陈梦家不注重宗教的礼仪和教义，却看重基督教的博爱精神，对形而上的"大爱"精神的向往，对具有超越现实世界的美的追求，基督教间接地给陈梦家以暗示、教训和安慰。

陈梦家共出版三本诗集：1931年冬他19岁时，出版第一本诗集《梦家诗集》；1934年1月，他在参军之后，出版第二本诗集《铁马集》；1936年3月出版《梦家存诗》，这本诗集从他所有的100多首诗作中选择二十几首，再加上从他没有写完的长诗中选取的三个片段。在第一本《梦家诗集》中，基本上没有关注现实的诗作，大部分诗歌书写个人幻想和梦，情调忧伤而哀怨，就连诗人自己在后来再版时也说那时的好多诗都是"在没有着落的虚幻中推敲"。他还处在一个自我迷失的懵懂状态，"没有自己指盼的方向"，"从没有寻到自己的歌"。到《铁马集》时，因为抗战，关注现实的作品多了起来，《炮车》《老人》《丧歌》《黄河谣》有了情落大地的扎实感。同时，在观照自我的诗中，《我是谁》《我望着未来》《圣诞歌》等宗教色彩更加浓厚。

陈梦家诗中的宗教色彩表现在三个方面：一是对生命存在的探究；二是用宗教约束自我人格的塑造；三是诗中的神秘、安静的气氛。陈梦家诗中有一些对生命存在的神秘、敬畏之情和感恩之心，与《圣经》里人类诞生的想象融合起来。如其诗《当初》：

> 当初那混沌不分的乳白色，
> 在没有颜色的当中，它是美。
> 从大地的无垠，与海，与穹苍，
> 是这白雪一片的雾气，在天地间
> 升起，弥漫，它没有方向的圆妙，
> 它是单纯，又是所有一切的完全；
> 我母亲温柔的呼吸，是其中
> 微微的风，温柔是她的呼吸
> 那亮光是我父亲在祈祷里
> 闭着的眼睛，他与主的神光相遇。
> 啊，我只是微小的一粒，在混沌间

> 没有我自己的欲色,没有分界;
> ……①

"我"是在上帝祝福的普照下出生的幸运儿,尽管天地混沌难分,但那世界单纯而完美,"我"渺小而伟大,天国辽阔无边,"我"只是上帝的子民,"我"以自己是上帝的子民为骄傲。在《我是谁》这首诗里,他向世界大声宣告——"我是牧师的好儿子!"在陈梦家的诗中还有对生命的过程和终极意义的思考,人的渺小和终究要归于自然的宿命。"他整整一生都在等待枪杀/他看见自己的名字与无数死者列在一起/岁月有多长,死亡的名单就有多长。"上帝在他的诗中成为神性经验和终极情怀的精神意象。

> 尽管有我们,
> 自己梦想的世界;
> 但总要安分,
> 是真的主宰。
> 人生是条路,
> 没有例外,没有变——
> 无穷的长途
> 总有完了的一天。②

《一朵野花》是陈梦家的成名作。诗人自况为"一朵野花",顺其自然地悠然生长,不因渺小而自轻,不因无人欣赏而自怜,享受阳光,绽放生命的欢喜,感谢上帝赋予它生命。"小花"的弱小、无名与上帝的伟大、永恒构成对照关系,这也是宗教文学中常用的象征手法。"也许下一回月亮的底下,/野草盖黄土做了我的家"(《无题》)《只是轻烟》《摇船夜歌》则传达了上帝的神秘与温馨。

> 一朵野花在荒原里开了又落了,
> 不想到这小生命,向着太阳发笑,

---

① 陈梦家:《梦家诗集》,中华书局2006年版,第139页。
② 同上书,第91页。

上帝给他的聪明他自己知道,
他的欢喜,他的诗,在风前轻摇。

一朵野花在荒原里开了又落了,
他看见青天,看不见自己的渺小,
听惯风的温柔,听惯风的怒号,
就连自己的梦也容易忘掉。①

陈梦家虽然不是基督教徒,但基督教精神的影响是深远的,在他的诗里能体味到,诗人把基督教的精髓即正义、宽容、仁爱、救赎等作为自己道德自我完善的约束。他的《古先耶稣告诉人》一诗中,表现了人类的自我救赎要经过漫长的心灵炼狱,要怀着希望和平静之心面对苦难,隐忍、克己,换来的将是当步入天堂之门时的喜悦,一切都是值得的。

古先耶稣告诉人:你们要忍耐,
存在着希望的心,只静静的等待;
漫漫的长夜原接着一片曙光,
世界到末日,坏极了也有泰来。
先古耶稣告诉人:你们要等待,
白天黑夜,说不定我将要重来;
在人间受些苦难,都不必悲伤,
天上为您们造了美丽的楼台。②

显然,这首诗是在基督精神的感召下完成的。基督教文化的影响成为陈梦家个人寄予未来的情感寄托。在西方思想文化冲击下批判中国封建思想传统文化的时代,新文化先驱者对基督伟大人格和精神的大力提倡。对世界的善与恶、好与坏的认识也来自于宗教,"当初上帝创造天地,有光有暗,太阳照见山顶,也照见小草,——世界不全是坏的"(《致一伤感

---

① 陈梦家:《梦家诗集》,中华书局2006年版,第3页。
② 同上。

者》)。不要因为自己像小草一样普通、无名就伤感，小草同样会受到上帝的眷顾，每一个生命都有存在的价值和理由。

在陈梦家的诗作中，总能让读者觉察出一种难以言说的神秘氛围，形成神秘氛围的原因大概有二。首先是来自于宗教情愫，陈梦家的诗多数呈现出恬淡飘逸的意境，庄严静穆的氛围，超凡脱俗的心境。陈梦家主张把哲学意味融入诗中，把情绪和观念化炼到与音乐和色彩不可分辨的程度。陈梦家曾主张诗歌创作要将"哲学意味融化在诗里"。

> 我看见她交叉的双手
> 胸前，象灰色十字架；
> 她低着头向黑中走，
> 黄昏跌落在她的背后。
>
> 若不是背上风尘
> 说她远从荒村里逃来，
> 我会错认她就是神，
> 在黑暗里
> 隐没了悲哀。

宗教探索人类与未知世界的关系，宗教的很大一部分内容是有关灵魂和现实世界的辩证关系的，人类对未知的神性世界充满神秘的向往，作为一种灵的感觉，神秘也成为连接宗教与诗的桥梁。在陈梦家的诗中，"那是神奇，启示天的威权无比；/一种惧怕写着一声响，一路光/夸傲他的尊荣；他的伟大神秘，/他一只残暴的手撒下了惊惶。"

除了宗教的因素让陈梦家的诗笼罩着神秘外，艺术手法的运用也会使诗歌产生神秘的阅读效果。对陈梦家产生影响的外国诗人主要有三位：他很推崇英国诗人哈代在诗歌中所渲染的神秘感；也非常喜欢诗人霍斯曼在诗歌中运用戏剧手法，所造成的出人意料又回味无穷的结局；诗人魏尔伦对诗歌音乐性的追求陈梦家也很推崇。

> 天就像一张网，
> 没了万千的网眼，

东方吐一线鱼白，
红眼游进了晓光。

　　透过诗人新奇的想象，把夜空喻为渔网，而太阳就像游进渔网的鱼一样，一幅海上日出图被诗人奇特的想象表现得曲折而神秘。用"客观对应物"的思维，借助自然意象与诗人抽象的感情遇合，用客观世界的对应物表现主观范畴的情感，将主体感觉和客体具象天衣无缝地联结起来，同时也把自己的强烈情感及亲身经历隐藏起来。

　　与徐志摩、闻一多相较而言，陈梦家既不像他们那样有深厚的国学功底，在"新月"期间还没有留学经历，亲自感受西风欧雨的洗礼，但有着浓厚基督教文化的家庭背景使他的基督教文化内化为他感知世界的思维方式，形成其基本的价值观和人生观。基督教文化对徐志摩和闻一多都产生过影响，但远没有陈梦家那样深远。

　　2. 徐志摩诗歌与基督教

　　徐志摩一生对自由、爱和美的执着追求，虔诚得犹如信徒对宗教的追随。徐志摩的生命哲学既是"爱"，以"爱"为表现形式，"为爱而生，为爱而死"，构成"生、爱、死"的生命链条，这一链条中无论哪一个环节断裂，生命都将不复存在。在他看来，没有爱的生命就如同行尸走肉，生命是没有任何价值和意义的，他说："爱是实现生命之唯一途径。"能够自由地爱己所爱，是人生的至胜。当以生命为代价追求的爱成为人生的目标时，无论什么样的爱都会成为一种宗教。茅盾就评价过徐志摩的爱情诗不是单纯的爱情诗，那样理解徐志摩是对他的一种误读，因为在徐志摩那里，"爱"超越了世俗和肉体的层次，成为对生命至高境界的追求。在这一点上，徐志摩对爱的执着和教徒对宗教的虔诚在本质上是一样的。徐志摩作有两首专门取材于《圣经》的诗：一首诗取自表现人类诞生的亚当、夏娃偷吃禁果的故事（《人种的由来》）；另一首诗取自《圣经》耶稣十字架受难的故事（《卡尔佛里》），这是一首叙事诗，记叙了耶稣在受难时看客们的议论；抹大拉妇女们对耶稣的崇敬；法利赛人的卑鄙狡诈；犹大的背信弃义。《卡尔佛里》则凭借《圣经》故事描绘了耶稣受难的情景，以叙事诗的形式描述耶稣受难的场景和看客的心态及对犹大卑鄙人格的批判，诗人抒发了对为追求真理而不惜牺牲生命的耶稣救世的高尚人格的敬仰，同时也有疾恶如仇的情怀和对人世悲观绝望的情绪掺杂其中。虽然对《圣经》有所领悟并受到启发，在诗中运用基督教故事和意象，但由于文化的隔阂，他在表现有关基督教精神的诗歌中，很难对基督教精神文化有深刻的领悟。徐志摩只是在诗中常常借用《圣经》中的故事或语言来表达他的"爱"，使用上帝、耶稣、忏悔、祈祷、天堂、地狱等意象。《人种的由来》讲述了由于蛇的诱惑，亚当和夏娃偷吃智慧树上的禁果的故事。尽管徐志摩的诗中既有直接取材于《圣经》里的故事，在诗作中也常常使用"圣经"故事（如人类是怎样来的，人类为什么会分成高尚、卑贱等人格）、重要人物（上帝、耶稣、犹大）、行为方式（祈祷、忏悔、救赎）中的重要意象等，但徐志摩对于基督教的接受，不似基督信徒那样具有对信仰的笃信、执着的坚守，而只是把基督教作为西方文化的一部分，就像接受英国、美国文学的影响一样，是异质文化的输入，在输入时只选择与自己的人生观、价值观相吻合的那部分。

3. 闻一多诗歌与基督教

闻一多曾经在北京海淀教堂里接受了基督教洗礼，成为一名基督教徒，但后来闻一多改变了他先前对基督教的信仰，基督教徒的事也就很少提及。据其好友吴泽霖回忆："关于信基督教事，我们几个知己的朋友态度几乎是一致的。我们都读过圣经，对上帝如何创造宇宙、创造人的故事，我们都不信，认为是迷信。但对于宇宙万物能构成一个有条不紊的巨大体系，都感到万分惊异，带有不可知论的态度。至于基督教的善恶、道德观、与人为善、服务社会、平等待人等等思想，我们都认为人人都应信奉而且加以扩散。我们都在海淀的一个教堂里正式受过洗礼，在我们看来，洗礼等于宣誓，表示对这些教义深信不疑而且愿意身体力行。但我们并不相信教堂里那些迷信性质的仪式，同时我们认为基督教义应该由中国人自己结合中国情况而进行宣传，无须由外国传教士来包办一些。'入教应在中国教堂由中国牧师施洗礼'是原话，我们都是这样说的，也是这样做的。我们在海淀的教堂里受过洗礼，后来几乎都没有到那里做礼拜。以上那些想法，后来当然出现了相当大的变化，彼此间也就不再谈及了。"从这段回忆中就可以了解到，闻一多和他的清华学校的朋友们接受基督教洗礼和基督教教徒的心理不一样，他们是怀着探索宇宙奥秘，认同基督教的道德观，并认为基督教对改良中国人的社会价值观大有益处。可见，他们接受基督教的洗礼不是为了救赎自己的灵魂，而是怀有完善自我、改进社会风气的教化功利目的，有选择地认同一部分基督教中的价值观，在他们还没有找到救世良方时，基督教成为他们改造中国国民性的一剂良药。从上帝造人说的角度，他们认为，基督教是伪科学，是迷信，尤其教徒们在教堂里的种种仪式，他们更是不能接受，所以闻一多虽然是基督教徒，却不曾到教堂里做礼拜。闻一多和他的朋友们都非常认同基督教教义中的善恶、道德观、与人为善、服务社会、平等观，所以闻一多选择基督教和所有西方宗教进入中国很快就被中国化、世俗化的特点如出一辙，带有极强的目的性和功利性，与西方人接受基督教的最大不同就是，不是为救赎自己的灵魂而选择宗教信仰。闻一多认为，宗教对一个人或一个民族的最大意义在于宗教能给人以力量，即意志的力量。"没有宗教的形式不要紧，只要有产生宗教的那股永不屈服，永远向上追求的精神，换言之，就是那铁的生命意志。""往往有人说弱者才需要宗教，其实是强者才能创造宗教来扶助弱者，替他们提高生的情绪，加强生的意志。就个人看，似乎弱者更需要宗教，但就社会看，强者领着较弱的同类，有组织的向着一个完整而绝对的生命追求，不正表现那社会的健康吗？"[1]闻一多在清华学校美式教育的影响下，成为领袖式的人物一直是他的目标，但如果只是没有信仰的个人是难以实现这样的理想的，只有借助宗教的力量，先把自己变成一名有着坚强意志力的、有信仰的强者，才可以帮助他带领弱者追求"完整而绝对"的理想人生和理想社会。但后来改造国民性和改良社会的意愿被他对文学的热爱所取代，渐渐地疏离了对基督教教义中道德力量的迷信，但在他的心中仍然有上帝的存在，只不过这个上帝就是"艺术"。他说："现在的生活时时刻刻把我从诗境拉到尘境来。我看诗的时候，可以认定上帝——全人类之父，无论我到何处，总与我同在。"的确，综观闻一多一生对待艺术的痴迷和执着的追求，文学艺术对闻一多来说就是他的宗教信仰。基督教允许人性中的弱点存在，但宗教的力量就是叫人通过上帝的救赎最终才可以成为一个完美的人，宗教的魅力就是让人相信，上帝是有智慧有能力把你变成一个完美的人的。而闻一多在艺术上也追求"纯粹"和"完美"，在闻一多的内心里，真正的艺术不属于人世间的尘世，而是在仙境里才有的胜景，无论是新诗"三美"主张的提出还是他转向中国传统文化研究的行为，都是闻一多的艺术修行之旅。

---

[1] 闻一多：《〈冬夜〉评论》，《闻一多全集》第2卷，第363页。

三 新月诗人的文化身份类型

新月诗人共同的民族文化身份，是流派在文化本质上的共性。他们中的主要成员、骨干力量都有留学英美的经历，如闻一多、徐志摩、朱湘、饶孟侃、孙大雨、陈梦家、杨世恩、于赓虞、林徽因、叶公超、邵洵美、丁文江、方令孺等，这些人中有些是留美的，有些是留英的，如徐志摩、叶公超、邵洵美、林徽因、丁文江。除此以外还有"亚新月诗人圈"中的胡适、梁实秋、陈西滢、丁西林、陈衡哲等也都是英美派。留学英美的经历使他们在文化身份的构建中有了属于这一流派特有的文化属性，他们的身上浸染着英美文化传统，认同西方自由主义思想，成为中国现代文学中著名的自由主义知识分子群体，这一文化属性决定了新月诗人在思想取向、政治倾向、文学观念、审美趣味诸方面的一致性。但从微观的角度观察这一相同文化身份的群体就会发现，他们每一个个体在接受西方文化和面对中国传统文化时的态度都不一样，正是这种不同地对待中西文化的态度和具体行为，使新月诗人的诗学观在宏观方面是一致的，但到了每一位具体诗人那里，就有了非常大的差别，也造成了他们诗歌风格的千姿百态。本节主要分析新月诗人对待中西文化的不同态度，形成不同类型的文化身份，以此寻找新月诗学生成的文化依据。为方便起见，把新月诗人的文化身份分为三种类型，并以一个代表性的诗人做个体案例分析。这三种不同的文化身份，主要是按照诗人接受西方文化的态度划分的：西方文化积极追随者；文化保守主义者；西方文化拒斥者。

（一）西方文化积极追随者

留学生群体在接受外国教育的过程中，外来文化不断冲击着自有文化。对"五四"以后的留学生来说，主动接受西方文化，满足关于文明、理性、进化的了解和行动的需求，在接纳外来文化时具有积极、主动的态度，有学习的热情，他们的文化身份中充满了"他者"踪迹。本土文化与外来文化，民族文化与世界文化的对立，造成了所谓新、旧文化的对立；在世界文化各潮流、传统之间也存在着接受的冲突和矛盾，造成新文化自身不同的成分和派别的差异。文化交流中出现的"他者"，即指本民族文化的异质，不属于本民族的自有文化。如果外来文化呈强势之态，那么

"他者"文化也可看作是文化入侵或文化霸权。文化身份中的他者可以与本民族文化和谐共处，也可以处于边缘地位或强势地位，这要看接受者对待外来文化的态度。

在新月诗人中，积极主动接受外来文化的影响，并把西方的诗学观移植到中国新诗理论建设中，形成以西方诗学观为主体的诗学理论的代表诗人有徐志摩、孙大雨、叶公超、邵洵美、卞之琳等人，在他们的创作实践和诗学理念中，有着众多的"他者"，下文以徐志摩为例，分析文化"他者"在诗人文化身份构建中所扮演的角色和产生的影响。

徐志摩是留学生中的杰出代表。他是新月诗人中受外来文化影响最深的一位诗人，徐志摩对外国文明充满敬仰之情，接受外来文化最主动最积极，所以徐志摩的自我身份中充满了他者身份的痕迹。大家公认胡适对徐志摩文化思想的概括比较准确，即"爱、美、自由"。"爱、美、自由"既是徐志摩诗歌中最重要的主题，也是他追求自由民主政治的理想境界，还是他的理想生活的愿景。留学生基本上都对本国传统文化的陈旧性存在质疑和批判，出国留学的目的之一是寻求更现代更先进的西方文化，以注入中国传统文化之中。徐志摩的政治、文化思想相当驳杂，他没有自己完整的文化思想体系，他的著作涉及历史、哲学、政治、经济、文学、艺术各个领域，要概括他的统一的系统的思想体系是一件非常困难的事。如果描述徐志摩思想状况，可以说单纯与驳杂并存，这本是一对相悖的矛盾体，单纯源自于他对信仰的单一执着，他坚信并执着地追求自由和真善美的人生。

尽管徐志摩文化思想驳杂，难成体系，但根据留下的文献，可以粗略分类，把他的文化思想分为三个方面：民主个人主义、英国式的小布尔乔亚；单纯的信仰——"爱、自由、美"，在他的诗歌中则更多地体现出浪漫主义和古典主义的倾向，以及后期作品中些许的现代主义气息。

1. 徐志摩文化构建基石——罗素哲学

徐志摩在留学期间，最感兴趣的是文化哲学和政治哲学。哲学家罗素对徐志摩的人生观、政治观、社会观的影响全面而深远。罗素（Bertrand Russell，1872—1970）是英国现代著名的思想家及社会活动家，他的哲学思想在世界上产生了巨大影响。徐志摩从美国到英国的一个主要原因，也是因为崇拜罗素，希望到这里亲耳聆听罗素的教诲，为此他放弃了哥伦比亚大学的博士学位，可见罗素在徐志摩心中的位置。他曾经在《我所知道的康桥》里有这样的描述:"我到英国是为要从罗素,我摆脱了哥伦比亚大博士衔的引诱,买船票过大西洋,想跟这位二十世纪的福禄泰尔认真念一点书去。"阴差阳错的是,在徐志摩来英国想师从罗素时,罗素此时却去了中国,徐志摩没有见到罗素,但留在了英国,后来才与罗素建立了亲密的朋友关系。以后的两次欧洲游,他都拜访过罗素,还在罗素家住过两夜。罗素对徐志摩的影响,始于徐志摩在美国留学期间,读过罗素有关政治方面的书籍,如《战争与恐惧之源》《社会重建原理》《自由人的崇拜》《心的分析》《试婚》等。此间罗素对徐志摩的影响主要在政治学和社会学方面,徐志摩认同罗素的很多观点,如按冲动行事出乱子的机会不大,还可能大有好处,冲动是塑造人生的重要力量,比心志更有效果等。徐志摩此时对罗素的认同,还仅限于对于超乎道德规范的人的行为予以肯定,徐志摩想逾越这些道德规范,但又苦于传统世俗的压力,当他从罗素那里得到了理论上的支持时,好似得到了一张可以冲破世俗的通行证,这让他在情感深处把罗素引为知音。后来见到罗素,徐志摩对罗素的崇拜就不仅停留在学术思想层面了,他爱屋及乌,对罗素所有的一切都喜欢、推崇并宣传。在徐志摩的著述中,论及罗素的就有多篇,有介绍,有翻译,有评论,如《罗素游俄记书后》《罗素与中国——读罗素著〈中国问题〉》《罗素又来说话了》《罗素与幼稚教育》。尽管徐志摩十分崇拜罗素,但他对罗素的政治和哲学思想并未做出系统的研究,常常是就事论事,谈谈感受之类。那么,罗素在徐志摩的文化构建中到底起了哪些作用呢?首先为他找到了个人行为方式的理论基础,这种行为方式就是一切行为本着内心要求,本着尊重自己的原则行事。徐志摩虽然出生在儒学之家,从小受传统教育,但徐志摩一向反对以牺牲个人的幸福和自由为代价遵从三从四德。罗素从人性的角度充分肯定了"冲动、本能"的力量和可贵,在对待两性关系方面提倡自由主义,婚姻应遵循感情的需求,而不应受过多的外界干扰;没有爱情的婚姻,不必因为责任和伦理道德的约束而勉强维持,应顺应自然的情感要求来满足自己和对方。罗素的自由主义主张,为徐志摩不合世俗的道德观、婚姻观找到了理论的支持。徐志摩有名人崇拜情结,连大名鼎鼎的罗素都支持这种婚姻不必因责任和道德而勉强维持之理,使徐志摩大受鼓舞。他与张幼仪离婚,对林徽因的执着不舍的追求,及后来与有夫之妇陆小曼的恋情等,都受到来自罗素思想的鼓励。徐志摩之所以能成为传奇徐志摩,离不开他的情感世界大起大落的变化,对爱的勇气和执着。徐志摩的诗歌成就也不能离开他的情感世界,因为诗、爱情、自由在徐志摩的诗歌里是一个整体的抒情世界,它们构成了独一无二的徐志摩的诗歌空间与情感空间,罗素的理论为徐志摩认知世界打开了一扇窗,并且成为徐志摩的人生观及行为准则。

　　罗素对社会主义、共产主义及苏维埃政权的见解也充分影响了徐志摩。1925年10月8日,徐志摩在《晨报·副刊》组织的关于"苏俄仇友问题的讨论",在国内掀起了对中国选择什么政治制度的高度关注。徐志摩以组织者的身份参与发表意见,其观点主要来自于罗素。罗素对马克思主义持怀疑态度,其中主要针对"阶级斗争说"和"共产主义的经济性"产生怀疑,罗素反对马克思主义的阶级斗争说,反对用暴力夺取政权的苏维埃,反对以阶级斗争解决一切矛盾的方式,更加反对把国家当作阶级统治的工具。这一思想直接影响了徐志摩,他对社会主义、共产主义、苏维埃政权的认识和罗素并无二致。"我不但不是笼统反对联俄的人,在理论上和对于人类的同情上,我竟许是个赞成共产主义的人;不过这是指理论上的共产主义和俄国试行共产主义而言;要把共产主义生吞活剥的拿到今日的中国社会上去实行,那便是无条件的反对。说到联俄,我自然是极力赞成,不过我与多数赞成联俄者不同的地方,在我的赞成为有条件的赞成而已。什么条件呢?并不大,只要苏俄不在中国内政上捣乱就行了。"[①]徐志摩的这一思想也就预示着他不可能赞同后来出现的左翼文学观。由此就可以找到徐志摩对无产阶级文学的反对和对中国革命排斥的缘由了。

　　在徐志摩最重要的文化构建期,罗素充当了十分重要的角色。徐志摩在1921年、1925年、1928年先后三次见到罗素,时间都不长,但罗素对徐志摩的影响是终生的,且是深远的。罗素的社会学和政治学的核心思想被徐志摩所接受,罗素主张和平、文明,提倡爱人类,提倡世界政府主义,捍卫思想自由和创作自由;反对资本主义和社会主义,这些统统都被徐志摩认可了,并且成为他的思想基础,这些直接影响到他回国以后对所属阵营的选择。尽管新月文人都认为,他们是主张自由的,不属于任何一个派别或阵营,但实际上新月文人的主张和言行已经为自己做出了选择。徐志摩从开始文学创作起就没有加入以文学研究会为代表的"为人生派",而是与现代评论派走得很近,有人也把徐志摩归到现代评论派的队伍中。

---

　　① 徐志摩:《记者的声明》,《晨报·副刊》1925年10月22日。

罗素的社会学和政治学思想直接参与了徐志摩的文化构建并成为徐志摩文化思想的核心。

2. 剑桥文化的洗礼

徐志摩成为诗人，是诗人与诗歌的一次美丽邂逅。来到剑桥大学之前，徐志摩从来不曾设想自己会以著名诗人的身份在中国历史上写下重重的一笔。确切地说，是剑桥大学的文化改变了他的人生轨迹。他在《〈猛虎集〉·序》中写道："整十年前，我吹着了一阵奇异的风，也许照着了什么奇异的月色，从此起我的思想就倾向于分行的抒写……我的诗情真有些像是山洪暴发，不分方向的乱冲。那就是我最早写诗的那半年，生命受了一种伟大力量的震撼，什么半成熟的未成熟的意念都在指顾间散作缤纷的花雨。他那时是绝无依傍，也不知顾虑，心头有什么郁积，就付托腕底胡乱爬梳了去，救命似的迫切，那还顾得了什么美丑！我在短时期内写了很多，但几乎全部都是见不得人面的。"[①]这是他创作的最初动机，因为有关不住的情感要抒发的迫切愿望，才开始动笔写诗，因为诗歌是最适合抒情的文体，它可以容纳最强烈的情感，允许用最夸张和极致的语言倾泻内心郁积的狂躁，偶然间，诗歌成为徐志摩宣泄情感的管道。有很多人认为，徐志摩写诗缘于对林徽因的爱，这当然是一个重要的理由，但只有这个因素还不足以让徐志摩成为一世的诗人，可能只会成为一时的诗人。徐志摩到英国主要是为了拜见他最崇拜的哲学家罗素。由于阴差阳错，徐志摩没有见到罗素，索性在英国剑桥大学落脚，成为剑桥的一名旁听生。在那里他结识了很多剑桥大学的学界名流和英国一些著名的小说家，剑桥的文化氛围和人文环境，让徐志摩感到一个全新的自我诞生了。在给父母的信中他也难掩这种重获新生的喜悦："更有一事为大人所乐闻者，即儿自到伦敦以来，顿觉性灵益发开展，求学兴味益深，庶几有成，其在此乎？儿尤喜与英国名士交接，得益倍蓰，真所谓学不完的聪明。"[②]徐志摩此时有种重新认识自我、发现自我、肯定自我的欣喜。正如他自己所说："我在康桥的日子可真是享福，深怕这辈子再也得不到那样甜蜜的机会了。我不敢说康桥给了我多少学问或是教会了我什么。我不敢说受了康桥的洗礼，一个人就会变气息，脱凡胎。我敢说的只是——就我个人说，我的眼是康桥

[①] 韩石山编：《猛虎集·序》，《徐志摩全集》第 3 卷，第 392 页。
[②] 韩石山编：《书信集》，《徐志摩全集》第 6 卷，第 7 页。

教我睁的,我的求知欲是康桥给我拨动的,我的自我的意识是康桥给我胚胎的。"①从中可以感到,徐志摩对两年的剑桥生活特别珍视,他认为,自己的生命是从这里开始的。的确,纵观徐志摩并不长久的一生,他的主要文化思想基本上是在英国的两年时间里形成的,对徐志摩来说,这两年是他文化价值观、生命诗学观形成的最重要时期,如果没有两年的剑桥生活,徐志摩可能会以另一种面貌呈献给世人。

徐志摩祖辈世代诗书传家,他的父亲是位爱国的实业家,实业救国既是家族对他的希望,也是他自己的宏图抱负,因此他在北大读书时选的专业是政治学,到美国留学后他所选择的专业仍然是以政治经济为主。他的理想是做中国的汉密尔顿,想在中国的政治舞台上大显身手。他也曾经倾心空想社会主义,一度潜心研究过苏俄社会主义理论,被同学戏称为布尔什维克。回国后以教书和写作为主业,虽远离政治,但他对政治一直保持着高度的敏感性。在回国后的两三年时间里,徐志摩见诸报端的大多数文章是政治评论。一方面因为他是学政治出身的,另一方面在英美求学期间,他真切地感受到英美民主政治的先进,回国后与专制、混乱的政治环境相对比,就更加急切地想通过介绍英美政治思想,进而为中国政治进言。从这点看,徐志摩是一个非常有社会责任感的人。从他的办刊方针也可以看出,虽然副刊以文艺评论、社会时评为主,但在徐志摩接手以后,明显加强了一些政治敏感话题的讨论。

徐志摩不选择联俄联共,并不意味着他会成为国民党当局的御用文人。徐志摩一直是以独立的自由主义知识分子的身份参与政治批评的,但是新月派"谈政治就譬如谈社会谈文化谈文艺一样,并不真的是为了承担某种义务责任,或是为了实现什么政治目标;他们在不讳言于谈政治的前提下总是竭力拉大与政治精英和斗士之间的距离"②。徐志摩们的这一政治立场,不是坚守某种政治信仰,为实现这一信仰而舍生取义的立场,这只是一种态度,是要求思想自由、言论自由、意志自由的态度。梁实秋曾非常坚定地说:"世界上就没有'自由'这件东西,除了意志的自由。"③这一态度代表了新月派对自由的理解,也使徐志摩一直坚守文学独立性和自

---

① 韩石山编:《吸烟与文化》,《徐志摩全集》第7卷,天津人民出版社2005年版,第325页。
② 朱寿桐:《新月派的绅士风情》,江苏文艺出版社1995年版,第125页。
③ 梁实秋:《文学的无政府主义》,《梁实秋文集》,鹭江出版社2002年版,第173页。

由表达的立场。

　　徐志摩的政治观显然是西方民主自由的政治观，决定他的文化价值选择和文学价值选择；反之，文化观、价值观的构建又左右着政治价值的选择。

　　徐志摩在美英求学的四年里，是他一生中最集中获得西方思想文化影响的四年，基本上形成了西化的思想文化体系。纵观徐志摩在美英留学的四年踪迹，他接受了十分丰富的外国政治、哲学、文化、文学的影响，他崇拜精英人物，会想尽办法拜会各界精英。在徐志摩致家父家母的一封信中就可以看出"更有一事为大人所乐闻者，即儿自到伦敦以来，顿觉性灵益发开展，求学兴味益深，庶几有成，其在此乎？儿尤喜与英国名士交接，得益倍蓰，真所谓学不完的聪明。儿过一年始觉一年之过法不妥，以前初到美国，回首从前教育如腐朽，到纽约后，回首第一年如虚度，今复悔去年之未算用，大概下半年又是一种进步之表现，要可喜也。"①可见，徐志摩是有意识地结交社会名流的，这使他大开眼界，并且获得了巨大的荣耀感和满足感。当年的留学生大多数是学习西方的工业教育，像徐志摩这样从中国士子的儒雅生活，一下子就跳入欧洲艺术圈子的人还是极少数的。徐志摩对名流的崇拜有些盲目，只要是在其领域里的杰出人物都可能成为他的崇拜对象，所以最开始他在吸收外来文化时有些盲目，常常是因崇拜其人而去信仰他的学说和思想，这样一来，西方文化思想体系的构建过程就显得凌乱和盲从，不像闻一多、梁实秋及胡适，比较专一地深入研究某种思想学说。相较而言，他吸收西方文化思想的过程和结果，显得有些浮光掠影，不够深入，不够专一，比较驳杂，这就使他的文化思想缺少系统性和深刻性。即使这样，他对西方文化吸收的根本方向是没有改变的，就是理性、自由、人权。

　　3. 西方诗学对徐志摩的影响

　　中国新诗在发展初期，无论在形式上还是内容上，几乎都是西方诗歌的仿制品。尝试时期的新诗当然难免幼稚粗糙，机械的模仿西方诗歌的形式，刻意地追求形式的自由，一度使新诗走向末路。就在新诗的路越走越狭窄时，新诗格律化主张无疑对无治的诗坛起到了纠偏的作用，使中国新诗在西方与东方、现代与古典、现实与浪漫之间寻找着平衡点。新月诗人中最早产生影

---

① 韩石山编：《书信集》，《徐志摩全集》第6卷，第7页。

响的当属徐志摩，他留下了很多诗作，却对诗歌理论少有研究，写的一些诗评文章也多是印象式的评价，不像闻一多创建了新格律诗的诗歌理论体系。他刚开始创作时完全因情而发，没有构筑新诗理论的理想，或者为中国新诗作贡献的责任心，但他的诗却把西方浪漫主义诗歌特点与中国传统诗歌美学完美地结合在一起，形成了徐志摩独有的"志摩体"。西方留学生活让徐志摩更直接地接触了原汁原味的浪漫主义诗歌，他有意或无意地将其吸收到自己的诗歌创作中来，西方的诗歌资源在徐志摩诗歌美学的构建中，占有特别大的比重，成为徐志摩所特有的标志性的成分。

对他产生影响的诗人有英国诗人托马斯·哈代（T. Hardy，1840—1928），印度诗人泰戈尔（Rabindranath Tagore，1861—1941），意大利作家诗人邓南遮（Cabrille D. Annunzio，1863—1938）、英国的拜伦、雪莱和华兹华斯。从徐志摩汲取外来诗歌的营养源看，他也只是根据个人的喜好、兴趣做出选择的。没有成系统的诗学观，但这些对他诗歌创作产生深刻影响的西方诗人，有着内在的一致性，即英雄主义情结和唯美主义的审美取向。浪漫、唯美、英雄情结是徐志摩与生俱来的气质，他在游学的岁月里遇到他们，就像遇到知音一样。也许正是因为没有各种思潮流派条条框框的限制，徐志摩才在自己的创作中汲取各家之长，形成了"志摩体"诗歌。在文学艺术思想中，给他影响最深的一位诗人是托马斯·哈代，他把这位被称为"自莎士比亚以来最富有悲剧性的英国诗人"叫做"老英雄"，他对哈代在作品中所表现出的勇于面对内心挣扎、孜孜追求真理的勇气赞赏有加，哈代的诗讲究音乐性，注重音部、韵脚，语言注重白话如诗，对这些技巧徐志摩认真揣摩并模拟实践过。徐志摩更多地汲取了哈代的艺术素养和对真情实感的坚持。在徐志摩的诗歌中，他把英国现代诗歌中的一些技巧，如节奏、音韵、结构、拟人化、戏剧化、象征、想象等移入自己的创作中，在诗歌的形式上更接近现代英国浪漫主义诗风，19世纪英国诗歌多以个人、自然为主（如湖畔诗派），在表达上讲究"以理节情"，徐志摩在英国深深地被英国文化中温和、克制、自由、保守、渐进等较为中庸的文化特征所吸引，在文学观念上也就爱屋及乌，自然而然地对英诗更加亲近。

（二）文化保守主义者

1. 保守的文化观

相较于徐志摩构建文化身份中众多的"他者"参与，闻一多文化思想中的"他者"踪迹要少很多，尤其在早期，闻一多由于"心理上的自卫机能"和倾向于中华文化的国家主义，更多地注视本国传统文化。闻一多逆"五四"时潮而上，与鲁迅对传统文化决绝的决裂态度相比，他要温和保守得多。对待西方文化不主张全盘接纳，而要保持克制和冷静，鲁迅曾主张即使所崇拜的是新偶像，也总比中国陈旧的好。闻一多并不赞赏与其崇拜孔丘关羽，还不如崇拜达尔文易卜生的全盘西化的观点。他在清华学校时很崇拜郭沫若，但在《〈女神〉之地方色彩》一文中，对郭沫若完全西化的诗歌也大胆地提出质疑和批评，他主张以理性的态度对待本土与西方、传统与现代的关系，闻一多想象中的中国新诗应是"中西艺术结婚后的宁馨儿"，极力反对新诗盲目的欧化，对待西方文化要循序渐进地"学习—消化—融会"。新诗的理想模式应既不固守中国的固有模式，也不固守西方的固有模式，既不作纯粹的本地诗，也不作纯粹的外洋诗，即使作外洋诗，也要有地方色彩，而在郭沫若诗歌中缺少带中华民族印记的地方色彩。他认为，郭沫若的《女神》陷入了"欧化狂癖"的泥淖，诗歌中充满了西方名词"维纳斯、阿波罗、丘比特、基督"，让中国人一看误认为是在读外国人写的诗。他也表示理解郭沫若以这样的方式表达爱国之情和与传统文化决裂之坚定决心。"我个人同《女神》底作者底态度不同之处是在：我爱中国固因他是我的祖国，而尤因他是有他那种可敬爱的文化的国家；《女神》之作者爱中国，只因他是他的祖国，因为是他的祖国，便有那种不能引他敬爱的文化。他还是爱他。"闻一多充分理解"五四"知识分子对待中国传统文化的两种态度，无论激烈反对还是温和保守都出于对祖国的热爱。

2. 在故纸堆里寻找文化批判的依据

闻一多在对待传统文化的态度上与同时代人有不尽相同的观点。"五四"时期的多数知识分子认为，传统文化是束缚中国发展的最大障碍，中国要想求发展，就必须革除传统文化中的痼疾，"收纳新潮，脱离旧套"是中国唯一的出路，极力摒弃旧文化，积极建设新文化，最好也是最快捷的办法就是引进现代西方文化。胡适、鲁迅、周作人经过"五四"之后的文化反思，也认为全盘否定传统文化，中国将会付出巨大代价，胡适才提出"整理国故"，周作人也倡导"回归魏晋"。还有一种类型的知识分子一直对全盘西化持保留态度，最具典型性的就是学衡派。学衡派的保守思想，也遭到"五四"进步知识分子的猛烈攻击。闻一多是先对西化持保留态度，但到后期随着对中国现实社会认识得更深入，他也认识到传统文化中的核心价值观是阻碍中国发展的绊脚石，如果一味地保护传统文化，也可能走回头路。"中国文学当然是中国生的，但不必嚷嚷遗产遗产的，那就是走回头路，回去了！现在感到破坏的工作不能停止，讲到破坏，第一当然仍旧要打倒孔家店，第二摧毁山林文学。"①他把批判的矛头直指儒家、道家、墨家文化，并给它们分别起了外号：偷儿，骗子，土匪。"就一般民众讲，文化是有惰性的，而农业社会尤其如此。几千年积下来的习惯和观念，几乎成了第二天性。"②闻一多在对待传统文化的态度上不盲从跟风，在"五四"知识分子批判传统文化之时，他持有保留的态度，理性地对待引进与固守，当"五四"退潮后，许多新文化运动的闯将反思"全盘西化"观，逐步回归传统时，闻一多则相反，他开始反思自己的保守思想，大约在1928年左右，提出传统文化的核心价值观是阻碍中国进步的障碍，要继续"破坏"的反传统文化的观点。闻一多曾经用十多年的时间研究中国传统文化，他的研究范围极广，从早期研究律诗开始，逐渐扩大到对整个唐诗的研究，再由此上溯到汉乐府、楚辞、庄子、诗经、周易、神话、传说、金文、甲骨文等领域。在顺序上采用从后向前追溯的时空顺序，他本是从最接近他格律化诗学的律诗入手的，但探索的兴趣被勾引起来而不能中断，后来，从古代文学到整个传统文化，几乎都在他的研究视野之中。从哲学、历史、宗教、艺术、民俗、考古、金石到思想、政治、时事等，涉及"上书""周易""庄子""楚辞""乐府"等方面。研究对象从文字、词义到诗人、流派、背景，形式从校勘、补遗、选本到年谱、传记，成果总量占《闻一多全集》的1/3左右。在闻一多的学术研究中，几乎涉及了全部的中国上古时代的典籍。他的研究方法不同于传统的直观经验式的注释批评方法，而是一种全新的整体视角和跨学科的综合研究。他创造性地将西方现代的科学研究方法和古老的中国训诂学结合在一起，创造出中国感悟式的体验和西方理性逻辑分析相结合的更具现代精神的批评方法。以《诗经》研究为例，他在《风诗类钞（甲）·序例提纲》一文中，把传统的研究方法归纳为"三种旧的读法"："经学的""历史的""文

---

① 闻一多：《新文艺和文学遗产》，《闻一多全集》第2卷，湖北人民出版社1993年版，第215页。

② 闻一多：《复古的空气》，《闻一多全集》第2卷，第351页。

学的"。他认为,这三种方法都具有片面性,"经学的"方法往往"微言大义","历史的"方法往往牵强附会,"文学的"方法往往忽略文学的审美性,要么是简单地从文字释义,要么是带有功利目的的解读。闻一多指出:"汉人功利观念太深,把《三百篇》做了政治的课本;宋人稍好一点,又拉着道学不放手——一股头巾气;清人较为客观,但训诂学不是诗;近人囊中满是科学方法,真厉害。无奈历史—唯物史观的与非唯物史观的,离诗还是很远。"[1]他既然不满足已有的研究方法,那么闻一多创建的研究方法就是要规避以上研究方法中的不足,他提出用"社会学"的方法解读《诗经》,就是用一种"缩短时间距离——用语体文将《诗经》移至读者的时代"[2],"带读者到诗经的时代"[3],"用'《诗经》时代的眼光'读《诗经》""用'诗'的眼光读《诗经》"[4]。闻一多提出的研究方法已经不是中国旧学的研究方法,他在《诗经》研究中运用文化人类学、社会学、神话学、民俗学、美学、心理学等方面的综合知识来透视中国古代文学现象。闻一多从新文学的急先锋到钻进故纸堆搞研究,让很多人不理解,认为他已失去当年的锐气和激情。臧克家就是其中的一位,所以闻一多在给臧克家的信中谈到,自己是一个不肯马虎的人,他之所以十多年埋头于故纸堆搞研究,除了兴趣爱好以外,他要在中华文化中找痼疾。所以"近年来我在联大的圈子里喊得声音很大,慢慢我要向圈子外喊去,因为经过十余年故纸堆里的生活,我有了把握,看清了我们这民族,这文化的病症,我敢于开方了"[5]。郭沫若对闻一多埋头故纸堆的行为很理解:"他对于他的《周易义证类纂》、《诗经新义》、《诗经通义》、《庄子内篇校释》、《离骚解诂》等,这样一连串的在文字训诂上极有价值的文字,也不过是视为第二第三阶段的工作罢了。……他虽然在古代文献里游泳,但他不是作为鱼而游泳,而是作为鱼雷而游泳的。他是为了要批判历史而研究历史……他有目的地钻了进去,没有忘失目的地又钻了出来。"[6]

闻一多放下写诗的笔,收束激越的诗情,走进书斋,从《诗经》《楚

---

[1] 闻一多:《闻一多全集》第2卷,湖北人民出版社1993年版,第214页。
[2] 闻一多:《闻一多全集》第4卷,湖北人民出版社1993年版,第457页。
[3] 同上。
[4] 闻一多:《闻一多全集》第3卷,湖北人民出版社1993年版,第199页。
[5] 闻一多:《闻一多全集》第12卷,湖北人民出版社1993年版,第380页。
[6] 郭沫若:《历史人物》,中国人民大学出版社2005年版,第255页。

辞》、古文字研究着手，由一名诗人转向学院派的学者。闻一多这次转型的原因当然有生活的需要，大学老师有较稳定的收入，而教学与研究是大学教师的职责。加之闻一多在清华留美预备校和留学美国期间，从未放弃过对中国古代诗歌的爱好和学术研究，这是他的兴趣所在；人到中年后性情越来越沉静，心态越来越宽容和平和，很多诗人中年后放弃写诗，这也属正常现象。除此而外，闻一多走向书斋还有一个更深层的原因，即他的文化国家主义的主张，回国后，他深深地体会到只用诗歌改变不了什么，"不，这不是我的中国""这是一沟绝望的死水"都表达了他的绝望之情，用诗歌创作的形式完成新的文化国家的想象，诗歌是难以驾驭和承载这样沉重的历史使命的。闻一多认识到文化是一个绝大的命题。文化与文明不同，文明可以理解为环境、生存条件、物质条件等，而文化是人的内心生活及其灵魂的形成，是一切智力活动、世界观、伦理学、美学观念等的总汇。闻一多的愿望是通过文学作品展示中华传统文化的东方审美情感、思维方式、生活智慧等。诗歌创作还不能完全展示出属于我们民族的全部文化积累和历史生活图景，及中国人的智慧人生。那时"五四"的许多知识分子没有耐性在历史的隧道里，重新爬梳出通向未来和现代的希望之路，而是推翻中国固有的文化体系，寄希望于西方文化，把西方现有的文化移植到中国，这是中国实现现代化的最快捷最省事的办法。闻一多从来就不认为这是最好的方法，他不反对学习西方文化，但反对文化侵略，反对文化殖民主义，主张以不同文化的交融实现民族文化的创新。闻一多认为，要想创新文化，先要研究民族文化精神的本质，而文化存在于先人留给后人的文化遗产中，这是闻一多埋头故纸堆的一个重要的缘由。

3. 闻一多的文化焦虑

闻一多对待传统文化自始至终秉持理性精神，既不固步自封，因循守旧，盲目排外，也不全盘西化，崇洋媚外。闻一多代表着一些知识分子对待传统文化两重性的矛盾心态，对他的矛盾心态有过这样的评价："理论上是中西文化结合论，心理上是对西方文化的抗拒。""理智上的开放，心理上的封闭。"①这个评价显然有些不够中正，但也不无根据。这代表了一部分闻一多研究者的学术观点。虽然闻一多在清华学校的九年学习中，已经接受了相当程度的美式教育，但他对西方文化的认同感还是很保守，到

---

① 孙党伯：《论闻一多的文化思想》，《武汉大学学报》1999年第3期。

美国后他一直热衷于"国家主义",他组织活动,对西方文化表现出较强的戒备心理,对传统文化有本能的"自卫意识"。文化民族主义的核心思想即相信每一个民族(国家)都有自己的传统文化,并且它是独一无二的,是区别于不同民族国家的本质特征。在优秀民族文化的熏陶下,闻一多产生了强烈的民族自爱心理,后来他甚至认为,中国除了在制造攻城略地的杀人武器上不如外国外,其他什么都不差。"我堂堂华胄,有五千年之政教、礼俗、文学、美术,除不娴制造机械以为杀人掠财之用,我有何者多后于彼哉,而竟为彼所藐视、蹂躏,是可忍孰不可忍!"①闻一多对中国传统文化有强烈的认同感和归属感。所以闻一多在留美期间参加了由清华留学生组织的具有国家主义性质的社团——大江学会。据一起参加的梁实秋回忆,"大江"二字"也没有什么特殊意义,不过是利用中国现成专名象征中国之伟大悠久。"②闻一多加入这一组织是因为个人爱国行为需要通过集体的组织形式实现:"我辈定一身计划,能为个人利益设想之机会不多,家庭问题也,国家问题也,皆不可脱卸之责任。""当今中国有急需焉,则政治之改良也。故吾近来亦颇注意于世界政治经济之组织及变迁。……我辈得良好机会受高深教育者当益有责任心,我辈对于家庭、社会、国家当多担一分责任。"大江会成员基本上都是留美的清华学生,他们不满于国内流行的个人主义与全盘西化的观点,强调要保有自己的民族文化和民族精神,但他们同时承认,现在的中国文化有需要改进之处,于是把改造民族文化作为振兴民族和国家的奋斗目标。他们在《大江会宣言》中说:"文化乃国家之精神团结力也。文化摧残则国家灭亡矣。故求文化之保存及发扬,即国家生命之保存及发扬也。文化之自由演进,即国家生命之自由演进也。"闻一多在大江会的宗旨和要求的基础上,提出自己的"文化国家主义"的观点:第一,中华文化只能以自己国家民族的文化为最终的归属,失去本国家本民族的文化就等于失去这个民族的文化属性,失去民族属性的国家将没有创造力;第二,中华文化不比任何民族的文化差;第三,不能以西方文化为标准衡量中国文化的优劣,不同民族的文化之所以不同,是因为每一个文明有着不同的成长过程和不同的目标,包含着不同的生活方式及生活态度,每一个民族都有它自己前进的方式和目标,每一种文化

---

① 闻一多:《致父母》,《闻一多书信选集》,人民文学出版社 1986 年版,第 43 页。
② 梁实秋:《雅舍闲翁》,东方出版社 1998 年版,第 47 页。

对它自己的社会有着不可估量的价值,因而对整个人类社会有着不可替代的价值;第四,在全盘西化的过程中,以一种文化取代另一种文化是不可取的,但对本民族文化中落后、僵化的改造是必要的。"文化国家主义"的观点表现出一种精神上的焦虑和在文化上与西方相抗衡的欲望。"我国前途之危险不独政治,经济有被人征服之虑,且有文化被人征服之祸患。文化之征服甚于他方面之征服千百倍之。杜渐防微之责,舍我辈其谁堪任之!"①闻一多从反对文化侵略的角度提倡"文化国家主义",所以,他的文化国家主义思想是在他的爱国主义思想基础上形成的,闻一多在参加"大江会"期间写下了《长城下的哀歌》《七子之歌》《南海之神》等爱国主义诗歌。

在"大江会"中,他最热心提倡的是"文化的国家主义",以各种现代文化形式繁荣和发展中华文化,让中国文化在世界上占有一席之地。在"五四"那个"欧化的狂癖"时代,闻一多非常冷静地在《女神之地方色彩》中阐述自己的思想:"我总以为新诗径直是新的,不但新于中国固有的诗,而且新于西方固有的诗。换言之,它不要做纯粹的本地诗,但还要保存本地的色彩;它不要作纯粹的外洋诗,但又尽量的吸收外洋诗的长处。它要做中西艺术结婚后产生的宁馨儿。"②"我要时时刻刻想着我是个中国人,我要做新诗,但是中国的新诗。我并不要做个西洋人说中国话,也不要人们误会我的作品是翻译的西文诗。"③

4."诗歌技术西化"观

闻一多的文化国家主义虽然表现出对中国传统文化的保护和发扬,但他并不拒绝对西方文学尤其是诗歌的学习和借鉴。他在美国留学时广交文化名人,对现代西方诗歌的现代诗理念和写作技巧都很感兴趣,对欧美浪漫派、唯美派、意象派等诗人及作品作过研究,在深切感受现代诗的艺术氛围后,他提出了"技术无妨西化,甚至可以尽量西化,但本质和精神要自己的"。这和清末民初一些保守人士提出的"中学为用,西学为体"地对待中西文化关系的思想有些相似,闻一多强调在诗歌技巧、格律、白话等形式方面不但可以西化,而且要尽可能西化,但诗歌

---

① 闻一多:《闻一多全集》第12卷,湖北人民出版社1993年版,第118页。
② 同上。
③ 同上。

的灵魂却要是中国的。

闻一多对西方诗歌的接受经历了一个由浪漫主义到古典主义再到现代主义的逐渐现代化的过程。在清华学校时期，闻一多还是名不见经传的学生，但他对胡适提出的诗歌"有什么话就说什么话""意境要平实""语言要简洁"的新诗观很不以为然，他欣赏郭沫若诗中所表现出的自我信任、自我表现和自我扩张的狂飙突进、高亢热烈的抒情形象。来到美国后，他更直接地吸收了济慈、雪莱、拜伦等浪漫主义的诗作，伴随着他一腔爱国激情和强烈的对祖国和亲人的相思之情，他在《红烛》中迸射出夺人的激越气势和瑰丽的浪漫色彩，诗风也效仿济慈，呈现出美奂美仑的浓艳之美和拜伦的创造、叛逆的"最完美，最伟大"的英雄之气。这时的闻一多在诗中更多地采用直抒胸臆的抒情手段，深得郭沫若之风。《红烛》虽然在表现技巧上很西化，但正如闻一多所坚持的那样，精神上却是很中国的。他的诗中选用的意象都烙有浓重的传统文化元素，常用中国的传说、神话如"李白之死""剑匣""梁山伯与祝英台"、楚霸王和极具中国特色的意象"秋菊、红烛、红豆"等，就连闻一多也戏称自己是"东方老憨"，"老憨"的身上都有一种可笑的执拗，对自己认定的事物无论别人怎么说，都坚持己见。

随着闻一多在美国学习的深入，他有时间扩展学习范围，选修了"丁尼生与勃朗宁"和"现代英美诗"两门诗歌课程，在老师的指导下更系统地学习西方诗歌并深受启发。通过这次学习，闻一多接触了具有维多利亚诗风的诗歌理念，其中哈代的诗歌观念对他的影响最大。哈代写诗不像浪漫主义诗人那样，情感恣肆，直抒胸臆。他常借用客观世界的对应物来表现主观范畴的情感，借助于自然界的意象，来使抽象的情感具象化，将主体感觉和客体意象联结起来，在抒情时以理智节制情感。哈代诗歌是英国诗歌从浪漫主义的激情向现代主义过渡的诗歌，他的诗歌有传统的浪漫主义，也有冷峻的现实主义，还有向现代主义转型之作。在英国诗歌史上，哈代是英诗韵律的大胆实验者和开拓者，他的诗歌具有完整的形式，多变的韵脚，同中有异，异中有同，表现出一种变化流动的美。在美国读书时闻一多就十分崇敬哈代，《死水》就是模仿哈代的现实主义和现代主义结合的诗作。再者，闻一多因为和梁实秋是挚友，在学业和兴趣方面他们相互影响，那时梁实秋正在选修美国哲学家白璧德的新人文主义哲学研究课程，梁实秋自从接受了白璧德新人文主义哲学思想后，就抛弃先前追求的浪漫主义，这对闻一多也产生了重要的影响。新人文主义讲究对感情作古典的约束，讲究平和中庸，在风格上表现出保守的倾向。既有白璧德的新人文主义理论和美国意象主义诗歌理论的引导，又有诗人哈代等的榜样，闻一多综合其中各自的合理内核，加之他对中国律诗的深入研究，回国后就提出著名的"新诗格律化"主张。"新诗格律化"主张是在中西诗学会通的理论准备下完成的。闻一多真正在精神上评判中国传统文化是在他潜心研究中国古代文化、文学十几年之后。在后期的许多讲演和文章中，闻一多对中国传统文化进行了深刻而有力的批判。

5. 再度反思传统文化

闻一多在动乱的中国埋头研究古籍，有一度他曾经认为，过分的民主将会使国家失去"秩序"，而失去"秩序"的国家的国民不可能过上安定平稳的生活，对于激进的民主运动他很不理解，认为参与者看重的只是权力。在"九一八事件"之后，面对国内的战乱和日本的侵略，一些原来提倡民主和自由的知识分子开始怀疑中国内忧外患的国情是否适合施行民主政治，于是在知识分子内部展开了一场关于"民主与专政"的激烈讨论。有些人甚至认为，独裁可能最适合中国当时的国情。随着讨论的深入，闻一多也加入其中。在这次辩论中，闻一多对蒋介石及其政府的认识加深，对政府的腐败和不作为十分愤慨，但他同其他自由主义知识分子一样，还保持着理性的克制和批判精神，也更近一步认清共产党和国民党的区别，这时的闻一多在政治立场上开始向共产党倾斜。真正让闻一多放弃迷恋古典文化，是一次让他脱胎换骨的艰难旅行。

由于抗战，1938年，清华大学、北京大学、南开大学不得不南迁，辗转到长沙建立了"国立长沙临时大学"，但长沙在日寇的炮火下还是容不下学生们学习的课桌，临时大学不得不向昆明迁徙。闻一多一向体弱多病，他决意要随学生步行，这次迁徙，横跨湖南、安徽、云南，行程3000多华里。他的朋友潘光旦劝他最好不要步行，否则有生命危险，甚至开玩笑说，要走就戴上一副棺材，但闻一多坚持这也是对抗战的一种支持，是了解民生的好机会，也会给学生们以鼓励。这是一次在他的思想转变中具有重要意义的旅行。在行走的路途中，他看到满目疮痍的中国大地，还生活着那么一群蕴藏蓬勃的生命力和反抗力量的人民。[①] 闻一多在

---

① 闻一多：《闻一多全集》第3卷，三联书店1982年版，第395—396页。

昆明的生活十分艰苦，一度到了给人刻图章贴补家用的地步，是生活教育了闻一多，"我愈读中国书就愈觉他是要不得的，我的读中国书是要戳破他的疮疤，揭穿他的黑暗，而不是去捧他"①。闻一多这些感慨是对时局极度失望下的负气，不能因为这些感慨就认为他是为了否定传统文化，才花费十几年去潜心研究传统文化的，这个理由不能成立，否则很难解释，他在研究中所表现出的对中国传统文化的热度和徜徉其中的快乐。闻一多确实在艰苦的生活和动荡的环境中认识到，在故纸堆里终究不能实现其独善其身的夙愿。闻一多最终关怀的是中华民族的伟大复兴。直到40年代再一次文化反思时，闻一多仍然坚持着民族主义观念中的积极因素。他在《复古的空气》中阐释了民族文化主义是民族复兴的保证和根本，但他反对狭隘的关闭的民族主义，"民族主义我们是要的，而且深信是我们复兴的根本。但民族主义不该是文化的闭关主义"。他在《家族主义与民族主义》一文中同样肯定了民族正义的发展方向。1945年5月，闻一多连续发表了三篇文章：《人民的世纪》《五四与中国新文艺》《五四运动的历史法则》，这三篇文章可以看做是闻一多由国家、民族的思考视角转向人民和阶级，提出应以"人民至上"取代"国家至上"；提出"现代是群众的时代"，接受群众的观念则接受了阶级观念，由只认为文化才能救国，转向用阶级分析的方法认识中国社会与现实。到此为止，闻一多的"民族主义"观念从学理到实践都趋于完善。

（三）西方文化拒斥者

朱湘是新月诗人中最拒斥西方文化的诗人。从朱湘的求学经历来看，他1917—1918年在南京工业学校读预科，并在青年会学习英文，业余时间喜欢看福尔摩斯的侦探小说，最喜欢读杜甫的诗。1919年秋天，考入北平清华留美预备学校，插入中等科四年级。1921年加入"清华文学社"，与闻一多、梁实秋交往甚密，开始了新诗写作。读书兴趣也完全转到诗歌上，广泛接触了各家诗作，又集中攻读杜诗，为以后的诗歌创作打下了基础。1923年与诗人饶孟侃（子离）、杨世恩（子慧）、孙大雨（子潜）多有交往，被称为"清华四子"。后考入清华大学，因不满学校的规定被劝退，在清华大学期间是他诗歌创作的高峰期，后又在同学的劝导下回清华复

---

① 闻一多：《闻一多全集》第3卷，三联书店1982年版，第536页。

学，在1927年清华毕业后去美国官费留学。先在威斯康星州劳伦斯大学插入四年级，攻读拉丁文、法文、古希腊文及英国文学等课程。在劳伦斯大学的几个月里，翻译了四首19世纪英国有名的长篇叙事诗。由于愤恨外国人对中国人的侮辱，几个月后，离开了劳伦斯大学。12月底，转学到芝加哥大学，学习英文和古希腊文等课程。1928年在芝加哥大学，朱湘用了大量时间从事翻译，也写了不少英文诗。曾把辛弃疾的《摸鱼儿》和欧阳修的《南乡子》翻译成英文，在芝加哥大学校刊《长生岛》上发表，受到读者的欢迎。译诗集《若木华》也在这时脱稿，并寄给了开明书店，但未能出版。1929年，在芝加哥大学受侮，一位老师疑心他不曾将借用的书归还，同学也因为他的贫穷而对他冷嘲热讽，朱湘再一次转学到俄亥俄大学。诗人尽管节衣缩食，但官费留学所余的钱，还是无法维持全家人的生活。9月11日，乘船离开美国。他在美国学习只有两年时间，转了三所大学。转学在留学生中并不是什么新鲜事，闻一多、徐志摩都有转学经历，但像朱湘这样频繁的并不多。一般学生转学的原因，大多因为喜欢或不喜欢某一大学的专业或校园文化，朱湘每次转学的原因都是觉得在这个学校受到侮辱。关于这一点已有许多人私下认为朱湘生性敏感，难以与人相处。这可能是主要原因之一，还有一点常常被人忽略，从朱湘给他的好友赵景深的信中可以看出，朱湘对西方人和西方文化有种天生的敌视情绪，在面对来势凶猛的西方文化在中国的迅速传播，朱湘的抵触情绪非常明显，在写给好友赵景深的信中，他多次流露出对西方人和西方文化的鄙夷与敌视。

> 我决计就回国了，缘故你也知道了。推源西人鄙蔑我们华族的道理，不过是他们以为天生得比我们好，比我们进化，我们受蹂躏侮辱是应该的，合于自然的定则。我们要问：现状不必比，但是，华族天生得是差似他们吗？如若真是，那我们就该受践踏不必出怨言——除非没有出息去求怜悯。我的回答是：不！……华族如今的退化毋庸讳言，但并非天生的不能。我回国后决计复活起古代的理想，人格，文化与美丽，要极端的自由，极端的寻根究底。①

---

① 朱湘：《朱湘作品集》，河南大学出版社2004年版，第224页。

在这里朱湘再一次表明他的观点,西方人有先天的优越感,他们认为自己比中国人强,比中国人进化。朱湘对西方文化的敌视,有时到了一种孩子般的幼稚程度。

《哭孙中山》末章用到耶稣,不过因为孙中山是耶教徒,所以我这样譬喻。这所谓逼得不得不用,否则我决不肯在诗中引入异种的材料的。①

"这所谓逼得不得不用,否则我决不肯在诗中引入异种的材料的。"这像是小孩子间的"斗气",大有"你看不起我,我还不愿意和你玩"的儿童心理。其实用一个"耶稣"的词又能怎样?朱湘翻译了很多西方名著,又何必在乎诗中出现"耶稣"这样一个词呢?!

从朱湘的信中可见,他敌视西方人和西方文化是事实,但对西方文化的态度也是复杂多变的。在美国读书期间就决定回国教书时要用世界的眼光介绍世界文学,"关于将来的教书计划,我是决定不偏重一国,而用世界的眼光去介绍"②。他曾经以成为一名翻译家作为自己的理想,在出国后自觉学习德语、法语、意大利语,为回国后翻译作品做准备。他常常称颂很多著名外国文学家如但丁、莎士比亚等。但朱湘的敏感让他很受种族歧视的伤害。他宁可放弃未完成的学业而决计回国,主要的导火索是一个美国教授怀疑他没有还借阅的图书,他觉得这是对他人格的侮辱。其实,如果没有平日里点点滴滴的民族积怨,朱湘不会因为这件事而放弃来之不易的出国深造机会。他的民族自豪感和民族自尊心在这里变得异常敏感,受到了挑战。朱湘对待西方文化的态度和复杂心态与闻一多非常相似:既接受又排斥,既羡慕又嫉妒,在骨子里是不认同西方文化的,其根本还在于骨子里的文化民族主义思想。

朱湘对西方的文化侵略非常敏感,他认为,西方文化的输入对中国有文化侵略之嫌。朱湘最为反感的是西方的文化霸权主义。他在美国的生活和学习中处处可以感到,美国人继承了西方人的文化优越感,认为美国文化比所有非欧洲的民族文化优越。他们中的大多数人从未到过中国,并不

---

① 朱湘:《朱湘作品集》,河南大学出版社 2004 年版,第 228 页。
② 同上书,第 222 页。

了解中国的历史文化，对中国和中国人的歧视来自于他们的想象，来自于被西方阐释过的表述："东方几乎是被欧洲人凭空创造出来的地方"①，"东方与西方之间存在着一种权利关系，支配关系，霸权关系"②。朱湘在给最好的朋友赵景深的信中不止一次地谈道：

> 景深，你知道西方人把我们看作什么？一个落伍，甚至野蛮的民族！我们在此都被视为日本人！盎格罗撒克逊民族都是一丘之貉，无论他们是口唱亲善，为商业口唱亲善的美国，或揭去面具，为商业尔揭去面具的英国。我还以为法国人比较无此种成见，但近来巴黎朋友来信说他亲眼看见法国大学生侮辱中国人，知道我的这种猜想也错了。他们对中国的态度不是轻蔑便是怜悯，因为他们相信中国是一退化或野蛮的国家。传教便是怜悯的一种表现。中国如今实在也是有许多现象可以令我们愤怒羞惭的，但我相信这只是暂时的，变态的。要证明我们不是一个退化野蛮的民族，便靠着我们一班人的努力。如若我们（中国精神文化之一方面的代表者）不能努力，不能有成绩贡献出来，那就我们自己也不能不承认，我们实在是一个退化的，不及他们的民族，应该受他们的轻蔑踩躏！我来这一趟，所得的除去海的认识外，便是这种刺激。我们的前面只有两条路：不是天堂，便是地域！③

这里有几个细节特别应引起我们的注意：第一，"你知道西方人把我们看作什么？一个落伍，甚至野蛮的民族！"第二，"他们对中国的态度不是轻蔑便是怜悯。"第三，"传教便是怜悯的一种表现。"第四，"我来这一趟，所得的除去海的认识外，便是这种刺激。"第五，"我们的前面只有两条路：不是天堂，便是地域！""西人鄙蔑我们华族的道理，不过是他们以为天生得比我们好，比我们进化，我们受踩躏侮辱是应该的，合于自然的定则。"④朱湘是敏感多疑的，他感受到了西方人眼中的中国人是被歪曲的形象。关于这一点，世界著名的东方学家萨义德在他的名著《东方学》中

---

① ［美］爱德华·W. 萨义德：《东方学》，三联书店 2009 年版，第 1 页。
② 同上书，第 8 页。
③ 朱湘：《朱湘作品集》，第 242 页。
④ 同上书，第 242、224 页。

有深入的分析和论述。萨义德认为，在西方人的眼中，中国人或更大范围地扩大到"东方人"是落后的、野蛮的、狡诈的、邪恶的、非理性的、非进化的、非人道的、反民主的、笼罩在黑暗中的、被上帝遗忘的种族，这样的国家及其人民在被拯救的行列。西方文化对中国的误读是凭空想象出来的，朱湘和闻一多引以为自豪的中国悠久的历史文明，成为西方人眼中的糟粕。闻一多和朱湘对中华民族的文化自豪感在美国留学期间一点点被祛魅，被解构，朱湘没有闻一多的忍耐力和承受力，决计回国。朱湘中途辍学回国最主要的原因不像世人评说的那样，是因为他性格的怪异、敏感、不合群，他的离去是对美国人对中国固有的偏见的不认同，也是他维护民族自尊心所采取的行动。

朱湘负气回国，但在美国的受侮辱和其他同学受侮辱的经历让他重新思考了自己的未来人生之路，要把自己的精力投入恢复拯救中华文明的事业中。"我回国后决计复活起古代的理想，人格，文化与美丽，要极端的自由，极端的寻根究底。"[①]朱湘做人彻底，不会折中，或者用"极端""偏执"形容更为恰切。他的这种性格注定了他的悲剧人生。

在新月诗人中，有三个人对待西方文化和中国传统文化的态度基本一致，那就是闻一多、朱湘、陈梦家。陈梦家出生在宗教氛围浓重的基督教牧师家庭。闻一多、朱湘同样在中学生时就开始接受清华的西式教育，又到美国留学，亲历美国文化的熏染，但都以文化民族主义的维度思考西方与东方、中国与美国的差异，出于对民族文化的自豪和拯救之心，他们都选择回归传统文明，通过他们的努力，复活起古代的理想、人格、文化与美丽。这也就留下了闻一多十几年埋头故纸堆，朱湘研究唐朝诗歌，陈梦家研究古文字学的后话。

在这三位诗人中，闻一多和朱湘对自己的文化身份一直保持着十分的警觉，在国内清华学习期间，清华留美预备校基本复制了美式教育模式，又正值"五四"新文化运动汹涌来临之际，他们欣然接受了西方教育模式。清华预备校的教学情景在西方学者的眼里，俨然可以与萨义德在《东方学》中引用过的法国殖民者眼里所看到的东方人学习法语的情景相媲美："可以令人欣慰地看到那些东方小姑娘们如此欣然地接受了并且精彩地复制着法兰西的幻想与旋律。""在那里，人们对法国怀有如此虔诚和强烈的

[①] 朱湘：《朱湘作品集》，河南大学出版社 2004 年版，第 242 页。

情感，以至于能够吸纳并且缓解我们如此众多的热情和幻想。在东方，我们代表着高贵的精神、正义和理想。英国在那里炙手可热；德国在那里更有着无上的权利；但我们控制着东方人的灵魂。"①这段描述出自法国作家莫里斯·巴赫斯在1914年到东亚各国旅行后所著的《黎凡特诸国探行记》，这是一本旅行记式的著作，这段记录是作者在亚历山大城所看到的当地孩子学习法语的情景。它虽然不是当时清华留美预备校上课时的真实情景，这显然是从施教者的视角，以典型的西方人看东方的心态描述着文化征服者的欣喜，而受教育者完全是一副心怀崇拜的敬意仰视西方文化的孩童面孔。的确，在"五四"时期的中国，接受西方教育和文化被视为现代人的标志之一。闻一多、朱湘、徐志摩等诗人在早期也都是带着这样的理想求西学的。但闻一多、朱湘尽管积极主动地接受中国式的西方教育，努力汲取西方文化的营养，但在灵魂深处他们都很敏感地为中国传统文化担忧，来势凶猛的西方文化会吞噬掉中国的古文明，他们带着矛盾的患得患失的忧虑一边接受这种西式教育，学英语、学西方文学、搞翻译、接受西方文化思潮、把西方的理论运用到创作实践中，一边不时回头张望中国的传统文化。在美国留学期间，闻一多、朱湘游走在东西文化之间，感受着东西文明冲突所带来的痛苦和焦虑。闻一多在参加了主张国家主义的"大江会"组织后，接受了文化民族主义思想，从那时起，无论在观念上，还是在行动上，闻一多都越来越靠近中国传统文化，在某些文化激进主义者眼里，他成了文化保守主义者。朱湘在美国留学期间，生活中的一次次碰壁，让他深深感受到在所谓的西方文明者的眼中，中国人和中国文化被看成天生的落后、愚昧，一切不好的词语都可以安在中国人的头上，由此他反对西方文化霸权的意识越发强烈，越发坚定，最后竟负气离开美国。闻一多、朱湘的这些思想和行为，影响了他们诗学观的形成，在他们的诗歌创作实践中，比其他新月诗人更迷恋东方审美、东方情致。关于他们在诗歌艺术上的审美选择，将在本书的其他章节里论述。

---

① ［美］爱德华·W. 萨义德：《东方学》，三联书店2009年版，第312页。

第四章

新月诗学：在变化中坚守

20世纪二三十年代新月诗派走过的路，是诗歌在新旧文化剧烈冲撞中自省与自救之路，也是一条中西文化冲撞、交融互渗之路。当时复杂多变的文艺思潮、政治气候；三个性质不同的刊物阵地；以几个核心人物结成的松散集合体；新人的不断加入，决定了他们的创作风格很难用一个模式进行艺术定型。以闻一多、徐志摩为代表的前期诗人和以陈梦家、卞之琳为代表的新生代的创作理念就有明显的不同，即使是闻一多、徐志摩等骨干诗人，他们本人从创作理论到创作实践也是暗流涌动，在抉择中变化。用文学流派形成的条件来审视新月诗派，似乎不符合艺术规律，但纵观新月派的创作走向，我们不难发现其变中的不变。那就是，新月诗人以古典主义创作原则奠定了诗歌理论的基础，以浪漫主义创作艺术风格留下一些传世的经典之作，最后随着现代主义潮流走向归途。新月诗学处在动态的不断完善中，但它一直坚守"纯诗"化原则，坚守诗歌的本体性、艺术的特殊性、审美的多样性。

一 古典主义：在退守中前行

"古典主义"一直以"异己者"的身份作为进步、崭新的中国新文学的对立面存在着。被贴有"古典主义"标签的主要有"学衡派""新月诗派""京派"等文学流派以及梁实秋、周作人、林语堂等一些作家。这些流派和文学家大都在新文学批评史上遭到过"五四"时期激进的批判，在30年代也遭到"左翼"批评家的猛烈攻击，甚至因为他们坚持"古典主义文学观"，在中国现代文学史上受到冷落，没有给他们应有的公正的评价和文学史地位。随着近年来对中国现代文学史研究越来越走向纵深，研究者越来越追求还原历史现场原貌，客观公正地看待批评话语，建立新的、客观的、公正的文学史价值观，使被遮蔽的"古典主义与中国现代文学"的课题渐入研究者的视野。从现有的一些研究成果看，研究的视角大都比较具体，如学衡派与白璧德、梁实秋与白璧德或梁实秋与新人文主义、新月诗派与古典主义等，还缺少宏观地考察古典主义与中国现代文学关系的研究。

抛去政治和战争因素的影响，回顾中国现代文学最初30年的发展历程，从文学自身的发展轨迹看，它用短短30年的时间匆忙尝试了几百年甚至上千年文学变革之路。新文学的倡导者大部分是留学生，他们切身体会到国家现代化与文学现代化血脉相连，焦灼地意识到中国不仅国家现代化远远落后于西方国家，文学也几乎停滞在古代时段，这致使新文学的先驱们焦急地寻找一条适合中国文学走向现代化的道路。迈向现代之路的最大困境之一就是如何理清传统和现代的纠缠。尽管困难重重，创新的艰难与困惑无时不困扰着新文学的先驱者，他们跋涉在超越与继承、创新与守成、新与旧、西方与东方、现代与传统等矛盾纠葛之中。在走向文学现代化的前行道路上不时回顾传统，在转向西方时不时回眸东方，在文化创新中焦虑着，在文化守成中痛苦着。新文学发展时期形成了众多流派，每个流派都竖起自己的文学旗帜，新思想、新理念、新作品、新人辈出，在众多的流派和主张中，现实主义和浪漫主义逐渐成为新文学的主流思潮，同时也造成了唯我独尊的强权思维模式。随着新文学的不断发展，其他文学观念一律被排斥在主流话语之外，本章所要论及的古典主义与中国现代文学的关系也无疑在被遮蔽之列，甚至在更多时候古典主义是作为现实主义和浪漫主义的对立面而存在的，在激进时代中规中矩的理性显然不合时宜。当新文学走过百年之后，当我们带着平静的心态回望这段历史时，古典主义文学思潮与中国现代文学的关系渐入研究者的视野，那些作家和作品的人格魅力、文化品位、作品中所表达的永恒的人性光辉，吸引着越来越多的研究者们驻足关注这一股从来不曾激扬，但又无时不让人感到它的存在的古典主义的文学潮流。

古典主义、新古典主义、新人文主义这三个概念在许多论著和论文中普遍被相互混淆地使用着。新古典主义是为区别于亚里士多德、贺拉斯时代和17世纪的古典主义而命名的，它主要是指美国学者白璧德的新人文主义思想。"白璧德先生以新人文主义倡于哈佛，其说远承于古希腊苏格拉底、柏拉图、亚里士多德之精义微言，近接文艺复兴诸贤及英国约翰生、安诺德等之遗绪，撷西方文化之精英，考镜源流，辨章学术，卓然自成一家，于东方学说，独近孔子。"在吴宓的日记中有时把人文主义与古典主义等同。在本书中将根据需要使用"新人文主义"与"古典主义"这两个概念。

（一）"学衡派"：新人文主义的传播者

新人文主义被中国现代知识分子接受应从学衡派的梅光迪、胡先骕、吴宓谈起。他们师从美国新人文主义大师白璧德先生。白璧德（Irving Babbitt, 1866—1933）是哈佛大学的比较文学教授，新人文主义思想家。沈卫威先生在他的著作《回眸"学衡派"》中介绍，白璧德先后为中国知识界培养了三批学生，第一批：梅光迪、张歆海；第二批：吴宓、汤用彤、奚伦、楼光来、林语堂；第三批：梁实秋、范存忠、郭斌。这些留美学生无不为白璧德的新人文主义所折服，回国后积极在中国文学界作宣传和介绍。学衡派在现代文学批评中的哲学基础是白璧德的新人文主义。他们首先翻译了白璧德有关新人文主义的著作，吴宓在1922年的日记中有相关记载："一月初，得白璧德师自美国寄来其所撰之'Humanistic Education in China and in the West'一文。盖1921年秋（宓离美国后）留美中国学生会特请白璧德师莅会之演讲稿。而刊登于《留美中国月报》者也。胡先骕君见之，立即译出，题曰《白璧德中西人文教育谈》，登入《学衡》第三期。由是确定两词：（1）Babbitt师之姓氏宓初译曰巴比陀（取自1902年出版《经国美谈》小说中之Pelopidas）。译为白璧德三字。（2）Humanism宓初译曰人本主义。译为人文主义，皆胡先骕君制定之译名，而从之者众也。Humanitaranism译为人道主义，世之所同。"

白璧德的新人文主义哲学产生和发展于第一次世界大战前后，其理论核心是，认为人生是有规训和纪律的，人们追求的自由应是有纪律的自由，人们释放的欲望应是有节制的欲望，反对无节制的浪漫主义和功利的自然主义，强调人性是常态的、固定的、普遍的。白璧德希望在中西古代人文传统中建构出新的"人的法则"。还有一点非常值得注意，白璧德所推崇的人文主义是个人针对历史和现实的关系，它与人道主义最大的不同是，人道主义针对的是集体/人类所面对的历史和现实。对于学衡派来说，新人文主义中理性、古典、中庸是吸引他们的关键词。

新人文主义第一次出现在中国现代文学批评史上，是以反对新文化运动的理论武器的姿态出现的。学衡派是以文化保守主义者的姿态站在新文化运动对立面的。"胡梅辈却站在'古典派'的立场上来说话了。他们引致了好些西洋的文艺理论来做护身符。"这里所说的西洋文艺理论就是指白璧德的新人文主义。在现代文学"五四"时段，自由、解放既是全民族和个人的理想，也是文学创新中的追求目标。选择什么主义什么创作方法已经不仅仅是文艺观的问题，它还彰显出作家或流派的价值观、人生观及文化立场。

学衡派对于白璧德及其新人文主义推崇备至的原因，让我们看看它们的办刊宗旨就可见一斑。《学衡》杂志的办刊宗旨是："论究学术，阐求真理，昌明国粹、融化新知。以中正之眼光，行批评之职事。无偏无党，不激不随。"学衡派以中正而不偏颇，不激进也不盲从的态度对待古典与现代、新与旧、肯定与否定、推翻与创新等的关系。这种中正而不激进的态度本身就是新人文主义强调的"理性"。现在回望历史，评价当年学衡派的"中正"观点，会认同它存在的合理性，但在"五四"这一时期以"现代性"启蒙为目标的激进中国，恐怕就显得不合时宜。1922年，学衡创刊正是"五四"即将退潮之时，新文化阵营推翻一切旧思想、旧文学、旧道德的决心是极其坚决的，目标是极其坚定和明确的，谁反对，谁就将成为它的敌人。

在文言与白话的问题上，尽管胡适和梅光迪是好朋友，但梅在胡适几次动员下都不改变反对用文言取代白话的立场。在和胡适的通信中，他多次阐述自己对待文言与白话的关系："大抵改革一事，只须改革其流弊，而与其事之本体无关。如足下言革命，直欲将吾国文学尽行推翻，本体与流弊五别可乎？"梅光迪还这样劝诫胡适："文字之变迁，率由自然，其事极缓，而众不查，从未有由二三人定出新制，强全国之人以必从。"吴宓在写这些文字时是料定胡适所提倡的白话取代文言的意愿实现不了，中国历史上还不曾有仅以个人力量改变一国文字的先例。但在"五四"时期，一切皆有可能。学衡派在对待中西文化选择时本持着宽容的心态："今欲造成中国之新文化，当自兼取中西文明之精华，而熔铸之，贯通之。吾国鼓劲之学术德教，文艺典章，亦当研究之、昌明之、发挥而光大之。而西洋古今之学术德教，文艺典章，亦当研究之、吸取之、译述之、了解而受用之。"可见，学衡派选择新人文主义是在文化重构中对传统文化的坚守，主张既要融化新知，又要昌明国粹。他们认为，在历史文化的变迁中，本土文化的相对稳定的常态因素是不能改变的。这遭到"五四"新文化人士的批评甚至攻击是必然的。"五四"新文化派与学衡派的矛盾主要集中在"创新"与"守成"、"现代性"与"反现代性"的基本分歧上。

笔者认为，学衡派在对新人文主义著作的译介和思想的坚持方面有着不可忽视的历史意义。首先，不容置疑的是，引进的新人文主义思想丰富了中国学理界，它开拓了中国人对待本国文化的新路径，尤其是在新旧文化交替之际，多一种学术视野，就会开创出一片新的学术天地。学衡派对待新文化运动的保守态度虽然在当时受到批驳，但追根溯源我们会发现，学衡派的思想资源在西方，他们直接承继了西方的文化潮流，并不像一些人所误解的那样，学衡派为极力维护传统文化而反对新文化运动派。在近百年后的今天，回眸学衡派对待新旧文化的态度，我们或许可以受到很多启发，甚至赞许它的合理性存在。其次，学衡派对中正、理性批评态度的坚持也为我们如何对待历史和传统文化提供了宝贵的借鉴。新与旧、中与西的调和是学衡派努力的方向，同时也是他们对待文化转型的理性态度，他们从文化整体观的视角融新汇旧的努力尝试，在"五四"破旧立新的时代虽然有乌托邦式的徒劳努力之嫌，但它为后来新人文主义在新文学进程中再次出现并形成一定的规模起到了启示和引导作用。最后，学衡派对文学自律性的尊重和对人文精神的推崇也是很有价值的，这是尊重艺术特殊性和尊重人性的表现。

(二) 新月古典主义诗学的理论资源

如果追溯新月古典主义诗学观的源头，除了较远的学衡派以外，最直接的源头就是新月派文学理论家梁实秋。

如果说学衡派引进了新人文主义的理论并招致一片反对声讨之声，那么梁实秋则是由起初的积极的浪漫主义思想的实践者转变成为坚定的新人文主义者和文学理论家，他不仅系统地学习了白璧德的新人文主义思想，在完全继承白璧德人文主义的基础上，吸收了儒家、老庄、佛禅等思想，形成了梁实秋自己的人文主义文学观。由一个浪漫主义的追随者坚定地转向浪漫主义的反对者，他从自己的成名作《现代中国文学之浪漫的趋势》开始，就成为中国新文学批评界的"反主题"者。

梁实秋在《白璧德及其人文主义》一文中把白璧德的人文主义思想归纳为八条：(1)标准的人性是完整的。(2)人性各部分的发展需要均衡、和谐。(3)完整均衡的人性需要在常态的人生中寻求。常态的人生是固定的、普遍的。(4)完整均衡的标准人性也许从来就没有存在过,但在过去有些时代曾经做到差不多的地步。(5)浪漫主义重情感,人文主义则信仰理性。(6)人文主义异于由科学演变出来的,因为人文主义者除了理性之外还要运用伦理的想象。此伦理的想象,乃是透视人生的一种直觉。(7)伦理的基本原则是节制。(8)人文主义异于宗教,因为人文主义者没有"禁欲"的趋势,也没有形式的"神学";但又有一点同于宗教,因为他们反对"自我的扩张"而主张对于普遍理性的遵从。白璧德人文主义思想中的关键词是人性、理性,反对用科学和宗教的范式思考人性和文艺。他强调古典的纪律,反对浪漫的放纵,强调理性的节制,反对情感的滥觞。在创作中,他强调艺术与伦理的关系,文学创作要重理性守纪律。"正是梁氏作为新月理论的代言人的'节制'的创作论,直接导致了闻一多、徐志摩新格律诗理论及运动,带来了现代诗坛的继郭沫若之后的又一次发展与高潮,使得新诗的形式美第一次得到确认和完善。这一点上梁实秋是功不可没的。"梁实秋直接从白璧德的新人文主义哲学中得到启示,结合中国儒家中庸学说,建构起梁实秋的新人文主义文学观,但这一理论的适用范围主要还在文学的伦理道德领域。作为梁实秋的同窗好友,闻一多从梁实秋那里间接得到了新人文主义的启发,并把这一理论运用到诗歌中,作为约束诗歌形式的理论依据。新人文主义在中国现代文学发展中不仅是西方文学理论的一种介绍或是一种批评方法,而且到了新月诗派这里,新人文主义的文学理论已经演变成为文学的创作形态和诗歌理念。在梁实秋的艺术创作论中,艺术创作的节制观对后来新月诗派的影响是最大的。梁实秋的新人文主义批评是"五四"文学批评中的一个异己的声音,它常常因为推崇古典主义而遭到主流批评话语的攻击,但梁实秋始终坚守着新人文主义信念,他对制衡派过激的批评话语也起到了一定的制衡作用。

(三)新月的古典主义诗学观

前期的新月诗歌属于浪漫派诗歌,这几乎是不争的事实。但在1926年《诗镌》创刊后,闻一多提出新诗的格律化主张,新月诗派的创作有了明显的由浪漫向古典的转移,这次转向无论在诗歌理论上还是在诗歌实践上都是一次对浪漫主义的有预谋的否定。在为什么转向和怎样转向的问题上,笔者更加关注的是前者,因为怎样转向的问题基本上是一个已成定论的问题，研究成果比较丰厚，对为什么转向的问题虽然也有论及，如文学革命后旧诗的限制完全被打破后，作诗者过分随意的创作使新诗走向泛滥的无治状态；诗歌的音乐性特质的规律要求新诗有所作为，但除此之外，它还牵涉到其他诸多因素，比如说，知识分子的类型问题；在研究方法上采用"外部研究"还是"内部研究"的维度问题；在研究新月诗歌的问题上需要寻找怎样的一个参照，是西方诗学还是中国古典诗学；如何描写具体的历史情境？新格律诗的提出是一种"进化"的还是"退步"的诗学观？诸如此类的问题还都没有被详尽而深入的讨论。

新月诗派提出的新诗格律化理论基本上否定了浪漫主义诗思，主张理智节制情感，提出了著名的"戴着镣铐跳舞"这一主张，从新诗创作的技术层面对浪漫诗风进行规约。如果从思想层面挖掘，技术层面的改变来自于新月诗人在思想和文化层面与新人文主义哲学主张的相契合。新月与新人文主义的契合是一种巧合还是存在一定的必然性？笔者认为，其中自然存在着一定的必然性。新人文主义在西方只不过是众多哲学流脉中的一支，影响并不是很大，但与遥远的中国诗界对接后，产生了一股古典主义的复古潮流，这其中一定有一些内在的联系。白璧德的新人文主义哲学本质上是人本主义哲学，梁实秋把它看成是"一种人生观""一种做人的态度"。新人文主义强调纪律、理性、节制、道德的自我修养与中国儒家学说中的中庸、均衡、和谐、独善其身等在本质上具有一致性，有了这样的一致性才会产生认同感。新月诗派主要是在诗歌创作的情感约束和诗歌形态的理性节制两方面从新人文主义哲学思想中得到启示的。

闻一多的《诗的格律》一直被认为是中国现代格律诗派的理论基石。新格律诗提出的背景是中国新诗在缺乏对现代诗歌理论探讨和支持下出现了失控的局面。新诗由于过于急功近利，想一炮走红，也希望能以数量丰厚的创作与古典诗歌相抗衡，还有一些初学者因为摆脱掉旧诗在写法上的重重束缚而失去了控制，造成了新诗形式上的简陋单一，创作上的粗制滥造，这些急就章的诗作不仅成为本来就反对新诗的保守派攻击的口实，就连新诗人本身也不得不站出来说话。闻一多就是在新诗面临无路可走的关头提出他的新诗格律化主张的。闻一多因为充满郭沫若式浪漫诗情的《红烛》而在文坛上崭露头角，奠定了他的新诗人地位，他为什么要在自己浪漫主义诗歌创作风头正劲时提出格律化主张？探寻闻一多格律化主张的理论源头可以追溯到新人文主义对他的影响。正是闻一多的好友梁实秋成为新月格律诗和新古典主义之间的桥梁。梁实秋和闻一多在清华预备校读书时是同窗,情谊甚笃。他们在美国留学时又一起在科罗拉多大学学习,并同住在一个美国人家,梁实秋在给朋友的信中写道:"我们一同上课,一同准备,一同研讨。这对于一多在求学上是一大转点,因为从此他对于文字的兴趣愈加浓,对于图画则愈发冷淡了。"可见,梁实秋对闻一多的影响很大,梁实秋在接触白璧德后,由一名浪漫主义者转向新人文主义者,这一巨变也影响了好友闻一多。闻一多在论及诗画界限模糊时,在《先拉飞主义》一文中写道:"关于这一点,白璧德教授在他的《新雷阿科恩》里已经发挥的十分尽致了,不用我们再讲。"可见,闻一多对白璧德的新人文主义很熟悉,并且认同它。闻一多对白璧德新人文主义的借鉴既不是侧重于哲学思想也不是侧重于文化思想,而更多的是把新人文主义的哲学思想转化为文学创作中美学意义上的思考,也是闻一多本人从浪漫主义向古典主义的一次转型。

白璧德的新人文主义理论中的理性原则,强调规训、纪律、节制的原则,成为新诗格律化主张发生的间接理论依据。

闻一多早在1922年的《律诗的格律》里就大加赞成英国诗人佩里的"戴着镣铐跳舞"的诗歌格律化主张,并认同席勒的游戏说,游戏是有规则的,在规则和纪律的约束下游戏才会变得有趣。而这一新的诗学美学的理论依据便是白璧德的新人文主义。这个结论并不是为寻找理论支持的一种牵强的关联。文中提到的梁实秋对新人文主义的接受、梁实秋与闻一多同窗同仁的密切关系、梁实秋作为新月派理论家的身份,都让白璧德的新人文主义思想有充分的理由成为新格律诗诗学主张的发生语境。闻一多借此来比喻格律之于新诗:"游戏的趣味式要在一种规定的格律之内出奇制胜。"格律对于诗歌是一把双刃剑,使用得当就是一把"利器",使用不当就是障碍物。对于当时诗情泛滥的新诗来说,用格律规约绝对的形式自由是必要的,而格律在此起到理性制约的作用,白璧德新人文主义的理性原则,在新诗格律化的主张中得到了充分的反映。

完整均衡是白璧德人文主义强调的完美人性中的必要条件。梁实秋把这一哲学理论落实到文学中即强调"健康的文学"。健康的文学的条件之一就是构成文学作品的要素之间的和谐、匀称。格律化主张不只强调音节的格律,建筑美和绘画美也是其不可分割的整体,唯有音乐美的诗歌还不是闻一多所追求的诗美境界,只有配以音节的匀称和字句的工整、修辞的绚烂才能达到诗美的和谐。新格律诗强调的"三美"缺一不可，强调的同样是诗歌是有机的整体，诗美的产生依赖于各部分的和谐。这与新人文主义强调的完整均衡又具有了同一性。

白璧德的新人文主义反对"自我的扩张"，而主张对于普遍的理性的遵从。新格律诗反对抒情诗人的自我扩张，反对浪漫主义诗歌中情感的过度张扬。新格律诗理论提出的背景就是当时诗坛中普遍存在的滥情主义和追求诗歌形式的绝对自由的风气。如郭沫若的《天狗》：

>   我是一条天狗呀！
>   我把月来吞了，
>   我把日来吞了，
>   我把一切的星球来吞了，
>   我把全宇宙来吞了。
>   我便是我了！
>
>   我是月底光，
>   我是日底光，
>   我是一切星球底光，
>   我是 X 光线底光，
>   我是全宇宙的底 Energy 底总量！
>
>   我飞奔，
>   我狂叫，
>   我燃烧。
>   我如烈火一样地燃烧！
>   我如大海一样地狂叫！
>   我如电气一样地飞跑！
>   我飞跑，
>   我飞跑，
>   我飞跑，
>   我剥我的皮，
>   我食我的肉，

我吸我的血，
我啮我的心肝，
我在我神经上飞跑，
我在我脊髓上飞跑，
我在我脑筋上飞跑。

我便是我呀！
我的我要爆了！①

  当时的诗歌氛围是追求抒情性和形式的自由，郭沫若的"女神体"流行一时。新格律诗理论就在这种背景之下提出了。"节制想象者，厥为理性"，泛滥的情感在"三美"纪律的约束下可以得到规范，这与新人文主义所反对的"自我扩张"的哲学主张不谋而合。
  早在1922年3月，闻一多就在《律诗的研究》中借用席勒的游戏说和佩里的作诗如"戴着镣铐跳舞"的理论，说明了格律对于律诗的重要性。1926年5月，他又在《诗镌》上发表了著名的《诗的格律》，"清华四子"中的饶孟侃紧接着就发表了《新诗的音节》和《再论新诗的音节》，徐志摩发表了《诗刊弁言》和《诗刊放假》。在这几篇文章中他们提出了一套完整的新格律诗理论。同时他们在《晨报·副刊·诗镌》上集中发表了格律化的新诗，以印证这一理论不仅仅是一种理论设想，还是绝对可操作的创作实践。闻一多的《死水》《春光》，徐志摩的《偶然》，朱湘的《采莲曲》《昭君出塞》等佳作都是新诗格律化主张提出后的成果。
  新月诗学虽然呈现出的是一个变动不居的动态观念，其中浪漫主义、唯美主义、古典主义、现代主义等各种诗学思想杂交在一起，但是在一个较长的时间里，新月诗学还是以古典主义诗学观为主流，而且新月诗派在新诗史上的独特贡献，也主要体现在以古典主义诗学为主流的新月诗歌里。新月诗歌的古典主义倾向主要有以下几个基本特征。
  第一，"节制"是新月古典诗学的基本出发点，是构架新诗格律化理论的基础。如闻一多的《口供》：

---

① 郭沫若：《天狗·女神》，人民文学出版社2000年版，第50页。

我不骗你，我不是什么诗人，
　　纵然我爱的是白石的坚贞，
　　青松和大海，鸦背驮着夕阳，
　　黄昏里织满了蝙蝠的翅膀。
　　你知道我爱英雄，还爱高山，
　　我爱一幅国旗在风中招展，
　　自从鹅黄到古铜色的菊花。
　　记着我的粮食是一壶苦茶！

　　可是还有一个我，你怕不怕？——
　　苍蝇似的思想，垃圾桶里爬。①

整首诗情感的释放十分克制，与诗人《红烛》等诗相比，这首诗无论从情感还是形式上都可以看出诗人在有意识地控制着，整首诗并没有那种爆炸式的情感抒发，诗人只是用一些比较低沉的意象和叙述性的话语，三言两语就将内心的愤怒和无奈淋漓尽致地展现出来。又如闻一多的另一首《你莫怨我》：

　　你莫怨我！
　　这原来不算什么，
　　人生是萍水相逢，
　　让他萍水样错过。
　　你莫怨我！

　　你莫问我！
　　泪珠在眼边等着，
　　只须你说一句话，
　　一句话便会碰落，
　　你莫问我！

---

① 闻一多：《口供》，《闻一多全集》，湖北人民出版社2004年版，第126页。

你莫惹我！
不要想灰上点火。
我的心早累倒了，
最好是让它睡着！
你莫惹我！

你莫碰我！
你想什么，想什么？
我们是萍水相逢，
应得轻轻的错过。
你莫碰我！

你莫管我！
从今加上一把锁；
再不要敲错了门，
今回算我撞的祸，
你莫管我！①

《你莫怨我》这首诗每节的字数大致相同，虽是描写爱情，却不同于以往诗作情感的喷薄而出。诗歌表面上描写的是爱情的苦闷、无奈和焦灼，但表面的淡然却掩盖不住诗歌内在的激情。这就是新月古典诗学所说的"节制"。

新诗格律化提出的背景主要是针对新诗在诗形上过度散文化，在情感上无节制的放纵的浪漫而提出的。为了匡正白话诗只重视白话不重视诗的状况，闻一多提出新诗回归先前刚被打破的格律，但闻一多一再强调新诗的格律有别于旧诗的格律，新诗的格律可以根据诗人的喜好和内容的需要随时定韵，强调新诗的格式应适度地量体裁衣，可以根据诗歌内容和情感类型的需要而变换，不是像律诗那样，诗人只能按照排好的韵律写诗。闻一多所谓的"格律"就是"form"，是节奏，诗人把格律分为两方面：（1）视觉方面，节的匀称，句的均齐。（2）听觉方面，格式、音尺、平仄、韵

---

① 闻一多：《你莫怨我》，《闻一多全集》，湖北人民出版社2004年版，第136页。

脚。"诗的实力不独包括音乐的美(音节)，绘画的美(词藻)，并且还有建筑的美(节的匀称和句的均齐)。"闻一多提出的格律化，强调通过节奏表现诗歌的音乐美，这和古诗中通过韵律表现诗歌的音乐性是不同的两条路，所以赵景深、陈子展、朱自清等为区别闻一多提出的格律与古诗格律的本质不同，称新月诗派为"西洋律体诗派"。

第二，在情感表达上，总体上倾向于中国文学传统的哀而不伤、温柔敦厚，更关注平凡的、本分的、寻常的情感，甚至在平静的情绪下观照诗的世界，他们的抒情方式和抒情力度较"女神体"显得矜持。拥有这一特点的诗人首推徐志摩。例如他的《留别日本》：

　　我惭愧我来自古文明的乡国，
　　我惭愧我脉管中有古先民的遗血，
　　我惭愧扬子江的流波如今溷浊，
　　我惭愧——我面对着富士山的清越！

　　古唐时的壮健常萦我的梦想：
　　那时洛邑的月色，那时长安的阳光；
　　那时蜀道的啼猿，那时巫峡的涛响；
　　更有那哀怨的琵琶，在深夜的浔阳！

　　但这千余年的痿痹，千余年的懵懂：
　　更无从辨认——当初华族的优美，从容
　　摧残这生命的艺术，是何处来的狂风？——
　　缅念那遍中原的白骨，我不能无恫！

　　我是一枚飘泊的黄叶，在旋风里飘泊，
　　回想所从来的巨干，如今枯秃；
　　我是一颗不幸的水滴，在泥潭里匍匐——
　　但这干涸了的涧身，亦曾有水流活泼。

　　我欲化一阵春风，一阵吹嘘生命的春风，
　　催促那寂寞的大木，惊破他深长的迷梦；

我要一把倔强的铁锹，铲除淤塞与臃肿，
开放那伟大的潜流，又一度在宇宙间汹涌。

为此我羡慕这岛民依旧保持着往古的风尚，
在朴素的乡间想见古社会的雅驯，清洁，壮旷；
我不敢不祈祷古家邦的重光，但同时我愿望——
愿东方的朝霞永葆扶桑的优美，优美的扶桑！①

又如《沙扬娜拉》一诗：

最是那一低头的温柔，
像一朵水莲花不胜凉风的娇羞，
道一声珍重，道一声珍重，
那一声珍重里有蜜甜的忧愁——
沙扬娜拉！②

从这两首诗中可以看出诗人更多的是抒发自己内心的比较平凡的情感，表达依依惜别之情。《沙扬娜拉》这首诗虽然篇幅较小，但短短几行就将日本女郎素雅清新的形象勾勒出来。诗人将水莲花的娇羞与女郎低头的温柔作比，看似平淡无常，却将那种依依不舍之情表现得淋漓尽致。这里再谈一谈梁实秋的《梦》：

我昨夜梦返童境，
不堪摇篮的摇摆；
忘听慈母的睡歌——
枉做了这出甜梦。

今朝从梦里醒来，
冥思昨宵的梦象——

---

① 徐志摩：《留别日本》，《徐志摩全集》，天津人民出版社 2005 年版，第 158 页。
② 徐志摩：《沙扬娜拉》，《徐志摩全集》，天津人民出版社 2005 年版，第 153 页。

睡歌无处去寻求，
并忘了摇篮的摇摆。①

　　诗人在诗中描写的仅仅是昨晚所做的一个梦，表达对童真的追寻，诗中抒发的情感并不宏大，仅仅是一种平凡的情感，但就因为这是诗人自己的情感体验，所以诗中所表现的情感虽然平凡但却能直入人心。再如其诗作《春天的图画二首》：

一
檐下瘫着的"迎春"，
迸出藤黄色的花儿了；
庭前织不遍的青草，
还那样的娇羞么？

二
是几个小孩子，
在池塘里撑着木筏作戏；
捣破了一池春水，
恼恨了才萌的春意，
唉！他们终于是小孩子啊！②

　　同样是寥寥几笔，诗人就将"春天的图画"描绘出来，诗中所表达的情感是诗人自己的，虽然平凡、寻常，但真实可感、温柔敦厚，不会让读者有大而空的感觉。

　　第三，运用技术手段进行艺术规约。节制和理性在诗歌表现形式上可以通过技术性操作来完成。重拾格律就是一次冒险性尝试。在新诗初建阶段，废除格律是诗歌革命的重要一步，重拾格律会被一些文学革命的激进主义者认为是文学革命的倒退。但新诗格律化的确收到了令人惊喜的效果。就如闻一多的代表作《死水》：

---

① 梁实秋：《梦》，《梁实秋文集》，鹭江出版社2002年版，第61页。
② 梁实秋：《春天的图画二首》，《梁实秋文集》，鹭江出版社2002年版，第15页。

这是一沟绝望的死水,
清风吹不起半点漪沦。
不如多扔些破铜烂铁,
爽性泼你的剩菜残羹。

也许铜的要绿成翡翠,
铁罐上锈出几瓣桃花;
再让油腻织一层罗绮,
霉菌给他蒸出些云霞。

让死水酵成一沟绿酒,
漂满了珍珠似的白沫;
小珠们笑声变成大珠,
又被偷酒的花蚊咬破。

那么一沟绝望的死水,
也就夸得上几分鲜明。
如果青蛙耐不住寂寞,
又算死水叫出了歌声。

这是一沟绝望的死水,
这里断不是美的所在,
不如让给丑恶来开垦,
看它造出个什么世界。[1]

　　无论是诗歌的内在节奏还是诗歌韵律,《死水》这首诗都可以说是一种极致,它将诗歌的内在情感和外在韵律、形式结合得极为完美,可以说是新月格律化理论的代表之作。
　　新月回归古典主义,并不是走上了倒退之路。按文学的发展规

---

[1] 闻一多:《死水》,《闻一多全集》,湖北人民出版社 2004 年版,第 146 页。

律，古典主义文学思潮是被浪漫主义文学取代了，新月却选择从浪漫主义返归古典主义，这看似与文学发展规律相背离。的确，新月的新诗格律化之路并不是一条通途，很快诗人们就发现这条路越走越狭窄，它并没有给新诗带来广阔的未来。新月选择古典主义的回归，是针对新诗出现问题后的一次技术上的修正，以退为进，终于使新诗走出困境。但这毕竟不符合艺术发展的自然规律，所以新月诗歌重新选择其他艺术形式是必然的。

二 巴那斯主义：镣铐下的舞蹈

新月诗学主要以古典主义为主，无论诗歌外在形式还是抒情的尺度都要求诗人加以自我约束，以理性和节制克服形式上的过度自由和情感上的泛滥浪漫。但也有人把新月诗派定位于浪漫主义诗歌流派，而且认同这一观点的人不在少数。闻一多、徐志摩、陈梦家、朱湘等主要新月诗人一再强调用理性节制情感，显然从新月诗人的角度看，他们并不把新月诗学作为浪漫主义来定位。在新月诗歌中的确存在着许多体现浪漫主义诗风的作品，特别是徐志摩的诗歌，例如他的诗作《月下待杜鹃不来》：

看一回凝静的桥影，
数一数螺钿的波纹，
我倚暖了石阑的青苔，
青苔凉透了我地心坎；

月儿，你休学新娘羞，
把锦被掩盖你光艳首，
你昨宵也在此勾留，
可听她允许今夜来否？

听远村寺塔的钟声，
像梦里的轻涛吐复收，
省心海念潮的涨歇，

依稀漂泊踉跄的孤舟；

水粼粼，夜冥冥，思悠悠，
何处是我恋的多情友；
风飕飕，柳飘飘，榆钱斗斗，
令人长忆伤春的歌喉。①

这首诗是典型的"徐志摩式"的抒情模式，一种柔美的诗风，夹带浪漫主义的色彩，甚至会让人觉得有些"浓得化不开"。但他们在理论上特别强调反浪漫。造成理论和实践脱节的局面的最好解释是，新月诗学中的古典主义倾向并不是彻底的完全的古典主义，而是介于古典主义和浪漫主义之间的巴那斯主义。关于新月诗学的这一过渡性特色，有学者提出过。巴那斯主义是指介于浪漫主义、唯美主义与象征主义之间的一种诗体。它不是典型的浪漫主义，但带有浪漫主义的气息；也不是典型的古典主义，但讲究形式的精美、情感的节制。用常常比喻新月格律诗的一句话概括比较形象，即"带着镣铐跳舞"。

(一) 爱情·性灵·奇思

新月诗派的早期诗歌创作多深受西方经典浪漫主义诗人和诗歌的影响，如拜伦、雪莱、华兹华斯、济慈等。他们大都歌颂美丽的爱情，崇尚大自然的壮丽景色，抒发一己的情怀，追求理想的生活。所以，新月诗派的早期创作，多以主观抒情为核心特征，强调个人的情感抒发。

新月诗派的灵魂人物徐志摩，崇尚个性解放，这种观念使他整本《志摩的诗》差不多就是感情的无关栏的泛滥。如《去罢》：

去罢，人间，去罢！
我独立在高山的峰上；
去罢，人间，去罢！
我面对著无际的穹苍。

---

① 徐志摩：《月下待杜鹃不来》，《徐志摩全集》，天津人民出版社2005年版，第100页。

去罢，青年，去罢！
与幽谷的香草同埋；
去罢，青年，去罢！
悲哀付与暮天的群鸦。

去罢，梦乡，去罢！
我把幻景的玉杯摔破；
去罢，梦乡，去罢！
我笑受山风与海涛之贺。

去罢，种种，去罢！
当前有插天的高峰！
去罢，一切，去罢！
当前有无穷的无穷！[①]

全诗完全就是抒发诗人内心喷薄而出的情感，诗人"面对著无际的穹苍"，发出一声声呐喊，将心中的激情宣泄而出。诗人"我笑受山风与海涛之贺"，认定"当前有无穷的无穷"，这是一种博大的胸怀，是自身内在情感不受约束的喷发。

徐志摩是从英国留学回来的，他主动接受西方自由浪漫主义文化对他的洗礼，深受西方文化对他思想的冲击，他的灵魂也因此被震撼了。所以，在新月诗派中，徐志摩诗作中对浪漫主义文学艺术手法的狂热运用，是无可厚非的。诗歌《再别康桥》，虽然表达的是离别感伤的情怀，但诗人却用优美的词汇将自己的思想感情抒发出来。"轻轻的我走了，正如我轻轻的来。我轻轻的招手，作别西天的云彩。"静谧的康桥，将诗人那丝丝离别的愁绪之情，这般温婉地、动人地抒发出来，让人遐想。"那河畔的金柳，是夕阳中的新娘。波光里的艳影，在我的心头荡漾。"美丽的康桥被诗人拟人化，如此的佳影，怎能不让诗人的心为之倾倒；如此美景，怎能不令诗人心旷神怡。康桥的一切，在诗人的眼里都是那么的美妙，具有无穷的魅力，就连诗人自己都不知道该用什么样的词汇进行修饰，唯恐

[①] 徐志摩：《去罢》，《徐志摩全集》，天津人民出版社2005年版，第151页。

运用不当，破坏了这人间的画面。《再别康桥》这首诗宛如一曲优雅动听的小夜曲，运用了不同的格调韵律，将诗人主观的情感全部囊括其中。诗作中，诗人对动作性很强的抒情性词语如"揉碎""招摇""荡漾""漫溯""挥一挥"等的运用，使每一幅画面都充满了生机，充满了立体感，让读者随同诗人幻游在美丽的康桥的仙境里。在对爱情憧憬的诗篇《雪花的快乐》中，诗人运用隽秀柔和的笔调，描绘了雪花优美的形象。诗歌节奏轻快，调子舒展明朗，意境优美。"假如我是一朵雪花，翩翩的在半空里潇洒……不去那冷漠的幽谷，不去那凄清的山麓，也不上荒街去惆怅……在半空里娟娟的飞舞，认明了那清幽的住处……啊，她身上有朱砂梅的清香，那是我凭借我的身轻，盈盈的，沾住了她的衣襟，贴近她柔波似的心胸……"诗人这种对感情执着坚定的表述，对自由理想的不懈追求，却用这灵性的雪花代替，将诗人自身的淡淡忧伤埋藏在雪花里，这是多么清丽优雅的意境。大文豪茅盾曾经这样评价这首诗："不是徐志摩，做不出这首诗。"茅盾的一句话概括了徐志摩诗歌的抒情特点。而另一部诗作《沙扬娜拉——赠日本女郎》，"最是那一低头的温柔/像是一朵水莲花不胜凉风的娇羞/道一声珍重/道一声珍重/那一声珍重里有蜜甜的忧愁/沙扬娜拉！"诗歌虽然篇幅短小，但是短短几句的抒情描述却将诗歌意境完美展现，将日本女郎与朋友道别时的娇羞情态的美感展现出来，体现了日本女郎柔美动人的风情。

新月诗派的另一位诗人闻一多，早期的诗歌创作也多呈现出浪漫主义的诗学特征。如他的诗作《红烛》就是效仿郭沫若的《女神》进行创作的。这首诗作表现出极其浪漫的风格特征，是闻一多在自己生命的琴弦上弹奏出的青春般的激情澎湃之歌。闻一多在写作《红烛》时期，受济慈影响很深，那时候，他一心专攻文学事业并想在纯文学上有所展露，他认为，"鉴赏艺术非和现实隔绝不可"。他的这些观点全都贯穿于他的《红烛》创作中。

  红烛啊！
  这样红的烛！
  诗人啊！
  吐出你的心来比比，
  可是一般颜色？

红烛啊!
是谁制的蜡——给你躯体?
是谁点的火——点着灵魂?
为何更须烧蜡成灰,
然后才放光出?
一误再误;
矛盾!冲突!
……①

《红烛》这首诗歌的创作,闻一多只是根据一个民间的世俗传说,并将它作为直接描写的对象,给我们展示了一个美好的、存在于诗人心中的理想世界。所以,诗人以其夸张的写作手法,离奇的故事情节,热情豪放的语言,高昂激越的格调进行虚构,创造出理想化的世界和理想化的人物,从而抒发自己的浪漫主义情怀。另一首《太阳吟》:

太阳啊,刺得我心痛的太阳!
又逼走了游子底一出还乡梦,
又加他十二个时辰底九曲回肠!

太阳啊,火一样烧着的太阳!
烘干了小草尖头底露水,
可烘得干游子底冷泪盈眶?

太阳啊,六龙骖驾的太阳!
省得我受这一天天底缓刑,
就把五年当一天跑完那又何妨?

太阳啊——神速的金乌——太阳!
让我骑着你每日绕行地球一周,
也便能天天望见一次家乡!

---

① 闻一多:《红烛》,《闻一多全集》,湖北人民出版社2004年版,第7页。

太阳啊，楼角新升的太阳！
不是刚从我们东方来的吗？
我的家乡此刻可都依然无恙？
……①

整首诗以其独特的描述方式将自己对亲人、家乡、祖国的思念，寄意于"太阳"，通过对"太阳"的吟颂，把一颗赤诚的爱国心展露出来。诗作一开始，诗人就晓之以理、动之以情地将爱国热情的火焰，发自肺腑地喷薄出来。夜里经常梦到回到自己的家乡，和自己的亲人团聚，亲切的交谈，这是诗人多么梦寐以求、温馨幸福的梦境啊！然而，梦终究是要醒的，睁开眼后发现世界依然如故。当"太阳"驱散了黑暗，逼走了诗人的"还乡梦"之后，诗人又怎么能不思念生养自己的家乡。诗人运用想象的写作手法，让自己骑着不可羁绊的骏马，骑着"神速的金乌"，驰骋于天地之间。这种夸张的想象，将一个"游子"渴望回到自己祖国母亲怀抱的心情，抒发得淋漓尽致，也将浪漫主义的手法成功地运用。朱湘虽然并不像徐志摩和闻一多那样，在诗歌中直接进行抒情，赤裸裸地表现自我和追求感情宣泄的力度，但是，他的诗作也不乏浪漫主义的味道，如他的诗篇《梦》。"水样清的月光淌下苍松／山寺内舒徐的敲着夜钟／梦一般的泉声在远方动／梦吧／月光里的梦呀趣味无穷！／酒样醇的花香熏得人慵，／蜜蜂在花枝上尽着嘤嗡，／一阵阵的暖风向窗内进，／梦吧，／月光里的梦呀其乐融融！……"这首诗虽然没有奔放直白、直抒胸臆的表现浪漫主义诗风的特征，但是诗歌依然以浪漫主义抒情为基调，展现诗歌独特的诗意美。诗人注重每小节的诗歌韵律，将内蕴的情感也很适宜地外化出来，很及时地调整了诗歌的抒情表达方式。《梦》这首诗主观的情感表现浓厚，诗人很好地将浪漫主义直抒胸臆的内心直感的表达与客体意象相结合，用三种不同的意象，营造出幽静、凄凉的梦境，将诗人清晰明确的主观情愫表达出来。

总之，新月派诗人自己也承认，他们的诗歌创作多偏于对抒情诗歌的特殊喜爱。新月诗派无论是在当时文坛上的成就，还是被当今诗坛的推崇，可以说都归功于对直抒胸臆的抒情诗的创作。他们在进行诗歌创作时

---

① 闻一多：《太阳吟》，《闻一多全集》，湖北人民出版社2004年版，第92页。

将自己的思想感情融合于事物中，对审美对象进行精心加工，对诗歌意象加以无休止的展现，都是一种自我情感的表现。所以说，主观抒情是新月诗派的奠基石，是他们诗歌的核心理论支柱。诗人以此为基点创作出标举性灵、热情洋溢、充满诗情画意的诗篇。这些诗篇有着浪漫主义的特点，飘逸着浪漫主义的色泽，是不足为怪的。

（二）唯美·绚烂·浓情

新月诗派在早期进行诗歌创作时，除了在诗篇中赤裸裸地抒发自己的情感之外，他们还善于运用幻想、夸张、比喻等艺术的表现手法，推崇浪漫主义诗风，展现诗歌意境。新月诗派的诗人们，大量运用奇特的幻想，异常的夸张和优美的比喻等艺术表现手法，以"浓妆淡抹总相宜"的色彩和华丽优美的语词，把历史传说、大自然壮丽的景色和异域他乡的奇特情调等有机地结合起来，编织出非同寻常的理想世界，创造出美丽的人间仙境，童话般的草木花卉的境界，如徐志摩的《翡冷翠的一夜》：

> 你真的走了，明天？那我，那我……
> 你也不用管，迟早有那一天；
> 你愿意记着我，就记着我，
> 要不然趁早忘了这世界上
> 有我，省得想起时空着恼，
> 只当是一个梦，一个幻想；
> 只当是前天我们见的残红，
> 怯怜怜的在风前抖擞，一瓣，
> 两瓣，落地，叫人踩，变泥……
> 唉，叫人踩，变泥——变了泥倒干净，
> 这半死不活的才叫是受罪，
> 看着寒伧，累赘，叫人白眼——
> 天呀！你何苦来，你何苦来……
> 我可忘不了你，那一天你来，
> 就比如黑暗的前途见了光彩，
> 你是我的先生，我爱，我的恩人，
> 你教给我甚么是生命，甚么是爱，

你惊醒我的昏迷,偿还我的天真。
没有你我哪知道天是高,草是青?
你摸摸我的心,它这下跳得多快;
再摸我的脸,烧得多焦,亏这夜黑
看不见;爱,我气都喘不过来了,
别亲我了;我受不住这烈火似的活,
这阵子我的灵魂就像是火砖上的
熟铁,在爱的锤子下,砸,砸,火花
四散的飞洒……我晕了,抱着我,
爱,就让我在这儿清静的园内,
闭着眼,死在你的胸前,多美!
头顶白杨树上的风声,沙沙的,
算是我的丧歌,这一阵清风,
橄榄林里吹来的,带着石榴花香,
就带了我的灵魂走,还有那萤火,
多情的殷勤的萤火,有他们照路,
我到了那三环洞的桥上再停步,
听你在这儿抱着我半暖的身体,
悲声的叫我,亲我,摇我,咂我;……
……①

  徐志摩写作《翡冷翠的一夜》时正客居意大利,独居异乡的孤寂和对亲人的思念使诗人在创作时不自觉地将自身的情绪倾泻其作品中。全诗以一个弱女子的口吻,喃喃细语,将异乡的景物和自身苦闷的情绪结合起来,形成了一种独特的意蕴。
  在新月诗派诗人们的笔下,创作的背景可以不断地变更,时空可以任意地延伸拓展。正是诗人们这种浪漫的、不拘泥于传统诗歌框架的写诗风格,才让今天的我们有福享受这些画一样的诗境。
  在对浪漫主义诗歌艺术手法运用得游刃有余的诗人中,天生感情型的徐志摩还是首当其冲。徐志摩的诗歌除了直抒胸臆的传达个人的主观感受

---

① 徐志摩:《翡冷翠的一夜》,《徐志摩全集》,天津人民出版社2005年版,第226页。

外，他对浪漫主义手法的运用更是着魔一般的狂热。在诗人徐志摩的世界里，大自然的高山、大海、草木、花虫、鸟鱼、日月等景象都是有情有义、有灵性的生命。如诗人笔下的康桥，他妙用比喻，把康桥河畔被阳光镀上一层金色的柳树，想象为沐浴着落日余晖的美丽、娇羞的新娘，"那河畔的金柳，是夕阳中的新娘，波光里的艳影，在我的心头荡漾。"接着，诗人又对软泥上的青荇赋予生命，青荇好似温柔的少女，在含情脉脉地望着诗人，让诗人"在康河的柔波里，（我）甘心做一条水草"。这曼妙的金柳画卷、柔情的青荇图，让诗人心绪难以平静，记忆又将他带回到了从前。诗人在康桥河畔不忍离去，而康桥也好想猜透了诗人的所思所想，不停地殷切地挽留着诗人。此时的诗人，早已忘记了周围的一切，忘记了自身的存在，把自己完全融入了康河的柔波里。紧接着，诗人又插上了想象的翅膀，翱翔于那眼前的一潭碧绿的泉水所幻化成的美丽的"天上虹"间，诗人在这美丽的康桥梦里畅游回到过去的剑桥学生时代。在这里，诗人徐志摩运用比喻、想象的写作手法把自己当时对母校剑桥的留恋情感全部展现出来，也将自己的苦闷情绪通过对康桥的怀念反衬出来。我们仿佛看到了诗人情绪的低落，内心的惆怅和难以言说的苦衷，悲情意味令人回味无穷。诗人的另一首诗篇《雪花的快乐》，用雪花作比喻，表达了对爱情的执着与专注。全诗由雪花进行贯穿，将雪花对她的执着、情有独钟抒发得淋漓尽致。"我一定认清我的方向……这地面上有我的方向。不去那冷漠的幽谷，不去那凄清的山麓，也不上荒街去惆怅……认明了那清幽的住处，等着她来到花园里探望……啊，她身上有朱砂梅的清香，那是我凭借我的身轻，盈盈的，沾住了她的衣襟，贴近她柔波似的心胸……融入了她柔波似的心胸。"诗人用雪花作比，在虚拟的雪景中，灵性的雪花是他对爱的忠贞，对美好理想的执着追求。在这首诗中，诗人充分地享受着雪花带给他的快乐，更享受着在现实生活中他对美好生活的追求所带给他的快乐，为了自由和理想他可以献出一切。其实，这种丰富的想象，大量比喻的运用，在徐志摩的其他诗作中仍然占有较大的分量。如《朝雾里的小草花》：

> 这岂是偶然，小玲珑的野花！
> 你轻含着鲜露颗颗，
> 怦动的，像是慕光明的花蛾，
> 在黑暗里想念焰彩，晴霞；

> 我此时在这蔓草丛中过路，
> 无端的内感惆怅与惊讶，
> 在这迷雾里，在这岩壁下，
> 思忖着，泪怦怦的，人生与鲜露？①

在这首诗中，黑漆漆夜里的小野花对朝霞的渴望向往正好比喻着一种积极向上的人生态度，诗人用诗篇表达着对这"小草花"的敬意和爱。另外一首诗作《珊瑚》：

> 你再不用想我说话，
> 我的心早沉在海水底下；
> 你再不用向我叫唤，
> 因为我——我再不能回答！
>
> 除非你——除非你也来在
> 这珊瑚骨环绕的又一世界；
> 等海风定时的一刻清静，
> 你我来交互你我的幽叹。②

海底的珊瑚隐瞒自己的苦衷，正如它们所生活的地方——海里最深处一样，它们把自己心中的秘密藏在心底深处，不愿意轻易向别人吐露隐衷。再如《乡村里的音籁》：

> 小舟在垂柳荫间缓泛，
> 一阵阵初秋的凉风，
> 吹生了水面的漪绒，
> 吹来两岸乡村里的音籁。

---

① 徐志摩：《朝雾里的小草花》，《志摩的诗》，作家出版社 2000 年版，第 56 页。
② 徐志摩：《珊瑚》，《徐志摩全集》，天津人民出版社 2005 年版，第 317 页。

我独自凭着船窗闲憩,
静看着一河的波泛,
静听着远近的音籁,
又一度与童年的情景默契!

这是清脆的稚儿的呼唤,
田野上工作纷纭,
竹篱边犬吠鸡鸣,
但这无端的悲鸣与凄婉!

白云在蓝天里飞行:
我欲把恼人的年岁,
我欲把恼人的情爱,
托付与无涯的空灵——消泯!

回复我纯朴的,美丽的童心:
像山谷里的冷泉一勺,
像晓风里的白头乳鹊,
像池畔的草花,自然的鲜明。[①]

在这首诗中,诗人把童心比喻成"山谷里的冷泉""晓风里的白头乳鹊""池畔的草花"等。通过比喻,诗人将抽象的情感对象化,使其更具体可感,也使全诗更加生动,生机勃勃。在徐志摩的诗中,有时即使是一个短小的比喻句,也富有很强的艺术表现力,给人以美感。

虽然闻一多诗作中比喻修辞手法的运用,在数量上和徐志摩相比略逊一筹,但是,诗人对奇特的幻想和比喻等艺术手法的展现堪称经典之作。在《太阳吟》中,诗人以大胆、丰富的想象表达自己的忧国思想和情感。诗人仰望苍天,满脸忧伤地希冀"六龙骖驾的太阳",快一点跑,"把五年当一天跑完",让他尽快回到他日思夜想的祖国怀抱。让太阳把五年当一天的时间快速旋转,显然这只是诗人的空想,但是怎样才能实现自己迫切

[①] 徐志摩:《乡村里的音籁》,《徐志摩全集》,天津人民出版社 2005 年版,第 248 页。

的回家愿望呢？诗人又展开了想象的翅膀，把自己的全部希望寄托在每天东边升起，西边落下的太阳身上。"太阳——神速的金乌……让我骑着你每日绕地球一周，也便能天天望见一次家乡。"当时间不能骤然减短时，诗人又希望自己每天都骑着太阳环绕地球，每天都看看自己可爱的祖国。接着，诗人又把美国暗喻成豺狼虎豹，把生他养他的祖国比喻成生命之火的太阳，把现在生活的地方和亲爱的祖国一起作比，来突出祖国母亲的亲切。诗人的想象到此还没有结束，他更是趁热打铁地把自己置于想象的时空中。他幻想着自己骑着一匹骏马，驰骋于天地之间，上崇阿、下沟壑、上九天、回大地。诗人这一层比一层夸张的想象让人瞠目结舌，更让我们跟随着他的大胆想象一起遨游在他思念祖国的情感中。这些令人心旷神怡的想象，给这个本来愁思满卷的诗篇，增添了新鲜、瑰丽的感觉，更让我们直接地感受到他的那颗爱国心。在《李白之死》中：

> 一对龙烛已烧得只剩光杆两枝，
> 却又借回已流出的浓泪底余脂，
> 牵延着欲断不断的弥留的残火，
> 在夜底喘息里无效地抖擞振作。
> 杯盘狼藉在案上，酒坛睡倒在地下，
> 醉客散了，如同散阵投巢的乌鸦；
> 只那醉得最狠，醉得如泥的李青莲
> （全身底骨架如同脱了榫的一般）
> 还歪倒倒的在花园底椅上堆着，
> 口里喃喃地，不知到底说些什么。
>
> 声音听不见了，嘴唇还喋着不止；
> 忽地那络着密密红丝网的眼珠子，
> （他自身也象一个微小的醉汉）
> 对着那怯懦的烛焰瞪了半天：
> ……①

---

① 闻一多：《李白之死》，《闻一多全集》，湖北人民出版社 2004 年版，第 10 页。

闻一多根据一个简单的世俗传说，描述了一个存在于诗人心中的理想世界，全诗依然贯穿了想象的艺术手法。诗人极其夸张地虚构了曲折离奇的情节，从而抒发自己的浪漫主义情怀。《李白篇》的第二首叙事长诗《剑匣》：

> 在生命底大激战中，
> 我曾是一名盖世的骁将。
> 我走到四面楚歌底末路时，
> 并不同项羽那般顽固，
> 定要投身于命运底罗网。
> 但我有这绝岛作了堡垒，
> 可以永远驻扎我的退败的心兵。
> 在这里我将养好了我的战创，
> 在这里我将忘却了我的仇敌。
> 在这里我将作个无名的农夫，
> 但我将让闲惰底芜蔓
> 蚕食了我的生命之田。
> 也许因为我这肥泪底无心的灌溉，
> 一旦芜蔓还要开出花来呢？
> 那我就镇日倘佯在田塍上，
> 饱喝着他们的明艳的色彩。
> ……①

全诗同样也是想象连篇，如雕刻图像用的材质：象牙、玫瑰玉、珊瑚、琥珀等；剑匣中所描绘的其他图案：白面美髯的太乙，玉人似的维纳斯，三首六臂的梵像等。"我一壁工作着，一壁唱着歌：我的歌里的律吕／都从手指尖头流出来，我又将他制成层叠的花边：有盘龙，对凤，天马，辟邪的花边，有芝草，玉莲，双胜底花边，又有各色的汉纹边／套在最外的一层边外。"诗人在这首诗中，真是将想象运用到了极致。闻一多的《红荷之魂》也是构思巧妙，想象丰富。

---

① 闻一多：《剑匣》，《闻一多全集》，湖北人民出版社2004年版，第19页。

太华玉井底神裔啊！
不必在污泥里久恋了。
这玉胆瓶里的寒浆有些冽骨吗？
那原是没有堕世的山泉哪！

高贤底文章啊！雏凤底律吕啊！
往古来今竟携了手来谀媚着你。
来罢！听听这蜜甜的赞美诗罢！
抱霞摇玉的仙花呀！
看着你的躯体，
我怎不想到你的灵魂？
灵魂啊！到底又是谁呢？

是千叶宝座上的如来，
还是丈余红瓣中的太乙呢？
是五老峰前的诗人，
还是洞庭湖畔的骚客呢？

红荷底魂啊！
爱美的诗人啊！
便稍许艳一点儿，
还不失为"君子"。
看那颗颗坦张的荷钱啊！
可敬的——向上底虔诚，
可爱的——圆满底个性。
花魂啊！佑他们充分地发育罢！

花魂啊，
须提防着，
不要让菱芡藻荇底势力
吞食了泽国底版图。

> 花魂啊!
> 要将崎岖的动底烟波,
> 织成灿烂的静底绣锦。
> 然后,
> 高蹈的鸿鹚啊!
> 热情的鸳鸯啊!
> 水国烟乡底顾客们啊!……
> 只欢迎你们来
> 逍遥着,偃卧着;
> 因为你们知道了
> 你们的义务。①

诗人赞颂红荷是"太华玉井底神裔",又将其喻为"千叶宝座上的如来""五老峰前的诗人""洞庭湖畔的骚客"等。他还将红荷视为灵性的植物,赋予它灵魂,还告诫灵魂"提防着,不要让菱芡藻荇底势力,吞食了泽国的版图"。这奇特的想象让整篇诗歌充满了深远的意境。新月派的其他诗人们,在进行诗歌创作时也往往运用这些浪漫主义的表现手法,把抽象感觉落实在一些具体的物象上。如朱湘的《三弦》:"城市寂寥的初夜,他的三弦想过街中。是一种低抑的音调,疲倦的申诉着微衷。……他趁着心血尚微温,弹出了颤鸣的声浪。无人见的暗里飘来,无人见的飘入暗中。"还有陈梦家的《摇船夜歌》:"那水声,分明是我的心,是黑暗里轻轻的响。"在新月诗派的诗人们笔下,有一些清新瑰丽的诗歌,从诗的开头到诗的结尾全部都是由比喻和想象架构的。比如林徽因的《你是人间的四月天》:

> 我说你是人间的四月天;
> 笑响点亮了四面风;轻灵
> 在春的光艳中交舞着变。
>
> 你是四月早天里的云烟,

---

① 闻一多:《红荷之魂》,《闻一多全集》,湖北人民出版社2004年版,第75页。

黄昏吹着风的软,星子在
无意中闪,细雨点洒在花前。

那轻,那娉婷,你是,鲜妍
百花的冠冕你戴着,你是
天真,庄严,你是夜夜的月圆。

雪化后那片鹅黄,你像;新鲜
初放芽的绿,你是;柔嫩喜悦,
水光浮动着你梦期待中的白莲。

你是一树一树的花开,是燕
在梁间呢喃,——你是爱,是暖,
是希望,你是人间的四月天![1]

这首诗,全篇都在运用喻体和想象。这些喻体的运用,如春天的毛毛细雨,让人有一种温暖舒服的感觉。如四月天、月圆、白莲等,这些曼妙的喻体,增强了诗歌的可读性,更给诗歌增添了韵味。

新月诗派在诗歌创作上,有的是整个诗篇,有的是整段诗,或者有的是简短的几句诗歌,都大量运用想象、夸张和比喻等修辞手法。这些想象和喻体的运用,创造出诗歌动人的意象,提高了诗歌的美感和表现力,渲染了诗歌的意境氛围,更强化了诗歌的表达效果,给读者留下深刻的印象。所以,浪漫主义诗歌艺术手法的运用,使新月诗派直抒胸臆的个人主义的主观抒情更为唯美,更有浪漫特色。

(三)自然·自我·自由

新月诗派浪漫主义诗歌的表现力,除了主观抒情和艺术手法的运用之外,还有诗人们喜欢描写和歌颂大自然。诗人们对现实生活不满,实现不了自己的理想,让自己回归到大自然,尽情地展现自己的性灵,并将大自

---

[1] 林徽因:《你是人间的四月天》,陈学勇编:《林徽因文存》,四川文艺出版社2005年版,第21页。

然美与现实的丑恶进行对照,以抨击当时污浊的社会现实。如闻一多的《春光》:

> 静得像入定了的一般,那天竹,
> 那天竹上密叶遮不住的珊瑚;
> 那碧桃;在朝曦里运气的麻雀。
> 春光从一张张的绿叶上爬过。
> 蓦地一道阳光晃过我的眼前,
> 我眼睛里飞出了万丈的金箭,
> 我耳边又谣传着翅膀的摩声,
> 仿佛有一群天使在空中巡逻……
>
> 忽地深巷里迸出了一声清籁:
> "可怜可怜我这瞎子,老爷太太!"①

诗人将"天竹""珊瑚""碧桃""绿叶"等大自然美好的景物作为诗歌意象尽情地展现在诗中,给人一种大自然唯美的气息。但诗的最后两句才是诗人所要表达的主题,用社会底层百姓的呼喊和前面美好的意象做对比,全诗的批判意味就变得更加强烈了。

诗人们崇尚美丽的大自然景象,把这些净化人视野的自然作为自己创作的描写对象,描写自然的美,如高山、大海、树木、土地、白云、星星等,这些成了诗人们笔下的精灵。

诗人徐志摩往往将星星、月亮、雪花、树木等这些美丽的自然景象写进自己的诗中,在创作中把自己的思想和这些自然景物相糅合,借景抒情,借物述志。如《再别康桥》,无论是康桥河畔的柳,康河水底的青荇,还是夕阳,在诗人的笔下都是生命的化身,它们身上集结着作者的离愁之情。在徐志摩的诗中,他也很热衷于对"月"这个自然景象的描述。如《无题》:"更有那高峰,你那最想往的高峰,也已涌现在当前,莲苞似地玲珑,在蓝天里,在月华中,浓艳、崇高。"如《秋虫》:"过天太阳羞得遮了脸,月亮残阙了再不肯圆。"还有《月下雷锋影片》里的"深深的黑夜,依依

---

① 闻一多:《春光》,《闻一多全集》,湖北人民出版社 2004 年版,第 148 页。

的塔影,团团的月彩,纤纤的波鳞"。《半夜深巷琵琶》中"半轮是残月",等等。无论如何,自然景象"月"在诗人的眼中无论是圆的还是弯的,都是意义的代名词。诗人有时借"月"抒发一种美好的理想,表达自己的人生价值观;有时借"月"展现希望的破灭;还有时借"月"来抨击当时的黑暗社会现象。诗人除了对"月"情有独钟外,还对"星星""云""水""山"这些自然物象爱不释手。如《再别康桥》:"寻梦?撑一支长篙,向青草更青处漫溯,满载一船星辉,在星辉斑斓里放歌。"诗中的"一船星辉"将诗人的孤独意识全部呈现出来。从前,船上承载的是他心爱的女人,而此时小船只能承载满天的星辉,来填补船上多余的空隙。而《为要寻一个明星》中"为要寻一颗明星,我冲入这茫茫的黑夜……那明星还不出现",此时的"明星"并不简单的是天上借着太阳的光芒,而散发出自己微弱的光的实体物。在这里,星星和黑夜是一种强烈的视觉对比,更是黑暗与光明的对比。在诗人的创作中,"云"也是他笔下的常客。诗人说过:"漫烂的云纹霞彩,应反映我的思想情感。"如《再别康桥》:"轻轻的我走了,正如我轻轻的来;我轻轻招手,作别西天的云彩。……悄悄的我走了,正如我悄悄的来;我挥一挥衣袖,不带走一片云彩。""云"在这里蕴含着一定的意象。诗人在这里向云轻轻地告别,实际上是向他在英美国家学习生活的那几年中,早已习惯了的英美式的民主自由的制度告别。其实,在徐志摩的其他诗篇里,还有很多对"云"的描写:《偶然》中的"我是天空里的一片云"。《夏日田间即景》中的"一天的白云黄云"。《我是个无依无伴的小孩》中的"我亦爱在白云里安眠不醒"。诗人极尽全力地描写云、赞美云,实质上,云是他无拘无束、洒脱性格的一种展现,这也是他偏爱"云"的一个重要原因。徐志摩诗中还有我们前文所论述的"雪花"的自然景象,《雪花的快乐》中作者把自己假设为一朵雪花:"假如我是一朵雪花,翩翩的在半空里潇洒,我一定认清我的方向,飞扬,飞扬,飞扬,这地面上有我的方向。"诗人把自己比喻成空中潇洒、飘扬的雪花,实质是借雪花来表达自己对自由和理想的追求。

在新月诗派中,不仅是徐志摩一人对自然景物的描写情有独钟,其他诗人对自然景物的描写也有着超喜爱之情。在朱湘的诗歌选集中,大部分诗篇都是对自然景物的描写,以把自己的心绪情感寄托在自然景物上。如朱湘的《雨景》:

> 我心爱的雨景也多着呀:
> 春夜梦回时窗前的淅沥;
> 急雨点打上蕉叶的声音;
> 雾一般拂着人脸的细丝;
> 从电光中泼下来的雷雨——
> 但将雨时的天我最爱了。
> 它虽然是灰色的却透明;
> 它蕴着一种无声的期待。
> 并且从云气中,不知哪里,
> 飘来了一声清脆的鸟啼。①

诗人经常把自己错综复杂的感情物化在高山流水、花草鱼虫上,甚至池塘中摇曳的风荷,天上瞬间滑落的流星,都成了诗人笔下所关注的艺术审美对象。又如其诗作《秋》:

> 宁可死个枫叶的红,
> 灿烂的狂舞天空,
> 去追向南飞的鸿雁,
> 驾着万里的长风。②

整首诗虽然只有短短几行,但诗人的情感却表现得十分明显。诗人将万丈豪气化在"枫叶""天空""鸿雁""长风"上,全诗虽然短,但却含有一股强劲有力的内在韵味。再来看诗人的另一首诗作《废园》:

> 有风时白杨萧萧着,
> 无风时白杨萧萧着;
> 萧萧外更不听到什么:
>
> 野花悄悄的发了,

---

① 陈梦家主编:《雨景》,《新月诗选》,新月书店1931年版,第88页。
② 朱湘:《秋》,《草莽集》,浙江文艺出版社1997年版,第72页。

野花悄悄的谢了；

悄悄外园里更没什么。①

诗中对白杨树和野花的描述，看似漫不经心，其实质是表达诗人对人在这短暂的生命里，总是被人遗忘的惆怅慨叹。朱湘是一个情感非常丰富的诗人，他的诗就如他的人一样，总是蕴含着深刻的情思。他笔下的景物不再是单单的物象，而是一种意象的表现。其实，仔细剖析朱湘的诗歌，我们会发现在他笔下的自然景物中出现最多的是对流水这个自然景物的描写，他的笔下有大海、河流、小溪、瀑布、山泉等和流水有关的自然景物。如诗作《小河》：

……
我流过宽白的沙滩，
过竹桥有肩锄的农人；
我流过俯岩的面下，
他听过我弹幽洞的石琴。

有时我流的很慢，
那时我明镜不殊，
轻舟是桃色的游云，
舟子是披蓑的小鱼；
……②

诗人把自己比喻成一条弯曲的小河，有时流过沙滩，有时流过岩石下，有时流得很快，有时又好像累了休息一样流得很慢。诗中那些优美的、富有动感的诗句，表达了诗人对大自然的热爱。《泛海》中，有对大海浪花的欢唱："在这海洋——看浪花丛簇，似白缎生没。"浪花狂欢似地一层又一层地掀起波浪，这也正如诗人的心潮，激荡得难以平复。而朱湘《采莲曲》中的流水就少了《泛海》中的跳荡癫狂，多了分宁静：

---

① 朱湘：《秋》，《草莽集》，浙江文艺出版社1997年版，第3页。
② 朱湘：《小河》，《草莽集》，浙江文艺出版社1997年版，第9页。

"日落，微波，金丝闪动过小河。……绿水呀相伴，清净呀不染尘埃，溪间，采莲，水珠滑走过荷钱。"流水低吟，美如乐曲，一幅祥和、明丽的江南水乡画卷出现在我们的视野里，采莲姑娘淳朴、勤劳、娇羞的形象在我们的脑海里跳跃，好一幅羡煞旁人的世外桃源图。《洋》这首长诗，描写了气吞山河、囊括宇宙的大洋，将洋的深邃、浩渺和永恒表现得淋漓尽致。新月诗派的诗人陈梦家，在成名作《一朵野花》中，借对自然景物野花的描写，来表达自己的心情和感受："一朵野花在荒野里开了又落了，他看见晴天，看不见自己的渺小……就连他自己的梦也容易忘掉。"诗人没有像其他的诗人那样用优美的语词来装饰这首诗，而只是简单地用几句白描来表露自己的心声。林徽因在徐志摩逝世之后的几年里，作了《你是人间的四月天》这首诗。对于这首诗歌，学术界很有争论，有的学者认为，这首诗歌是作给已故去的诗人徐志摩的，是一首情诗；也有的学者认为，这首诗歌是作给林徽因自己的儿子的，是一首亲子之诗。这首诗最初的创作意图是什么，我们暂且不论，但这首诗歌无论是情诗还是亲子之诗，诗人都将感情寄托在了对自然景物的大段描写上。"我说你是人间四月天，笑响点燃了四面风。……你是四月早天里的云烟，黄昏吹着风的软，星子在无意中闪，细雨点洒在花前……你是夜夜的月圆，雪化后那片鹅黄，你像新鲜初放的芽的绿，你是柔嫩喜悦，水光浮动着你梦期待中的白莲。"诗中描写了多种自然景物："风""云烟""星""雨""月""嫩芽"和"白莲"，增加了诗的美感，给人以纯洁美好、生机勃勃的气息感。

　　新月诗派的诗人笔下的自然景物，有的生机勃勃、春意盎然，也有的波涛汹涌、跳荡癫狂。但是，无论是对自然景物的哪一种描述，都是诗人自我情感的一种寄托。所以说，新月诗派对自然景物的歌颂，是借景物来抒发自己的个人情怀，也是为实现艺术美服务的。

　　总之，新月诗派在进行诗歌创作时，高调直白地张扬自己的主观情感，在写作时，大胆运用想象、夸张和比喻等浪漫主义艺术手法，在诗歌中还大量歌颂自然的美景，这一切都证明新月诗派受浪漫主义文学的影响，并紧紧追随着浪漫主义的脚步向前发展，不愧为"五四"文学时期浪漫主义诗潮的核心。

三 现代主义：绚烂归于平静

活跃在"五四"文学时期的新月诗派，最初是以浪漫主义诗风的文学旗帜建立的文学诗派，但是，随着时间的推移，诗人们对他们所生活的黑暗、污浊的社会现实也有了重新深刻的认识和体验，诗人们慢慢地由早期单纯的浪漫主义诗风，向以犀利的笔触书写现实生活的现代主义诗风靠近。后来一些青年人如卞之琳、梁宗岱等人加入诗社，新月诗派彻底从浪漫主义向现代主义诗风转变。

（一）世纪末果汁

新月诗派由浪漫主义诗风向现代主义诗风的转变，是一个自觉的过程，是符合社会发展趋势的。可以说，新月诗派诗风自觉转变的原因，有其社会的因素，它的诗风转变是和当时的社会政治背景分不开的，二者之间存在着很重要的关系。

在20世纪二三十年代，中国正处于内忧外患的恶劣形势下。在1927年以后，中国的社会形势变得更加残酷和严峻。新月诗派的自由知识分子们大都在英美留过学，接受过西方的思想教育，更崇拜当时西方英美式的自由民主共和制度，他们迫切希望中国也能很快地建立起他们理想中的自由民主共和制度。然而，孙中山领导的辛亥革命并没有建立起知识分子们所期望的民主、和平、自由的资产阶级共和国。这些知识分子所渴望的美好理想也只是一些不切合实际的空想，在当时的社会环境下是不可能实现的。诗人们往昔那单纯的理想此时破灭了，他们的心情沉重、压抑，现实惊醒了他们沉睡的美梦。诗人笔下少了美丽的青山绿水、蓝天白云，少了舒适、惬意的理想生活，这一切都决定了他们要改变自己的语言方式、写作方式。而现代主义的语言风格正好契合了这一时期新月诗派所追寻的语言特点，也迎合了他们苦闷彷徨的心态，所以，最终新月诗派选择了现代主义诗风。

新月诗派后期诗风的转型，除了和当时的社会背景分不开之外，也和当时"五四"文学潮流对他们的影响分不开。浪漫主义文学从西方被引进中国之后，迅速席卷当时的整个文坛。因为浪漫主义文风适应了当时处于新旧交替之际文坛的需要，适应了社会历史的需要。但是，当时中国恶劣的环境，不可能给浪漫主义文学提供繁衍生存的土壤，所以按照事物发展变化的客观规律来看，浪漫主义文学在当时那个社会环境下早晚是要退出"五四"文坛的舞台的。而文坛对西方现代主义文学思潮的引入更符合当时的社会历史现实。现代主义思潮中的这些流派，相对于浪漫主义文学来说更具有现实性，和当时的社会背景正相吻合。所以说，现代主义这种现实的先锋性的表述方式，慢慢地改变了新月诗派最初的创作观念和审美选择。

新月诗派对现代主义诗风的选择，其实，除了上述两点外界因素之外，还有一个很重要的内因就是他们内心里对创作观念的主动改变，对现代主义诗风的主动选择。我们都知道，新月诗派的成员们大都是海外留学归来的，他们接受了西方的新式教育。无论是对政治的看法还是对文学自身的想法，都要求最基本的推陈出新。而且，他们对西方先进、自由的文化非常向往，以致达到痴迷的程度。他们强调理性与节制，他们相信文学是属于少数一部分人的，新月诗派的诗人们由浪漫主义诗风向现代主义诗风的转变是必然的。

（二）走出象牙塔

新月诗派在完成了浪漫主义诗风的转变之后，诗人们在后期的诗歌创作中，象征主义诗歌的特征表现得非常明显。诗人们通过暗示、烘托、对比和象征等艺术表现手法，来表达自己对外部世界的看法和观点。

迷恋丑恶事物是新月转变的最明显的标志。在早期的浪漫主义诗学那里，诗歌总是与美好的事物相伴相随，蓝天白云、鸟语歌声才能走进优雅的诗中，丑恶事物偶尔也会出现，但只是作为陪衬偶尔露一下脸。可是，新月诗派后期却一反常态，将丑恶事物推上诗歌的高雅殿堂，还对其进行长篇大论的叙述，以丑为美地加以欣赏。

浪漫诗人徐志摩一生崇拜大自然，他的诗歌从第一部诗集到最后一部，都是直接以美丽的自然景物为题材的，即使抒情言志也脱离不了自然事物，他以自然景物为依托来表达自己的爱、自由与美的思想追求。然而，就是这样一位对美好事物向往的追随者，在后期诗歌创作过程中，也模仿现代主义之父波德莱尔的《恶之花》，创作出《白旗》《毒药》和《婴儿》，如《白旗》：

来，跟着我来，拿一面白旗在你们的手里——不是上面写著激动怨毒，鼓励残杀字样的白旗，也不是涂著不洁净血液的标记的白旗，也不是画著忏悔与咒语的白旗（把忏悔画在你们的心里）；

你们排列著，噤声的，严肃的，象送丧的行列，不容许脸上留存一丝的颜色，一毫的笑容，严肃的，噤声的，像一队决死的兵士；

现在时辰到了，一齐举起你们手里的白旗，像举起你们的心一样，仰看著你们头顶的青天，不转瞬的，恐惶的，像看著你们自己的灵魂一样。

现在时辰到了，你们让你们熬著，雍著，迸裂著，沸腾著的眼泪流，直流，狂流，自由的流，痛快的流，尽性的流，像山水出峡似的流，像暴雨倾盆似的流……

现在时辰到了，你们让你们咽著，压迫著，挣扎著，汹涌著的声音嚎，直嚎，狂嚎，放肆的嚎，凶狠的嚎，像飓风在大海波涛间的嚎，像你们丧失了最亲爱的骨肉时的嚎……

现在时辰到了，你们让你们回复了的天性忏悔，让眼泪的滚油煎净了的，让嚎恸的雷霆震醒了的天性忏悔，默默的忏悔，悠久的忏悔，沈彻的忏悔，像冷峭的星光照落在一个寂寞的山谷里，像一个黑衣的尼僧匍伏在一座金漆的神龛前；

……

在眼泪的沸腾里，在嚎恸的酣彻里，在忏悔的沈寂里，你们望见了上帝永久的威严。①

诗人通过这些本身就很丑恶的东西，来表达更加丑恶的社会现实，向读者诉求他们人生旅途的艰难，内心的辛酸。其实，对丑恶事物的描写，是新月诗派后期创作的一个共同的主题，这主要是受西方象征主义的影响。但是，把丑恶事物放到一定地位，描写得更出神入化的应属闻一多。闻一多后期的诗歌创作，在理论上融会了印象主义绘画大师罗丹的创作原则——以丑为美，并在实践上付出了自己的努力，而且也取得了一定的成绩。如著名诗篇《死水》，全诗运用反讽的写作手法，以精练的语言，描绘了和他心中理想的祖国有着巨大反差的现实祖国，揭露了当时黑暗没落

---

① 徐志摩：《白旗》，《徐志摩全集》，天津人民出版社2005年版，第169页。

的旧社会，痛斥了祸国殃民的政府官僚，抒发了自己对祖国强烈的爱。在诗人看来，水应该是清澈的、柔和的，透着灵性的生命。但是，眼前这"一沟绝望的死水，清风吹不起半点涟漪"，毫无生气、污秽不堪、腐烂至极。这样的死水让诗人提不起半点兴趣，只有厌烦的心理，难怪他要向这沟臭气熏天的死水，"扔……破铜烂铁，泼……剩菜残羹"。这一厌恶动作，是诗人绝望之后的无奈之举。在这里，这沟绝望的死水，是当局社会现象的一种折射，是半殖民地半封建社会的旧中国的写照。诗篇的开头，诗人就运用比喻的手法，把死气沉沉的旧中国比喻成一沟绝望的死水，其实，诗人也是在抒发自己对当时黑暗势力的愤怒之情，对祖国的热爱之情。但是，这种爱与恨的矛盾情绪的抒发有种鲁迅的"哀其不幸，怒其不争"的情感意境。在诗的第二节，诗人又在"死水"中描写了"恶之花"，他用美丽、高雅的事物点缀这一沟死水，如"翡翠""桃花""罗绮""云霞"。诗人在这里运用反讽的写作手法，用美丽的事物来反衬绝望的死水的丑陋。诗人对美好事物的爱与恨的程度是相同的，他对美丽的事物有多么喜爱，则对死水就有多么的怨恨。在这一节中，诗人化丑为美，将心中的痛苦埋藏在内心深处，增添了诗歌含蓄蕴藉的美。在接下来的第三、四节里，诗人发挥他思维的奇特想象，将一沟恶臭熏天的死水，说成是酒香扑鼻，惹得蚊子偷吃，寂寞难耐的青蛙的吵人叫声，被诗人夸赞为美妙动听的歌声。这样，死水在诗人的笔下从字面上看好像是翻了身，成为一个绚丽的舞台。在实质上，诗人运用了反讽的笔触将死水勾画为一个丑恶污浊的舞台。诗的第二、三、四节将美的事物与丑的事物进行对比，深刻地揭露了旧中国表面繁华下腐败肮脏的畸形景象。总的来说，《死水》是诗人从美国留学回来后的创作，这是一首愤激之诗。诗人面对自己破败不堪的祖国，悲愤之情油然而生。他以笔为武器，对当时黑暗的中国进行了强烈的讽刺和批判。再如闻一多的另一首诗《夜歌》：

    癞虾蟆抽了一个寒噤，
    黄土堆里攒出个妇人，
    妇人身旁找不出阴影，
    月色却是如此的分明。

    黄土堆里攒出个妇人，

黄土堆上并没有裂痕；
也不曾惊动一条蚯蚓，
或绷断蛸蟏一根网绳。

月光底下坐着个妇人，
妇人的容貌好似青春，
猩红衫子血样的狰狞，
鬅松的散发披了一身。

妇人在号咷，捶着胸心，
癞虾蟆只是打着寒噤，
远村的荒鸡哇的一声，
黄土堆上不见了妇人。①

此诗对丑陋意象的描述，表现了诗人对人生种种痛苦的思考，对丑的描写也意味着对现实的种种丑恶荒诞的揭露和批判，烘托出了一种荒原式的情思感受。新月诗派中的其他诗人对丑恶事物的描述，也都有波德莱尔的意味。

新月诗派在诗中对丑恶事物的大加描述，虽然说给诗歌注入了一些新的元素，在一定程度上拓展了生命的多元感情领域，但是也有些大煞美的风景。

随着新月诗派在文坛上的发展，诗人们对艺术的追求和对现实生活的书写，后期的创作风格除了向象征主义诗风靠近外，在当时那种特殊历史语境下也决定了他们朝着诗歌小说化、戏剧化的方向发展。在新月诗派发展的后期，当时的中国正处在一个光明与黑暗交替的时代。这个时代已经不容许诗人依然在高雅的艺术象牙塔里做自我抒情。时代呼唤着诗人，呼唤着他们崇高的爱国主义思想意识，于是，他们放逐了抒情，但是又不想放弃对现代主义诗歌艺术的追求，不想放弃在诗歌中对个人内心体验的传达。所以，新月派诗人在艾略特的小说化、戏剧化的诗论里找到了归宿。

---

① 闻一多：《夜歌》，《闻一多全集》，湖北人民出版社2004年版，第150页。

小说化、戏剧化是新月诗派后期发展的新方向，也是中国诗歌领域里的一种初次尝试。新月诗派的代表诗人徐志摩，在这个方面也有所涉足，也为中国现代主义诗歌的艺术探索做出了有益的贡献。徐志摩在新诗戏剧化方面做了初步尝试，将西方的戏剧性诗学观念和戏剧本身的场景、结构等引入诗歌，努力地探索、融合现代诗歌的戏剧化体式。徐志摩在最初尝试诗歌戏剧化时，喜欢把诗歌营构成各具特色的、富有戏剧性的场景来表达自己的感情。如《两地相思》：

　　一、他——
　　今晚的月亮像她的眉毛，
　　这弯弯的够多俏！
　　今晚的天空像她的爱情，
　　这蓝蓝的够多深！
　　那样多是你的，我听她说，
　　你再也不用疑惑；
　　给你这一团火，她的香唇，
　　还有她更热的腰身！
　　谁说做人不该多吃点苦！——
　　吃到了底才有数。
　　这来可苦了她，盼死了我，
　　半年不是容易过！
　　她这时候，我想，正靠着窗，
　　收托着紧俏的脸庞，
　　在想，一滴泪挂在腮边，
　　像露珠沾了草尖：
　　在半忧愁半欢喜的预计，
　　计算着我的归期：
　　阿，一颗纯洁的爱我的心，
　　那样的专！那样的真！
　　还不催快你胯下的牲口，
　　趁月光清水似流，
　　趁月光清水似流，赶回家

去亲你唯一的她!
二、她——
今晚的月色又使我想起
我半年前的昏迷,
那晚我不该喝那三杯酒,
添了我一世的愁;
我不该给自己随手给扔,——
活该我今儿的闷!
他待我倒真是一片至诚,
像竹园里的新笋,
不怕风吹,不怕雨打一样,
他还是往上滋长;
他为我吃尽了苦,就为我
他今天还在奔波;——
我又没有勇气对他明讲
我改变了的心肠!
今晚月儿弓样,到月圆时
我,如何能躲避!
我怕,我爱,这来我真是难,
恨不能往地底钻;
可是你,爱,永远有我的心,
听凭我是浮是沈;
他来时要抱,我就让他抱,
(这葫芦不破的好,)
但每回我让他亲——我的唇,
爱,亲的是你的吻!①

　　正如其诗篇名称一样,是相隔两地的思念。诗歌中描写了两个对比的场景。第一个场景是抒情主体对自己心中偶像的思念,第二个场景是抒情主体心中所爱恋的偶像的梦破灭了。诗人营造了两种不同的场景,将理想

---

① 徐志摩:《两地相思》,《徐志摩全集》,天津人民出版社 2005 年版,第 314 页。

与现实进行了强烈的对比,造成了强烈的艺术戏剧效果。如另一首戏剧化的诗歌《消息》:

> 雷雨暂时收敛了;
> 双龙似的双虹,
> 显现在雾霭中,
> 天矫,鲜艳,生动,——
> 好兆明天准是好天了。
>
> 什么!又(是一阵)打雷了,——
> 在云外,在天外,
> 又是一片暗淡,
> 不见了鲜虹彩,——
> 希望,不曾站稳,又毁了。①

诗人抓住了事物反复无常的突变特点,准确地将起伏不定的情绪表现了出来,虽然全诗并不长,但在有限的篇幅中,戏剧性的意味淋漓尽致地展现了出来。《消息》在同一个场景中分了两个不同的小的时段场景,第一个时段场景是极力展现雨后天晴的壮观的彩虹景象,接下来又描述了轰隆隆的雷声从天边滚滚而来,驱散了美丽的彩虹。此时,人们的好心情也正如这美丽的彩虹突然消失一样,变得悲凉、焦躁。这两个看似简单的小时段,将主体的情绪很好地表现出来,也将诗歌中所呈现的乐极生悲的意蕴展示出来,戏剧韵味尽在其中。又如徐志摩的《这年头活着不容易》:

> 昨天我冒着大雨到烟霞岭下访桂:
> 南高峰在烟霞中不见,
> 在一家松茅铺的屋檐前
> 我停步,问一个村姑今年
> 翁家山的桂花有没有去年开的媚。

---

① 徐志摩:《消息》,《徐志摩全集》,天津人民出版社2005年版,第192页。

那村姑先对着我身上细细的端详：
活像只羽毛浸瘪了的鸟，
我心想，她定觉得蹊跷，
在这大雨天单身走远道，
倒来没来头的问桂花今年香不香。

"客人，你运气不好，来得太迟又太早：
这里就是有名的满家弄，
往年这时候到处香得凶，
这几天连绵的雨，外加风，
弄得这稀糟，今年的早桂就算完了。"

果然这桂子林也不能给我点子欢喜：
枝上只见焦萎的细蕊，
看着凄凄，唉，无妄的灾！
为什么这到处是憔悴？
这年头活着不易！这年头活着不易！①

全诗从开头到结尾表现的都是一种结构严谨而又完整的戏剧。诗中有时间，序幕，故事发生的原因、事件和结果，还有戏剧中的矛盾冲突和典型的戏剧性的对话、旁白，如果不说这是一首诗歌，读者也许还真认为这就是一出完整的戏剧呢。《新催妆曲》这首诗歌，更像是诗人创作的戏剧。这首诗除了有戏剧性场景外，还暗含着一个动人的悲惨爱情故事。诗歌将隐现的往日幸福生活和今日的离别结局进行对比，形成了极大的反差，把抒情主体的情绪渲染到极致，形成了强烈的戏剧效果。其实，徐志摩诗歌的戏剧化表现不仅仅是在对戏剧场景的独特设计上，还有戏剧性的内在结构的安排和戏剧性的台词的独白及对白的使用，都很好地展现了诗歌戏剧化的特点。这里就简单地了解一下，不做详细介绍了。新月诗派的诗人们在诗歌创作上有戏剧化倾向，不单只是徐志摩一个人，还有闻一多、朱

---

① 徐志摩：《这年头活着不容易》，《徐志摩全集》，天津人民出版社 2005 年版，第 270 页。

湘、卞之琳等诗人，只不过徐志摩在诗歌戏剧化方面创作的特点囊括了其他诗人的诗歌戏剧化创作特点，本部分就仅以徐志摩为例，介绍新月诗派诗歌戏剧化创作的特点。

新月诗派在后期的诗歌创作上，不仅朝着诗歌戏剧化的诗歌理念发展，还向着诗歌小说化的方向发展。小说化的创作手法可以说是戏剧化创作手法的一种延伸，它是使用叙述性的语言将戏剧性的场景表述出来，也是一种表达方式，一种意境的表达。在新月派诗人中，无论是徐志摩、卞之琳，还是闻一多、朱湘、孙大雨等诗人，在这方面的创作都取得了一定的成就。如闻一多《死水》《天安门》《飞毛腿》等诗歌，都有这种小说化创作手法的运用。但是相对来说，小说化创作比较典型的是卞之琳。卞之琳在诗歌的创作中，广泛地应用了小说化的创作手法。如早期的作品《酸梅汤》就已经应用了小说话的创作手法，但是典型的代表作要属《尺八》这部诗篇。

> 像候鸟衔来了异方的种子，
> 三桅船载来了一枝尺八。
> 从夕阳里，从海西头，
> 长安丸载来的海西客。
> 夜半听楼下醉汉的尺八，
> 想一个孤馆寄居的番客
> 听了雁声，动了乡愁，
> 得了慰藉于邻家的尺八。
> 次朝在长安市的繁华里
> 独访取一枝凄凉的竹管……
> （为什么年红灯的万花间，
> 还飘着一缕凄凉的古香？）
> 归去也，归去也，归去也——
> 像候鸟衔来了异方的种子，
> 三桅船载来一枝尺八，
> 尺八乃成了三岛的花草。
> （为什么年红灯的万花间，
> 还飘着一缕凄凉的古香？）

> 归去也，归去也，归去也——
> 海西人想带回失去的悲哀吗？①

这首诗展开了两个场景的叙述，第一个场景描写的是：古代的时候，一位在繁华都市长安久住的番人，去寻访尺八。第二个场景叙述的是：现代的海西客在岛国听尺八，勾起了自己的思乡情愁。诗篇还运用了独白，将叙述者的感慨全部表达出来。全诗没有诗性的话语，基本上都是叙述性的文字。但是，这样叙述性的诗歌，却将抒情主体的复杂情思全部展现出来，整个诗歌的意境也深藏其中。卞之琳小说化的代表性作品还有《还乡》《路过居》等，都是运用小说性的叙述语言，在这种冷静客观的语言中将思想感情很好地表现出来。

总而言之，新月诗派后期的戏剧化、小说化的创作方向，是新诗运动的一个重要倾向，是新诗现代化的方向。新月诗派的诗人们在诗歌创作中，有意无意地自觉遵守这种创作原则，为后来的新诗发展提供了一条很好的创作途径。

（三）艰难的探索

新月诗派由浪漫主义诗风向现代主义诗风的转型，无论是外界的因素还是自身文学演变发展的需要，都可以说是一种全新的尝试，新月诗人们更是中国现代主义诗歌艺术的重要实践者。

中国在20世纪三四十年代，无论政治环境，还是文坛化思想领域，都处在一切固有的价值体系崩溃的状态。面对未来，诗人们十分茫然。他们自身的焦虑意识和绝望的反抗油然而生，对人生和社会毫无期望。所以，在这个时候，他们自觉地选择了现代主义诗歌理论来解救他们的精神世界，以此反映当时的黑暗形势。这样，他们就站在了现代主义诗学的位置上，来重新审视这个他们曾经疯狂迷恋的世界。后期新月诗派在进行现代主义诗歌创作时，也没有完全抛弃前期的浪漫主义诗风的创作特点，在表现现代人的困惑心理和迷茫状态时，依然没有放弃诗歌的音乐性和格律性的追求。如徐志摩的《爱的灵感》，闻一多的《奇迹》，还有陈梦家的《再看见你》等诗篇，音乐的格律体现得还是十分明显。

---

① 卞之琳：《尺八》，《卞之琳文集》，安徽教育出版社2002年版，第26页。

虽然新月诗人没有放弃对音韵格律创作手法的运用，但也不是一味地沿袭，而是在原来的基础上有了一定的改进，克服了早期因被音乐性框架的束缚而形成的诗体僵化，形成了自己独特的形式美追求。后期新月诗派推广的诗歌小说化、戏剧化的特点，使他们在进行诗歌创作时与文字的表述有了紧密的联系。诗人们以各种方式寻找适合中国白话诗文的表达创作形式，注重诗歌的自由性和小说化、戏剧化的创作倾向，在一定程度上避免了前期新月诗歌创作时的流弊。可以说，在中国新诗史上，后期新月诗派在诗歌的创作道路上，进行了艰难的探索，但是新月诗人们的这种探索给诗歌后期的发展做出了很大的贡献。新月诗人们的现代主义诗歌创作的理论倾向，对后期的九叶诗派产生了很大的影响。

后期新月诗派对现代主义诗歌理论的尝试，虽然在一些艺术的借鉴上还存在着一定的欠缺，对现代主义诗歌创作方法的模仿痕迹太过于浓厚，在诗歌理论的理解和实践创作方面还存在着一定的距离，但是，他们在当时的中国文化本土还没有现代主义诗歌理论的支撑时，能在短时间内进行诗歌理论的转型，而且创作出那么多优秀的诗篇，并呈现出与现代主义诗歌不完全一致的独特的形式美特征，在诗歌史上已经相当有意义了。

总之，新月诗派既延续了自己前期的浪漫主义诗风，又对现代主义诗歌理论进行了借鉴，将这些诗歌艺术运用到中国新诗的实践中，直接促进了中国新诗现代化的历史进程，促进了中国新诗艺术的发展，为中国诗歌做出了不可磨灭的贡献。

四　新月诗派的现代叙事诗探索
——以朱湘为例

无论是诗歌理论还是诗歌实践，新月诗人的突出贡献在于对新诗"创格"的努力，提出了新诗格律化主张，提倡诗歌形式的"三美"，即音乐美、绘画美和建筑美，并且在抒情策略上提倡理性节制情感。以新诗格律化为理论指导的诗歌实践取得了显著成就，出现了一大批高水平的现代白话诗如《再别康桥》《红烛》《采莲曲》等。新月诗人除了创作出大量的抒情体"新格律诗"外，还在现代叙事诗创作方面进行了大胆的尝试，是早期新诗流派中比较集中地出现现代叙事诗的诗歌群体。在这方面，以朱湘最具有自觉意识，成就也最高。除此之外，徐志摩、闻一多、陈梦家、饶孟侃也都创作过现代叙事诗。

现代白话叙事诗最早的作品是沈玄庐的《十五娘》，发表于1920年12月25日的《觉悟》上，朱自清在《新文学大系〈诗集·导言〉》里，称其为"第一首叙事诗"①。在二三十年代的叙事诗人中，最有成就和代表性的当属冯至和朱湘。冯至因不属于新月诗派，不在本书讨论之列。新月诗人除了朱湘以外，徐志摩的《罪与罚》《又一次试验》，闻一多的《李白之死》《鸟语》，饶孟侃的《捣衣歌》，邵洵美的《花一般的罪恶》等都属于叙事性较强的诗歌，还有一些后期新月诗派里不是特别有影响力的诗人也写过一些叙事诗，如王希仁的《海盗的歌》《木匠》等。

新月诗派中的叙事诗类别也分为不同的风格，徐志摩与闻一多等的叙事诗不是传统意义上的叙事诗，而是以抒情为主，但在诗歌结构中加入了叙事的元素，有人物有对话有冲突，但都是片段，没有复杂的情节和性格饱满的人物，以抒情带动叙事，而不是像朱湘的叙事诗是以叙事带动抒情，是抒情诗的变体。这些叙事性较强的诗歌从严格意义上讲不能称其为叙事诗，而是叙事因素较强的抒情诗。为了丰富现代诗歌的表达内容和诗歌的表达技巧，诗人们尝试在抒情诗歌写作中加入叙事因子，扩展内容、变换抒情方式，同时加入叙事因子的抒情诗也起到了理智节制情感的作用。因为叙事结构的不同，在新月诗派的叙事诗诗意探讨中，就不能把这两种不同的叙事形态的诗并置在一起讨论。

朱湘的叙事诗在结构上与传统叙事诗并没有根本的区别，以叙事为主，情节曲折，人物性格突出，人物间矛盾不断推动情节的发展，一首叙事诗基本上是一个完整的故事，有头有尾。朱湘的叙事诗主要收集在他的诗集《草莽集》《石门集》中。朱湘的叙事诗最早发表在1925年写的《猫诰》上，其他如《庄周之一晚》《八百罗汉》《团头女婿》、剧诗《阴差阳错》《王娇》《还乡》《收魂》《月游》等都是现代叙事诗的力作。

朱湘为什么会在新诗人热衷于写抒情诗的创作氛围中独辟蹊径，热衷于叙事诗的创作？朱湘认为，20年代的诗人们创作的大部分诗歌体裁都属于现代抒情诗，抒情诗创作成绩丰富，诗艺长进迅速，呈现出繁荣的创作景象，但现代叙事诗却很少诗人问及，相对抒情诗的繁荣难免显得落

---

① 朱自清：《中国新文学大系·诗集·导言》，良友图书印刷公司1935年版，第25页。

宽。同时，朱湘也看到抒情诗的局限性，单纯的抒情难免会使诗歌的内容显得薄陋，不能承载宏大主题，表现丰富的内容，这种单一的体裁使新诗发展没有后劲。"抒情的偏重，使诗不能作多方面的发展，浅尝的倾向，使诗不能作到深宏与丰富的田地，便是新诗之所以不兴旺的两个主因。"①朱湘较早地意识到诗歌体裁的单一会影响新诗发展的丰富性。对于其他体裁的诗歌创作没有引起诗人们的足够重视，如叙事诗、史诗、诗剧、讽刺诗、写景诗等，新诗的生态出现品种单一化的倾向。同时朱湘认为，没有个人风格和特色的诗人只能是昙花一现，"那班本来不打算终身致力于诗，不过因了一时的风气而舍些功夫来此尝试一下的人……等到这一点子热心与能耐用完之后，他们也就从此销声匿迹了"②。朱湘的创新意识和树立个人风格的意识非常强。他找到了一条被人忽略的诗歌创作之路，不走寻常路也符合朱湘特立独行的性格。

另外，朱湘对新诗的经典化有着自己独到的看法。朱湘认为，能够成为经典的文学作品无一不是表现人性的。"几千年的人读起他们来仍然受很深的感动，这便是因为它们能把永恒的人性捉到一相或多相，于是它们就跟着人性一同不朽了。"③而诗歌由于它的体裁决定其篇幅较小说、戏剧、散文都要小很多，不足以充分表达丰富复杂的人性，所以想在诗歌中产生充分表现人性复杂的诗篇，还需向叙事诗发展。"现在的新诗，在抒情方面，近两年来已经略具雏形，但叙事诗与诗剧则仍在胚胎之中，诗剧简直可以说是尚未配合。据我的推测，叙事诗将在未来的新诗上占最重要的位置。……新诗将以叙事体来作人性的综合描写。"④在朱湘看来，叙事诗或诗剧因为结构更加复杂，篇幅较长，能更充分地表现复杂人性。朱湘对叙事诗的写作有他自己的写作规划，从《朱湘书信集》中他与友人的通信中，就可以看出他对写作叙事诗这件事一直很重视，也有自己的规划。他认为，新诗的出路在叙事诗，对于自己来说，将来的"文学上的工作最要紧的是史事诗"创作，自己"读书的主要目的是搜集史事诗材料"，着手搜集"如韩信，文天祥，孔子各诗"。朱湘把叙事诗写作作为日后创作的重点和方向，他选择的写作对象不是文化名人就是古代英雄人物。

---

① 朱湘：《北海民游》，《小说月报》1926 年第 9 期。
② 同上。
③ 同上。
④ 同上。

从风格来看，朱湘的叙事诗作品也非全部都是传统意义上的叙事诗，一部分还属于有较强叙事因素的抒情诗。这样的叙事诗在形象机体的构建过程中，人物性格不饱满和情节也不完整，用一条或几条抒情线索串起。《死之胜利》收录在《石门集》中，是诗人死后由赵元任根据诗人生前编辑好的书稿刊印的。这首诗共90行，共分八节，除第五节20行以外，其余各节都是10行，这首诗是朱湘写给早逝的诗人杨子惠的。朱湘在诗中塑造了死神、生之神、诗人三个主要人物。第一节和第二节描写了庄严的死神坐着豪华的马车来到生之神的庙宇；第三、四、五节共40行，描写了死神与生之神的一场论辩，生之神恳请死神放过年轻而有才华的诗人，但被死神拒绝；从第六节开始写诗人同死神来到奈何桥，奈何桥里不分身份高低贵贱，一律平等，少年诗人遇到了陆机、谢朓、杜甫、屈原、李白，最后少年诗人被可怕的疫神带走，灭入虚空。这首诗情节生动，相对诗歌而言，可谓情节曲折。死神威严霸道，生之神善良但面对强横的死神也表现出回天无力的衰弱感，诗人在死神面前似乎没有反抗的余力，唯一值得安慰的是在奈何桥上遇到了仰慕已久的先贤诗人，但很快就被疫神带走。诗人在这首叙事诗中，借用了赋诗华丽的文体特点，对死神、生之神的出场都做了华丽的铺排。

> 死神端坐在檀木的车中；
> 车前有磷火在燃着灯笼；
> 马车无声的由路上驰过，
> 路边是两行柏树影朦胧。
> 车中坐着那庄严的女神；
> 两个仙女在旁。手捧玉瓶，
> 一只瓶有泪水贮在中央，
> 一只是由奈何舀的水浆。
> 冬青与白杨满插在瓶内，
> 黑斑的蝴蝶在枝上飞翔。

这一节只有一句交代情节，死神带着侍女降临人间，其余全都是为死神的出场营造诡异却庄重的氛围。檀木的车、燃着磷火的灯笼、泪水的瓶、奈何的水浆、冬青、白杨、黑斑蝴蝶这些意象在中国文化中一般都与死亡相关,通过这些意象来隐喻死亡的阴森、恐怖、庄严。

对生之神的寺庙描写也极尽铺排之笔,香烟、风铃、琉璃灯、大理石柱子、苍龙、丹凤、玄龟、麒麟,用这些雍容华贵、豪华威武的意象营造一片生机、气象万千的氛围。

对死神和生之神加以对照描写之后,死神和生之神有一段对话:

"死神,你的来意我已深知:
有一个诗人命尽于此时——
那年少偏偏你竟不怜惜;
他今天的死限不能改?"
"注定今天死的莫想俄延;
阴司之内不曾有过明天。"

到此出现第二个情节,生之神为年轻的诗人向死神求情,但遭到死神的拒绝。故事有了进展,情节有了转折,叙事诗的特点开始逐渐在诗人笔下呈现出来。

诗人接下来用20行诗写俗世人生的美好,但尽管美好,人人都逃不过死神的眷顾。

树的浓荫只等着秋风;
镰刀在谷田上闪过钢锋。
河水入江,江水流入东海——
芸芸的众生奔赴去冥中。

诗中的年轻诗人对生死坦然接受,借此抒发了诗人朱湘对生与死的认识。但情节上并没有进一步发展。第三个情节的发展表现年轻的诗人在奈何桥遇见了众位先贤诗人,第四个情节是年轻诗人被疫神抓走,命赴黄泉,收束全诗。

这首长诗90行,但从情节看只有四步转折,并不算曲折,故事有头有尾,符合中国读者的阅读习惯与阅读心理。尽管如此,严格来说,这首诗还是属于叙事因素较强的抒情诗。叙事成分显然不如抒情成分多,也不及抒情笔墨多。

《哭城》《昭君出塞》《月游》等几首诗都属于叙事因素呈现鲜明的抒情诗,也有人认为,《月游》《死之胜利》已经属于叙事诗了,但其实按叙事诗的标准来衡量,还不能归于严格意义上的叙事诗。

真正意义上的现代诗当属《王娇》和《还乡》。这两首诗都有性格鲜明的人物,人物之间的命运几经波折,最后以悲剧结尾。故事完整,有内在的因果逻辑,情节曲折变换,人物命运多舛。在这类叙事诗中,因为篇幅较长,叙事充分,作者往往也会特别关注诗歌主题的深度,并在这类长篇叙事诗中,借助故事本身的意义,与时代链接起来,使古代题材有了现代思考和现代意义。

《还乡》写于1926年4月11日,共88行,分为两部分,每部分12节,每节4行,每行10字。外形工整,形式严谨。这首诗描写了一个在外当兵打仗的军人退伍回乡的心理变化和出人意料的故事结局。第一节主要写退伍老兵在回乡路上一边欣赏着既熟悉又陌生的家乡秋天的风景,一边不断在内心闪回当年离家前父母和新婚妻子送别他的伤心一幕,离开家20年的游子看到了家的风景,听到了乡音,闻到了饭香。

> 金星与白烟向灶突上腾
> 物种想着一片菜的声音,
> 饭的浓香喷出大门之外;
> 看着家的妇女正等归人①

老兵想到一起参军的童年玩伴已经战死在异乡,不免心生悲凉,路遇两位乡人都向他投去陌生和戒备的眼光,但因就要回到日思夜念的家人身旁,想象着父母妻子等着他回家的温馨场面,带着近乡情更怯的激动与不安,敲响了阔别20年的家门。

> 他想母亲正在对着孤灯,
> 眼望灯花心念远行的人;
> 父亲正在瞧着茶叶的梗,
> 说是今天会有贵客登门。

---

① 《朱湘诗集》,四川文艺出版社1987年版,第98页。

> 他记起过门才半月的妻,
> 记起别离时候她的悲啼;
> 说不定她如今正在奇怪
> 为何今天尽是跳着眼皮。
>
> 想到这里时候一片心慌,
> 悲喜同时泛进他的胸膛,
> 他已经瞧不见眼前的路,
> 二十年的泪呀落下眼眶!①

第一部分细致描述了老兵回乡路上看到的秋日风景和遇见乡人遭遇的敌意,伙伴战死沙场的悲哀以及马上见到亲人的激动心情,为第二部分情节的陡变做了充分的铺垫。第二部分老士兵终于敲开了日思夜想的家门,哭瞎双眼的母亲误以为儿子的鬼魂回了家,并告诉儿子父亲跟妻子已经相继死亡,妻子因为日子难挨而自杀。日盼夜盼的亲人团聚却是一场空欢喜。

> 柴门外的天气已经昏沉,
> 天空里面不见月亮与星,
> 只是在朦胧的光亮之内
> 瞧着草儿掩着两个荒坟。②

《还乡》一诗情节曲折完整。88 行诗对于叙事诗来说篇幅不长,但却容纳了 20 年的时间跨度和万里路的空间跨越。诗人在题材处理上采用了中国古典诗词常用的虚实相间的手法,虚写 20 年间的心酸悲苦,实写老兵回乡的期盼和喜悦,以及见到年迈失明的老母和闻听亲人死亡的悲痛和无助。人物形象鲜明,母子对话感人,心理变化呈现细腻。《还乡》一诗已经表现出朱湘的现代叙事诗写作开始迈向成熟。

---

① 《朱湘诗集》,四川文艺出版社 1987 年版,第 98 页。
② 同上书,第 102 页。

叙事长诗《王娇》是朱湘诗歌创作的一个高峰，此诗 7000 余字，900 余行。这首诗不仅是朱湘现代叙事诗的代表作，也是现代叙事诗中的佼佼者，与冯至的《帷幔》《蚕马》一并成为早期现代叙事长诗的典范之作。长篇叙事诗《王娇》取材于明朝末年"姑苏抱瓮老人"所编白话短篇小说集《今古奇观》里的"王娇鸾百年长恨"的故事，也见于明朝小说家冯梦龙的《三言》《警世通言·王娇鸾百年长恨》。

话本故事写的是明朝天顺年间，河南南阳卫千户王忠，早年丧妇，其女王娇鸾深通文墨，深闺未嫁，替父亲代司文书。故事发生在清明节，娇鸾及其侍女在后花园荡秋千，被一美少年窥看，王娇鸾惊慌逃走，遗失了一方罗帕。隔壁书生周廷章拾起罗帕，此时正逢侍女来寻，周生嘱侍女传递诗笺，自此诗句往来，情愫渐深。书生为苏州吴江人，父为南阳县学司教，随父在任。管家曹姨发现恋情，希望他们通过正常途径由男方遣媒礼聘，以结姻好。周生假托父亲之意，向王千户求婚，但王千户舍不得爱女远嫁而未许。周生便以自家狭窄为由，借王的后园读书，得到王父应允，周生寓居园亭，与王娇鸾以表兄妹相见。于是两人山盟海誓，如漆似胶。半年后，周父升任四川峨眉县尹，周生假称有病留在娇鸾身边；又过半年，周父告病回乡，周生不得不返家侍候，并与王娇鸾定下生死盟约，定会返回娶娇鸾。周生回到吴江家中后，得知其父为他定下门当户对的婚约。周生贪财慕色，很快成婚，并把与娇鸾的海誓山盟丢之脑后。但娇鸾却因思念成疾，屡次寄信给周生，不是被花言巧语所骗，便是置之不理。于是她派卫卒孙九到吴江，并附长篇古风一首。周生见信后，把旧日定情的罗帕封还，表示断绝往来和婚约。孙九气愤至极，逢人便说，吴江人士尽知周生薄幸之名。王娇鸾后来得到机会，她把从前两人唱和的诗，并新作《绝命诗》36 首、《长恨歌》数千言及合同婚书，纳入公牍，瞒过父亲，盖了公印，打发公差送去。同时在当晚自缢身亡，年仅 21 岁。吴江县阙大尹拆开公牍，发现内情，派人擒拿周生，先是重责收监，然后行文到南阳，了解到王娇鸾已自缢，就令衙役将周生乱棒打死。闻者无不称快，周父闻知亦登时气绝，周生之妻也改嫁。

朱湘的叙事诗《王娇》以此故事为蓝本，在此基础上重新做了情节上的一些改编，故事内容有一些变动。比如，王娇与周生的初遇这一情节，朱湘版更有现代气息和浪漫色彩，初遇改为王娇在上元节赏灯后遇歹徒，在危难时周生勇斗歹徒而搭救王娇及随从一行，两人因而互生爱慕之心，因有管家曹姨和侍女春香在一旁见证了周生的神勇，王府一行人都对周生留下了好印象，为日后给王娇与周生的爱情发展埋下伏笔。

周生与王娇深交部分也与原著不同，周生为接近王娇，以书吏身份进王府谋职。周生主动提出二人大胆结合，追求理想爱情，而不是像原著一样在曹姨主持下私下完婚。后周生回乡服侍病中的父亲，周家因为门户之见，"一个小武官的闺女"配不上侯门之子，并严禁他与王家来往，有一次周生逃走，被抓回并挨打，周生抗拒不了家庭的压力和父亲的威严，被逼成婚。而这时的王娇发现自己怀有身孕，得知周生另娶，绝望自缢，扔下其父孤苦伶仃，后悔不已。

朱湘对《王娇鸾百年长恨》的改编，在思想上尽量避免古代张生与崔莺莺式的才子佳人、始乱终弃的故事模式。同为悲剧，朱湘更强调悲剧原因的社会性，封建包办婚姻及门户之见是王娇周生爱情悲剧的主要原因。这一主题显然符合"五四"诗歌反封建，追求个性解放，恋爱婚姻自由的时代主题。

《王娇》这首诗因为篇幅长达 900 行，7000 余字，为故事的充分展开，情节的多变，人物性格的丰满提供了可能性。故事完整，情节生动曲折，对人物的心理描写也舒徐有致。

朱湘的现代叙事诗大多取材于古代素材，这与他的创作理念有关。朱湘一直把中国古代民歌看成是丰富壮大新诗的宝贵矿藏。早在 1925 年 3 月 8 日撰写的《古代的民歌》一文中，朱湘曾深刻地指出："我们中国的旧诗，现在的命运正同英国'浪漫复活时代'的'古典主义'的命运一般，就是它已经变成了一个宝藏悉尽的矿山……为今之计，只有将我们的精力移去别新的多藏的矿山，这一种矿山，就我所知道的，共有三处，第一处的矿苗是'亲面自然'（人情包括在内），第二处的矿苗是'研究英诗'，第三处的矿苗便是'攻古民歌'。"

朱湘叙事诗大都篇幅很长，但还是在诗歌形式上追求外形的工整和韵律的精美流畅。苏雪林称赞朱湘的诗作技巧熟练、表现细腻、丰神秀丽、气韵娴雅，并概括朱湘的新诗具备三个特点：善于融化旧诗词，音节的协调和长诗创作的试验。沈从文也指出朱湘"工稳美丽"的诗与时代所要求异途，诗所完成的高点却只在"形式的完整"以及"文学的典则"两件事上。这些特点同样在长篇叙事诗上表现得明显。长诗《王娇》的开篇已经表现出工稳美丽的诗意。

结　语

　　"不践前人旧行迹，独惊斯世擅风流"是"五四"新诗人追求诗歌创新的精神写照。如今感动我们的不仅是那些已经泛黄的诗句，更是他们将青春的热情赋予新诗的努力。

　　对自由不舍的追求，对意识形态的反抗，维护"纯诗"理念，不随波逐流，尝试新诗创格，坚持诗艺的多元视角。新月诗派在二三十年代新诗众语喧哗的骚动中，在意识形态与文学捆绑得越来越紧的时代里，仍然坚持诗歌是对个人心灵的观照，是个人生命的密语，是语言的精华、思想的典范，是最接近理想境界的高峰，是可通灵神与人的对话，只有在诗中才可以得到真、善、美的和谐。诗人用智慧在语义中探索，尝试着音与义的配合，有形的形式和有意味的思想的联姻，在意象与心灵之间架桥，一粒细沙、一朵小花、一抹笑容、一片碎瓦都可以代表一个自足的世界，他们是营造意境的高手。新月诗人坚持诗歌独立的审美价值，诗歌不应是政治的帮手，更不该沾染商业功利，它应是严肃的、尊严的、健康的、优雅的、高贵的。这并不意味着新月诗歌排斥平民题材。相反，题材和语言在新月诗人的眼中并无贵贱之分。工人、农民、小商贩皆可成为诗中的上宾，引车卖浆的语言透露着原生态的活力。方言俚语土白入诗，与英文交相呼应，也相得益彰。

　　可以毫不夸张地说，新月诗歌是"五四"以来被后来读者长期喜爱的诗歌流派之一。新月的许多诗歌都具有时空的跨越性和品读的无限性。是什么让它跨越过去留在当代？是什么让那些诗歌经得起若干代人的诵读，仍能够启蒙益智，陶冶性情，给读者带来美的享受和心灵的共鸣呢？是诗歌内涵的丰富性和创造性，是它拥有能打动人心的情致。诗歌是最感性最真实的情感表达方式，它没有哲学的深奥却同样可以表达哲学思考；它不是教条也不是格言，却可以激励人的行动，其秘密就在情致。它可以是激情、热情、温情，也可以是悲伤、愤怒、冷漠，还可以是伤别之情、契阔之情、生死之情，总之，情致是所有艺术的中心，可以决定艺术效果的好坏，因为真正的情致会使不同语言、不同时代、不同种族的人获得同一种感动。而新月重要的诗学观就是诗歌应表达普遍的人性，只有最普遍的人性才最有感染力和感召力。新月诗人所抒之情各有所钟，徐志摩一生追求"爱、美、自由"的最高境界，他的情诗万物含情，一往情深，期盼的爱、热烈的爱、忧郁的爱、空灵的爱，而爱是人类最根本的艺术母题，只要是真实的，就能跨越时代留在当下。闻一多是新月诗人中的完美主义者，一生苦苦追求道德的完善与艺术的圆满，力求达到人性和艺术的极致。"伟大的同情心"使他爱自由、爱正义、爱理想的热血沸腾，诗中蕴涵着强烈的感染力，时隔近百年，还能遥远地感受到他的热度。而陈梦家以浓浓的基督精神，给读者带来心灵的抚慰和安宁。孙大雨在《自己的写照》中追问人生的基本命题，他的困惑也是你的我的她的困惑。在新月诗人那里，可以回应各种情感共鸣，那么时间在这里又怎能阻止上一代和下一代的情感之约呢！

　　流派是有生命的、动态的、带有不确定性的文学构成和文学过程，它既要容纳不同作家的个性创作，又要以共同的流派风格规约作家的个性。作家与流派的关系也不是固定不变的从属关系。新月诗派属于派中之派，它受到的非诗歌干扰自然比其他独立诗歌流派要多，诗学主张很难用非常确定的某种诗学思潮来定义，而是呈现出一种混杂式的、界限模糊的多主张共鸣。新月诗歌的理论资源主要来自西方的浪漫主义、古典主义、现代主义，即使他们有欧美派的文化背景，也不能隔绝中国传统古典诗学的干扰，完全彻底地复制西方的浪漫主义、古典主义、现代主义。这就形成了西方与东方、现代与传统、新与旧、古典与浪漫、现代与古典的多元一体的美学结构，兼容古今，汇通中西，使新月诗学呈现出立体化、多元化、动态化面貌。这样的诗歌生态环境，为诗歌的多相位发展提供了丰富的可能性，所以新月诗人中才会有以浪漫见长的徐志摩，以古典见长的闻一多、饶孟侃、陈梦家、朱湘，以现代见长的卞之琳、孙大雨。包容万象的气度，使新月诗派更添东方神韵和现代智慧。

　　当然，新月诗派在发展中也存在着很多无法弥补的遗憾。新格律诗的倡导者闻一多对自己的诗学理论没做更深入更开阔的拓展，基本上停留在技术操作层面，可行性强，但缺少厚实的理论积淀。《诗镌》仅仅刊行短短两个月零十天，新月诗人就为各自的生计离开北京，中间相隔两年，才重聚上海。时断时续的聚合，人走人来的自由出入，这些客观因素造成新月诗派在新诗理论建设方面的薄弱和缺失，不能不说是新诗建设期的遗憾和损失。新月诗派是松散的流派，诗人的个性、主张、风格都有很大的差异，这就像一把双刃剑，在丰富流派的同时，也抵消了集团的力量，消解了新月在新诗发展中的影响力。诗人自身也存在着理论不足的盲点，他们的主张常常前后不一，自相矛盾，有时又表现出过度严谨或自恋，用自己的绳子捆住自己的手脚。

附录一

新中国成立后中国现代文学史对新月派及其文学观历史定位的流变

因新月社、新月派、新月诗派皆以"新月"为名,人们常常会将三者混为一谈,衍生出新月社的诗歌、新月派的诗歌等含混不清的概念。从"新月"的发生过程来看,新月社、新月派和新月诗派的发展过程各具有独立性。新月社起源于新月聚餐会和新月俱乐部,大约在1925年1月成立。1927年后,国内政治形势发生变化,文化界的分野也越来越明显,文化中心由北京转向上海,新月派的大部分骨干也在1928年前后先后移居文化氛围相对宽松的上海。新月诗派自1926年4月1日形成,1931年《新月诗选》结集出版后,"新月诗派"的名字逐渐被叫响。然而,在"新月"发展的过程当中,新月社、新月派和新月诗派又无法完全独立。它们之间的关系时而紧密,时而疏远,各有不同又相互交叉,纠缠于中国新文学的历史性叙事当中。1928年,在徐志摩、胡适、梁实秋等的积极筹备下,在上海创办新月书店,出刊《新月》杂志。《新月》月刊中的"诗"专栏,又一次把失散的新月诗人聚拢在一起,新月诗人群已经与新月派交集在一起,不似1924年《诗镌》时那么清晰的分别,所以后来的文学史在叙述这段历史时,往往把新月诗人算作新月派中的重要组成部分。徐志摩是"新月"群体中的灵魂人物,因此新月社、新月派与新月诗派之间在创作理论和思想观念等方面都有许多相通之处。文学史上对于新月派的描述主要指涉的是后期转移到上海后的新月社成员,而新月社和新月诗派之间又有着千丝万缕的联系。新月社的思想内核是人文主义思想,新月诗派的诗歌理论源泉是白璧德的新人文主义思想。从这一点来看,它们的思想是具有一致性的。诗派和诗社的成员构成以及成员之间的关系更是错综复杂。因此,论述新月诗派在新中国成立后文学史上的地位与评价就必然会涉及文学史对于新月社和新月派的评价。

新月派自诞生以来,其自身承载的文学评价及文学史地位随着时代的转换和人文思想的变迁,呈现出褒贬不一、起伏不定的趋势。"五四"文学革命中,新诗打破了旧诗的格律限制,却在后来的发展过程中渐渐出现了过于自由、散文化的倾向。二三十年代以开放、包容、探索为主导的文化话语权为新的诗学理念的构建提供了良好的机遇。在这样的时代背景下,新月派提出了一系列的新诗规范化的主张:"本质的醇正""情感的节制""格律的谨严",要求诗歌回归自身,诗人节制情感,追求诗歌的音乐美、绘画美和建筑美。在提出新诗格律化主张的同时,他们还进行了大量的诗歌创作实践,创作出了许多优秀的诗作。新月诗派很快因其自身对于文学本质美的追求而为大多数读者所认可,许多语言精致、结构精巧、充满艺术美的诗歌,如《死水》《采莲曲》《翡冷翠的一夜》等被当时的文坛奉为经典,新月诗派开启了现代诗歌美的质的飞跃。朱自清在1935年为《中国新文学大系》第八集《诗集》所写的"导言"里面有这样一段话:"他们真研究,真试验,每周有诗会,或讨论,或诵读。梁实秋氏说:'这是第一次一伙人聚集起来诚心诚意的试验作新诗'。虽然只出了十一号,留下的影响却很大——那时候大家都做格律诗,有些从前极不顾形式的,也上起规矩来了。'方块诗'、'豆腐干块'等等名字,可看出这时期的风气。"[①]这一时期虽还未有较为完整的系统性的文学史著作,但是在一些零散的评论文章中,新月诗派都因其较高的艺术审美价值及其在新诗方面的成就和影响而得到了高度的赞扬和肯定,新月派对现代文学的贡献也获得了文艺评论界的认可。

新文学发展进入30年代后,无产阶级文学兴起,并且因其带有的鲜明的政治革命色彩而迅速地占领了文坛的主导地位,与人文主义文学思潮共同构成了第二个十年新文学的基本风貌。新文学自其产生以来最大的贡献就是对"人"的发现。一方面,人文主义思潮的倡导者们传承并发展了"五四"以来的个性主义、人文主义、人的文学的潮流。另一方面,随着国内革命形势的发展,文学对"人"的思考逐渐由五四时期对人的社会性的探究,转化为对人的阶级性的阐释。这就不可避免地与人文主义思潮所坚持的"人"的观念和话语发生了冲突,其中以新月派,主要是梁实秋与

[①] 朱自清:《中国新文学大系》第8集,文艺出版社1935年版,第6页。

无产阶级文学倡导者之间的论争最具代表性。

　　论争以徐志摩《〈新月〉的态度》一文的发表为开端，双方就文学价值的评判原则进行了论辩。《新月》月刊创刊时，国内正掀起对于无产阶级文学论争的热潮。崇尚理性精神，主张节制情感，在诗歌中表现人性的新月派对当时的文坛进行了人文主义的价值认定。徐志摩执笔的《〈新月〉的态度》一文对整个时代的文学这样评价道："不幸我们正逢着一个荒歉的念头，收成的希望是枉然的。这又是个混乱的年头，一切价值的标准，是颠倒了的。"[①]并且将当时文坛上各种创作潮流归纳为13种行业，即感伤派、颓废派、唯美派、功利派、训世派、攻击派、偏激派、纤巧派、淫秽派、狂热派、稗贩派、标语派、主义派。为了能够对文坛的"荒歉"进行补救，他们提出了文学应该坚守的"健康"和"尊严"两个原则。认为文学创作应该靠理性来节制情感，避免宣泄式、病态的情感表达，以理性的力量来趋善避恶，抑制欲望的膨胀。对此，彭康在《什么是"健康"与"尊严"？——"新月派的态度"底批评》一文中对新月派所提出的"健康"与"尊严"的原则进行了批驳。他并没有否认这一时期价值标准的变化，而是从阶级论的角度论述了这种变化的合理性。在支配关系发生变化，被压迫阶级获得解放的社会革命时期，旧有的社会评判标准一定会为新的价值评判标准所取代。而在以无产阶级为主导的30年代，这个价值标准自然而然的就是无产阶级文学所倡导的辩证唯物主义和历史唯物主义。因此，相对于新兴革命阶级的唯物辩证法创作方法和社会主义现实主义理论来说，旧有的价值标准、文艺思想就成为妨碍健康和折辱尊严的存在，是要极力反对和祛除的。

　　随后，梁实秋与无产阶级革命文学的倡导者就"人性论"与"阶级论"进行了论辩。接受了白璧德新人文主义思想的梁实秋以"人性论"和"天才论"为核心对无产阶级文学所提出的"阶级论"及马克思主义文艺思想进行了批判。他认为，文学是没有阶级性的，人性是衡量文学价值的唯一标准。"革命的文学"是完全站在阶级立场上对文学进行的功利性的界定，根本不能成立。与无产阶级文学所宣扬的文学大众化不同，梁实秋坚持文学是只有少数天才才能创作出来的。天才来源于各个阶级，这就再一次否定了文学的阶级性的存在。天才们创作的基本原则也是表现人性，梁实秋

---

① 方仁念选编：《新月派评论资料选》，华东师范大学出版社1993年版，第298页。

认为，只有表现普遍人性的文学才是真正的文学，以文学作为工具宣传政治革命思想的文学只能是一个时代的产物，并不能够拥有文学经典的恒久生命力。无产阶级文学的倡导者冯乃超在《冷静的头脑——评驳梁实秋的〈文学与革命〉》和《阶级社会的艺术》两篇文章中，对梁实秋的"人性论"和"天才论"进行了细致的评议，并对革命与阶级的含义进行了重新阐释。紧随冯乃超之后，鲁迅发表了《"硬译"与"文学的阶级性"》一文，更加系统而深刻地批驳了梁实秋的观点。对于梁实秋所说的无产阶级对于群众思想和文学的阶级性束缚，鲁迅指出，如果阶级观念并不存在于无产阶级民众的心中，那么阶级的观念也就无法被激发，无产阶级文学的出现正是说明了这种阶级性的潜在性。作为启蒙者，无产阶级文学的倡导者们的确是在整个文学发展中占据主导地位的，但这是为了更好地改造世界。无产者本身并没有阶级的观念，是梁实秋站在资产阶级的立场上，给为使无产阶级联合起来争取自身权益而形成的无产阶级文化制造的"理论"。鲁迅承认"人性"的存在，但是因着不同地位的人在文学中所反映出的"人性"呈现出了不同的面貌，所以他认为文学中所表现的"人性"超出了"最普通的人性"的范畴，带有了阶级的特殊性。鲁迅还论述了文学作品与作者的阶级之间不可分割的联系，驳斥了梁启超"作者的阶级和作品无关"的观点。论辩愈演愈烈，冯乃超在《阶级的社会艺术》中直接称梁实秋是"资本家的走狗"，双方又对"资本家的走狗"这一称谓进行了论争，语言愈加犀利。两种思潮的论争渐渐地开始由文学论争走向政治立场的相互攻讦，甚至坠入人身攻击的口水仗中。

　　梁实秋和鲁迅的论争后来还拓展到了文学翻译、政治思想、男女人格平等等方面。因为本书的论述重点并不在 30 年代发生的这场论争的主要内容及价值评说上，所以本书仅重点论述了作为过渡的"人性论"和"阶级论"的部分。新月社和新月派自身文学创作的实绩和新的诗学理念的构建使他们拥有了论辩的资本，二三十年代文坛上对二者文学价值和文学史意义的肯定为他们提供了论辩的阵地。这一时期的论争上承二三十年代文坛对于新月社、新月派文学价值和文学史贡献的审美艺术性肯定，下启新中国成立后文学史对新月社与新月派思想和政治斗争方面的一致否定与批判。论争中新月派与左翼之间形成的对立关系为新中国成立后的文学史评价埋下了伏笔，论争中新月派的观点，特别是梁实秋的"人性论"和"阶级论"，皆成为其被批判与否定的重要论据。

文学史并非文学现场的客观重现，其中饱含着相关话语权力的主观性评价。从社会文化学的角度来看，影响文学史撰写的话语权力主要有三种：政治话语权、精英话语权和民间话语权。在文学史的撰写过程中，不论是哪一种话语权力占据主导地位，都会设定相应的评价标准。因此，撰写文学史的过程也是依据标准进行取舍与评判的过程。思潮、流派、作家与作品的取舍，肯定与否定的态度都会随评价标准的变化而不同。作为文学史中被误读的诗派，新月社和新月派在各个时期文学史中所占的比重极少，这与其在诗学建构和诗歌创作上所取得的丰硕成果形成了巨大的反差。文学史的撰写者们显然更注重对新月派进行思想上的批判，而忽视其文学创作的艺术审美性。笔者以高校中普遍使用的中国现代文学史教程为蓝本，对新中国成立后至今的现代文学史中新月社和新月派的历史地位和文学价值进行梳理，探究其中变化发展的脉络及这种变化发生的原因。之所以以文学史为蓝本，而忽略相关的论文研究，是因为文学史对新月社和新月派的定位代表了当时最具普遍性的观点。而作为汉语言文学专业的基础性教材，中国现代文学中所传达出的评价极具权威性。以中国现代文学史自身深远的影响力、普遍的使用率及其观点的代表性为标准，笔者站在文学史的立场，选取了 21 本大陆文学史以及两本中国港台文学史作为参考版本进行论述，以史料为根据，对新月社和新月派在文学史上的接受过程进行全面的阐述和分析。

同二三十年代审美艺术性的评价标准不同，新中国成立后文学史的评价标准更具政治倾向性。综观新世纪以前文学史的章节分布，及各时代文学史提及新月社与新月派时的章节标题，如"左翼文学运动（上）——以鲁迅为旗手的中国左翼作家联盟的活动及革命文学理论的进展和斗争"一章里面的"以鲁迅为首的革命文学阵营和反动文学倾向的斗争"[1]一节，"无产阶级革命文学运动和中国左翼作家联盟"一章中的"'新月派'和法西斯'民族主义文艺运动'的斗争"[2]一节，可以看出，新月社与新月派总是被裹挟在文学革命和左联时期的革命文学论争当中。而对于新月派与无产阶级文学倡导者的论者，主要是鲁迅与梁实秋之间的论争，毛泽东在延安文艺座谈会上是这样评价的："象鲁迅所批评的梁实秋一类人，他们虽然在

---

[1] 丁易：《中国现代文学史略》，作家出版社 1955 年版，第 93 页。
[2] 唐弢主编：《中国现代文学史》(2)，人民文学出版社 1979 年版，第 21 页。

口头上提出什么文艺是超阶级的，但是他们在实际上是主张资产阶级的文艺，反对无产阶级的文艺的。"①由此，新月派在文学史上自然而然地被定位为资产阶级文学流派，并常常与"反动""买办资产阶级"等带有明显政治批判色彩的词语联系在一起。

文学史对于新月社和新月派的否定与批判主要集中在以下几个方面：

首先，将"现代评论派"视为"新月派"的前身，甚至将其看作是一个团体，定位为资产阶级反动组织。

20世纪50年代比较有代表性的中国现代文学史这样写道："'新月派'的前身就是'现代评论派'，主要人物除'现代评论派'原有的胡适、徐志摩、陈西滢外，又纠合了梁实秋、叶公超、沈从文等辈。他们在北伐战争以前，依靠帝国主义，仰承北洋军阀鼻息，反对共产主义……"②"现代评论派"与"新月派"成员的部分重叠成为论证"新月派"拥护帝国主义和北洋军阀政府，宣扬英美资产阶级自由主义理论的重要证据。在70年代末出版的文学史叙述中，唐弢延续50年代文学史的说法。唐弢在其《中国现代文学史》中提出新月派"与现代评论社可以说是一个团体，两块招牌。胡适是他们的共同领袖"。并进一步指出新月派"在《新月》月刊和'现代文化丛书'中③大肆宣传英、美资产阶级自由主义的政治主张……高唱'好政府'主义……为反动统治开脱罪行，出谋划策"④。鲁迅所说的《新月》将代《现代评论》而起，成为其论述两者思想立场一致性的新证据。罗隆基的《我对党务上的"尽情批评"》成为"新月派"投靠国民党，成为帮凶的罪证。其余大部分70年代末的文学史中渐渐少见拥护帝国主义和北洋军阀的说法，对"新月派"与"现代评论派"之间关系的描述虽由"两者一体"转为"关系密切"，但依然将新月社定性为资产阶级性质的文学活动团体。"新月社是一个代表中国买办资产阶级的思想和利益的反动文学团体，原成立于一九二三年，与一九二四年出现的'现代评论派'有着极密切的关系。"⑤到了80年代，文学史在论述新月社和新月派时，基本上不再提到"现代评论派"。零星提到的多对两者之间的

---

① 毛泽东：《在延安文艺座谈会上的讲话》，《毛泽东论文艺》，人民文学出版社1966年版，第10页。
② 丁易：《中国现代文学史略》，作家出版社1955年版，第93页。
③ 唐弢主编：《中国现代文学史》(2)，人民文学出版社1979年版，第21页。
④ 同上书，第22页。
⑤ 刘绶松：《中国新文学史初稿》，作家出版社1957年版，第224页。

关系进行了更为客观的描述,既指出两者之间的联系,又论述了两者之间的区别。与此同时,80 年代文学史中对于"新月派"成员的评价也不再一言以蔽之,"象胡适、梁实秋之流,与国民党反动统治越来越紧密地勾结在一起。有些人在思想创作上最初就与胡适等有所不同,后来逐步认识到反动派的政治本质,与他们疏远了,专心致志于学术研究。有些人还逐渐向人民靠拢"①,比如凌淑华、闻一多等。有的文学史对新月派的成员进行了甄别,将其分为两种类型:"'新月派'是一个资产阶级的政治、思想、学术、文艺兼而有之的流派,但它的成员的情况是不同的,具体的思想观点也有分歧。比如诗人闻一多,早期虽参加新月社,但其政治态度就比较开明、进步,不满意新月社的绅士气味,而胡适等骨干分子坚持反动立场的倾向却愈来愈明显。"②

其次,《新月》创刊时发表的《〈新月〉的态度》一文被视作新月派对无产阶级文学的宣战书。

《新月》"一出马就和革命文学采取了鲜明的对立的态度","用意都是攻击革命文学的"③。50 年代的文学史站在无产阶级的立场上,对"新月派"提出的"健康"与"尊严"的原则进行了阐释:"这所谓'健康',就是不能攻击社会黑暗,不要批评政治腐败;所谓'尊严',就是要装出资产阶级的绅士态度,不要写无产阶级生活。"④这是"新月派"在"向他们的反动主子献计,要统治思想了"。⑤ 70 年代末的文学史大多延续了此种说法:"'新月派'的语意是显而易见的,他们对于革命文学运动是采取了势不两立的态度的,是要起而"奋争"的。"⑥"发刊词婉转曲折,用了不少词藻自加文饰,但一涉及无产阶级革命文学的时候,就失声惊叫,违背了正在提倡的'常态',其妄想扼杀这个新兴文学的居心灼然可见。"⑦

最后,对梁实秋的"人性论"与"天才论"等文学观点进行批驳,对无产阶级文学倡导者的反击大加褒扬。

在对整场论争的描述中,文学史对梁实秋观点的引述和分析的篇幅明

---

① 唐弢主编:《中国现代文学史》(2),人民文学出版社 1979 年版,第 28 页。
② 冯光廉编著:《中国现代文学史教程》,山东教育出版社 1984 年版,第 110 页。
③ 丁易:《中国现代文学史略》,作家出版社 1955 年版,第 93 页。
④ 同上。
⑤ 同上书,第 94 页。
⑥ 刘绶松:《中国新文学史初稿》,第 225 页。
⑦ 唐弢主编:《中国现代文学史》(2),第 23 页。

显少于对无产阶级文学倡导者彭康、冯乃超、鲁迅等人观点的论述。《中国现代文学史略》作者丁易在简要列出梁实秋文章的篇目后，对创造社彭康、冯乃超反驳梁实秋的观点进行了细致的总结，归纳出五条主要观点，并且大段引述了鲁迅对梁实秋尖锐反驳的文字。由此可以见出，文学史撰写者在对这场论争进行评价时是站在无产阶级立场上的。70 年代末 80 年代初的文学史中也都大篇幅地引用了鲁迅的文字，展示出在论述过程中，无产阶级文学取得的压倒性的胜利。《中国现代文学史》作者唐弢这样阐释梁实秋的观点："他的态度比发刊词要露骨得多，而且忙着祭起人性论的法宝，以反对阶级论，反对无产阶级革命文学。他们已经顾不得一方面规定文学表现共同的人性，另一方面又将大多数人排斥于文学之外的矛盾和由此露出来的资产阶级的马脚了。"①《中国新文学史初稿》的作者刘绶松这样写道："'新月派'的人们就想以反动的理论来证明文学艺术在社会生活中没有任何实践的意义，反对无产阶级革命文学运动，想使文学艺术永远成为少数人消闲的工具，从而巩固他们的主子的血腥野蛮的统治。这种反动的理论立刻受到了我们革命文学阵营——特别是鲁迅的有力驳斥。而我们的革命文学运动，也因为在这一次的战斗中，认识了谁是革命文学的真正敌人，促进了内部团结，因而大大地向前跨进了一步。"②王瑶在其《中国新文学史稿》中更是大篇幅的原文引用了鲁迅《新月批评家的任务》《"硬译"与"文学的阶级性"》和《我们要批评家》中的论述。在文学史的叙述中，这场论争最终以"新月派"原形毕露，无产阶级文学理论进一步发展作结。"'新月派'经过这几次剥出原形，一九三〇年以后，就逐渐地销声匿迹了。"③"这样，以梁实秋为代表的'新月派'的可耻的嘴脸，就无所逃于中国人民的眼前了。沉重地打击了'新月派'的'艺术至上'的谬论，揭穿了他们的阴险无耻的用心，也就是打败了反动统治者在文化领域内的猖狂进攻，也就是保卫了革命文学的胜利前途和中国人民的革命利益。"④鲁迅的文章也被奉为对马克思主义理论的完美阐释："鲁迅写下了《'硬译'与'文学的阶级性'》等闪耀着马克思主义思想光辉的重要论述，显示了三十年代无产阶级文艺理论新水平。这次斗争对文学创作产生了积极的

---

① 唐弢主编：《中国现代文学史》(2)，第 23 页。
② 刘绶松：《中国新文学史初稿》，第 224 页。
③ 丁易：《中国现代文学史略》，作家出版社 1955 年版，第 95 页。
④ 刘绶松：《中国新文学史初稿》，第 229 页。

影响，许多进步的作家注意运用无产阶级的观点观察生活，反映生活，出现了一批优秀的文学作品。"①

对于新月派与现代评论派的关系以及梁实秋在论争中提出的一些观点，在新世纪的文学史中有了较为公正、客观的辨析和评价。2007 年出版的朱栋霖、朱晓进、龙泉明主编的《中国现代文学史》肯定了梁实秋人性论观点中合理的部分，认为梁实秋"批评革命文学倡导者'把文学当做阶级斗争的工具而否认其本身的价值'，指出'人生现象有许多方向都是超于阶级的'，这其实具有一定的合理性"②。2012 年出版的黄曼君、朱寿桐主编的《中国现代文学史》辨析了"新月派"与"现代评论派"之间的关系，认为两者"不光是思想上都倾向于自由主义，而且人事上也有一定重叠：胡适被认为是新月社和现代评论派共同的精神领袖，徐志摩、陈西滢既是新月的重要成员，也是现代评论的主要撰稿人。当然如梁实秋、罗隆基等只居于新月社，并未参与现代评论派。新月社徐志摩主编期的《晨报·副刊》，还一度被迫成为语丝派和现代评论派论争的战场"③。虽然肯定了两者之间的密切关系，但并未同之前文学史一样对其进行批判，而是进一步肯定了"现代评论派"的价值和意义。"尽管《现代评论》以政治为主，而新月社以谈文学为主，但这两个松散的文学团体的文学活动在新文学现代性的探索和建构中，相互提携、相互促进。"④不但如此，新世纪的文学史对整场论争双方观点的交锋也描述得更为客观，基本上不再出现带有明显主观批判色彩的词语，如与新月派观点相连的"反动""鼓吹""进攻"和与无产阶级倡导者观点相连的"无可辩驳""揭穿""颇为有力"一类反击等词语。

在 50—80 年代的文学史撰写中，有一个现象值得注意。一些文学史在不同时代再版时，对新月社和新月派的评价，及对新月派与无产阶级文学倡导者之间论争的描述发生了富有意味的变化。探究不同版本文学史之间的同与异有助于我们更加清晰地认知不同时代文学史的特点，及政治话语权对文学价值评判标准的决定性影响。

---

① 冯光廉编著：《中国现代文学史教程》，山东教育出版社 1984 年版，第 115 页。
② 朱栋霖、朱晓进、龙泉明主编：《中国现代文学史 1917—2000》(上)，北京大学出版社 2007 年版，第 138 页。
③ 黄曼君、朱寿桐主编：《中国现代文学史》，武汉大学出版社 2012 年版，第 79 页。
④ 同上。

附录一　新中国成立后中国现代文学史对新月派及其文学观历史定位的流变

　　林志浩主编的《中国现代文学史》于1979年出第一版，在"左联时期的文艺思想斗争和理论建树"一章中，第一节题目为"对买办资产阶级'新月派'的斗争"。这一节的题目在1984年第二版中改为"对'新月派'的批判（兼及有关作家述评）"。从题目可见，第二版虽摘掉了新月派"买办资产阶级"的帽子，但对于新月派的态度仍然是批判的。除此以外，第二版中还增加了对于新月派作家的论述。在对30年代文艺思想斗争的背景进行交代时，将国民党"围剿"的帮凶在第一版中所说的"政客""走狗文人"的基础上，添加了"特务"和"组织文艺团体"，并且增加了"围剿"过程中武力的"征伐"内容。在更加细致地还原当时思想斗争背景的基础上，他对反动派的划分也发生了变化。"资产阶级右翼、自由派和上层小资产阶级知识分子，在激烈的阶级斗争面前，他们有的依附于国民党反动派，有的动摇于两大敌对势力之间，幻想走中间道路。在文艺思想上，他们热衷于掩盖文艺的阶级色彩，鼓吹作家在政治上的独立和自由，利用各种方式反对文艺的阶级性的原理。这类资产阶级文艺思想，具有一定的欺骗性和反动性，必须予以批判和澄清。"①"新月派"中的成员也并不都是完全反动的，"新月派的作家、诗人们，虽然同胡适、梁实秋等有这样或那样的关系，但公开附和胡适等人的政治主张的并不多，从事实际政治活动的更少见。有的当时就与同辈大异其趣；有的或先或后转变文风、诗风，走向生活，走向进步。所以我们不能把当时对新月派反动政治倾向和文艺思想的批判，作为对新月派的全面评价"，②进一步明确了反动的只是胡适、梁实秋一类。两个版本对于整场论争的描述与评价基本一致。对新月派文学创作的评价，第一个版本将新月诗派诗歌简单地概括为反映中国资产阶级思想和要求的流派，第二个版本则从新月派诗歌理论产生的深远影响的角度，对新月诗派进行了一定程度的肯定。"新月诗派坚持探索中国诗歌的道路，大力提倡格律诗，主张诗歌应该有音节、有韵，虽然他们的理论主张和实践，主要限于形式方面，也存在唯美主义的倾向，但对新诗的发展还是产生了一定的推动作用。"③第一个版本对徐志摩和新月派整体逃避现实、追求情感抚慰的诗歌创作进行了批判，第二个版本在延续这一论述的

---

① 林志浩主编：《中国现代文学史》（上），中国人民大学出版社1984年版，第316页。
② 同上书，第324页。
③ 同上。

同时，增加了对于闻一多为挽救新月派颓败的诗歌创作而作出的努力。"为了挽救颓风，闻一多曾夸奖卞之琳不写爱情诗；在给臧克家的诗集《烙印》作序时，不指名地批评'闹着玩'的创作态度，表扬《烙印》'具有一种极顶真的生活的意义'。这些意见可以促进臧克家等少数诗人跳出同辈的小圈子，去迎接时代的风雨，但却无法挽救整个诗派的没落。"①虽然最终仍然将新月派的没落归结于其文学观念的颓败，但毕竟对少数新月派诗人的努力进行了肯定。

田仲济、孙昌熙主编的《中国现代文学史》两个版本的区别主要表现在题目的拟订和对新月派批判的具体范围和内容上。1979年版的文学史中，"第二次国内革命战争时期的文学（上）"一章的第二节论述了"对法西斯'民族主义文学'的斗争以及对'新月派'等的批判"，到1985年第二版时，第二节的题目改为了"本时期文学思想论争"，并将"对'新月派'的批判"具体化为"对'新月派'梁实秋等人的批判"。指出了新月派情况的复杂性："'新月派'中的骨干分子胡适、徐志摩、梁实秋等人，其政治立场和思想倾向是愈来愈反动的。"②另外，第一版中指出"'新月派'以'新月社'而得名。该社于一九二三年在北京成立，但挂的是'现代评论'的招牌……他们投靠封建军阀，曾受到鲁迅等人的批判"③，第二版中删掉了这一部分的内容，肯定了《新月》月刊的价值，认为其"在思想、文化界产生了相当的影响"。④

孙中田、张芬、萧新如主编的《中国现代文学史》共有三个版本，分别出版于1983年、1984年和1988年。同50年代和70年代末的文学史相比，孙中田1983年版的文学史虽然对新月社有了较为客观的评价，认为它"在初期，还具有反对封建军阀反对复古主义的倾向"，但也毫不留情地指出："某些成员反对马克思主义、反对苏联十月革命和中国人民群众的革命运动则几乎是一贯的。"⑤在"文学革命实绩"一章中，作者用较大的篇幅完整地叙述了新月诗派的诗学主张："他们根据现代汉语规律，参考英美诗和我国古

---

① 林志浩主编：《中国现代文学史》（上），中国人民大学出版社1984年版，第323页。
② 田仲济、孙昌熙主编：《中国现代文学史》，山东文艺出版社1985年版，第200页。
③ 同上书，第213页。
④ 同上书，第119页。
⑤ 孙中田、张芬、萧新如主编：《中国现代文学》（上），东北师范大学中文系，1983年，第65页。

典诗,探讨新诗的格律,追求新诗的艺术美与形式美,强调其内在的'和谐'与'均齐',主张新诗要具有'音乐的美(音节),绘画的美(词藻),而且还要有建筑的美(节的匀称和句的整齐)'。"[1]并且肯定了新月诗派在新诗倡导及发展中所发挥的作用,认为他们"为新诗的发展做出了重要的贡献"[2]。1984年版的文学史与1983年版的区别不大,只是在叙述新月社时淡化了对于其反动性质的说明。而在对新月派与无产阶级文学倡导者之间的斗争进行评价时,1983年版和1984年版的文学史基本一致,仍然将新月派定性为"代表右翼资产阶级的政治和思想倾向的"[3]文学团体,认为"它和'现代评论派'可以说是一个团体,两个招牌,依附于帝国主义与北洋军阀的势力,从事反对革命和进步文化活动"。[4] 1988年版的文学史对"新月派"斗争部分的描述与前两个版本差别不大,只是言辞较之前的版本温和许多。最大的区别在于1988年版的文学史中,作者对"新月诗派"的诗学主张与创作都进行了更加细致深入的分析,篇幅长达8页。对新月诗派代表诗人各个时期的代表诗作也进行了分析与阐释,并整首引用了闻一多的《死水》、朱湘的《葬我》和徐志摩的《偶然》。高度评价了新月派在新诗发展过程中所起到的重要作用,认为新月诗派"以多种多样的试验,开拓了新诗的美的境界,这也是这一诗派不容忽视的贡献"。[5]

80年代后期的文学史中开始出现对新月诗派的整体性描述,新月诗派代表诗人的诗歌创作及其诗歌理论也逐渐受到关注。除了上面提到的孙中田写的文学史1988年版外,另外一本比较具有代表性的是同年出版的黄修己的《中国现代文学发展史》。"在探索中的新诗"一章里,专门有一节是论述闻一多、徐志摩和格律诗派的。新月诗人在格律诗歌上所取得的巨大成就使得新月社获得了较高的评价:"这个团体在新诗领域中曾有很大的影响,因为它拥有以徐志摩、闻一多为主干的一批成就卓著的诗人,又以提倡格律诗在诗坛上独树一帜,以至后来有的人把新月社看成似乎是一个诗社。"[6]这里有一个现象值得注意,两本文学史虽都对新月派代表诗

---

[1] 孙中田、张芬、萧新如主编:《中国现代文学》(上),东北师范大学中文系,1983年,第65页。

[2] 同上。

[3] 同上书,第29页。

[4] 同上。

[5] 同上书,第128页。

[6] 黄修己:《中国现代文学发展史》,中国青年出版社1988年版,第148页。

人有所提及，但是对于闻一多与徐志摩的评价有很大的差异。闻一多的诗歌创作及其诗歌理论受到了高度的赞扬，而新月派的灵魂人物徐志摩受到的评价反而不高。在论述新月派为新诗做出的贡献时，孙中田这样提道："特别是闻一多，影响最大，他的诗充满了反帝爱国精神和对腐朽黑暗旧中国的愤怒，而且是他新格律诗理论的忠实的实践，取得了卓越的成绩，为新诗的发展做出了不容忽视的贡献。"①对新月派代表诗人进行分析时，闻一多排在了第一位，其次是朱湘，然后才是徐志摩。篇幅上闻一多的内容也明显多于徐志摩。黄修己也将闻一多视为新月社诗歌理论最大的功臣。对于徐志摩不但提及甚少，而且都以概述的形式呈现。诚然，闻一多在新诗理论建设上做出了卓越的贡献，但是这种明显厚此薄彼的文学史现象仍然值得深思。茅盾在《徐志摩论》中这样评价道："中国的资产阶级终于不能从买办资产阶级的原形中蜕化出来成为独立的民族资产阶级，因而志摩盼望中的资产阶级德谟克拉西——这'婴儿'，不用说'生产不出来'，并且还没有怀孕，——永远不会怀孕的了！于是志摩也不得不失望了！"②因此，志摩"最初唱布尔乔亚政权的预言诗，可是最后他的作品却成为布尔乔亚的'Swan-Song'！"③茅盾对徐志摩诗歌创作和诗歌理想的评价基本定位了徐志摩在文学史上的位置，后期的文学史创作基本上以此为准则。同徐志摩相比，闻一多后期的政治选择与转向使得他在文学史中占据了重要的位置，甚至超越了徐志摩。

  与大陆的文学史相比，70年代末80年代初港台文学史对于新月社和新月派的评价有了很大的相同。司马长风与李辉英都未从阶级论的角度对新月社和新月派进行阶级的划分，而是根据其发起的实际情况，将新月社视为"一群文化人，一连串文化活动的概称"。④李辉英指出，新月社最初成立时组织的聚餐会中，成员"大部分是与'现代评论'有关的一些教授们"。⑤司马长风也认为，"'现代评论'实可看作'新月社'的继续和发展"。⑥除此以外，两人还指出了大陆文学史中并未提及的新月社与新月

---

① 孙中田、张芬、萧新如主编：《中国现代文学》（上），第62页。
② 茅盾：《徐志摩论》，《茅盾全集》第19卷，第380页。
③ 同上书，第392页。
④ 司马长风：《中国新文学史》（上），昭明出版社1980年版，第139页。
⑤ 李辉英：《中国现代文学史》，东亚书局1978年版，第38页。
⑥ 司马长风：《中国新文学史》（上），第139页。

派所遭受的当局的刁难与打压。"由于北洋政府的倒行逆施,压迫作家和新文学,又欠发大学经费,造成教授和作家大规模的南迁,'新月社'一批人也先后集中到长江流域"①,《新月》月刊"因'知难行亦不易'事件,曾受过短期停刊处分"②。新月派诗歌的成就在这里得到了认可,李辉英认为,新月社能在新诗落潮期中出版《诗刊》,提倡新诗的格律化,难能可贵。司马长风肯定了新月社和新月派中产生了大批优秀的作家作品,认为《新月诗选》"对全国的诗风有示范作用"③,还对新月社的国剧运动进行了细致的论述。两者对于徐志摩的评价也很高,列举的新月派代表诗人也比较全面。司马长风将徐志摩视为"新月社"的主动力。李辉英在介绍新月社有关人员的代表诗集时,将徐志摩放在了第一位,第二位是陈梦家,闻一多排在了第三位。

在新世纪中国现代文学史叙事中,新月诗派越来越因其诗歌理论的完备及诗歌创作水平的精湛而受到重视。由50年代到80年代初期的被忽视,到80年代末被整体叙述,再到如今更加系统、全面的分期介绍,新月诗派一改与新月社、新月派模糊不清的面貌,开始以独立的姿态出现在文学史中,其文学史意义和价值得到了重新的评判和公正的评定。2003年出版的《中国现代文学史教程》中对前期新月派发生的合理性进行了论述,"应运而生"是谢筠对新月派为改变诗坛现状,致力于建立新诗规范体系的概括。除此以外,他还对后期新月派和现代派诗歌进行了分析与评价,并引用了陈梦家的《摇船夜歌》和林徽因的《笑》。不但扩充了文学史所列举的代表诗人的范围,在选取诗人代表诗作时也开始重视诗歌本身的艺术性。肖振宇在2005年出版的《中国现代文学史》中进一步阐释了新月诗派与新月派之间的关系,将新月诗派的发展过程概括为《诗镌》《新月》《诗刊》三个时代。朱栋霖在2007年出版的《中国现代文学史》中写道:"新月诗派纠正了自由诗过于散漫而流于平淡肤浅的弊端,为新诗发展探索出了一条新的路径。"④袁国兴也认为,新月诗派的"新格律诗""显示了

---

① 司马长风:《中国新文学史》(上),第140页。
② 李辉英:《中国现代文学史》,第38页。
③ 司马长风:《中国新文学史》(中),第13页。
④ 朱栋霖、朱晓进、龙泉明主编:《中国现代文学史 1917—2000》(上),北京大学出版社2007年版,第67页。

较高的艺术水准和创作质量"。① 李明、程凯华、邹琦新主编的《中国新文学史》更是认为"新格律诗的出现,是新诗发展的必然,其目的是为了纠正五四以来白话新诗创作上越来越明显的'散而无章'的诗风,它表明我国现代新诗的发展已进入了第二个高潮"。② 程光炜、刘勇、吴晓东等著的《中国现代文学史》和黄曼君、朱寿桐主编的《中国现代文学史》也对新月诗派的诗歌成就进行了肯定。

新中国成立后的文学史对新月社和新月派的评价经历了肯定到否定再到肯定的反复变化、充满起伏的过程。评价结果的变化显示出文学史评价标准的变化。新中国成立后文学史的文学评价标准具有明显的政治倾向,一切观点都是从阶级论的角度出发的,忽略文学自身的审美特性,皆是通过对文学团体、作家个体及文学作品进行阶级属性的划分,从而进行文学史定位的。30年代新月派与无产阶级倡导者之间的论争使得新月派站到了无产阶级的对立面,被定位为资产阶级的代表。所以,文学史肯定左联的价值,就必然会否定新月派的文学观点和立场。新世纪之前对新月派的否定,实际上是将新月派视作左联的敌对势力进行评价的。笔者对不同文学史在不同时代对新月派的不同定位进行梳理,最终目的就是探究影响新月社和新月派或被认可或被否定的决定性因素。厘清这其中的话语权力关系,我们就能以一种客观、科学的文学史态度,更加理性而全面地认知新月社和新月派的价值。

---

① 袁国兴:《中国现代文学史教程》,广东人民出版社2008年版,第73页。
② 李明、程凯华、邹琦新主编:《中国新文学史 1917—1949》(上),湖南教育出版社2010年版,第286页。

附录二

新中国成立后新月诗派主要研究成果目录汇编

研究专著

黄红春：《古典与浪漫——新月派文学观念研究》，江西人民出版社2015年版。

付祥喜：《新月派考论》，中国社会科学出版社2015年版。

刘群：《中国现代文学社团史研究书系 饭局·书局·时局 新月社研究》，武汉出版社2011年版。

程国君：《新月诗派研究》，长江文艺出版社2003年版。

周晓明：《多源与多元：从中国留学族到新月派》，华中师范大学出版社2001年版。

朱寿桐：《新月派的绅士风情》，江苏文艺出版社1995年版。

方仁念选编：《新月派评论资料选》，华东师范大学出版社1993年版。

尹在勤：《新月派评说》，陕西人民出版社1985年版。

硕博论文

吴雅琼：《新月诗派的诗质探寻》，江西师范大学，2015年。

杨捷：《论新月诗人寄托在格律实验中的人文理想》，广西师范大学，2014年。

董玉梅：《新月诗派诗歌选本研究》，陕西师范大学，2014年。

向寻真：《〈诗镌〉、〈新月〉、〈诗刊〉与新月诗派的发生与流变》，湖南师范大学，2014年。

黄红春：《新月派文学观念研究》，江西师范大学，2013年。

邓新平：《论新月诗派对中国古典诗歌传统的承传》，延边大学，2013年。

徐美多：《身份融合·诗艺寻美——新月诗派文化身份影响下的诗艺探索》，黑龙江大学，2013年。

许莎莎：《新月派诗人的格律诗翻译实践》，北京大学，2013年。

蔡钰：《论新月派艺术主张中的唯美主义思想》，复旦大学，2012年。

金鑫：《〈新月〉中国现代自由主义文学话语的兴衰》，辽宁大学，2012年。

郑玉芳：《〈新月〉、〈诗刊〉诗歌写作群及现代特征研究》，福建师范大学，2011年。

王宣人：《"同人园地"里的"新月态度"》，青岛大学，2011年。

叶红：《生成与走势：新月诗派研究》，东北师范大学，2010年。

付爱：《新月社诗歌翻译选材研究》，四川外语学院，2010年。

李玮炜：《跨文化语境下的自然诗学观比较——新月诗派与英国浪漫主义自然诗学观比较研究》，四川师范大学，2010年。

杜笑宇：《"非诗化"倾向与"诗"的回归》，郑州大学，2009年。

管雪莲：《论中国现代文学中的古典主义思潮》，厦门大学，2007年。

姜青松：《〈新月〉：纸上的沙龙》，青岛大学，2007年。

刘群：《新月社研究》，复旦大学，2006年。

孙颖：《理性与迷狂制约下的后期新月诗》，吉林大学，2005年。

吴凑春：《新月诗派》，南昌大学，2005年。

陈庆泓：《在解构中重构新月理想》，安徽大学，2004年。

报纸期刊

叶红：《佩戴"文学徽章"的事物——论新月诗派的生成要素》，《文学与文化》2015年第4期。

颜敏：《何时再有新月派？——兼评黄红春〈古典与浪漫——新月派文学观念研究〉》，《创作评谭》2015年第5期。

袁媛、张媛媛：《论新月诗派后起之秀方玮德诗作的艺术风格》，《淮北师范大学学报》（哲学社会科学版）2014年第6期。

王怀昭：《高蹈者的人间情怀：新月诗派的平民意识》，《大庆师范学院学报》2014年第1期。

李红绿：《原型诗学观下的新月派译诗研究》，《浙江树人大学学报》2014年第2期。

李青峰：《试论"新月派""现代诗派"诗歌的音乐性探索》，《赤峰学院学报》（哲学社会科学版）2014年第3期。

王雪松：《论新月派的和谐节奏诗学》，《吉林大学社会科学学报》2014年第5期。

徐江涛：《新月诗派的现代主义特征考察》，《名作欣赏》（中旬刊）2013年第4期。

周俐：《文本的适度回归：翻译社会学研究的微观发展：看20世纪20年代新月派翻译实践》，《外国语文》2013年第2期。

李建平：《新月派诗歌的时空诗学》，《求索》2013年第7期。

黄红春：《新月派研究述论》，《江西师范大学学报》（哲学社会科学版）2013年第4期。

李玮：《"白话"特性与"格律"建设：论新月派格律探索中的语言问题》，《南京师大学报》（社会科学版）2011年第4期。

宋炳辉：《"新月"群体的历史命运及其文化贡献》，《文艺报》2013年5月20日。

罗振亚：《新月诗派风格形态辨析》，《文艺报》2013年5月20日。

北塔：《新月派二论》，《文艺报》2013年5月20日。

子张：《"创格的新诗"与新月诗派始末》，《文艺报》2013年5—20日。

张立群：《"新月"的历史及其几种说法》，《文艺报》2013年5—20日。

胡梅仙：《"新月派"格律诗：普遍的自由与形式的完美》，《社会科学论坛》2012年第4期。

胡梅仙：《新古典主义与浪漫主义的纠缠："新月的个体贵族文学话语"之二》，《兰州学刊》2012年第7期。

史习斌：《现代文学史上的同人写作：以新月派为例》，《中国现代文学研究丛刊》2012年第8期。

叶红：《新月诗人群的跨文化身份》，《学习与探索》2012年第12期。

陈家婷：《论新月诗派作品"主观情绪客观化"的艺术手法》，《文学界》（理论版）2011年第8期。

叶红：《论报刊与现代文学流派的关系：以新月诗派为例》，《哈尔滨师范大学社会科学学报》2011年第5期。

李雪林、李儒俊：《〈晨报·副刊〉成为前期新月派文学阵地原因分析》，《山东文学》（下半月）2011年第3期。

张宁：《论卞之琳对新月诗派的继承与超越》，《江汉大学学报》（人文科学版）2010年第1期。

史习斌：《〈新月〉月刊诗歌简论》，《求索》2010年第4期。

程国君：《从"音乐的美"到"纯诗"：论新月诗人现代诗歌美学建构的深层理论与实践》，《陕西师范大学学报》（哲学社会科学版）2010年第3期。

孔令环：《适时而生的缪斯：新月诗派形成原因探》，《信阳师范学院学报》（哲学社会科学版）2010年第4期。

李玮炜：《新月诗派对英国浪漫主义诗歌的译介和接受》，《内江师范学院学报》2010年第9期。

李月：《浅谈新月派的诗歌翻译活动》，《文教资料》2010年第16期。

胡忱：《简论新月派诗人的个体独特性：以闻一多、徐志摩、朱湘为例》，《华中人文论丛》2010年第1期。

陈敢、林莹秋：《中国现代格律诗的回顾与前瞻》，《西南大学学报》（人文社会科学版）2009年第1期。

杜笑宇：《"诗"的回归与重塑：简论象征派、新月派、现代派对中国新诗发展的匡正》，《商丘师范学院学报》2009年第1期。

李春红：《"新月派"的形成及理性精神》，《徐州师范大学学报》（哲学社会科学版）2009年第6期。

兰莹萱：《平衡与和谐：论五四新月诗艺术形式的美学追求》，《贵州工业大学学报》（社会科学版）2008年第2期。

王荣：《论"新月诗派"的现代叙事诗创作及其理论批评》，《文学评论》2008年第2期。

白春超：《新月派文学的古典主义精神》，《长江学术》2008年第2期。

胡维唯：《论新月诗派的格律化》，《现代语文》（文学研究）2008年第10期。

汤凌云：《新月诗派的诗歌接受论》，《东方丛刊》2007年第2期。

付祥喜：《新月社若干史实考辨》，《中国现代文学研究丛刊》2007年第6期。

胡博：《〈晨报·副刊〉与早期新月派》，《河南大学学报》（社会科学版）2007年第2期。

陈庆泓：《解构与重构的艰难弥合——谈新月派对古典诗歌功利性解构的

困惑》,《乐山师范学院学报》2007年第4期。

白春超:《古典的体制与法度——新月派的艺术追求》,《山西师范大学学报》(社会科学版)2006年第1期。

覃宝凤:《为新月找一个坐标——1925—1926年徐志摩与〈晨报·副刊〉》,《延安大学学报》(社会科学版)2006年第1期。

汤凌云:《新月诗派的诗歌创作论》,《理论与创作》2006年第1期。

潘国美:《新月也遮不住的感伤——论新月诗派的感伤气质》,《长春大学学报》2006年第1期。

陈小碧:《〈晨报·副刊·诗镌〉与新月诗派先行者》,《福建师大福清分校学报》2006年第3期。

陈爱中:《格律与自由的恰切糅合——试论新月诗歌的语言表述》,《江汉大学学报》(人文科学版)2006年第4期。

陈庆泓:《在解构中重构新的格律》,《黄山学院学报》2006年第1期。

王汉林:《试论前期新月派格律诗的音节艺术》,《华中师范大学研究生学报》2006年第4期。

程国君:《"以生命的眼光看艺术"——"新月"诗派的生命诗学》,《文学评论》2005年第4期。

程国君:《论"新月"诗派的诗歌语言美追求》,《陕西师范大学学报》(哲学社会科学版)2005年第5期。

汤凌云:《新月诗派的诗歌本质论》,《徐州师范大学学报》(哲学社会科学版)2005年第6期。

陈国恩:《爱情的想象与恋爱的告白——"湖畔"与"新月"情诗比较论》,《忻州师范学院学报》2005年第6期。

陈伟华:《"新月"理论家们的"硬译"——论新月派诗论对中国传统文化的承传》,《中国文学研究》2005年第1期。

周渡、周仲器:《新格律诗探索的历史轨迹与时代流向——从新月诗派到雅园诗派》,《江苏大学学报》(社会科学版)2005年第2期。

谢丽:《新月诗派在新诗发展上的历史贡献》,《重庆师范大学学报》(哲学社会科学版)2005年第2期。

陈伟华:《蚕蜕里的新生——新月派诗论与中国传统诗论》,《湖南大学学报》(社会科学版)2005年第2期。

曾白云:《论新月派的格律诗理论》,《安庆师范学院学报》(社会科学版)

2004 年第 1 期。

谢南斗:《新月派与立体主义》,《中国文学研究》2004 年第 1 期。

侯群雄:《一份杂志和一个群体:以〈新月〉为中心》,《新文学史料》2004 年第 2 期。

袁靖华:《论浪漫主义文学思潮对创造诗派、新月诗派的影响》,《嘉应学院学报》2004 年第 2 期。

程国君:《浪漫诗人的"现代"诉求——论"新月"诗派的现代主义艺术实践》,《南开学报》(哲学社会科学版)2004 年第 3 期。

倪素平:《浪漫的潜伏——后期新月诗派"主智诗"、"城市诗"创作简论》,《阴山学刊》2004 年第 6 期。

陈伟华:《论新月派诗论对中国古代文论的承传》,《中山大学研究生学刊》(社会科学版)2004 年第 4 期。

陈敢:《论中国现代格律诗》,《北京大学学报》(哲学社会科学版)2004 年第 S1 期。

王光明:《诗歌形式秩序的寻求——"新月诗派"新论》(下),《海南师范学院学报》(社会科学版)2004 年第 1 期。

王光明:《诗歌形式秩序的寻求——"新月诗派"新论》(上),《海南师范学院学报》(社会科学版)2003 年第 6 期。

陈国恩:《新月派诗与婉约派词》,《重庆三峡学院学报》2003 年第 6 期。

程国君:《浪漫诗人的古典寻求——新月派审美观念的主要形态及其古典寻求的诗学意义》,《天津师范大学学报》(社会科学版)2003 年第 1 期。

陈小碧:《论现代格律诗回归的可能性》,《温州师范学院学报》(哲学社会科学版)2003 年第 4 期。

倪素平:《后期新月诗派现代主义诗歌的形式美追求》,《阴山学刊》2003 年第 4 期。

黄昌勇:《新月派:诗艺探索与文化诉求》,《浙江学刊》2003 年第 2 期。

张桃洲:《重提新诗的格律问题》,《学术研究》2002 年第 1 期。

张艳梅:《论中国现代诗人的人格危机与人格重建》,《东北师大报》(哲学社会科学版)2001 年第 4 期。

陈学祖:《论 50 年代现代格律诗理论——兼与新月派格律诗理论比较》,《现当代文学文摘卡》2001 年第 3 期。

李标晶:《论浪漫主义文学思潮对新月诗派的影响》,《浙江树人大学学报》2001 年第 1 期。

周晓明：《留学族群视域中的新月派》，《华中师范大学学报》(人文社会科学版)2000 年第 1 期。

张高杰：《论新月派创作的现代主义倾向》，《齐鲁学刊》2000 年第 1 期。

龙泉明：《论新月诗派的新诗规范化运动》，《求是学刊》2000 年第 4 期。

李思清：《论新月诗人的诗学探索及其文学史地位》，《福建论坛》(文史哲版)2000 年第 6 期。

李乐平：《新诗的"自由化"与"格律化"及其他——论郭沫若闻一多诗美主张和创作表现的异同》，《华中师范大学学报》(人文社会科学版)1999 年第 1 期。

黄济华：《呼唤新诗艺术形式的规范：关于闻一多新格律诗理论和新诗现状的思考》，《华中师范大学学报》(人文社会科学版)1999 年第 5 期。

吕进：《从文体看中国新诗》，《诗刊》1999 年第 5 期。

钱振文：《论新月派的形式追求》，《河北学刊》1999 年第 2 期。

乔以钢：《两位"新月"女诗人及其创作》，《理论与创作》1998 年第 5 期。

黄昌勇：《新月诗派论》，《文学评论》1997 年第 3 期。

罗振亚：《浪漫主义向象征主义转换的中介——新月诗派的巴那斯主义倾向》，《北方论丛》1997 年第 4 期。

陈国恩：《论婉约词对"新月"诗人的影响》，《武汉大学学报》(哲学社会科学版)1996 年第 4 期。

许霆：《从新月派的节制情绪到新生代的冷抒情》，《江苏社会科学》1996 年第 5 期。

黄昌勇：《现代主义与新月诗派的发展》，《同济大学学报》(人文·社会科学版)1996 年第 1 期。

张玲霞：《论清华新月诗人》，《清华大学学报》(哲学社会科学版)1995 年第 4 期。

黄昌勇：《新月派文学思想论》，《文学评论》1995 年第 3 期。

黄昌勇：《新月派发展轨迹新论》，《武陵学刊》1995 年第 1 期。

徐荣街：《在梦的轻波里依洄——论后期"新月诗派"的诗歌创作》，《徐州师范大学学报》(哲学社会科学版)1995 年第 4 期。

巫继红：《简论新月派的美学原则及其实践》，《韶关大学学报》(社会科学版)1994 年第 3 期。

朱寿桐：《绅士气度与新月派的形成》，《江苏社会科学》1993年第4期。

许正林：《新月诗派与维多利亚诗》，《中国现代文学研究丛刊》1993年第2期。

吴欢章、张祖健：《新月诗歌艺术精神的历史流变》，《上海大学学报》（社会科学版）1993年第4期。

吴福辉：《现代文化移植的困厄及历史命运——论胡适与〈现代评论〉〈新月〉派》，《文艺争鸣》1992年第3期。

张玲霞：《新月诗派艺术演变轨迹的考察》，《中国现代文学研究丛刊》1992年第2期。

吴奔星：《新月诗派评述》，《益阳师专学报》1991年第1期。

陈国城：《意境美：新月派诗歌的刻意追求》，《安庆师范学院学报》（社会科学版）1991年第4期。

吕家乡：《简论闻一多、徐志摩及新月诗派》，《临沂师范学院学报》1991年第3期。

张玲霞：《早期新月派是纯浪漫主义团体么？——英美浪漫主义与新月派之三》，《扬州师院学报》（社会科学版）1991年第3期。

许霆、鲁德俊：《新诗格律探索七十年》，《商丘师范学院学报》1990年第1期。

许霆、鲁德俊：《新诗"新韵律运动"始末》，《上海师范大学学报》（哲学社会科学版）1990年第2期。

萧心：《新月诗派辨析》，《烟台师范学院学报》（哲学社会科学版）1989年第3期。

张劲：《闻一多与"新月派"辨析》，《贵州社会科学》1988年第12期。

罗念生：《格律诗谈》，《北京社会科学》1987年第4期。

王伟：《中国新诗流派述略》，《安徽教育学院学报》1986年第2期。

陈丙莹：《论新诗艺术潮流》，《苏州科技学院学报》（社会科学版）1986年第1期。

孙玉石：《闻一多及新月派的诗歌艺术追求》，《中国现代文学研究丛刊》1986年第1期。

蓝棣之：《"新月派"诗歌研究札记二则》，《西南师范大学学报》（人文社会科学版）1985年第4期。

尹在勤：《"新月"派中有派》，《四川大学学报》（哲学社会科学版）1984年第 4 期。

魏绍馨：《新月社及其新格律诗主张——〈五四新文学运动〉之一节》，《齐鲁学刊》1983 年第 1 期。

郑择魁：《试论"新月派"》，《文学评论》1983 年第 2 期。

王强：《关于"新月派"的形成和发展》，《中国现代文学研究丛刊》1983 年第 3 期。

蓝棣之：《论新月派在新诗史上的地位》，《北京师范大学学报》（哲学社会科学版）1982 年第 2 期。

蓝棣之：《论新月派诗歌的思想特征》，《中国现代文学研究丛刊》1982 年第 1 期。

陈山：《论新月诗派在新诗发展中的历史地位》，《中国现代文学研究丛刊》1982 年第 1 期。

董振泉：《也评"新月派"》，《湘潭师范学院学报》（社会科学版）1981 年第 3 期。

吴奔星：《试论新月诗派》，《文学评论》1980 年第 2 期。

松年：《"死水"中燃烧的烈火——论诗集〈死水〉的爱国主义思想》，《辽宁师院学报》（哲社版）1979 年第 6 期。

李思乐：《"与众不同的鼓手"——读闻一多早期诗篇〈渔阳曲〉》，《破与立》1979 年第 6 期。

徐青：《漫论格律、音韵对诗歌的积极作用》，《青海民族学院学报》1979 年第 2 期。

李丛中：《新诗的探索者与建设者——谈闻一多的诗歌理论与创作》，《思想战线》1979 年第 5 期。

翟大炳：《评论中应有一个"我"——读闻一多诗歌评论随笔》，《山花》1979 年第 9 期。

刘烜：《论闻一多的新诗》，《北京大学学报》（哲社版）1979 年第 5 期。

蔡良骥：《火的诗句，血的诗篇——闻一多的诗（附闻一多诗四首）》，《东海》1979 年 9 月号。

丰华瞻：《谈新诗格律》，《社会科学战线》1979 年第 3 期。

廖钦：《谈诗歌的色彩美，纪念闻一多先生遇难三十三周年》，《边疆文艺》1979 年第 8 期。

臧克家：《闻一多先生诗创作的艺术特色》，《诗刊》1979 年 4 月号。

毕兹：《诗律一席谈》，《昆明师院学报》（哲社版）1979 年第 1 期。

许可：《论新创格律诗要求行的字数整齐》，《社会科学战线》1979 年第 1 期。

徐竹心：《略谈律诗的平仄及其形式美》，《辽宁第一师范学院学报》1978 年第 3 期。

白观伦：《格律诗浅说》，《新疆文艺》1978 年 9 月号。

赵晓光：《韵和诗意》，《山东文艺》1978 年 9 月号。

愈欣：《谈谈律诗》，《北京文艺》1978 年第 2 期。

郭绍虞：《漫谈格律诗与自由诗的关系》，《解放日报》1978 年 1 月 12 日。

陆耀东：《关于闻一多的几首逸诗》，《武汉大学学报》（哲社版）1978 年第 1 期。

赵春华：《浅谈诗歌的音乐性》，《江西文艺》1978 年第 6 期。

吴培德：《"格律诗"要讲格律》，《边疆文艺》1978 年第 8 期。

周维德：《试论律体诗的形成》，《学术月刊》1963 年第 4 期。

王力：《诗词格律和诗人》，《光明日报》1963 年 4 月 23 日第 4 版。

黄海章、陈仿舜：《不必囿于"严格的格律"》，《羊城晚报》1963 年 4 月 26 日第 2 版。

陆安国：《诗歌语言的音乐性》，《河北文学》1963 年 4 月号。

张定和：《诗要讲究自然节奏》，《诗刊》1963 年第 2 期。

振甫：《诗词格律是怎样形成的》，《中国青年》1962 年第 20—22 期。

曲沐：《诗的意境和含蓄》，《山花》1962 年 9 月号。

于风：《格律与技巧》，《羊城晚报》1962 年 8 月 16 日第 2 版。

王力：《诗律余论》，《光明日报》1962 年 8 月 6—8 日第 2 版。

裘柱常：《古典诗歌与民歌——再谈探索新诗格律应以古典诗歌为基础，兼答丁力同志》，《文汇报》1962 年 8 月 22 日第 3 版。

《新诗要不要有格律？要有怎样的格律？作协诗歌组开会探讨诗歌创作问题》，《解放日报》1962 年 6 月 26 日第 2 版。

周煦良：《怎样建立新诗的格律》，《文汇报》1962 年 6 月 26 日第 3 版。

孙大雨：《诗歌底格律》，《复旦学报》（人文科学版）1956 年第 2 期。

孙大雨：《诗歌底格律》（续），《复旦学报》（人文科学版）1957 年第 1 期。

华中一：《论惠特曼与格律诗（对孙大雨"诗歌底格律"的意见）》，《复旦学报》（人文科学版）1957 年第 1 期。

沙嵞：《论情诗与人性》，《福建日报》1957年5月9日第3版。
石丁巨等：《人性有不分阶级之处 情诗也可不反映社会》，《福建日报》1957年5月15日第3版。

附录三

新中国成立前新月诗派主要研究成果目录汇编

彭康：《什么是"健康"与"尊严"？——"新月的态度"底批评》，《创造月刊》1928年第12期。

石灵：《新月诗派》，原载《文学》第8卷第1号，生活书店1937年版。

陈梦家：《新月诗选·序言》，选自《新月诗选》，新月书店1931年版。

屈轶：《新诗的踪迹与其出路》，原载《文学》第114期，商务印书馆1924年版。

沈从文：《论闻一多的〈死水〉》，原载《现代》第4卷第3期，现代书局1934年版。

朱湘：《闻一多与〈死水〉》，原载《文艺复兴》第3卷第5号，上海出版公司1947年版。

臧克家：《闻一多的诗》，《人民文学》1956年第7期。

梁实秋：《谈闻一多》，原载《小说月报》第17卷第1号，商务印书馆1926年版。

西滢：《闲话》，原载《现代评论》第3卷第72期，1926年。

钱杏邨：《徐志摩先生的自画像——"关于徐志摩的考察的断片"的一节》，原载《海风周报》第6、7期合刊，泰东图书局1929年版。

梁实秋：《谈志摩的散文》，原载《新月》第4卷第1期，新月书店1932年版。

沈从文：《论徐志摩的诗》，原载《现代学生》第2卷第2期，上海大东书局1932年版。

茅盾：《徐志摩论》，原载《现代》第2卷第4期，现代书局1933年版。

穆木天：《徐志摩论——他的思想与艺术》，原载《文学》第3卷第1号，生活书店 1934 年版。

赵景深：《朱湘的短诗》，原载《大江》(月刊)创刊号，上海大江书铺 1928 年版。

念生：《草莽集》，原载《文学周报》第 8 卷，远东图书公司 1929 年版。

沈从文：《论朱湘的诗》，原载《文艺月刊》第 2 卷第 1 期，南京中国文艺社 1931 年版。

张秀亚：《新月派诗人朱湘》，原载《文学周报》第 7 卷，开明书局 1929 年版。

蹇先艾：《记朱大枬》，原载《新文学史料》第 2 期，1982 年。

胡适：《评〈梦家诗集〉》，原载《新月》第 3 卷第 5、6 期，新月书店 1931 年版。

穆木天：《〈梦家诗集〉与〈铁马集〉》，原载《现代》第 4 卷第 6 期，现代书局 1934 年版。

张振亚：《梦家底诗》，原载《文学》第 8 卷第 2 号，生活书店 1937 年版。

闻一多：《论〈悔与回〉》，原载《新月》第 3 卷第 5、6 期，新月书店 1931 年版。

志摩：《〈诗刊〉前言》，原载《诗刊》第 2 期，新月书店 1931 年版。

侍桁：《〈西林独幕剧〉评》，原载《文艺月刊》第 3 卷第 5、6 期合刊，南京中国文艺社 1932 年版。

丙生：《读〈上沅剧本甲集〉》，原载《文学》第 3 卷第 3 号，生活书店 1934 年版。

西滢：《〈花之寺〉编者小言》，选自《花之寺》，新月书店 1928 年版。

戈灵：《花之寺》，原载《文学周报》第 7 卷，开明书局 1929 年版。

钱杏邨：《〈花之寺〉——关于凌叔华创作的考察》，原载《海风周报》第 2 期，泰东图书局 1929 年版。

志摩：《〈市集〉后编者按》，原载《晨报·副刊》第 1305 号，1925 年。

苏学林：《沈从文论》，原载《文学》第 3 卷第 3 号，生活书店 1934 年版。

苏雪林：《陈源教授逸事》，《苏雪林自选集》，台北黎明文化事业公司 1978 年版。

志摩：《诗刊弁言》，原载《晨报·副刊·诗镌》第 1 号，1926 年。

志摩：《诗刊放假》，原载《晨报·副刊·诗镌》第 11 号，1926 年。

闻一多：《诗的格律》，原载《晨报·副刊·诗镌》第 7 号，1926 年。

志摩：《剧刊始业》，原载《晨报·副刊·剧刊》第 1 期，1926 年。

志摩：《剧刊终期》，原载《晨报·副刊·剧刊》第 15 号，1926 年。

《"新月"的态度》，原载《新月》第 1 卷第 1 期，新月书店 1928 年版。

朱湘：《〈草莽集〉的音调与形式》，原载《文学周报》第 7 卷，开明书局 1929 年版。

《新月月刊敬告读者》，原载《新月》第 2 卷第 6、7 合刊，新月书店 1929 年版。

志摩：《〈诗刊〉序语》，原载《诗刊》创刊号，新月书店 1931 年版。

徐志摩：《〈猛虎集〉序文》，选自《猛虎集》，新月书店 1931 年版。

余上沅：《上沅剧本甲集·序》，选自《上沅剧本甲集》，商务印书馆 1934 年版。

《〈梦家存诗〉自序》，选自《梦家存诗》，上海时代图书公司 1936 年版。

蒲风：《五四到现在的中国诗坛鸟瞰》，选自《现代中国诗坛》，诗歌出版社 1938 年版。

李何林：《"新月派"及其他反对者的论调》，选自《近二十年中国文艺思潮》，生活书店 1939 年版。

梁实秋：《忆新月》，原载《文星》第 11 卷第 3 期，1963 年。

参考文献

一 作品类

闻一多：《闻一多全集》（12卷），湖北人民出版社2004年版。
徐志摩：《徐志摩全集》（8卷），天津人民出版社2005年版。
梁实秋：《梁实秋文集》（15卷），鹭江出版社2002年版。
陈子善主编：《孤高的真情：朱湘书信集》，上海人民出版社2007年版。
吴方、越宁主编：《朱湘诗全编》，浙江文艺出版社1994年版。
朱湘：《朱湘诗集》，四川文艺出版社1987年版。
罗念生主编：《朱湘书信集》，上海书店1983年版。
朱湘：《朱湘散文》，中国广播电视出版社1994年版。
陈梦家：《梦家诗集》，新月书店1931年版。
陈梦家：《铁马集》，新月书店1936年版。
《梦甲室存文——陈梦家著作集》，中华书局2006年版。
林徽因著，陈学勇编：《林徽因文存》，四川文艺出版社2005年版。
陈梦家主编：《玮德诗文集》，上海时代书局1936年版。
陈梦家主编：《新月诗选》，新月书店1931年版。
《胡适文集》，人民文学出版社1998年版。
《中国十四行体诗选》，人民文学出版社1996年版。

二 研究论著

吕家乡：《新潮·诗人·诗艺》，江苏文艺出版社1991年版。
龙泉明：《中国新诗流变论》，人民文学出版社2003年版。
罗振亚：《中国新诗的历史与文化透视》，黑龙江教育出版社2002年版。
罗振亚：《中国三十年代现代派诗歌研究》，国际文化出版公司1997

年版。
罗振亚：《中国现代主义诗歌史论》，社会科学文献出版社2002年版。
逄增玉：《现代性与中国现代文学》，东北师范大学出版社2001年版。
李欧梵：《中国现代作家的浪漫一代》，新星出版社2005年版。
骆寒超：《20世纪新诗综论》，学林出版社2001年版。
王光明：《现代汉诗的百年演变》，河北人民出版社2003年版。
朱寿桐：《中国现代浪漫主义文学史》，文化艺术出版社2002年版。
罗成琰：《现代中国的浪漫文学思潮》，湖南教育出版社1992年版。
陈国恩：《浪漫主义与20世纪中国文学》，安徽教育出版社2000年版。
朱寿桐：《中国现代社团文学史》，人民文学出版社2004年版。
杨洪承：《中国社群文化形态论》，安徽文艺出版社1998年版。
吴立昌：《文学的消解与反消解——中国现代文学派别论争史》，复旦大学出版社2004年版。
潘颂德：《中国现代新诗理论批评史》，学林出版社2002年版。
蓝棣之：《现代诗歌理论：渊源与走势》，清华大学出版社2002年版。
杨四平：《20世纪中国新诗主潮》，安徽教育出版社2004年版。
俞兆平：《现代性与五四文学思潮》，厦门大学出版社2002年版。
王珂：《百年新诗诗体建设研究》，上海三联书店2004年版。
宗白华：《意境》，北京大学出版社1986年版。
朱光潜：《诗论》，安徽教育出版社1997年版。
叶维廉：《中国诗学》，三联书店1992年版。
袁可嘉：《欧美现代派文学概论》，广西师范大学出版社2003年版。
杨匡汉、刘富春编：《西方现代诗论》，花城出版社1988年版。
蓝棣之：《现代诗的情感与形式》，人民文学出版社2002年版。
郑敏：《诗歌与哲学是近邻——结构·解构诗论》，北京大学出版社1999年版。
邓程：《论新诗的出路》，中国社会科学出版社2004年版。
李欧梵：《中国现代文学与现代性十讲》，复旦大学出版社2002年版。
吴晟：《中国意象诗探索》，中山大学出版社2000年版。
严云受：《诗词意象的魅力》，安徽教育出版社2003年版。
敏泽：《形象·意象·情感》，河北教育出版社1987年版。
薛富兴：《东方神韵——意境论》，人民文学出版社2000年版。

乐黛云、[法]李比雄主编:《跨文化对话》,上海文化出版社2003年版。
闻黎明、侯菊坤:《闻一多年谱长编》,湖北人民出版社1994年版。
季镇淮主编:《闻一多研究四十年》,清华大学出版社1988年版。
《闻一多研究资料》,北岳出版社1986年版。
刘烜:《闻一多评传》,北京大学出版社1983年版。
闻黎明:《闻一多传》,人民出版社1992年版。
刘介民:《闻一多 寻觅时空最佳点》,文津出版社2005年版。
邵华强主编:《徐志摩研究资料》,陕西人民出版社1998年版。
谢冕主编:《徐志摩名著欣赏》,中国和平出版社2001年版。
陆耀东:《徐志摩评传》,重庆出版社2002年版。
凡尼、春晓:《徐志摩:人与诗》,漓江出版社1992年版。
韩石山:《徐志摩传》,十月文艺出版社2001年版。
陈从周:《徐志摩年谱》,上海书店1981年版。
毛迅:《徐志摩论稿》,四川文艺出版社1991年版。
刘介民:《类同研究的再发现——徐志摩在中西文化之间》,中国社会科学出版社2003年版。
鲁西奇:《梁实秋传》,中央民族大学出版社1996年版。
徐静波:《梁实秋——传统的复归》,复旦大学出版社1992年版。
梁文蔷:《我的父亲母亲——梁实秋与程季淑》,百花文艺出版社2005年版。
陈子善:《梁实秋文学回忆录》,岳麓书社1989年版。
张清华:《林徽因》,百花文艺出版社2002年版。
苏雪林:《中国二三十年代作家》,纯文学出版社1983年版。
《新月派评论资料选》,华东师范大学出版社1993年版。
朱寿桐:《新月派的绅士风情》,江苏文艺出版社1995年版。
叶公超:《新月怀旧·叶公超文艺杂谈》,学林出版社1997年版。
尹在勤:《新月派评论》,陕西人民出版社1985年版。
周小明:《多源与多元——从中国留学族到新月派》,华中师范大学出版社2001年版。
程国君:《新月诗派研究》,长江文艺出版社2003年版。
汪晖:《现代中国思想的兴起》,三联书店2004年版。
章清:《"胡适派学人群"与现代中国自由主义》,上海古籍出版社2004

年版。

谢泳：《逝去的年代——中国自由知识分子的命运》，文化艺术出版社 1999 年版。

陈方竞：《多重对话：中国新文学的发生》，人民文学出版社 2003 年版。

江涛：《"新诗集"与中国新诗的发生》，北京大学出版社 2005 年版。

陈旭光：《诗学：理论与批评》，百花文艺出版社 1996 年版。

陈旭光：《中国诗学的会通——20 世纪中国现代诗学》，北京大学出版社 2002 年版。

陈爱中：《中国现代新诗语言研究》，中国社会科学出版社 2007 年版。

杨仲义、梁葆莉：《汉语诗体学》，学苑出版社 2000 年版。

李咏吟：《诗学解释学》，上海人民出版社 2003 年版。

冯沅君、陆侃如：《中国诗史》，百花文艺出版社 1999 年版。

胡晓明：《中国诗学之精神》，江西人民出版社 2001 年版。

朱自清：《诗杂话》，三联书店 1984 年版。

何其芳：《关于写诗与读诗》，作家出版社 1956 年版。

卞之琳：《人与诗：忆旧说新》，三联书店 1984 年版。

高玉：《现代汉语与中国现代文学》，中国社会科学出版社 2003 年版。

王力：《汉语诗律学》，上海世纪出版集团 2002 年版。

吴丈蜀：《读古诗文常识》，上海古籍出版社 1991 年版。

朱光潜：《西方美学史》，人民文学出版社 1979 年版。

李泽厚：《中国现代思想史》，东方出版社 1987 年版。

余英时：《士与中国文化》，上海人民出版社 1987 年版。

余英时：《中国思想传统的现代阐释》，江苏人民出版社 1998 年版。

李淼：《禅宗与中国古代诗歌艺术》，长春出版社 1990 年版。

李怡：《中国现代新诗与古典诗歌传统》，西南师范大学出版社 1994 年版。

三 研究论文

龙泉明：《新月诗派的新诗规范化运动》，《求是学刊》2000 年第 7 期。

孙玉石：《闻一多及新月派的诗歌艺术追求》，《北京大学学报》1985 年第 5 期。

蓝棣之：《论新月派在新诗史上的地位》，《北京师范大学学报》（社科版）

1982年第2期。

罗振亚：《"反传统"的歌唱——卞之琳诗歌的艺术新质》，《文学评论》2000年第2期。

王光明：《形式探索的延续——"格律诗派"以后的诗歌形式试验》，《中国现代文学研究丛刊》2004年第1期。

方长安、李怡：《中国新诗的传播与生产》，《学术月刊》2006年第4期。

倪平：《新月派的两个支柱：书店、月刊的起讫》，《中国现代文学研究丛刊》2005年第6期。

胡博：《新月派前期的"文学梦"》，《中国现代文学研究丛刊》2004年第2期。

侯群雄：《一份杂志和一个群体——以〈新月〉为中心》，《新文学史料》2004年第7期。

张林杰：《守旧与开新——20世纪中国新古典主义文学思潮摭谈》，《社会科学辑刊》1999年第6期。

臧棣：《新诗传统：一个有待讲述的故事》，《江汉大学学报》2004年第8期。

四　博士硕士学位论文

刘群：《新月社研究》，复旦大学，2006年。

刘聪：《现代新儒学文化视野中的梁实秋》，山东师范大学，2002年。

五　西方原著中译本

赵毅衡编选：《新批评文集》，百花文艺出版社2001年版。

[比] M. 布洛克曼：《结构主义》，李幼燕译，中国人民大学出版社2003年版。

马克斯·霍克海默、西奥多·阿道尔诺：《启蒙辩证法》，渠敬东、曹卫东译，上海人民出版社2003年版。

[德] 黑格尔：《美学》，朱光潜译，商务印书馆1981年版。

亚里士多德：《诗学》，人民文学出版社1962年版。

贺拉斯：《诗艺》，人民文学出版社1962年版。

罗志田：《国家与学术：清季民初关于"国学"的思想论争》，三联书店2003年版。

［德］尤尔根·哈贝马斯：《后民族结构》，曹卫东译，上海人民出版社 2002 年版。

［德］马克斯·韦伯：《社会科学方法论》，韩水法、莫茜译，中央编译出版社 1999 年版。

［美］欧文·白璧德：《卢梭与浪漫主义》，孙宜学译，河北教育出版社 2003 年版。

［美］欧文·白璧德：《文学与美国的大学》，张沛、张源译，北京大学出版社 2004 年版。

［美］欧文·白璧德：《法国现代批评大师》，孙宜学译，广西师范大学出版社 2002 年版。

［美］马泰·卡林内斯库：《现代性的五副面孔》，周宪、许钧主编，商务印书馆 2002 年版。

特伦斯·霍克斯：《结构主义和符号学》，上海译文出版社 1987 年版。

何佩群译：《德里达访谈录——一种疯狂守护者的思想》，上海人民出版社 1997 年版。

［美］鲁道夫·阿恩海姆：《视觉思维》，光明日报出版社 1987 年版。

［美］哈罗德·布鲁姆：《影响的焦虑》，徐文博译，江苏教育出版社 2006 年版。

［英］罗素：《西方哲学史》，商务印书馆 2004 年版。

［瑞士］皮亚杰：《结构主义》，商务印书馆 1996 年版。

［瑞士］皮亚杰：《发生认识论原理》，商务印书馆 1981 年版。

［美］乔纳森·卡勒：《文学理论》，李平译，辽宁教育出版社 1998 年版。

［德］W. 沃林格：《抽象与移情》，王才勇译，辽宁人民出版社 1987 年版。

［美］乔纳森·卡勒：《论解构》，陆扬译，中国社会科学出版社 1998 年版。

［美］M. H. 艾布拉姆斯：《镜与灯》，童庆生等译，北京大学出版社 2004 年版。

［美］詹姆斯·费伦：《作为修辞的叙事》，陈永国译，北京大学出版社 2002 年版。

［法］路易—让·卡尔韦：《结构与符号》，车槿山译，北京大学出版社 1997 年版。

［德］海德格尔:《在通向语言的途中》,商务印书馆1999年版。

伍彝甫主编:《西方文论选》,上海译文出版社1979年版。

［美］佛朗·霍尔:《西方文学批评简史》,张月超译,南京大学出版社1987年版。

［美］多米尼克·赛克里坦:《古典主义》,艾晓明译,北京昆仑出版社1989年版。

［美］爱德华·W. 萨义德:《东方学》,王宇根译,三联书店2009年版。

［美］爱德华·W. 萨义德:《知识分子论》,单德兴译,三联书店2007年版。

后　记

时隔 6 年，觉得沉淀的时间足够长了，决定把博士毕业论文付印成书。这篇后记也保留了当年博士论文后记的全貌，想真实地呈现那段时光中自己的心境和感觉。

看着仍然留有遗憾的论文草稿，看着用红笔修正过的行行字迹，带着一份不安、解脱和满足，鼓励自己说：把它交出去吧！

当我以 39 岁的年龄回到 18 岁就读的母校——东北师范大学时，并不知道这 5 年对自己意味着什么。重新吃食堂住宿舍，严重失眠的我在宿舍的板床上常常夜不能寐；奔波于哈尔滨与长春之间，以致到了再也不想坐火车的程度；面对工作、学业、家庭间的矛盾，只觉得时间不够用，体力跟不上；甚至还要面对病痛的折磨和不时袭来的虚空感。白发似乎眨眼间冒出，细纹爬上眼角。尽管如此，读书带来的充实感，写作时内心的宁静，发现问题解决问题的欣喜，老师的鼓励，亲人的关爱，朋友的支持，学生的帮助，让这一切困难都变得有意义了，让那段时光成为人生中最特殊的一段时光，让那段记忆成为最温暖最生动的记忆。但我还是要告诉年轻的女性朋友，如果你决定读博士，那么读书要趁早。

能坚持完成这份学业，我要感谢太多人。

首先要感谢我的恩师南开大学罗振亚教授和他的夫人杨丽霞女士。老师夫妇无论在我生病期间还是论文写作期间，都给予我很多鼓励和关心，每次通话的最后一句都是"慢慢来，别累着，不要着急"，是老师和师母不断的鼓励使我渐渐树立起信心，坚持下来。罗老师学养深厚、才华过人、治学严谨、笔耕不辍，严谨踏实、从不懈怠的治学精神让我受益终身；老师对学生宽厚仁爱，和蔼可亲，为我树立了最生动的"学高为范，身正为师"的榜样。我会把从老师那里得到的知识传授给更多的学生，更会把从老师那里得到的仁爱、善良、责任等师德师风传递给更多的学生，这种薪火传承的意义可能远比一本博士论文的分量要大得多，影响也深远得多。

我还要感谢年迈的父母，为了让我减轻负担，他们一直默默地呵护我，支持我，当看到父母拿起女儿厚厚的论文露出的欣慰而苍老笑容时，那是我最深最暖最爱的感动；感谢一直默默支持我的丈夫，他的乐观给了我力量，他的幽默化解了我的焦虑，他的默默付出和对家庭的担当让我没有后顾之忧，否则，我没有勇气在人到中年时还要离家读书。感谢我的同事，他们尽量帮我分担工作，减轻我的压力。感谢罗门的师弟师妹们，他们的鼓励给了我勇气和动力。感谢我的好朋友，只有他们在我懈怠时会无情地批评我，让我羞愧，使我振作。其实，在我心底还藏有一个巨大的动力，要把这本论文送给即将高中毕业的儿子，作为他的毕业礼物。我想，妈妈每个深夜灯下伏案的身影和早上依然能为他准备好的那份热腾腾的早餐，一定会成为儿子的骄傲和永远的温暖。当我再次把这篇论文修改成书之时，儿子已经学业有成，远赴海外工作了。

回想论文的写作过程是个痛并快乐的过程。流派研究是件苦差事，不仅需要查阅大量的第一手资料，还要沉下心来，奈住寂寞，穿越时空，回到历史现场。曾经有近一年的时间，都在翻阅材料，从看不进去，到在泛黄的纸页中找到乐趣，甚至有时觉得自己就是新月诗人中的一员，与他们对话，揣测他们的想法。仿佛和他们一起参加文学沙龙，喝酒谈天，博古论今；仿佛加入了他们的文学论争中，唇枪舌剑，痛快淋漓。接近新月的生活，了解新月的思想，品味新月的诗句，恍惚间，我会幻觉和新月诗人一起生活在20年代的北京和30年代的上海，当自己被敲击键盘的"啪啪"声惊醒时，才会回到现实。在作论文之初，就坚持从历史材料出发，不轻信已经得出的结论，尽量客观地还原历史现场，还原一个一直被热闹地评说着，也曾被深深地误读着的新月诗派。

尽管自己抱着严谨的治学态度，踏踏实实做学问，不偷懒，不取巧，但还是由于学养欠深，文采稍逊，书中难免会存在诸多不足和遗憾。

在最后整理、修改、增添内容的过程中，我的学生宁蒙、王爱雯、张泰旗、封月帮我做了很多琐碎的工作，他们既是我的小友也是我的学生，感谢他们的陪伴与帮助。感谢我的闺蜜解景媛教授,在论文写作和成书过程中的一切英文资料与翻译,都得益于她的帮助,其实,更得益于来自闺蜜的精神支持与情感安慰。

叶　红

写于哈市家中

2010 年 5 月 28 日下午

2016 年 5 月 9 日上午